路翎与我：余明英口述历史
路翎研究资料

路翎全集
附卷

本集获复旦大学"985工程"三期整体推进人文社会科学研究项目和上海文化发展基金会资助出版,为国家社科基金项目(22BZW134)中期成果

1952年余明英摄于中央军委气象台

1952年余明英在中央气象电台留影

1956年余明英与长女徐绍羽、次女徐朗、幼女徐玫摄于北京

1983年余明英于虎坊桥寓所

1983年路翎与余明英摄于虎坊桥寓所

1995年春梅志来访

2008年11月22日余明英先生在晓风女士陪同下审读《路翎全集》出版合同

2006年7月22日,余明英于北京寓所

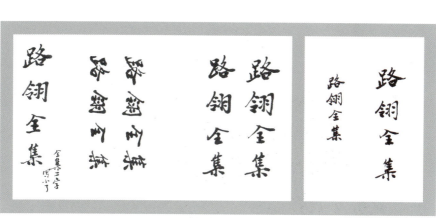

邵燕祥为《路翎全集》题签

2006年7月22日,余明英、徐绍羽与张业松(前左)、黄美冰(后右)、刘云(后左)留影

2006年7月,余明英、黄美冰摄于余明英口述史工作期间

目　录

路翎与我：余明英口述历史　　　　　　　　黄美冰　001
  引言：余明英的意义　………………………………　003
    第一节　历史细节与社会记忆　………………………　004
    第二节　路翎、余明英现有传记资料叙录　…………　016
    第三节　路翎、余明英生平信息汇录　………………　023
  路翎与我：余明英口述历史　…………………………　042
    第一节　时艰　…………………………………………　042
    第二节　婚恋　…………………………………………　065
    第三节　家常（Ⅰ）　……………………………………　083
    第四节　家常（Ⅱ）　……………………………………　104
    第五节　晚年　…………………………………………　129
    第六节　早年　…………………………………………　151
    附　录　我的父亲母亲：徐绍羽口述历史　…………　166
  工作记录　………………………………………………　179
    第一节　研究途径与方法　……………………………　179
    第二节　访谈设计　……………………………………　181
    第三节　访谈日程落实细目　…………………………　184
    第四节　研究进程　……………………………………　197
  后序（札记）　……………………………………………　198

参考文献 ·· 202

路翎研究资料 ··· 205
  路翎与我 ····································· 余明英 207
  心灵解放的春天——父亲的晚年 ················· 徐朗 210
  诗二首 ··· 徐朗 218
  一双明亮的充满智慧的大眼睛
    ——为《路翎文论集》而序 ················ 贾植芳 232
  灵魂在飞翔——《路翎晚年作品集》序 ··········· 李辉 238
  路翎年谱简编 ············ 徐绍羽 康凌 刘杨 廖伟杰 245
  路翎著述目录 ························ 徐绍羽 廖伟杰 270
  路翎研究资料索引 ··············· 康凌 刘杨 廖伟杰 370

＊本卷所收皆为原创作品。

路翎与我：
余明英口述历史

黄美冰　撰写
余明英、徐绍羽　口述

引言：余明英的意义

冲着路翎，我们靠近余明英；为了文学，我们发现历史；为了历史，我们表以文学；靠近余明英，我们开拓意义。

作为夫人，一个女人从来就更像是从属于男人，不由自主、被动、沉默——尤其在冠以夫名以后，一个女人俨然有了义务和责任保全丈夫的名誉，言行举止更要不负社会对先生的期望。在社会秩序里，做一个夫人，活在他人眼皮下，一个女人没有自己——余明英，路翎夫人，在路翎身后默默奉献了一生的女人，如果开口说话，我们不仅希望聆听她倾谈路翎，我们也期待她倾诉自己，或者在回忆的过程中见证和安抚自己。

作为现代女性，从少女时代背井离乡走出家门，到自主结婚、成家、工作，以致后来独担家计，独立拉拔三个女儿长大，我们不难预见——这是一个最初的中国现代女性楷模；余明英即将陈述的历史，无疑就是一段现代女性独立的历程。

作为时代中的个人，历经战争、社会变革、时代变迁、政治主义更迭，个人的经历就是历史演进的一面镜子——余明英一代人的记忆，是对时代的巨大变迁所做出的历史回应。在余明英的回忆里，一代人可以验证一代人的社会经验，后来者可以借由历史的这面镜子，反照当今时代的面貌。

作为一位老者，走过人间，耄耋之年，我们只期待温情、智慧和爱。

过去可以再现，事实上，再现的过往无不是"历史"。然而一切已知的历史皆出于视者，因而无可厚非的是：余明英口述历史更是带有明显、浓厚的主观色彩。如果历史可能再现，那也非实质的历史，而是叙述者的历史。但是人们别无选择。从搁置自己当下的境遇进而走向自己曾经或未曾亲历的过往——前者受记忆与经验的主观性左右历史的视线与叙述;后者受经验的局限而只能辨析、判断与感知历史。

感知路翎尤其重要。尤其在二十年错案后,伟大作家形同行尸走肉,丢了灵魂;炯炯有神的大眼睛黯然失色,秀气飞扬的剑眉已然紧锁,眉宇间徒有心事、敌意、困惑——这中间巨大的转变,使研究者不得不质问历史。作家的历史变得重要,当作家过去的创作自身以及其取材、文采的转变掩藏不住作家生活的信息。当过去尚且有迹可寻,研究者就有义务按图索骥。

《孟子·万章下》曰:"颂其诗,读其书,不知其人,可乎?是以论其世也,是尚友也。"解读作品,也有必要"知其人,论其世"。作为一个人,作家的写作活动和日常生活直接与其作品发生关系,因此作家研究无疑是文学研究的重要对象,更是文学研究的首要对象。了解作家的思想生活和创作的时代背景,更能客观地理解和把握文学思想和内容、进行文学批评。

本论文也试图依循作家研究方法论原则,以期回答:路翎为什么成为这样的人?路翎为什么成为这样的文学家?路翎如何成为那个时代的文学家?易言之,我们要研究路翎作为一个人的独特性,也要研究路翎作为文学家的独特性,还要研究路翎在文学史中的独特性。口述历史提供了方法,叙述者间接地、不自觉地做出回答。

逝者逝矣,生者犹生。通过路翎夫人,余明英——路翎最亲近的历史旁观者、见证者、参与者——口述,使历史得以再现,往者得以再见。

第一节　历史细节与社会记忆

一、从口述历史到传记文学

不同于文字史料以书与纸等物的形式存在:方便保存、流传、留存的时间也相对较长,口述史料以口耳相传,源于人们对已经发生的史事的记忆,若不主动发掘、探究,只存留于人们的脑海,时过境迁,韶华流逝,人们的记忆短则模糊,长则消失。因此口述史料是"活史料",发掘口述史料就是抢救历史。

从口述历史到自许传记文学,此次论文研究既是一次口述史料到文字史料的撰写过程,也是"讲述历史"到"写历史"的历史载体的转移。这中间涉及的叙述者,自是有别。作为历史的亲历者,余明英是讲述历史的主述人,而笔者在过去的历史中缺席,却在历史的讲述中"列席",也是"写历史"的抓笔人。从某种意义上说,从口述历史到传记文学的过程,从方法到成果,本论文的确是"借受访者的口说研究者的话"。

1. 作为方法与目的的口述历史

口述历史,以访谈、口述方式,记载过往人事、搜集史料、发掘少数者声音,试图使历史记忆再现、复原——是其他任何档案、文献资料无可取代的。口述史侧重于受访者对过去人事的真实回忆。只有在时过境迁、物是人非之后,受访者才能以局外人的身份回忆其亲历、亲见、亲闻,并且道出迄今鲜为人知的故旧往事。因此,口述史的工作把一般不易被记录留存的史料——负面、隐藏、细微、弱者等史料,变成可能。

本论文更多地把口述历史看成一种方法或手段,进行口述历史的工作除了发掘史料、存留历史,也为了接近两个研究对象、靠拢意义。然而作为研究报告和文本叙述,口述历史同时又是研究成果,是研究目的。简言之,单就"口述历史"字义观之,"口述"是方法,"历史"是目的,为本论文的目的之一。

口述历史的跨学科性,成其为"方法之法"。有鉴于此,本论文既要把握中文学科研究的原则,也要注意历史资料本身的特点。既要翔实,也要生动,因而面临更多选择和查证,以确保口述历史成果可读、可信,并且完整。而多重的研究目的和广阔的研究范畴,在以口述历史为方法与目的的本论文研究中极其有利,不但开拓叙述者的心理防线——无需顾忌角色与身份,也为研究自身增值。

作为方法,口述历史的访谈设计亟须创造和布置一个祥和氛围,借由访谈对象的回忆,在完全搁置了当代的境遇、当下的生活之后,把访谈者和访谈对象植入过去的时空。也唯有如此,访谈对象可以侃侃而谈,无所顾忌;访谈者即便不能亲历,也能亲闻作为历史亲历者的叙述,恰恰是这三者——亲历者、历史、叙述,构成口述历史的三大要素。在口述历史方法上,研究者是访谈者,但和一般访谈不同的是,口述历史的访谈者尽可能不参与访谈,以期让口述者的回忆过程更显自主与真实。简言之,为了让叙述像生活本身,宁可冷场,也不插话、接语,不做指导,只做引导。口述历史难免有"访"有"谈",却绝对不做"访问"。

2. 像生活一样叙述

罗兰·巴特(Roland Barthes)说:"叙述简单得就像生活本身……"[①]"像生活一样叙述"是此次研究——从"讲述历史"到"写历史"的第一准则。从口述到文字撰写,此次研究论文涉及两个叙述者:口述讲述者和口述撰述者。在"像生活一样叙述"的第一要义下,研究者倾其所能把前者引入过往生活的境遇里,以使口述叙事自然得就像生活一样简单。然则琐碎、失序、重复的记忆叙述,转换了一个载体——从声音到文字,也就需要撰述者整理和还原,使之"读"起来轻松,就像"听"来的日常生活中的许多故事、插曲。

历史作为一种叙述——历史是故事形式的一种,但历史不只是故事,它还是"叙事"的,因为叙事是历史表述的根本方式。叙述中充满着时间——尤其是历史叙述。在一个叙述层的线性时间中,叙述时间或历史时间都具有可断性[②]。叙述时间可中断,自然时间却不可断。历史讲述者的叙述做出了选择,撰述者

---

① 海登·怀特:《叙事性在实在表现中的用处》,陈新译,见陈启能、倪为国主编:《书写历史(第一辑)》,上海三联书店,2003年,第165页。
② 李纪祥:《时间·历史·叙事》,兰州大学出版社,2004年,第33—52页。

在"转述"前者的讲述时也拥有选择中断的权力,打断历史时间,在被打断的时间两端,选择两个点来衔接或联结,使其具有连贯性、时间序列性。此种衔接或联结,即为口述写作的"叙述"。

在叙述的时间里,撰述作者的"打断",是剪接,是停格,使故事画面在此时与彼时之间稍停片刻,使故事不仅落入读者眼里,也让历史从容进入读者心中——片刻的停格,也提供读者稍息和思考的片刻,在"仿亲历"一段往事以后,而另一段历史又即将覆盖以前,站在时间的中间,站在生活的中间。

3. 虚构的真相?

> 一个人可以想象,就像尼采所说的,即使是对过去一系列事件的最完美的真实叙述也仍然包含着不是一丁点儿的历史解释。历史编纂总要给过去仅有的真实叙述添加一些东西……我认为是一种"文学性"。①

诚然,提及"文学性",在历史的编纂中,绝非添油加醋或空穴来风,它是一种"精神",出于自愿、自觉,甚或非自愿、非自觉。由于历史叙述自身即是一种陈述过去的努力,叙述之对象已非当时客观存在之状态,而是经由叙述者当时的认知,加上时过境迁以后下意识的、记忆的选择,口述的真实事件在亲历者自觉或非自觉下经历了第一次虚构化;从口述到书写,叙述话语权也从讲述者转向撰述者,撰述者在经历了对事件的认知和编撰的选择以后,真实事件又经历了第二次虚构化。

诚如罗兰·巴特所言:"史事描写中有创作成分,而且根本上,史书撰述就是一种类同于现实主义小说撰述的活动。"②实际上,文史关系在叙述上也从来就是"故事"与"叙事"上的交涉,长

---

① 海登·怀特:《历史编纂是艺术还是科学?》,陈新译,见陈启能、倪为国主编:《书写历史(第一辑)》,第22页。
② 李纪祥:《时间·历史·叙事》,第33—52页。

期处于真实与虚构间的异化地带。如果发生过的历史才是真实的历史，那么任何再现的历史，在呈现的努力中，哪怕叙述者不愿意，也只能作为"虚构的真相"再现。

此次口述历史的撰写，为求尊重叙述者余明英的叙述，删修和改动都在尽可能"保留原态""留存历史"的原则下进行。唯独在无序的记忆叙事里，衔接和联结的整理、编纂，成为撰写工作最明知故犯的虚构化。为使可读性提高、减少阅读障碍，口述按相关时序与主题整理，但是顺了时间，顺不了事，顺得了事，又顺不了时间，因而情节化无可避免。情节化使撰写事实有虚构化之虞，但本论文研究不得不在历史与文学之间折中，力求最美的历史、最真实的文学。

4. 从记言到传记

孔子有言："言之不文，行而不远。"可以如此理解：言语没有文采，就传播不远。此次口述历史讲述人余明英恰恰是言语极具文采、叙述生动——这一特点使得口述撰写无需特意"饰之以文"，并且可以大胆而放心地采用口语书写，成之"口语化书写的自述体传记"。

由言而文，以史为文，此中有"真意"，而口语书写，在言与文，时与史之中，站住了脚。首先，口语化不经文饰，使得文字可以存真，得以传真，读者读之犹如闻之，历史读来若出自口述者之口，读其事迹若见其人，闻其语气可知其人，此即撰述者的用意。其次，今时撰写之历史，后来者视之，可以知"时"。较之文字，口语是大众的语言，是时代个人思想的最直截的载体，因此，以口语入文，更能分别古今，看见历史时代之变。

从口述到文字撰述，撰述者不但选择了叙述语言、风格、内容，同时还决定其更根本的形式——"自述体传记"。与一般自传不同的是：自传为自述、自撰，而口述历史下的"自述体传记"是自述、他撰。两者的区分也显而易见：前者由始至终都是一人独立完成，传主即作者，作者即传主；后者则传主、作者有别。因而，从某种意义上而言，口述历史下的自述体传记不但反映了传主的意志,还反映了访谈者和作者的意志。

又异于一般"自述体传记",《路翎与我:余明英口述历史》,顾名思义,即见两个主角——路翎与余明英,两者在同体叙述里各自显现、发展,也在同体叙述中有所交集。两个主角——一个健在,一个故世;一个回忆,一个被回忆。研究者对"自述体传记"的期待与定位是:既是《余明英自传》,也是《路翎别传》。

在章节的编排上,笔者试图推翻由生到死的结构模式,并未顺着时序叙事。传记时间并不如历史时间——不可逆转。在章节上把历史时间打断,为的是以传主的性格与命运来结构全传,以此揭示个性与心理。把早年置后,一是出于此章乃是两个传主未相遇以前之回忆,供研究者选择性从略;二则传记俨然传主一生的回忆录——走到一生的暮年,如果记忆起人生,在回忆的最后呈现最原初的状态、最远古的时代,也是最纯真的完结篇,犹如莎士比亚剧《皆大欢喜》:

> 终结这段古怪的多事的一生的最后一场,是孩提时代的再现,全然的遗忘,没有牙齿、没有眼睛、没有口味,没有一切。①

此即一切初衷。本论文重视口述历史的真实性,也力图把文学尽善尽美地融入史实之中——以尽可能不歪曲或篡改的文学手法,最低限度地"虚构"真相、还原历史,以求真实而生动地再现路翎与余明英的一生。

二、从历史细节看路翎

哪怕文学技艺在时代的流转中颠覆,变幻了百转千回,然而在文学里,细节从未离开,且如如不动。如果说文学在历史上有

---

① S. A. 艾克什穆特:《历史与文学:"异化地带"?》,贾泽林译,见陈启能、倪为国主编:《书写历史》,第68页。

所建树,那么绝大部分原因要归于细节描写。细节描写使得历史文学作品生动、活泼,并且"好看"——是细节引人入胜,没有细节的历史是苍白的、无趣的;没有细节的历史看不见人,只有事件和时间,甚至没有事件和时间,只有"权威式的历史知识"。

人之所以为历史的主体,人性之所以成为历史的主线,是因为历史中的个人皆具有其独特的历史性。具细观之,人类的历史就是世界的历史,经由许多大小事件和细节建构而成——人活在这些大大小小的事件和细节之中,自我生成并因之成其为"社会的人""历史的人"。因而宣称——细节决定历史,并不为过。

有鉴于此,我们有理由相信:细节,可以反映人物个性,使其栩栩如生、跃然纸上;口述历史下的细节更是可以反映现实,把生活的真实细致地留存。因此,细节可能,也可以更真实而生动地还原历史,使过去真实再现。

1. 琐碎而零散:日常细节的意义

过去读小说的经验告诉我们:在文学里感动,其实打动我们的并非作品本身的思想内容,而是细节,是琐碎而零散的三两事,是人物内心细微的震颤。就在人物与时代、境遇发生关系时,细节织出了生活的网、意义的网,笼络了全书,也写进了历史。

琐碎而零散的事件,每时每刻都在发生,遍及世界各地各个角落,无处不在;然而不起眼。除非慧眼,或者时过境迁,事件沉淀在记忆深处,否则难以被发现、正视、复述。一如宝石,未被开采的外貌只是古拙的石头。琐碎而零散的细节,如斯蕴涵丰富的生活信息、历史意义,等待人们去揭示,去解释。

琐碎、零散、无序的细节铺天盖地,日常生活因之而来,也因之成就历史,在宏大叙事与宏大事件之外。凡是琐碎的、零散的,天然去粉饰,更呈现出事物的原初状态,也更逼近真实。日常生活在这样的状态下保存着真相和真意,可惜了受传统历史教育的人们——更多地把注意力放在历史书上,看见了远古的、世界的历史,却看不见日常的、生活的历史就在自己身边。

日常的琐碎细节中藏有太多智慧,理当作为历史和文学课堂上的新贵;珍视之,则观看世界的众多眼睛必然更开豁、更通达。

2. 细节是人物最丰富的表情——路翎印象

细节是历史纷杂而珍贵的线条,细节是人物最丰富的表情。通过余明英口述历史,夫妇俩的日常生活在余先生的记忆里获得刷新,生活细节重新被勾勒,路翎,一个作家,在我们的认知里,作为一个人、一个丈夫、父亲、儿子、朋友,也重新被认识。于此,细节,也为作家研究提供了许多有用线索。

作家生平事迹的研究是文学研究的领域之一,而构成所有这些事迹的恰恰是细节。路翎的生平事迹,除了朱珩青老师前后三次为其写传[①],其他的也零散地见于友人的回忆录,或者单篇的书写里。对于研究一个作家,这些回忆与细节都有着重要的意义。首先,细节对于研究作家作为一个人有着重要的作用和意义;其次,日常生活细节与作家的文学创作、文学观念、素养等息息相关;再次,从细节里还可以看出作家的文学活动与其所处的时代背景的互动和渊源;最后,细节也是诠释作家心理和精神面貌的最佳依据。

任何人首先都是家庭的一分子,然后才是社会的一分子,作家也是如此。每个人的家庭生活都在各人的心理上发生作用、塑造个性,这也直接或间接地影响并且决定着作家的文学创作与文学趣味等——显见的如作家的家居生活、家庭传统、教育、家庭角色;隐显的如作家对家庭的依附等,都在左右着作家的文学创作。余明英口述历史,在此意义上具有显著的揭示功能。

借着此次研究,鲜为人知的路翎印象生动而真实地被勾勒出来——那是余明英以外,我们无从得知的面貌:

幼年路翎是淘气的——母亲让买酱油醋,他拿了钱和瓶子

---

① 朱珩青:《路翎传》,大象出版社,2003年。

出去玩了一整天,把买酱油醋的事全抛诸脑后,瓶子也扔得不知所终(本文第三节"家常"Ⅰ,三)。

少年路翎是自负的——觉得上课"耽误太多时间",不听老师讲课,自己"偷偷地看书",以致后来连上班也觉得耽误时间(第四节"家常"Ⅱ,一)。

青年路翎活力十足,说话高兴起来就"转一圈",并且看着"很自然""不别扭"(第二节"婚恋",二)。和余明英交往之初,直截了当就问:"我们结婚好不好?"新婚燕尔,觉得结婚"浪费时间"(第二节"婚恋",六),耽误写作。

中年路翎因病而回家休养,恍惚中分不清是真还是梦(第一节"时艰",六);回想经过的苦难,流下了一串串珍珠似的,让人措手不及的眼泪(第一节"时艰")。

晚年路翎深锁的眉头终于稍微开展,唯独思绪太甚太幽,时代的责难错位,压倒纯善,垮了壮年,误了一生——现世太难,喝酒吧,也只能"偷偷喝""偷偷买""偷偷藏"(第五节"晚年",五)。

从家庭到社会,每个人又融入不同的人群里——社交,与人交集,成就了作家生活的社会环境。对于某些集团流派的作家而言,譬如路翎与胡风集团、七月派,那也是相互映衬的社会背景,是特定的时代渊源与条件下的相互影响、自相生成。

路翎在自身的"文化圈子"里,与友人的交集,自然着眼于文艺的探讨上。然而生活中的友人,落在夫人眼里,也就是活脱脱的"人"的形象:和舒芜两人把报纸撕去一半,分着、轮着看,看完交换、交流意见(第二节"婚恋",三);牛汉老爱跟路翎开玩笑,逗他开心,晚年重逢老朋友,形神有异,难免一番造化弄得人欷歔(第五节"晚年",五)……另外,路翎密友如胡风、化铁、欧阳庄、绿原等,也可从此次研究口述中一探其人风貌。尽管所提及的不多,但是"观其友可知其人",或多或少也给路翎印象加深了轮廓。

三、记忆：余明英的历史选择

> 因为人的记忆,可怜的记忆,真的能做些什么呢？它只能留住过去可怜的一部分,而不是另一部分,这一选择,在我们每个人身上,都在神秘地进行,超越我们的意志和我们的兴趣。①

诚如米兰·昆德拉所言,记忆正在神秘地进行——因为记忆是散漫的,因而回忆是一个无逻辑的、无序的、纯粹的、自然的,并且是无时间线性的回想过程。我们不能预定回忆的先后次序——先回忆什么,再回忆什么,因为原初的记忆处于原始的混浊的状态,除非受指引,否则无法有条不紊地叙述。

记忆本身在下意识地自行淘汰和选择,人自身在这一淘汰和选择后又有意识地进行筛选,因而我们记住的是我们承认的,记住而复述的,更是我们愿意记住并且承认的。"我"在那里存在,并随着"遗忘"消失,直到重新"记起"。在记得与遗忘之间,记忆是一种选择,是人选择历史的过程,是"人的历史"和"历史的人"的取舍。

余明英在口述的时候想起了什么？述说了什么？——这是余明英的历史的选择。自然,选择不意味着完全自主,因为在访谈状态下的回忆过程还受环境和所有在场者的制约,尤其在访谈之初②,访谈者多于一人,难免有压迫之势;插话繁多也对回忆自述形成阻挠,以至于更像"访谈""问答"。

余明英回忆了什么？选择了什么？回避了什么？

首先,对于苦难日子的叙述,是不多的。对于"三反五反",余先生早前更是三缄其口,不愿多说。"我这是乱扯的啊""我们就随便聊聊"等字句偶尔出自余先生口里,当她不确定所谈内容

---

① 米兰·昆德拉:《无知》,许钧译,上海译文出版社,2004年,封底。
② 除了笔者,导师张业松(2006年7月17—22日)、师妹刘云(2006年7月17—27日)在初期也参与访谈,路翎长女徐绍羽始终陪同。

是否"有用"("谈这些有用吗?")却又说到兴头上时。在一些关键时刻,谈及相关机关单位、政治,余先生仍然显得小心翼翼,顾左右而言他,那种谨慎是这样如履薄冰:

> 三反五反,都不能回家。我就马上写封信给路翎,我说:"我不打电话给你,不写信给你,你不要来,你也不要问。"(第四节"家常"Ⅱ,七)

对于路翎,余明英选择做一个贤淑的夫人,在一个成功复失意、失利的男人背后予以支持、理解。余先生对路翎的爱,从初见照片的"一见钟情"开始,到婚后更多的体谅和包容,把家庭担负起来,腾出更多时间让路翎写作,"连生孩子都不打搅他"(第四节"家常"Ⅱ,七)。余先生始终不弃不离——哪怕在最艰苦的时候,仍然坚信路翎"没有问题",忠贞不渝。这种爱,是心知肚明却秘而不宣的:

> 可是我们虽然相爱,可是我们从来不说。不说什么……爱,也不说什么你美啊,我美啊。(第二节"婚恋",六)

以至晚年真心感谢和相待,也"没有说出来","不好意思说",若非此次访谈,就"永远没说"(第五节"晚年")。

对于父亲,余明英是敬重的。从少年离开家门就没再见过父亲,直到后来结婚也没征得父亲同意,只是"告诉他们"。对父亲,除了敬重,也许还带有丝毫愧疚,可是最终记忆"原谅了"她:

> 不过最后,还是现在,我才听到我的弟弟讲——我父亲还是说:"这个婚姻没有错误。"最后,他已经去世了,我弟弟到我这儿来,才谈到这事,我父亲说没有错。

对母亲,显然就不如对父亲那般拘谨,母亲的形象也相对和蔼可亲——带着年幼的余先生听戏、唱歌、讲故事,并且"偷看"余先生的日记,母女俩互相发现时,母亲"吓了一跳"。然而难能可贵的是余先生"装作没看见",并且觉得那也"蛮好",也是了解孩子的方法(第二节"婚恋",一)。对父亲"偷看"她的信件而看出"没有别字",余明英也没有揭穿,也不生气;及至后来路翎出事以后,母亲来访,"我们没有聊这事,我们不敢随便聊",并且"都跟邻居特别好"(第一节"时艰",一)。余明英记得什么呢?余明英选择宽容,记得宽容。

宽容,是晚年回忆的核心,也是余明英此生的核心态度。若非宽容,一个人如何走过这般坎坷多难的一生?如何可以在这曲曲折折以后,仍然可以平静地娓娓述说往事?宽容,也许改写了记忆,把苦难的经验减轻,使人得以面对、克服、走出困境;宽容,也许篡改了人的历史,把年少气盛销毁,打造大度,海纳百川;宽容,使人在记忆里安然,从往事里释然,在晚年自在、泰然。

余明英的历史选择,在回忆的进程里并非只是搜集事实、还原史实的尝试,更是创造意义的过程——这一过程反映了口述人的意志。由此我们看见往昔人事的活动,一部历史长片的生动再现,也看见回忆者心智的活动、血肉之所在。

四、传记与口述历史中的社会记忆

人们对过往的记忆都不可能一样,因为"过去"是人和自己、周遭的关系,是一种复杂的互动关系。因此,因人而异的个人记忆里,也有着和他人"共通""共享"之处。通过历史见证人的叙述,我们听见过去的声音;通过传记和口述历史,历史给记录、保存了下来。

本论文就此认识,试图为读者和后来研究者提供一个视界:探看余明英一代人如何看待他们的过去和历史;如何看待与面对灾难、难关,如何在过去通向现代的进程中——生活、工作、独立;如何安身立命。历史绝非一个人可以创造,历史是人与其生活的社会互动的结果。

历史的场域很宽、很广,我们无法穷尽,也无法了然。在靠近历史、了解历史的努力中,我们却可以"从一个,见一般",在独特性中参见其典型性。基于此,本论文在更宽广的意义上,是参与了社会记忆的建设。我们相信——关注历史,重视历史,尊重历史,是对历史最好的报答。

第二节 路翎、余明英现有传记资料叙录

一、路翎自传

路翎曾写过自传——2006年暑假北京访谈期间得徐绍羽提供文稿,如获至宝,后发现自传年表里许多生平事迹,甚至行文字句都似曾相识,文末有一加注:"此文是路翎为1989年2月漓江出版社出版的《路翎书信集》一书中《路翎年谱简编》所写的自传年表。"然而此事恐怕不为人知,因为至今尚未以路翎名义全文发表过。《路翎书信集》编者张以英在《编后记》只是这样一笔带过:"《路翎年谱简编》,是作者撰写《路翎评传》的前奏而于1986年春编成的。"(句中"作者"指的是编者张以英。)而从第176页至259页的"年谱简编"里,引自路翎自传的大段资料只为编者在引文前加插"路翎回忆道:"等字样,只字未提"自传"一事或引文来源,有些引用甚至未加引号,只换了自称"我"为"他"或"路翎"。朱珩青老师写过的路翎三传——其中《路翎:未完成的天才》以及《路翎传》二书后的《路翎年谱简编》,形神皆貌似路翎自传年表。

对照《路翎自传》与《路翎书信集》中的《路翎年谱简编》,其中一些信息的偏差却是"失之毫厘,谬以千里",譬如《自传》中记载的关于鲁迅《呐喊》一书的一段"最后还向我介绍了鲁迅的《呐喊》。这些书我都很认真地读着,杨美老师的热心和对我的鼓舞给我极深的影响"在《年谱简编》中却成了"鲁迅的《呐喊》,是我

当时很喜欢读的,对我有深刻的影响"①,后来还为刘挺生论述路翎与鲁迅时(《"亲切的依持"和"前途的灯火"——路翎与鲁迅》②)所依据和引用。

路翎自传年表这样开始——"我记不清很多情况了。我的父亲叫赵树民……"一直写到1986年11月"参加中国作协第四届理事会第二次会议"。全文近两万字,早年叙述截至1955年出事以前,共一万八千字,占总篇幅的九成。童年至少年时代叙述占总篇幅的一半,写父亲、母亲、家庭、同学、老师,这时期的叙述脉络清晰,记叙也绘声绘色。譬如写母亲的一段:

> 她常强调社会艰难要懂人情世故。我记得她时常在厨房里忙碌,我也记得她曾在我读小学时从学校后面的院墙上爬上来,问我什么时候放学,怎么还不放学快要吃晚饭了。我记得她常提着篮子上街买菜,母亲买菜回来常说今天买的肉不错,豆腐、豆芽、猪肝也很新鲜,这些话便使我家有时有安宁的象征……

可见其晚年记忆与写作能力仍然可观,可圈可点。对于年少的描述要比青年至晚年时期清晰,着墨更多,恐怕还是记忆和历史的选择作用。早年的叙述虽然平淡,但是可感,尚可见有"描"有"述";后来的叙述,只剩下"记事"了。这个明显的区别至少带出两个信息:一则年少岁月丰富愉悦,回忆起来纯朴、具感染力;青年以后生活日重,在回忆里显现也只有公事和无奈。二则可见晚年对早年欢乐的向往和倾注,有情;相对后期则虽也"直面",却只有"交代",已经不见作者自身的情感和所好。

---

① 张以英编:《路翎书信集》,漓江出版社,1989年,第189页。
② 刘挺生:《一个神秘的文学天才——路翎》,华东师范大学出版社,1997年,第34页。

读过路翎自传，从头到尾，读到一种平和，一种难以置信的平常。从大幅描写到平铺交代，不得不承认如此叙述其实也就是路翎一生的基调。

二、路翎传

书目1：朱珩青，《路翎》，中国华侨出版社，1997年。

书目2：朱珩青，《路翎：未完成的天才》，山东文艺出版社，1997年。

书目3：朱珩青，《路翎传》，大象出版社，2003年。

朱珩青老师写过三本路翎传，新传大幅重写，1997年两本前传内容则大同小异，唯篇目编排上稍作调动。从两书目录中可看出端倪：

《路翎》全书十一章，篇目分别是："欢乐的又是忧郁的童年""'自我'觉醒的中学时代""生活的漩流""文学峰峦上的跋涉""天才的里程碑""他找到了感情的大后方""人物心灵世界的空前拓展""阳光下的阴影""最后的辉煌""幕落秦城"和"'天才'的最后终结"。《路翎：未完成的天才》全书十五章："母爱：女性化世界的失重与超重""文学与政治救亡的首次交汇""失恋，'路翎'从这里走来""文学峰峦上的跋涉""向高峰挺进""他找到了感情上的大后方""主观心理现实主义的发展""终点，又是一个起点""追求——困境""未完成的天才""幕落秦城""把路翎的灵魂唤回来""'改造好'了的路翎的创作""'独立思考''独创精神'属于知识分子""已完成的终点"。

从以上两传篇目看来，《路翎》的撰写重在叙述路翎的生活资料，加插相关评论篇章，成其文学传记。《路翎：未完成的天才》则试图以评传之势，对照作家的生活与创作，予以评述，开展出作家一生的运程。然而，如此调整显然没有成功把两部传记区分开来，两书是如出一辙，换汤不换药，让读者看不出来分别出版的必要,除了后者附录入《路翎年谱简编》,更完善了传记的基本纪事功能。但单独而言,却显见朱老师搜集、考证资料的能力与工夫;对作家作品和生活的解读,无疑也为后来的路翎研究者打开一扇方便之门。这方便,主要在于史料来源的可信,搜集管道和态度的可信。

到了第三部《路翎传》,因有前面两部传记为基础,无论写法,还是内容,这一部传记相对就更臻完善。从目录可以看出此部传记的书写,已经打破过去由生到死的结构模式,而一开始就抓住狱中生活来写,把扭转作家一生命运的情节、改造个性的时间,首先给推出来:"'站笼'中的一头困兽——自由飞翔的风筝""举起整个生命的呼喊——沐浴在龙潭乡下""西部山区的劳动改造——与民族一起受难""天亮前的扫地——嘉陵江的绿水""'把路翎的灵魂呼唤回来'——《大声日报》'哨兵'副刊主编";"'诗人'的'复活'——失恋,路翎从这里走来";"最后10年,他写了500万字——路翎'当过矿夫'吗?""路翎与胡风的最后会见——创作和爱情的双丰收""绝望和绝望的反抗——'七月派'的精神、理论资源""柔韧而富有弹性的脚步——'故乡',我回来了""'蒋纯祖'来信了——路翎真正的出生地是苏州,而不是南京""写作是路翎的生命——批判和批判中的思考""他似在水里,也似在岸上——路翎在'青艺'""'他是饿不死的了'——最后的辉煌在朝鲜""他仅仅是摔了一跤"。

如果说前两部传记看出了作者努力说故事之余,也努力联系和评说作家的生活与创作,这些努力在前面两书里特别显眼,以致有些吃力,那么在后面的《路翎传》,这些努力就从容了——作者已然融入作家的历史,对作家的认识和解读也成竹在胸,接下来的努力只是寻找一个载体,一个合适的载体,把曾经说过的,再说一遍,同时补充前书资料之不足,譬如加入了路翎在狱中和朝鲜一段,并为曾经陈述过的情节加插细节。

朱老师实事求是的立传精神,不但博览路翎作品,还走访作家亲友、实地勘查,是后学借鉴的榜样。然而"他撰"的传记,难免带有强烈的主观"撰写"意识,读者读来难免质疑:"真是这样吗?"譬如这么一段:"外面大概应当是春天了吧,啊,春天,多么迷人的季节!他记得他也是在春天里,第一次离开家进南京莲花桥小学幼稚园高级班的。"为他人立传永远面临"子非鱼焉知鱼之乐"的疑难——再翔实的史料在运笔时未必保全,难免偏离;信则喝彩,不信,若非推翻、清算,又能怎样?

书目4:刘挺生,《一个神秘的文学天才:路翎》,华东师范大学出版社,1997年。

《一个神秘的文学天才:路翎》是刘挺生博士1994年撰写的博士论文,而后于1997年出版成专著的路翎评传。此书分三篇十章:上篇六章为路翎思想研究,中篇三章为路翎创作研究,下篇一章为路翎影响研究。

从目次上看,篇章结构是鳞次栉比——思想研究各章小标标示着作者试图谈及路翎的文学道路、文学观、哲学思想、路翎与鲁迅、胡风、外国文学的关系,创作研究个别谈论路翎的小说、剧作、诗歌、散文和报告文学,影响研究则试图为路翎的影响分期展开论述——然则,细细看过,全书的一半字数恐怕都在引号里,或是引摘自他处。如此评传确实不失为作家创作资料梳理的用心之作,却可惜了作者俨然零星地拼凑着交代和陈述,模糊了作者的意思,进而把握不了阅读全书篇章而预期的对作家创作研究的清晰脉络。

三、《路翎研究资料》

书目:杨义等编,《路翎研究资料》,北京十月文艺出版社,1993年。

杨义主编的《路翎研究资料》一书主要由生平资料、创作自述、研究论文选编、著作年表和著作目录,以及研究资料目录索引组成。

研究论文选编录入了先行研究者或批评者的研究论文,主要针对路翎的创作而言,或对路翎个别作品的评价,包括邵荃麟、冯亦代、刘西渭、晓歌、胡风、舒芜、唐湜、胡绳、鲁芋、怀潮、王瑶、巴人、夏志清、司马长风、林曼叔、海枫、程海、野艾、唐弢、严家炎、钱理群、曾卓、杨义等,褒者众而胡绳的批评无力抗衡,却不失为有力的提醒与参考。此部分还收录早期胡风为路翎著作出版写的序言。

生平资料部分,有杨义写的《路翎传略》,邹霆的《路翎和他的家人》,杜高的《一个受难者的灵魂——为〈路翎剧作选〉出版而作》三篇。杨义的《路翎传略》是继沈永宝的《路翎生平及其创作的若干考订》[①]一文之后,最早付梓出版的路翎传,略述路翎从早年到晚年的生活资料。其中早年的描述也有未发表的《路翎自传》的影子,当然编者的补充和搜集资料的工夫也是毋庸置疑的。这篇传略确实精简,脉络分明,让人容易把握路翎生平。稍显不足之处是入狱以后至晚年生活的信息如蜻蜓点水,粗略带过。

后两文的叙述也各有偏重——邹霆的《路翎和他的家人》,顾名思义,但主要着墨于路翎出狱后的家计、平反以后的待遇与一家人的生活,并提及余明英在德州之行中风一事。杜高的《一个受难者的灵魂》是为《路翎剧作选》出版而作,集印象、评点,兼回忆录的形式,却刻画出了比较鲜明的作家形象,从做事到做人,都给予了路翎中肯的评价。杜高用一段一段小故事来说明——那是怎样的一个受难者和他不泯灭的可贵的灵魂。

纵观全书,说《路翎研究资料》是当今路翎研究最早而最好的入门手册,委实当之无愧。

[①] 沈永宝:《路翎生平及其创作的若干考订》,《文教资料简报》1985年第4期。

四、《路翎印象》

书目：张业松编，《路翎印象》，学林出版社，1997年。

张业松博士主编的《路翎印象》，收录友人与研究者对路翎其人其作，从20世纪40年代到90年代的文章，其中包括路翎夫人余明英的《路翎与我》以及次女徐朗的《父亲的晚年》。此书按所收录的文章写作年代编为小辑。1940年代有6篇，1950年代3篇，1980年代12篇，1990年代16篇，共计37篇。集作者28人：胡风、冯亦代、唐湜、鲁芩、绿原、欧阳庄、巴人、相浦杲、大芝孝、野艾、牛汉、曾卓、化铁、杜高、余明英、汪曾祺、邵燕祥、阿红、朱珩青、罗飞、陈国华、朱健、冀汸、曹铁娟、刘挺生、钱理群、徐朗、贾植芳、李辉。

此书收录的《路翎与我》，为余明英的回忆记事，所记之事从两人在重庆相遇、相爱、结婚，到婚后出事，以至平反，写来精简扼要，却平淡、含蓄，俨然是交代事件始末。次女徐朗的《父亲的晚年》倒是很好地补充了相对贫乏的路翎晚年研究资料，提供了大量生活信息——路翎的晚年生活渐渐有了清晰的面貌。

诚如编者所言，此书所录入的各种文章，是各人各面，一笔一调，有的激昂，有的沉郁，有的冷静，有的热烈。这些文章有情有理，对其文剖析淋漓，对其人则见情见义。尽管多篇文章已为《路翎研究资料》录入，但多篇也为首次发表的新撰或新译，如余明英、徐朗母女的文章、唐湜《路翎晚年的悲剧》和两篇日籍学者相浦杲、大芝孝的论文——《"一九五三年八月"：现代中国文学的动向》及《"路翎"赞》。

此书作为各人各抒己见的总汇，建构了一个较之传记和研究资料更为全面的路翎印象。通过一代人的记事，路翎印象还借由一个大时代的背景相衬相托，建立起来。这样的印象书系在现有的路翎传记资料中当是最为饱满而丰富的。

第三节　路翎、余明英生平信息汇录①

一、路翎个人信息表

出生日期	1923年1月23日	逝日	1994年2月12日
出生地	苏州仓米巷35号		
部分家庭成员	**姓　名**		**职　业**
父亲	赵振寰（赵树民）		从医、从商
母亲	徐丽芬（徐菊英）		家庭妇女
继父	张济东		职员
过继继父	徐锡润（舅舅）		商人
外祖父	徐沛泉（徐庆全）		
外祖母	蒋秀贞（徐秀贞）		
兄弟	张达明		外语系主任
	张达俊		
姐妹	徐爱玉		医生
	张宁清		肾内科医生
	张庆清		教授
教　育	**学　校**		**起止时间**
幼儿园	南京莲花桥小学幼稚园高级班		1927年
小学	南京莲花桥小学		1928—1935年
私塾	私塾		1930年暑假
中学	江苏省立江宁中学		1935—1937年
	四川省国立二中		1938年

---

① 主要参考未发表之《路翎自传》，考以《路翎》《路翎：未完成的天才》《路翎传》《路翎研究资料》《路翎印象》《路翎书信集》《致胡风书信全编》等资料、在北京访谈时的考证，补佐以口述历史所得信息，整理、编订而成。"年表"更企图删繁就简，着眼路翎、余明英生平大事记，让人一目了然，便于读者把握两位传主一生脉络。

续表

职 业	起止时间
1. 北碚草街子育才学校文学组任职、讲课	1940年6月—9月
2. 国民党经济部矿冶研究所北碚管理处会计科办事员	1940年10月—1942年5月
3. 国民党中央政治学校图书馆助理员	1942年5月—1944年4月
4. 北碚经济部燃料管理处黄桷树码头办事员	1944年4月—1946年4月
5. 黄桷镇中学兼课	1944年7月底—1945年(一学期)
6. 经济部上海区燃料管理委员会南京办事处办事员	1947年1月—1948年9月
7. 南京军管会文艺处创作组长	1949年6月—1950年3月
8. 北京中国青年艺术剧院创作组长、副组长	1950年3月—1952年
9. 文化部艺术局(后归中国戏剧家协会)剧本创作室创作员	1952—1955年
10. 街道扫地工	1975—1979年
11. 中国戏剧家协会原单位	1979—1983年
住 处	起始时间
1. 江苏省苏州仓米巷三十五号	1923年
2. 南京城北明瓦廊	1925年
3. 南京严家桥十四号	1926年
4. 南京红庙四号	1930年
5. 江苏省立江宁中学	1935年
6. 武汉汉口—汉川—汉口	1937年8月后
7. 宜昌—重庆—江北乡间文星场合川县	1938年
8. 重庆化龙桥李子坝冯家院	1939年3月
9. 北碚后峰岩	1940年
10. 国民党中央政治学校	1942年5月
11. 四川的复旦大学附近	1944年4月
12. 南京中山东路七十二号中央社	1946年5月

续 表

住　　处	起 始 时 间
13. 南京石城桥煤栈	1947年1月
14. 南京小胶巷十七号	1947年3月
15. 南京城北红庙四号	1947年6月
16. 青年艺术剧院北京东单栖凤楼十四号宿舍	1950年3月
17. 青年艺术剧院北京东单北极阁头条四号宿舍	1952年
18. 剧协宿舍北京东城区北新桥细管胡同五号	1954年秋
19. 北京西总布胡同(隔离反省)	1955年
20. 北京东城区钱粮胡同(隔离反省)	1956年秋
21. 北京昌平秦城监狱	1959年6月
22. 北京安定医院(治疗)	1961年7月
23. 北京朝阳区芳草地北巷6号3院(保外就医)	1964年1月
24. 北京昌平秦城监狱、安定医院分院	1965年11月
25. 北京昌平秦城监狱	1966年10月
26. 北京宣武区第一监狱塑料鞋厂劳动大队	1973年7月
27. 北京延庆劳动大队	1974年
28. 北京朝阳区芳草地北巷6号3院	1975年6月
29. 北京朝阳区团结湖中路南一条1号楼4单元301室	1981年6月
30. 北京宣武虎坊路甲15号4单元302室	1983年3月—1994年

结婚时间	1944年8月15日		
子 嗣	姓　名	出 生 时 间	职　业
长 女	徐绍羽	1945年2月17日	教师
次 女	徐 朗	1947年4月14日	剧协《剧本》月刊编辑部一员
三 女	徐 玫	1951年8月10日	音像服务公司售货员
大女婿	马宏伟	(略)	工人

续 表

子嗣	姓 名	出生时间	职 业
三女婿	赫崇伯	（略）	一清局研究所技术员
外孙女	马 犇	（略）	安贞医院神内科
外孙男	赫 彤	（略）	日本某大学在籍研究生

二、路翎生平年表

时 间	年 龄	纪 事
1923年 1月23日		路翎出生于苏州仓米巷35号，取名徐嗣兴，为兴旺徐家人丁之意。
1924年	1岁	妹妹徐爱玉出生。
1925年	2岁	父亲赵振寰服毒自杀身亡，徐家迁往南京，入住南京城北明瓦廊。
		母亲徐丽芬改嫁张济东。
		过继给舅舅徐锡润。
1926年	3岁	后继父舅舅徐锡润去世。
		入住南京严家桥十四号。
1927年	4岁	考入南京莲花桥小学幼稚园高级班，后转入莲花桥小学一年级。
1930年	7岁	暑假一个半月，读私塾。
		入住南京红庙4号。
1931年	8岁	读古典文学《红楼梦》《三国演义》《封神榜》《西游记》《济公传》，现代文学《呐喊》，外国文学《浮士德》《唐·吉诃德》。
1932年	9岁	读小仲马《茶花女》、托尔斯泰《战争与和平》、希腊悲剧、雨果《巴黎圣母院》、连环画《福尔摩斯探案》《薛仁贵东征》等小说。
1933年	10岁	读巴金《家》、曹禺《雷雨》、茅盾《子夜》、鲁迅杂文、叶绍钧《稻草人》等。

续表

时 间	年 龄	纪　　　事
1935 年	12 岁	小学毕业,考入江苏省立江宁中学,住校。 看美国电影《魂断蓝桥》《翠堤春晓》《人猿泰山》,苏联电影《夏伯阳》《宝石花》。
1936 年	13 岁	读屠格涅夫《罗亭》《贵族之家》《烟》《前夜》、《爱的教育》《小妇人》《木偶奇遇记》,普希金《杜勃罗夫斯基》、巴金译《秋天里的春天》,老舍《赵子曰》《猫城记》,曹禺《日出》《雷雨》。
1937 年	14 岁	"八一三"事变,路翎全家迁入湖北汉川县。 读《李太白全集》《古文观止》、废名《莫须有先生传》。
1938 年	15 岁	就读于国立四川中学(后改为国立二中),9 月跳级升入高中二年级。
		读《联共布党史》,艾思奇《大众哲学》,高尔基《在人间》《我的童年》《我的大学》,法捷耶夫《毁灭》,肖洛霍夫《静静的顿河》,巴尔扎克《欧也妮·葛朗台》,普希金《普希金小说集》,迪更斯《大卫·科泊菲尔》,雨果《巴黎圣母院》,陀斯托也夫斯基《穷人》《罪与罚》,尼采《苏鲁支如是说》,显克维支《你往何处去》,萧军《八月的乡村》,萧红《生死场》以及《群众杂志》等。
		与同学组织"哨兵"文艺社,编辑四川合川县士绅报纸《大声日报》文艺副刊《哨兵》。
		写作《一片血痕与泪痕》等散文,最早的军事题材小说《在游击战线上》《朦胧的期待》等。①
1939 年	16 岁	3 月,因编辑刊物和在课堂看课外书与国文老师冲突,被学校开除。
		4 月,以"流烽"为笔名,写短篇《妈妈的苦难》投稿给胡风主编的杂志《七月》,从此结识胡风。
		5 月,参加三民主义青年团演剧队(后改"青年剧社"),在老舍的《残雾》、于伶(尤兢)的《夜光杯》、马彦祥的《工潮》中扮演角色。

---

① 年表中底纹灰色者为与创作有关之信息,余者为生活信息;创作信息主要编入写作时间,出版与原载从略,除非前者不详则取后者。以下同。

续 表

时 间	年 龄	纪 事
1939年	16岁	读米定《新哲学大纲》、绥拉季莫维支《铁流》、肖洛霍夫《被开垦的处女地》、斯汤达短篇小说集及长篇小说《红与黑》、列夫·托尔斯泰《安娜·卡列尼娜》。
		9月,写《"要塞"退出以后》。
1940年	17岁	6—9月,在陶行知办的育才学校任职。经过通信认识余明英。
		10月,到国民党经济部矿冶研究所北碚管理处会计科任办事员。
		住在北碚后峰岩,经常到附近的天府煤矿了解工人的生活,所写的短篇小说《黑色子孙之一》《家》《祖父底职业》《何绍德被捕了》陆续在《七月》上发表,逐渐成为《七月》的主要撰稿人之一。
		开始写长篇小说《财主底孩子》。
		常去胡风家借书(如巴尔扎克《乡下医生》)、谈文学,得到很多鼓励。结识舒芜、邹荻帆、刘德馨(化铁)等许多朋友。
		读果戈里《死魂灵》、鲁迅翻译《壁下译丛》。
1941年	18岁	完成长篇《财主底孩子》。
		《财主底孩子》原稿寄香港胡风,战乱中丢失。
		写中篇《谷》。
1942年	19岁	写成中篇小说《饥饿的郭素娥》。
		5月,和矿研所庶务发生冲突,辞职。月底,到国民党中央政治学校图书馆当助理员。
		8月,重写《财主底孩子》。
		读高地新译版托尔斯泰《战争与和平》,哈代《微贱的裘德》,普希金《欧根·奥涅金》,黑格尔《历史哲学》,克劳斯维支《战争论》,狄更斯《大卫·科波菲尔》,萨尔蒂诃夫《地主之家》,周谷城《中国通史》,胡适《胡适文存》,梁启超《饮冰室文集》,古籍《水经注》等。
1943年	20岁	写成中篇小说《蜗牛在荆棘上》。

续 表

时间	年龄	纪事
1943年	20岁	秋,开始与袁伯康有书信往来。
		11月,《财主底儿女们》(上部)重写完成。开始重写下部。
1944年	21岁	4月,辞去图书馆职务。经继父介绍,到北碚经济部燃料管理处工作,在黄桷树码头当办事员。迁入四川复旦大学附近。
		5月,《财主底儿女们》(下部)完成,共计79万余字。
		7月底,到黄桷镇中学兼课一学期。
		8月15日,和余明英结婚。
		本年,写小说《罗大斗底一生》《王家老太婆和她底小猪》及评论《谈"色情文学"》等。
1945年	22岁	2月17日,大女儿徐绍羽出生。
		3月,短篇小说集《青春的祝福》,由南天出版社出版。书中收有:《家》《黑色子孙之一》《何绍德被捕了》《祖父底职业》《卸煤台下》《棺材》《谷》《青春的祝福》。
		4月,写论文《认识罗曼·罗兰》,署名冰菱,收入胡风编的《罗曼·罗兰》。
		8月10日,日本投降。月底,写小说《中国胜利之夜》。
		本年,写短篇小说《两个流浪汉》《王兴发夫妇》《破灭》《中国胜利之夜》《王炳全底道路》《程登富和线铺姑娘底恋爱》等。
1946年	23岁	4月20日,余明英带大女儿随机关由重庆回南京。
		5月4日,中篇小说《嘉陵江畔的传奇》完成。
		5月27日,从重庆回到离别九年的故乡。失业半年,住余机关宿舍等处。以宿舍同事为原型写小说《爱好音乐的人们》。
		7月,写小说《天堂地狱之间》。
		12月,短篇小说集《求爱》由上海海燕书店出版。

029

续 表

时 间	年 龄	纪 事
1946年	23岁	本年,写短篇小说《一个商人怎样喂饱了一群官吏》等十几篇及评论、散文。
1947年	24岁	1月,继父介绍到经济部燃管会南京办事处任办事员。
		3月,搬进南京小胶巷17号,居有定所。
		4月14日,二女儿徐朗出生。
		4—7月,创作第一部话剧剧本《云雀》,正式走上戏剧创作道路。认识演员路曦、石羽、冼群。
		6月,搬进南京城北红庙四号。
		本年,写剧本《故园》、长篇《吹笛子的人》(两稿在"文革"中丢失)。写《人性》《路边的谈话》等短篇小说数篇。
1948年	25岁	3月—1949年7月1日,在《蚂蚁小集》上连续七期发表评论《敌与友》《对于大众化的理解》以及小说《爱民大会》等。
		5月1日,写成长篇小说《燃烧的荒地》。
		5月4日,写短篇小说《泥土》,后收入《平原》集中。
		9月,燃管会解散,失业在家。
		本年,写小说《初恋》《预言》,评论《论文艺创作底几个基本问题》《评茅盾底〈腐蚀〉兼论其创作道路》等十几篇。
1949年	26岁	6月7日,到南京军管会文艺处任创作组长(供给制)。
		7月2日,作为南京代表在北平参加第一届文代会,成为"文协"会员。
		7月,写剧本《人民万岁》,后改为《迎着明天》。
		8月,短篇小说集《在铁链中》由上海海燕书店出版。
		10月7—8日,在"南京人民保卫世界和平 庆祝中国人民政协与中央人民政府成立大会"游湖会上,剧本《反动派一团糟》由南京文工团演出。
		秋天,访问浦口机车修理厂,深入南京被服厂。

续 表

时 间	年 龄	纪 事
1949年	26岁	10月28日,到南京大学中文系讲授小说写作课。 本年,陆续写小说及评论《文化斗争与文艺实践》《试探》等十几篇。
1950年	27岁	1月至次年6月,写剧本《英雄母亲》。 3月,从南京调到北京中国青年艺术剧院任创作组长,后任副组长。 5月,到上海申新九厂体验生活。 9月,长篇小说《燃烧的荒地》由上海作家书屋出版。 10月,短篇小说集《朱桂花的故事》由天津知识书店出版,受批评。 11月,随剧团到沈阳访问准备出国的志愿军。 12月,写剧本《祖国在前进》。
1951年	28岁	3—5月,为演出《英雄母亲》,与演员们同赴天津,到工厂征求工人、劳模、干部的意见。 7—9月,随田汉为首的写作参观学习团赴大连,到医院访问志愿军伤员。在大连写剧本《祖国儿女》,"青艺"讨论了剧本,未能上演。写成剧本《祖国在前进》后记。 8月10日,三女儿徐玫出生。 12月至次年3月,剧本《人民万岁》《祖国在前进》受严厉批评。
1952年	29岁	7月后,中国青年艺术剧院创作组划出,由文化部艺术局直接管理,和中央戏剧学院创作室以及中国儿艺、中央歌剧院的创作干部合并成立剧本创作室,路翎任创作员。剧本创作室后划归中国戏剧家协会。 9月,《文艺报》第18期上发表了舒芜的《致路翎的公开信》。 12月末,全国文联组织作家去朝鲜前线。路翎主动提出要求并得到批准,先后到三十九军、西海岸指挥所、开城前线六十五军体验生活。

续 表

时 间	年 龄	纪　　事
1953年	30岁	陆续写了散文、小说等十几篇。6—7月,写散文《板门店前线散记》,连载于1953年11月《文艺报》第22期、1953年12月《文艺报》第23期。
		8月,从朝鲜回国。
		9月23日—10月6日,参加在北京召开的全国第二次文代会,被选为"作协"理事。
		加入中国戏剧家协会为会员。
		10月16日,写短篇小说《初雪》。
		10月26日,写短篇小说《你的永远忠实的同志》。
		11月5日,写短篇小说《洼地上的"战役"》。
1954年	31岁	1月起,抗美援朝题材小说受到读者的热烈欢迎,批判接踵而至。
		6月,报告文学集《板门店前线散记》由北京作家出版社出版。
		8月30日,长篇小说《战争,为了和平》完稿,计五十余万字。
		秋天,搬到剧协宿舍东城区北新桥细管胡同五号。
		11月10日,写三万余字《为什么会有这样的批评?》,反驳对《洼地上的"战役"》等小说的批判。
		12月开始,《人民日报》《光明日报》发表批判胡风的文章,涉及他。
1955年	32岁	1—2月,《文艺报》第1—4期连载《为什么会有这样的批评?》
		5月13日,《人民日报》发表《关于胡风反党集团的一些材料》。
		5月16日,被停职。
		5月19日,到机关写检查。
		5月24日,《人民日报》发表《关于胡风反党集团的第二批材料》。

续表

时 间	年 龄	纪　　事
1955 年	32 岁	6月10日,《人民日报》发表《关于胡风反革命集团的第三批材料》。
		6月15日,《人民日报》将三批材料汇集成册,并将前两批材料中的"反党集团"改为"反革命集团"。
		6月19日,被捕,在"剧协"大二条宿舍隔离反省。
		6月,迁至西总布胡同隔离反省,被审问、写材料。
1956 年	33 岁	公安部拘留西总布胡同,隔离反省。
		秋天,迁至东城区钱粮胡同隔离反省。
1957 年	34 岁	4月,患脑膜炎,进医院治疗一个多月。
1958 年	35 岁	在钱粮胡同隔离反省。
1959 年	36 岁	6月,写材料反驳对他的指责、监禁,与看管人员发生冲突,被移至昌平秦城监狱。
1960 年	37 岁	高声抗议,被捆绑戴手铐。
1961 年	38 岁	7月,精神受挫,被送安定医院治疗。
1962—1963 年	39—40 岁	安定医院治疗。
1964 年	41 岁	1月,保外就医(其间由原单位发生活费每月20元),住芳草地家中。每月向派出所书面汇报一次。
1965 年	42 岁	11月,因先后写了30余封信向党中央申诉,又被送回秦城监狱。后被送进安定医院分院治疗。
1966 年	43 岁	继续在安定医院分院治疗。
		10月,仍以"反革命罪"从安定医院移至秦城监狱。
1967—1973 年	43—50 岁	秦城监狱。
1973 年	50 岁	7月,移至北京宣武区第一监狱塑料鞋厂劳动大队。 7月25日,宣布以"反革命罪"判处有期徒刑20年(从1955年起)。
1974 年	51 岁	移至北京延庆劳动大队。

续　表

时　间	年　龄	纪　　事
1975 年	52 岁	6 月 19 日，刑满释放。 以"监督分子"身份每天义务扫街。每月向派出所汇报一次。
1976 年 1 月— 1979 年 10 月	53—56 岁	1 月，正式有薪扫街，从 15 元渐增至 30 元。
1979 年	56 岁	2 月 23 日，北京市中级人民法院为其"反革命罪"平反：因精神病所有"攻击"言论不作反革命言论；无论有无精神病，所有"攻击"言论均不作反革命言论。
		平反后回到"剧协"原单位。每月工资不足 90 元。此后在家写作。
1980 年	57 岁	9 月 29 日，中共中央宣布"胡风反革命集团"是错案，予以平反。
		11 月 18 日，北京市中级人民法院再审判决："宣告路翎无罪。"恢复原工资级别：文艺四级。
1981 年	58 岁	3 月，为《初雪》撰写后记。
		5 月，和余明英一起随《剧本》月刊编辑部组织，由凤子、吴祖光率领的学习参观团到山东德州地区农村访问。
		6 月 12 日，从朝阳区芳草地迁居本区团结湖中路南一条一号楼四单元 301 室。
		在《诗刊》《光明日报》上分别发表《果树林中》《春来临》等诗。
1982 年	59 岁	春天，美国加利福尼亚大学东方语文学系主任戴·季博思夫妇访问，对长篇小说《财主底儿女们》表示赞扬。
		1 月 12 日，香港《新晚报》"星海"副刊发表诗两首《阳光灿烂》《鹏程万里》。
		4 月，参加全国"军事文学创作座谈会"。
		《青海湖》《雪莲》《文学报》《星星》分别发表创作的诗《月芽·白昼》等。

续 表

时间	年龄	纪事
1983 年	60 岁	年初，离休。
		3 月 23 日，迁居宣武区虎坊路甲 15 号 4 单元 302 室。
1984 年	61 岁	6 月 1 日，为儿童节作诗《早晨》，载《诗刊》1984 年第 11 期。
		整理、创作《月亮》等诗 20 首。
		9 月，整理小说《拌粪》，载《中国》1985 年 2 期。
		12 月 6 日，天津《今晚报》发表散文《杂草》。
		12 月 24 日，《北京晚报》发表散文《天亮前的扫地》。
		12 月 29 日，参加全国作协第四次代表大会，当选为中国作协理事。
1985 年	62 岁	春，美国斯坦福大学教授、《饥饿的郭素娥》的英译者威廉访问。
		2 月，整理并写成长篇《江南春雨》。
		7 月 30 日，写回忆录《哀悼胡风同志》，载《文汇月刊》1985 年第 9 期。
		8 月 3 日，为胡风送行，至八宝山，写挽诗哀悼。
		8 月 12 日，写回忆录《胡风谈他的文学之路》，载《鲁迅研究动态》1986 年第 6 期。
		8 月 14 日，写回忆录《〈七月〉的停刊——纪念胡风逝世》，载《读书》1985 年第 10 期。
		本年，散文《愉快的早晨》、诗歌《幽静的夜》数篇分别在《北京晚报》《红岩》等报刊发表。
1986 年	63 岁	1 月 15 日，赴八宝山烈士陵园参加胡风追悼会，在《北京晚报》发表《胡风热爱新人物》
		上半年，为《路翎年谱简编》写详细自传年表。写诗并发表《红果树》《听一曲歌唱起来》数首。
		6 月 24 日，写回忆录《忆刘参谋》。

续 表

时 间	年 龄	纪 事
1986年	63岁	7月3日,写回忆录《悼念路曦同志》。
		8月17日,写短篇小说《钢琴学生》,载《人民文学》1987年第1、2期合刊。
		10月31日,在《北京晚报》发表散文《答问路的老人》。
		11月,参加中国作协第四届理事会第二次会议。
		12月4日,整理并写成长篇小说《野鸭洼》。
1987年	64岁	5月27日,写回忆录《忆杭州之行——纪念胡风逝世两周年》,载《东方纪事》1987年第9—10期合刊。
		5月,写诗《看一座房屋盖起来》《高层楼房》,载《诗刊》1987年第9期。
		5月,整理写成小说《袁秀英、袁秀兰姐妹》。
		5月,整理狱中生活回忆录《种葡萄》。
		10月,长篇《燃烧的荒地》由作家出版社重排再版,并有新版自序。
		11月24日,长诗《旅行者》初稿完成。
1988年	65岁	回忆录《一九三七年在武汉》(上、下),分别载武汉《春秋》双月刊第1、2期。
		2月9日,写成小说《横笛街粮店》。
		4月,整理写成小说《米老鼠手帕》。
		9月8日,整理写成小说《吴俊美》。
		本年,写回忆录《安定医院》《喷水与喷烟》。写诗数首。
		11月,当选为中国作协第四届理事会第三次会议代表。
1989年	66岁	1月3日,《人民日报》"大地"副刊发表诗《盼望》。
		2月,《路翎书信集》由漓江出版社出版。

续表

时间	年龄	纪事
1989年	66岁	4月23日,写回忆录《一起共患难的友人和导师——我与胡风》。
		11月30日,完成长篇小说《陈勤英夫人》*。
		写回忆录《忆阿垅》,载《传记文学》1989年第5—6期合刊。
		写新诗《新建区域》,载《诗刊》1989年第7期。
1990年	67岁	3月,写组诗《在阳台上》等二十首;《落雪》《春雨中的青蛙》《筑巢》《蜜蜂》等十九首,收入《路翎晚年作品集》。
1991年	68岁	10月26日,写回忆录《错案二十年徒刑期满后,我当扫地工》,载《香港文学》1992年第1期。
1992年	69岁	4月,完成小说《表》。
		6月,完成小说《乡归》。
		8月31日,完成长篇《早年的欢乐》*。
		11月11日,赴中国现代文学馆参加"胡风先生诞辰九十周年学术讨论会"。
		11月21日,写回忆录《忆朝鲜战地》。
1993年	70岁	10月5日,完成长篇《英雄时代和英雄时代的诞生》*。
1994年	71岁	2月12日晨,突发脑溢血,送北京友谊医院抢救,13时逝世。
		3月23日,中国戏剧家协会在北京八宝山举行遗体告别会。

三、余明英个人信息表

出生日期	1922年12月10日	
出生地	湖北沙市	
部分家庭成员	姓 名	职 业
父亲	余绶章	邮电工人
母亲	陈嗣芝	家庭妇女

续 表

部分家庭成员	姓 名	职 业
兄弟	余明澄 余明薪	电讯局报务员 部队文工团
姐妹	余明俐	教师

学 历	学 校	起止时间
私塾		1932—1933 年
小学	沙市小学	1933—1937 年
中学	湖北新沙女中	1937—1938 年
	湖北省立联合中学	1938—1939 年

职 业	起止时间
1. 湖北松滋新泰乡中心小学执教(音乐)	1941—1942 年
2. 中央通讯社电台	1942—1946 年(重庆) 1946—1949 年(南京)
3. 南京军管会文艺处	1949 年 9 月—1949 年 10 月
4. 南京原中央研究院气象研究所(后改为中国科学院地球物理研究所)	1949 年 10 月—1950 年 11 月
5. 北京中科院地物研究所——"军委'中央'气象局电台"	1950 年 11 月—1954 年 8 月
6. 居委会街道工作	

住 处	起始时间
1. 离开沙市到联合中学	1938 年
2. 回松滋	1939 年秋
3. 重庆电台宿舍	1942 年
4. 南京机关宿舍	1946 年
5. 南京红庙 4 号	1947 年 6 月
6. 北京西城阜城门内王府仓 16 号	1950 年 11 月

续表

住　处	起始时间
7.北京东城区细管胡同 5 号	1954 年 8 月
8.北京朝阳区芳草地北巷 6 号 3 院	1955 年 9 月
9.北京朝阳区团结湖中路南一条 1 号楼 4 单元 301 室	1981 年 6 月
10.北京宣武区虎坊路甲 15 号 4 单元 302 室	1983 年 3 月 23 日—2014 年

结婚时间	1944 年 8 月 15 日		

子嗣	姓名	出生时间	职　业
长女	徐绍羽	1945 年 2 月 17 日	教师
次女	徐朗	1947 年 4 月 14 日	剧协《剧本》月刊编辑部一员
三女	徐玫	1951 年 8 月 10 日	音像服务公司售货员
大女婿	马宏伟	（略）	工人
三女婿	赫崇伯	（略）	一清局研究所技术员
外孙女	马霖	（略）	安贞医院神内科
外孙男	赫彤	（略）	日本某大学在籍研究生

四、余明英生平年表

时　间	年龄	纪　　事
1922 年 12 月 10 日		余明英出生于湖北沙市。
1932 年	10 岁	上私塾。
1933 年	11 岁	上沙市小学。
1937 年	15 岁	就读湖北新沙女中。
1938 年	16 岁	离开沙市,转入湖北省立联合中学。
1939 年	17 岁	回松滋。
1941 年	19 岁	在湖北松滋新泰乡中心小学当音乐老师。
1942 年	20 岁	离开家乡到重庆。在中央通讯社电台工作,住重庆机关宿舍。

续表

时间	年龄	纪事
1944年8月15日	22岁	与路翎结婚。
1945年2月17日	23岁	大女儿徐绍羽诞生。
1946年	24岁	到南京中央通讯社电台工作,住南京机关宿舍。
1947年	25岁	4月14日,二女儿徐朗诞生。
1947年	25岁	6月,入住南京红庙4号。
1949年	27岁	约6月,离开中央社。
1949年	27岁	9月,至南京军管会文艺处工作。
1949年	27岁	10月17日,借调到原中央研究院气象研究所(后改为中国科学院地物研究所)电台工作。
1950年	28岁	11月,带着两个孩子随机关(中国科学院地球物理研究所)从南京迁到北京。
1950年	28岁	住机关宿舍西城区阜城门内王府仓十六号。
1951年8月10日	29岁	小女儿徐玫诞生。
1954年	32岁	8月,余明英机关领导曾找其谈话,政治压力极大。以长期夜班、头晕病为由,辞去工作。
1954年	32岁	秋天,搬到剧协机关宿舍,东城区细管胡同五号。三间西房(坐西朝东)。
1955年	33岁	秋天,搬到朝阳区芳草地六号三院(2间),"文革"后(1间)。
1955年—1962年	33—40岁	余明英存款极少了,向领导提出生活困难①。开始给生活费60元,后来增加至70元②。

---

① 据徐绍羽说,余明英生活极困难时到街道登记找过工作。工作人员问:"你还要工作?"余明英反问:"为什么不给?"工作人员答:"你自己知道。"

② 徐绍羽注:路翎去朝鲜前供给制生活费20元;1955年以前(20—70元)一般供给制标准。

续 表

时　间	年　龄	纪　　事
1964 年初—1965 年 11 月	42—43 岁	路翎保外就医,生活费增加 20 元。余明英做义务扫盲教员。
1964 年底	42 岁	绍羽工作,当小学代课教师(农村),月薪 37 元(1976 年回城)。
1966 年	44 岁	"文革"开始。第一个月生活费由 70 元减至 25 元。第二个月生活费分文不给。
		11 月后,余明英曾帮人带孩子(25 元)、做绢花(15 元)、线活(15 元或更少)、糊火柴盒(15 元)。
1967 年	45 岁	"文革"抄家。
1968 年	46 岁	徐朗、徐玫插队,到内蒙古开鲁县,哲里木盟。
1973 年	51 岁	在麻袋厂工作(28 元)。
1975 年	53 岁	徐朗插队七年回城。先到果品公司仓库,后落实政策,任职于剧协《剧本》月刊编辑部。
1978 年	56 岁	徐玫插队回京。
1981 年	59 岁	5 月,与路翎随参观团到山东德州地区农村访问,因血压高和长期积劳,突发脑溢血,中风,送德州医院抢救,好转。
		6 月 12 日,从朝阳区芳草地迁居本区团结湖中路南一条一号楼四单元 301 室。
1983 年 3 月 23 日	61 岁	迁居宣武区虎坊路甲十五号四门 302 室。
1986 年 2 月 4 日	64 岁	写成回忆录《路翎与我》,分别收入《路翎印象》与《路翎晚年作品集》中。
2005 年	83 岁	8 月,肠炎,入院施手术。

路翎与我：余明英口述历史[①]

余明英　口述　黄美冰　整理

第一节　时　艰

他就想到孩子们，大家团聚了，经过那么大的苦难，在一起吃饭，哎哟，他的眼泪就——不像我们女同志啊，好像流泪啊，什么的。他的，像什么？像那个掉了线的珍珠吧，哎哟，他都来不及，没有手绢，可能没有手绢，在找，我就马上跟他擦了。哎哟，男人哭就这么哭的。我第一次看他哭，首先感觉我第一次看他哭。现在当然知道——也是他最后一次。

一

开始的时候我本来就愁这事，我就预备回娘家的。我想一个人留在这里，不如带着孩子回家。其实错了。你有政治问题，怎么可以回家啊，是不是？你回家，家里就不知道啊？他们也清楚得很。那里，他们说，都是广播，胡风啊，路翎他们啊什么的。这样子，你去那里更糟糕了，是吗？好，那时候我不知道啊。我就写信回家，我说我准备回家里来，是吗？我说我带着三个孩子，只要一间，你们有一间房吗？是吗？我说生活我自己管，因为我那时候还有一点生活钱啊，是吗？我想不到他搞这么久啊，

[①] 根据余明英访谈录音、笔记整理、撰写。访谈时间：2006年7月17日—2006年8月22日，地点：余明英寓所。受访者：余明英。陪同者：徐绍羽。访问者：黄美冰、张业松（2006年7月17—22日）、刘云（2006年7月17—27日）。录音、笔记：黄美冰。

我以为一年差不多了嘛。那时候5月份发生的事,我以为10月份就可以解决的。谁知道了?是吗?他有什么问题?是吗?

  出这事的时候,我就想我一个人孤孤单单的,他走了,商量的人也没有,我就想带着孩子回老家去,回我母亲家里去。我就写信,我还跟组织商量的,我就跟田汉的妻子商量——路翎走的时候说:"你有什么问题就跟她谈。"她在组织里啊,是吗?我就跟她谈。她说:"可以啊,你要去行啊,假如问题解决的话,那来还不容易吗?"其实后来他们不是出事了吗?田汉不是出事了吗?是吗?哎……(叹)好,得到她的同意,我就写信,告诉我的家里啊,我说:"我想回来,你们有没有一间空房?"我心里这么想:生活,假如我的钱用完了,我就可以找工作啊,我那时候看得好简单,有问题还找工作?我是这么想的。

  后来,我的妹妹,在读中学吧,反正是学生吧,她就来信告诉我——你回来可以,可是路翎的问题解决没有?什么问题?——哎哟,很严肃的,(笑)我当然不回去了,是吗?这样子,我就不回去了。她写信来,她怕影响她们家里啊。我的父亲胆子蛮小,他怕这些事儿。我32岁,你看她几岁?17,那也读高中了。她后来也不跟我们通信,后来我的母亲来北京,我说她(妹妹)怎么没来呢?她才不来呢,划清界限嘛,是吗?她也不理我,那时候怕。我就没回去。幸亏没回去。

  其实我在北京蛮好的,北京啊,他们都了解我,你看,我们那院子里的,都有问题,(笑)都有问题。我们的邻居名气更大了,问题更大了,可是人家也没有怎样。我的母亲来也没有谈政治,老太太,谈什么政治呢?我的妈啊,看到我,看上去还不错。一些邻居,看到姥姥来,一会儿还送个什么东西来,跟我们还蛮好的。我在那里不是还做街道工作吗?那时候,一些右派,打成右派以后,在家里还是什么,我看也还是做街道工作。"文化大革命"以后……田汉也还不错,他对路翎也蛮了解。开始,我当然也不吭声了,不过我对群众蛮好,群众其实也对我蛮好,没有说就是了。我自己当然知道家里有问题了。

我们那老二啊,她老跟人家吵。人家说:"你爸是反革命。"她说:"我爸不是,我爸是好人。"她也跟她(大女儿)一起玩啊,她(大女儿)就跑来告诉我:"妈,徐朗又跟人家吵。"我说吵什么?"还不是那个吵。"什么这一类的。哎……(叹)所以是蛮痛苦的,是吗?就把她喊进来。不只一次,好像。后来我告诉组织,告诉公安部。公安部来看我,其实公安部了解。我们那个命,我敢说,有事情我敢说。他问我,我就讲给他听。我说:"我的女儿,人家说他的爸爸是反革命,她说不是,是好人。"那个公安部的人就说:"是好人嘛,她的父亲是好人。"那个时候他敢说。公安部的,还是领导呢。我说我小孩说他是好人,他说:"他爸爸是好人嘛。"他这么说。那更不容易啊,公安部的领导都说。我当然当时没有说,没有跟他传出去。我当时没有说。后来,路翎的问题解决了,有个记者来采访我们,我就把这事情讲给他听,他就去采访那公安部的人,那公安部的人不接见。

我母亲说的,我那两个弟弟都在部队里面啊。姥姥说,大弟说啊,大弟说:"将来也许没有事。"她跟我这么讲,我都不敢跟她随便讲。她这么说,聊天,她说:"明澄说的,也许没有事儿。"他说没有事。姥姥是(19)57年来的,"反右"的时候。我母亲挺坚强的,在这住了一个月吧,还照了几张相。我们没有聊这事,我们不敢随便聊。邻居啊,都跟邻居特别好,都不觉得家里有问题啊,没有这样子,没有压力,是吗?第二年,(19)58年,是吗?我还参加街道工作。(19)57年我母亲来,(19)58年他们要我参加街道工作。

我就说这些好的地方了,是吗?可是想起来,那时候还是有痛苦的。我觉得还是很苦。怎么呢?开始,我们本来跟田汉他们在一起,不是把他(路翎)弄走了以后,结果我们搬家吗?过了几天就要我们搬家吗?我们那里有阿姨,阿姨来照顾搬家什么的。我就一个人跑到房间,我就哭了。我那时候想:我跟谁商量。(哽咽)因为他一搬去,没有一个商量的人,晓得吗?我就一个人跑去……没有事了,我才跑去跟她们做什么事。那时候,路翎的母亲还到这里来,到这里来休息休息。让阿姨去安排搬家,到那边去布置啊什么的。因为我那个时候身体不好啊,从单位退下。

我的二弟啊,他在部队里头,晓得吗?他不是在我们家住过一阵时间吗?在南京的时候,住在路翎家里,在那里读中学。后来,解放了,他参军了。后来路翎的事情发生了以后,他们部队里面整得蛮厉害,就逼他,跟他讲的"什么活动"。他说:"我跟他(路翎)话都没讲。"他说实话。后来把他逼得自杀了。他在部队文工团,拉小提琴,我的二弟。

你(指徐绍羽)上四年级的时候,我记得有一个老师,男的吧,他喜欢文学,可能,也许是你的级任老师吧,那时候就喜欢你,喜欢你,你还蛮高兴的样子。后来出了事,他还蛮喜欢,出了事以后,好像把你抱了一下,还是亲了一下,好像很同情小孩子,家里出事了嘛,是吗?好,这就不对了啊——他抱反革命的女儿,是不是?就有问题了,是吗?好,就觉得他的立场不对,你就跟同学一样的立场,觉得他是个坏人了。你告诉我,不是我分析得那么清楚,你是说,以前还没出事的时候就说:"那个老师喜欢我。"班主任吧,可能。后来出事以后,他更同情你了。我都没吭声。

他们小孩两个人,她订的《少年报》,她订的《新少年报》,两个人,报纸一来,就去抢,抢了就两个人看。她们也不随便谈,看我的意思怎么样,她们都这样的。徐朗最喜欢谈了,她也谈胡风分子,哎呀这人怎样怎样,可是他从来不提胡风,也从来不提他爸爸。我不吭声,她们也不吭声,不随便谈。唉……(长叹)

有一次我把她们几个孩子带到中山公园看展览,通过变倍显微镜看刻在米粒上的诗文。好,那时候也没有听天气预报,那天下大雨——哎哟,想到真危险。要是弄到水里了,该怎么办?地下水,那个时候,很危险的。后来,我们去看——有什么展览,可能。展览什么东西啊?小米放大的,刻字,可能,我们去看那个。以前都没有见过,我一个人带着她们三个孩子去。徐玫有没有去我都忘了。后来一回来就洗衣服,马上换了,怕着凉啊。有的时候我不愿意出去,她(大女儿)就带着妹妹出去,爬山。上山的时候,她就在后面走,怕妹妹滚下来。下山的时候,她也在前面,怕妹妹滚下来。她那时候10岁吧,妹妹8岁,她那时候蛮像个大姐姐的。

二

路翎走了以后,我还有一些钱就请人照顾孩子、做饭啊,做菜啊,买菜。后来实在没钱了,就自己搞,自己做饭,自己做菜,小孩嘛都上学,我就自己在家里,做花卷啊、馒头,每天在外面地摊啊,买个一毛钱一堆的菜,没有吃过好菜。后来,穷得不得已,穷得……

我们家出了问题啊,但过去的邻居了解我们,蛮相信我们,对我们很好。他们的女儿曹什么的——"文化大革命"初期,从武汉到北京来串联时住在我家,可是我那个时候——我倒是很想招呼他们,可是我穷啊,连买窝头的钱都没有,真的穷。我说:"要是这个时候有五块钱就好了。"我不愿意找人家借钱,我那时候——借钱要还啊。在最危险的时候,这个人,她的母亲来了,她一定要给我五块钱。我很生气,我为什么生气呢?我就想啊:要是把这喘过来不是挺好吗?我心里想:哪喘得过来啊?那时候有窝头啊,有那么一道菜就算不错了……连买窝头的钱都没有了。她那个人也许还不了解我,我总不要钱的,她们说:"我为你好啊。给你点钱,为你好啊。"我就生气的样子,(笑)我都没法跟她解释。我是穷要面子,(笑)真是穷要面子。

最苦的时候,温饱吧,甚至于都有点饿。徐绍羽,因为是大姐嘛,吃得多。可是我那时候都是平均分的,不管男女老少,都是一个人,比方,怎么说——吃饼吧,都是一个人一个饼,还吃碗粥吧,嗯……那个时候,菜都有规定的,一个人多少。我记得有一年过年,我们家是在食堂里吃,在食堂里吃就不能买过年的菜。我看到过年的菜有那么大的萝卜,哎呀,我可羡慕的。我现在看到有那么大的萝卜,我就想买。不能买,我们在食堂吃是不行的。

"文革"时候生活很困难,没有谁不穿补丁的,都是穿补丁的……只能买一件衣服、一条裤子。我把好些的衣服给绍羽了。你想想,她要上班,在外面跑,要穿好一点啊,是不是?她那一条裤子穿得很仔细的,上班才穿的,平常都不穿。我们都没有。后来,转好了,我终于可以买衣服了,是吗?我都没买到那裤子。有一次,北京,可以一个人买一套——衣服和裤子。我那时候不会做,(笑)自己学做啊,跟她们两个人,一人做一套——裙子、衣服。我裁都裁了半天,(笑)裁都裁半天。……那时候最苦了,也没有钱。

家务呢,我是不工作以后,碰到这回事,才知道。开始的时候,他刚走的时候,还是有阿姨,后来不得已的时候,才没有阿姨,就自己做了。其实也很自然的,不会就吃不成,是不是?很自然就会了。我那个时候都不会要小孩子帮忙做,她们总是在外面玩,我就自己一个人在家里做,自己做,自己欣赏。我做那花卷,什么的,都给她们带那花卷。她(大女儿)去游泳去啊,像放假的时候,她去游泳去,我总给她带走。我说:"游泳之后,把这分了。"游泳不是饿吗?我怕她肚子饿。我说:"一定要拿出来大家吃,不要一个人吃。"就给她带走,带了很多。那个时候粮食还可以啊,那时候粮食没有限制啊。那个时候常做,做花卷,做馒头。常做。我不工作了,在家里就做这些事。假期里,她(大女儿)活动很多啊,在学校里,又是游泳——她担任体育委员啊。

……那时候,家里出事以后,她跟同学都不大说话啊,她怕自己家里有问题,别人看不起啊什么的。我想:"不对啊,怎么老不说话?"后来我就想好了,想好了一个晚上,不是随便的,我就同她两个人,到天安门,走到天安门,又走回来。在这个过程中呢,就谈政治。怎么谈政治呢?我就跟她说,要跟大人划清界限,也要争取入党,是吗?也要向组织汇报。他们虽然是团组织,也是学生嘛,跟她一样的,也是同班同学嘛,叫什么?她(大女儿)蛮听话的,她就照我的做,跟组织上谈话。其实组织上,也是有问题,也是右派还是什么的。结果一了解,她后来就慢慢地,都跟他们熟了,就说话。说话,不但我们,好多人都有问题,家里都有问题。那时候,不说的时候,以为光我们自己有问题啊,后来一问,很多人都一样。她(大女儿)以前就怕填表。

三个小孩,那时候他也出事了,那是很困难了,很困难。不过开始的时候啊,不是还给生活费吗?那还过得去。我一方面做街道工作啊,是吗?那还可以。后来"文化大革命"最糟糕了……

我们这三个孩子,说不操心也不见得。比方说健康、生病。那时候老大、老二都生肺病,那时候条件不好啊,他走了以后。我带她们去检查,不是一检查就出来的,检查好多次。检查出来以后,哎呀,我都哭了,她们好像也哭了。我们在那里排队买药的时候都哭了。怎么不哭呢?我们那时候以为害病,害肺病,就好像活不了似的。原来是,是活不了,后来人家告诉我还是可以打针,是吗?还是可以救活的。哎呀,我后来就蛮痛苦。

平常啊,夜里头,有时候过去就忘了,夜里头,她们生病的时候,我夜里头都不睡觉啊。我怎么呢?我害怕,害怕一样是那时候没经验啊,没怎么带过孩子啊,一不对就要把她送医院。那时候读小学,老二那时候害什么病啊?盲肠炎,盲肠炎走不动,还得要我抱。我喊车,那车也不拉,医院就在那,他没有想到我背不动啊,是吗?好,他不肯拉,我就把她背过去啊,是吗?那时候读四年级了。我推不动啊,没有锻炼,是吗?她害肺病,老二也是害肺病,老三嘛就扁桃腺,老三嘛常常发炎的……生病、学习,是不是?学习还是要我管啊,我都跟她们检查功课,在小学的时候,每天检查,还教她们练字啊什么的。就身体、健康、学习、思想,这还是要我关心的。

我希望她们能够正常地上学、读书、升大学什么的,是吗?其实她们学校的校长,都知道我们家里的情况。她们高中毕业的时候,那个校长后来讲给我们听的,很后来了,她爸爸第一次解决问题的时候才讲。他到我们那个胡同。那个胡同，两边院住着的都是我们宿舍的人。他想到我们这里来告诉我们，说她们不要考大学，考不上的。结果我们老二考大学的时候，身体不好，后来，哎，后来都有病了。

三

那时候不是什么——"三反五反"？在部队里，我就说了气象局不是部队吗？在部队里面紧张。他们没事就跟我问，没事就跟我问，很紧张的。涉及我个人嘛，后来，路翎要是没有问题，我就没有问题。不是，我自己的表现也蛮好的，在科学院的时候，我的工作，我的上班、下班，我的精神还是有限啊。我的工作我也可以管，忙过来，就搞这个活动。那时候刚解放嘛，刚解放，学院的活动啊，都是我来带头。选工会的时候啊，我是工会——文教委员会的副主席，选我当文教委员会的副主席。我就把学院弄得热热闹闹的，简直。唱也唱的，演戏……我都参加。人家喜欢演年轻的，我就演老太太。本来他就不演的，他就不干的，是吗？……

那个时候，也有死人的，死人，怎么……我那个时候还没有说明的，我只认我是个积极分子，是吧？去了解一下情况，我怕，（笑）死人，我怕，也没说，我说我不去……有时候一下了班以后，我就搞活动，我回去都不回去，可是心情很愉快似的，我家也住得很近，只要半个钟头就到了，有车啊，也有自行车，三轮车也有，是吗？反正没有事我就跑到科学院去，去搞活动。他们到哪里去参观，到总台去参观，去了解情况，我自己都没去，为什么没去呢？我去上班，他们还是照去，跟他们签名，什么好的电影啊，我还跟他们买票去。相当累，那时蛮累的，在南京，可是我那时候心情蛮愉快的……到北京以后，其实愉快还蛮愉快的，就是他们不太了解我。

那个时候，部队里头，我家住在离西郊公园多远啊，车也不方便啊。那时候我又怀了老三，挺大肚子，坐三轮车，三轮车

(夫)看着,哎呀,就觉得很沉;另外一个三轮车(夫),他没有嫌弃,另外一个三轮车(夫)说:"人家这么重的,你还这样的态度。"……

我记得在气象局的时候,我就要走了,大家不知道,也许。我跟上面请假,我就要走了,我的一个同事告诉我,他说:"我们今天开会你没去。"当然有事我没去了,是吧?我没去,人家还表扬我,表扬我,还得了什么本、铅笔什么的,我都没有去拿。因为我们上班的地方在这里,气象本部又在那里,哎呀,累,太远了,我就没有问,就不了了之了。表扬的是表示工作好啊,什么的,我都忘了,说这些……

那时候路翎不是从朝鲜回来吗?写了些东西,蛮有影响的。我本来到了气象局,调到气象局的时候,我根本就没跟人谈过我家里什么事,我的爱人什么的,都是人家传的,晓得吗?后来他们知道了,他们知道的比我还多。他们篇篇文章都看,我倒没有时间看。离开科学院,我是,第一,累。太累,也……政治上有压力,太孤立了,嗯……我那时候觉得工作好找。我是觉得先休息一会儿,要工作再找工作,是吧?没晓得发生这事。发生这事就难了,我假如没有这些事,要找工作就不难了,是吗?以后——我虽然没有做正式的工作,可是那时候政治上不同啊。搬到芳草地以后,我就做街道工作。

街道工作,我们街道工作那个总的是个老太太,是个党员,老党员,可是她蛮相信我,她也知道我的丈夫怎样怎样。我那时候家里虽然穷啊,他们也要找我工作,其实后来反映呢,还是觉得我做得比较好,什么总结啊,什么什么,都要我写。在这种情况,好搞,好弄了,是吗?我那时候也蛮简单啊,街道归事务处管理了,是吗?我说:"你们不写东西,要我写……"其实现在看起来,还是看得上我才写的,觉得政治上可以,可靠,才写的,是吗?那个什么——街道组织、小工厂啊,做什么吃饭、做饭的什么的,其实都是我组织的。食堂,对,对,我现在"食堂"都说不好了。

路翎那时候找不着工作啊,是不是?我本来要求工作,他回来以后,没有工作啊,怎么生活,是吗?他要工作,没有好的工作。那就只有做卫生员,扫地工。他们也晓得他是冤狱,是吗?那时候不管什么工作,反正自食其力,谁知道哪一天解放啊?我们不说空话,我们俩不说空话,不说哪一天解放啊,没有这事。就是私下呢,看目前怎么生活,怎么办,是不是?

四

那时候,我也到工厂啊,也做那个花啊,绢花,也缝过麻袋。啊,糊火柴盒,做补活儿,都做过啊,我在那边。补活儿,补上花的那种。那些都是街道上小工厂,有很多小工厂,有,有。所以我离开科学院以后啊,还是在做街道工作,还是在工作。这些厂不是剧协的,是芳草地街道。一般一个月28元,后来好像35元了吧。我是纯粹是为了生活,没有钱,本来就没收入。

……他呢,也是为了生活。一方面,为什么呢?他(路翎)第一次出来的时候呢,他本来就是病患,可以不工作,并且他也……经常工作,可以照顾他了,是吗?我考虑了一下。他啊,他上一次回来没有做工作,他就有休闲的时候,他就想……他假如不做,不扫地呢,就想他的事情,所以还是扫。他这样扫呢,他心情反而不同,反而觉得不见人的。他这虽然不见人的,可是终归是责任啊什么的——你们可不可以领会得到?是吗?就这样,又有收入,就考虑考虑……所以后来我们两个都工作啊,做得又累又脏。

我做那个麻袋厂,麻袋厂更脏,我告诉你,它那个泥土啊,抖开那个麻袋——脏!旧麻袋。你看我那个时候脸上长了一脸的,什么东西啊,长一脸的黑的,那个叫——叫什么呢?黑斑,啊,长一脸的黑斑,怎么呢?又黑,又——扫地可能没有,它吹走了;那个小屋子里头,它吹不走。有口罩啊,你戴口罩,没用,它就长黑斑,长在这,好多好多年才慢慢地好。垃圾麻袋,垃圾。把它拆出来,啊,甚至还抖啊,把它抖出来。相当脏,嗯,相当脏。这生活没办法,什么都做。

还有后来,兴什么活动,那是没有收入的,上午、下午、晚上都做,三个时候都做。下午,他们有的人做完了就完了,我们晚上还写材料,写什么检讨啊什么的。我们搬到芳草地以后就开始在街道工厂里做了。当时小孩都小,都上学啊。一个月28块。哪个愿意做那么脏的活的?谁也不肯做啊。先是做做补活,就拿到家里做,后来就补绢花,啊,后来又做那些乱七八糟的东西啊。后来钱都不够啊。那时候需要一个看炉子的,大概一个人看三十几个炉子吧,也可以拿三十几块钱。我心想:那都是熟人了,是吧?他们要我去的话,他们没说明啊。这钱是少了,但是不是需要钱吗?这么大一家子,是吗?少就少。后来慢慢地他们就找了麻袋的(活),麻袋的钱多一点,可是就是脏,但是不怕,什么都不怕。

不是28块吗?别人都是30块,因为我是有问题的,只得了28块。做绢花都拿不到28块。做多少就多少钱,做两天就两天的钱。我开始做的时候是14块钱一个月,那不够啊。嗯,后来就一直在麻袋厂做。开始做的时候,(19)73年,50岁了,嗯。德州回来,动不了。最后,退养,争取了退养费,那时候七块五,现在500多块钱吧。我就500块的,400,470多。嗯。原来是七块五,都要,七块五怎么不要呢?七块五都要,那时候28块不都要了吗?(19)75年开始扫地的时候才15块钱,好像。

七年,七年半吧,在麻袋厂干了差不多七年半。(19)73年干的。不,干到(19)80年,病的时候就不干了。不是,(19)80年……反正我是七年半,做着,路翎的(问题)都解决了。到街道工厂,正式进去是(19)73年,(19)73年,街道工厂,都是街道工厂干的。(19)55年,我没有做事了。(19)56年,那不是做麻袋厂,那是做——在街道上做事,没钱的,扫盲,那时扫盲,没钱,不过后来就有点钱了,后来有钱。

那时候,其实啊,有积蓄,有工资,他有工资,路翎他不要。他不是,原来不是供给制咯?……我拿不到,他可以拿得到……在街道工作,我是(19)57年开始吧,(19)57年开始做,后来不是打麻雀吗？(19)58年的时候，不是打麻雀吗？还有什么——组织什么开会啊，啊，不是，组织什么食堂啊，还组织什么小工厂啊。我们那时候还组织小工厂。开始时干拆布头的活。很少要钱。我记得给我一个月的钱，我都没要。那个时候我还有一点钱，那时候少极了，我都没要。发展那工厂，别人要，我就给他要，那几块钱，几毛钱……这么回事，一个月。后来才慢慢地发展的……

路翎以前是供给制，后来就改成是薪金制了。改成薪金制了，他就没有要钱，人家问他为什么不要呢？他说："我爱人也工作，我也够了。"就没有要，是吗？没有要——他那时候假如要的话，也有两百块钱，差几块钱就两百块钱。路翎没有告诉我，他不告诉我。这些我都让他自由啊，他不告诉我，我也不问他，我也不知道，改工资了没有，我也不知道。还是后来，他走了以后，供给制，他的煤啊，还是烧公家的煤，烧百分之几啊，我就算啊，百分之几，大概有两百块钱，是吗？后来，这钱，会计就留着，存着，人家还要问他："现在，你爱人不工作了，就给你吧。"他不要，他还是不要。

后来他走了以后呢，组织上就问我："你没有钱用了呢，组织上一个月给你600块钱。"我那个时候还有，我就没有要。（如果）要，要去拿。不是600，60，说错了，嗯，60。后来，一直到钱都用完了，真的用完了——你想，我留着什么钱呢？一方面是我的工资，一方面呢，他——稿费倒没有多少，他的稿费也不多……他就是生徐朗的时候做过工作，解放以后就没有工作了，他大概做了两年的工作。不过他那个机关的工资蛮高，收入蛮高，不过我也用得很省，养活一家人啊，是吧？并且我是个女的，我是用得又省，是吗？用得省……所以也没有多少了，是吗？怎么会有好多呢？是吗？能生活就行了。我们是过穷日子过惯了的。

后来一直到用完了，用完了，后来1962年就跟组织上说，组织上就给，给70块钱吧。一开始给60，后来又给70，我也没有吭声。那个女的还问我，人事的什么，问我："你有什么意见吗？"我说："我们两人都没有工作，还有意见？"那时候说话总归是原则性的了，是吗？你给多少就多少，你给多，就舒服一点。后来，他回信，还请——要组织帮助解决。那个时候还是有限制的，路翎那个钱呢，我那个时候就感觉到——路翎要，可以的，我要，还是不行的。你懂这是什么道理吗？我不是剧协的人，这不是我的工资，是他的工资，并且你们是那么个关系，没准以后你们会离婚呢？我是考虑这样子，所以他不随便给我的，是吧？啊，他给路翎，可以的，路翎原来他自己要，可以，是吗？

我那时候不知道他一去就这么久，我以为去，年底就回来啦，是不是？我以为年底就回来啦，甚至于以为"十一"就回来啦，这样子的，是吧？没有考虑什么罪啊，还这么长。他自己在里头，他太纯了，自己在牢里，不服，在里面闹。其实别人也没有受他这么大的罪。其实他态度好一点，也许早就出来了。

（19）62年以后，这70块钱一直发，发到后来路翎不是回来了吗？加，没加我们的，加路翎的20块钱生活费。不是（19）64年回来过一次，是吗？（19）64年，（19）65年，两年，90块，啊。后来又抓进去，就不给了，那个以后一块钱也不发了。（19）66年到（19）73年……噢……我还帮人家带过孩子。在我这里住，一个月25块钱啊。那时徐朗还不肯，说——谁家的孩子啊？我也没帮人带过孩子啊，我心里想：25块钱，蛮多了，就蛮好了，是吗？我生活就可以……跟她们商量，徐朗她不肯。我好像就带孩子。

她（大女儿）也上班了。靠她。她很好。每个月的钱都交给我，她自己就留一点生活费。她一个月37块，自己留七块，吃饭的、生活的，留七块。不是六七块，给我25块，好像。吃饭呢？还坐车呢？反正够挤的。我心里想：要是她没有我，她会过得很舒服啊，这么几块钱，衣服也没法买，只管生活。她是小学老师，代课老师？他们代课，一些代课老师就闹什么呢，就是要改成正式的，就提早跟他们改成正式的，并且还拿了钱回来，不过提早好多天,可能。……后来就钱太少了,就想办法找钱多的。钱多的,就累啊,苦啊,脏啊,那时候都不怕了。

后来,路翎不是在这扫地吗?人家其实都认得我,我在那里还当过什么老师啊——扫盲老师。不是好多人都认识了,是吗?路翎扫地,不是我管。路翎扫地的时候,人们都很照顾他,都知道他没问题,都知道他没问题。可是上面,连他扫地的时候,连这个公安人员有时候也帮他一把。他扫芳草地,周围,周围。那时候……24个院,四周围,啊,四周围。反正够你扫的,还是蛮累的,怎么不累?啊,蛮累。学校也扫,学校那个……反正还是蛮累……还是街道管。我那时候,我……这个什么,"文革"以后啊,我就不管了。他扫地,开始很便宜啊,开始,不是,那纯粹是为了生活,开始不要钱的,最后才10多块钱吧,15块钱。我记不得了,反正一家一毛钱,还自己跑去跟人家收。嗯,收完了大家分。

五

家里书一本都没有了。"文化大革命"的时候,卖的卖了,弄了大包书,卖的卖了,怕抄家的时候发现,是吗?我把东西都藏起来了。那时候,苏联的也不行啊,说一些苏联的画也不行。他怕人家看到,写一些进步的话在里头。果然,他们查的时候,把那都撕了。我记得一支好钢笔,他把它塞到烟囱那里,出去的烟囱那里,幸亏我也把它拿下来了。他们就往外捅。(笑)假如放到那里,他不是跟你捅出去了?抄家是很彻底的,床都翻过来了,房子都翻过来了。这么长的铁棍,一人拿一根,吓死人的。(笑)他要你自己说——"我们来抄家,你家里有什么问题?"那就说呗,(笑)是不是?反革命吧,那怎么办呢?

我记得"文化大革命"的时候,有个造反派是过去我们的邻居,相信我们,还故意住在我们家里,(笑)他不知道我家里是反革命的家,晓得吗?他住在我们家里,他问她爸爸到哪里去了?我跟她们说爸爸在组织上学习、出差啦什么的。他们没问我。

"文化大革命"的时候,来了好几个红卫兵呢,排队,都拿着这么细的铁棍子,这么长。徐玫认得,她的同班同学啊。一排,这么排一排。都拿着铁棍子,怎么不害怕?我就怕搬一下,就不得了。他们也在家啊,他们小孩子就在院子里头。她(大女儿)不在,她在她的单位,她在教书。她们那里也有。这个床都揭开了,这里头,把相片都撕了。我们那里有两个房间嘛,照片好多都撕了,结婚照也撕了。路翎在朝鲜的好多照片,都撕了,剩的没几张,剩的不多了。那个时候蛮多的。不晓得怎么留下来的,这些照片,不是我留的。还有我的照片呢,你假如笑的呢,他都给你撕了。我有一张大照片还在,我看我没笑(大笑),还照得蛮大,有那么大,他没有撕,那个他没有撕,他看到的。嗯,我没看到他撕,没撕的都是绷着脸的。他没有当着我的面,他当不当着我的面都无所谓。我们有两个房子啊,他在那边,有时候我在这边……有时候他问:"这什么东西啊?这什么东西?"这样的。

哟,那书,哎……(叹)我们卖一些书,还没有卖完,路翎自己的书没有卖;他呢,就把路翎的书的封面撕了。其实,封面是更糟。书嘛,为什么他分明撕封面呢?里面好好的,是不是?太明显了,没有用。我记得有一本什么书啊,他问:"这本是谁的?"那我当然说实话了,我看,内容是路翎的,都是路翎的,这么大一堆,从地下到这里,这么大一堆,都拿走了。他带走,还不是扔了?嗯。(19)79年的时候,没有书,家里。

徐朗他们下乡是(19)68年,和徐玫俩都是(19)68,嗯。徐朗八年,徐玫十年。徐朗是她爸爸回来那一年,她回来的。人家问我:"路翎的问题解决了,可以回来个孩子。"——照顾家庭,是吗?"要哪一个?"我是要徐朗,徐朗大一些嘛,要徐朗回来,她就回来了,就这样子。

我们搬到这里,东西都是一样一样的买的,不是一下子买的。大女儿就30块钱,结婚的时候,留了点钱,买了半导体给她们,给她们带到东北,带到东北,插队。(19)73年结婚。她们下乡,还要照顾她们啊。有一次,我很馋,总想吃点东西,吃点零嘴啊什么东西,我把那20块钱,还放在银行里头,需要的,就取点出来,买点东西吃,这才存到20块钱的。徐朗来信了,说她们这年还要吃返销粮①,返销粮就是还要我们这里给她买。我就着急得不得了,我就给她写:"你不要愁,我马上给你们寄来。"我就马上跟她们寄去。还有,她还生病,吃药,我就跟她把钱都弄到买药,都跟她寄去。徐朗在内蒙(古)。那时候徐朗也闹情绪,她有时候也不干活,就睡觉,睡觉,她就想……闹情绪。我们这个老三,老三她干活,她干活干得很卖劲儿。后来他们插队的人呢,本来有的在小学教书,回去,请假回去做什么事,就把那个位让徐朗回来教书,可是那个人后来回来了,就要徐朗让,让给他。本来徐朗在教书的时候嘛,徐玫啊,在他们学校里吃,还比较省用的,好多了,是吧?后来那个人回来,就让他。

好,幸亏她爸爸回来,她爸爸不回来,她也回不来。对,她们还在插队,那当然要照顾,她们没有钱。她们走的时候,给她们带了点钱,找人借的,找了个邻居,找了个邻居,蛮好的朋友。我就说:"她们走了,假如我将来寄钱去,可能麻烦,我家里也没有好多钱,是吗?那我现在带去,我把钱再还给你,是吗?"我就很胆怯的,我就生怕人家不借啊,还是什么的,我就找他借了40块钱,就给徐朗带走,带走了我就可以不寄给她……身上总要有几个钱,是吗?还有一次徐朗呢,她的朋友来看我,告诉我她的困难,要家里给她寄牙膏。哎呀,我家里一个钱都没有,我马上找人借了钱,买了一支牙膏,一支还是两支,跟她寄去了。如果她头一年回到家里,我要她不要回来了。因为她一回来啊,街道居委会老催她回去,就像监督什么似的,要她们赶快回去。我就要她们不要回来了,就给她们寄了点牙膏去,就完了,是吗?

那时候路翎头一次写信也是这样的,要牙膏。那时候都没有剪刀,自己开了了,是吗?那个东西啊,它堵着的,是吗?牙膏头

---

① 农民交给国家的粮食,在农民歉收时国家再返卖给农民,由国家低价格供给粮食。

那个东西啊,我一个一个地打开。我没有打开,他没有剪刀啊,要用牙咬的,那多可怜,牙膏都没有。我去看路翎的时候,我还给他带两块钱。其实我并没有钱,我去看他的时候还跟她(大女儿)的同事借了十块钱,还买东西啊,还给他两块钱,还有车费啊。当时那个监狱是在昌平吗?我都忘了,好像蛮远的,是不是昌平啊?

他在监狱里面的时候,我跟他送东西去,什么的,他每次在监狱里,要他来信,我们才能去,不然我们不能随便去。要来信——给我送什么东西,什么的。他有一次来信,他跟我要什么东西,啊,要牙膏。他一来信的时候,我压根儿没想到去,怎么没想到去呢?根本就没钱。没钱,不是要工作吗?那时候我已经没工作了,就她(大女儿)在工作啊,是吗?后来慢慢想起了,就跟她商量一下,能不能跟她的同事借十块钱?后来,她考虑了一下,还真借着了。借着了,我就跟他,比方说,比方说啊——两块钱的车,我就两块钱,给他;再就两块钱买东西,买烟,买东西,买点吃的,什么的啊。好,反正都用了,都给他了。我怕他没钱啊,啊,还给他买什么牙膏、牙刷啊,什么的,是吗?

他来信,也就一两次。他在监狱里头,见过他两次,好像。啊,我都记不得了。以前,不让看的时候没有看啊。对,(19)65年到(19)73年……等我想一下……那我记不得了,反正是没判不得看,判了以后就可以看了。判了以后还要他写信来,才可以去看。对……他不像胡风,去看他,他跟你谈话聊天的,他不吭声的,在那里就光吃东西,他也不望着你。(笑)不理人,你跟他谈什么啊?他不说话,也不谈什么什么的。不打招呼,光我说。我说:"你天气这么热,你还穿这么多啊。"他在心理上反应吧,表面上没反应。

后来,第一次,我乱扯了啊——也不是乱扯,就想到第一次他回来的时候,他不是先在医院里吗?在医院里……不是,不是,刚进去的时候,他们让孩子们去看过一次,1955年秋天,孩子们去看。那一次我就要求了,我说:"我也要看。"他们说:"等我们考虑。"那后来就没下文了。孩子,那天徐朗不在家,去学校开会,不知道什么。她(大女儿)同老三去的。他们拿汽车来接的,来接去,还弄了两份点心吧,两份点心招待小孩子。小孩子吃不完,还带回来。那时候,老三还小啊。什么糖果啊之类的,小孩嘛。那时候,我就告诉徐绍羽:"你去,你把门牌看了,告诉我。什么胡同,什么地……"她那时候十岁,看得清清楚楚……徐玫就想吃,坐着……

刚进去的时候,他受不了,不自由啊。他老在那里发脾气。后来就是这样,后来就没剃胡子。我第一次看他,不是在这个地方啊。我是在监狱里面看的。第一监狱还是秦城监狱呢?我去过两个监狱。跟他拿东西去哦,跟他拿东西去。那第一次见到他是隔了好几年了,隔了好多年。那是第二次——他不是进过两次吗?第二次进去,我去看过。第一次进去,没看过。从医院出来,在家里住了一两年吧。第一次,他进医院,我就在医院里见过。1961年他进医院……那一次她们也去了啊。在医院里,我们带……在医院里,我去过几次。

"文革"前有一次啊,有一次去……我去过一两次,有一次我找不到地方了,带着两个孩子,哎呀,走了好多弯路。怎么呢,那小的太小吧,那小的还没回来。我记不得了,好像是带了两个孩子。不知道是带了两个还是三个,记不得了。就她们两个。我跟他带着西瓜,好费劲啊。夏天,啊。结果不让见,在医院里头,不让见。哎哟,我当时蛮生气,回来以后我就写一封信给这个公安部。我说——以后啊,希望看的时候,你们来信给我,免得到了人家又不让我看,又不好不让我看,是吧?因为他们不知道这情况可不可以让家属看,是吧?我就给他写了封信。写了封信,他就要我去接他,就那时候接回来的,就在家里养病。就是这样子。那一次我很意外,我没想到。

他以前跟我说过两次,怎么讲呢?他说:"我想家。"我假如这么说就好啦,当然绝对想不到这种事,我说:"想家,是不是可以让他在家里呢?养病啊。"呵呵,那时候想不到啊,是吗?他说过,他说他想家,可是也许路翎后来告诉他们,向他们表示自己想家,这样他才回家里去。第一次到医院,(19)61年还是哪一年我就记不得了。住院以后,他要我去见他的。以前,公安部就告诉过我,说他想家。

第一次……大夫说:"我要他去刮刮胡子,他都不去刮。"他的胡子蓄得多长的。他不是讲,他不是随便答的,我都忘了,忘了,他不肯听,反正有这么个意思,我记得是大夫说的。他没有特地说。我这回忆起,随便聊的,他这么说。胡子很长,认识当然认识了……有一次我们在南京的时候,随便聊。我说:"我们以后,你有什么事的话呢,假设分离了,我们还认不认识?"他说,"你呀,"他说我,"余明英烧成灰了我都认识。"我说:"你总共活多少年啊?"很难讲的,是吗?他想了一下:"活一百年。"我先说还是他说的,不晓得,我们俩都说活一百年。那是年轻的时候,随便聊天。他说化成灰了他也认识,啊。我没说,好像。我想了一下,不过18年嘛,绝对不会不认识。我心想:认识,夫妻怎会不认识呢?

他变成什么模样你晓得吗?胡子长,鼻子里面也长胡子了,(笑)当然变了。他只顾吃,什么话也不说,他也不望我。不望,不望我们。反正他望我的时候我没看见他,我看他的时候他没望我。先是母亲和他们两个孩子去,后来我也去了。他先不让我去。她(大女儿)心情多难受,她就不愿意进到医院……读高中了吧?(余重叹)那时候啊,那时候他是发根白。那时候,跟我结婚的时候就有两根白头发,就有两根,少的。我自己没有,没有。我是50岁的时候,才有两根白头发。他的脾气啊什么的,他的头发老竖着的。他洗头发,发露也不抹一下的,洗完就完了。啊,我老想跟他弄。"哎呀,不要弄,不要弄了。"不,他不这样的。

(19)75年回来,就到冬天了,嗯。嗯,穿棉衣了,我还给他准备衣服。去接他。1964年年初他第一次回来蛮好的,两部汽车送的。一部放他的行李啊什么的,还有一部呢,他、我、他母亲、我们三个人,坐一部汽车。啊,从医院,就是从那儿回来的。两部汽车,我记不得了。第一次蛮好的,嗯。把他接到芳草地那里,接到芳草地,嗯。汽车开得进啊,直接开到我们房子那边。第一次他没有住过监狱嘛,第二次才住过监狱。

六

有一次单独的时候,他妈就说:"哎,我这儿子,反正出名了。不管是好坏吧……什么留名千古啊还是遗臭万年,反正是出了名了……"那时候还不敢说名垂千古、遗臭万年吧那时候,是吧?"反正我儿子是出了名了……"那时已经出了事了,他已经关起来了。她来看我们,我们就聊天啊。唉……(长叹)她不给资助,她怎么给,是吗?她自己也没有什么钱,后来她的丈夫也出事了,她的丈夫。"三反五反"的时候吧,还是检讨政治的时候吧。路翎出事之后,他父亲也出事了,以后吧,我都记不得了。本来工作蛮好的,后来不是路翎的问题,是他自己的问题,他也没什么大问题,只是参加国民党。参加国民党,他也不知道,他说的,他也没交代。

路翎第一次回去的时候,1964年吧,他不是想家回去了吗,他说:"我在做梦吧?"不是一回到家就说,第二天,好像。我说:"不是做梦。"好像糊里糊涂的样子哦。后来我还把他带出去走走啊什么的,还买了点那个什么豆啊,花生豆什么的,硬的,买了两个人吃,走着吃着。嗯……好像还坐汽车的……

我就讲另外的吧。有一次,他和我的小女儿,到母亲家里去。我就要他呢——路翎虽然不亲手照顾家里,像爸爸一样地,我就说:"我把钱给你,你买票,你看到有卖冰棍的,就买一根冰棍给小孩吃。"让他建立感情啊,觉得"爸爸还给我买冰棍",还给钱,是吗?我就教他这么做。好,他们回来,我说:"你爸爸给你买冰棍吗?"她说:"没有,还是我要的。"(笑)冰棍……他不愿意买……

我是老早就去做街道工作,那时没办法啊,简直生活过不下去了。我做街道工作。90块生活费是路翎回来以后,我们家里原来就有70块生活费啊,他20块生活费,所以一共90了。后来他走了以后,那20块,他也不给了。街道工作啊,也就是你在家里住着,住着,他有事来喊,那没钱的。我有时同他去看他母亲。他去,我不大去,我有时候去,有时候不去,不一定我都去,不一定每一次我都去。他在家里没事,没有做什么事。他就是有时候汇报啊什么的。一个月汇报一次吧。

其实,我后来,我是(19)79年才知道——人家问他是谁要他汇报?没有人要他汇报,他自己汇报的,这样的。其实,不汇报也不算你犯罪。不敢,谁敢呢,是吗?他养成习惯了。他恨不得抄日报的,恨不得这样子。怎么呢?我订了一份报。我自己老是订报,在最困难的时候也订报。订了报,他就看看报,在报纸上抄抄啊,什么的。先订《人民日报》,后来订《北京日报》,改了。一次订了,它就可以延续下去。那时候一个礼拜一次,比较少。第一次出来那两年就没干什么,就在家里养病,就在家里养病,没事。

徐朗她们生病,徐朗考高考的时候,这个,咳嗽,累啊,什么的,咳嗽又转作肺炎,我就着急啊,他都不知道,路翎都不知道。不过我在徐朗她们门口、窗口听她咳嗽,听了挺难受。路翎坐这里,我坐那里,我听了挺难受,他不知道想他的什么事,他跟我想的不同,一点都不晓得关心。回来应该夫妻俩聊聊,是吧?我就在那里听孩子咳嗽,咳得我心理上难受。他不管,都是我一个人管,他不管。我说我们俩是一家人啊,心灵呢是各想各的。他想他的,完全想他自己的事,晓得吗?我就老是想家里的事,晓得吗?也想他的事。他的事我无能为力啊……我们那时候是两间房,孩子们一间。我们原来在细管胡同有三间,后来变成两间,最后变成一间,是这样的。(笑)恐怕一间差点也要搬走了。后来总算问题解决了……

他不说话。他没有跟谁聊天,没聊天,除非你跟他聊。我记得有一次啊,他说:"我讲一个故事给你听。"我就知道他要讲周总理。我说:"我去上厕所,一会来。"我就避开了,我不听。那时候不是不谈政治? 一谈,就要汇报的,要是问到你呢? 是吗? 他不谈,他当故事来讲,我不听。我知道他想讲,他没讲过,不过我知道。他不是有意见吗? 不要讲了,算了,他说:"我讲故事。"……其实他也不是为政治。我这么想的……不,他不跟我讲,是我自己观察的。他没跟我讲过。

他在青年剧院那些事……没有具体地告诉我,但我知道。我听不着,我看不着啊,是不是? 具体的他没跟我讲怎么怎么的,三言两句说……聊什么呢? 那时候你们可能没体会,在"文化大革命"的时候,你知道一点事就要汇报的。是还没到"文化大革命",我那时候在部队里面,上面也挺紧的。一定要汇报的,不可能不汇报,告诉你。拼命挖,挖思想。你看,所以他们在里面做了几十年,一生都在挖,自己想想、写写,想想、写写,真难受,告诉你……你们学文的还谈,其实有些人不问,不愿意谈这些事了。这很难说的,聊啊,反正也……有些事我知道,有些事我并不知道,他并没有跟我仔细地讲……在家里,我就忙家事啊。他就在家里,有时候到母亲家里去啊,吃饭啊,或者怎样,是吗? 那他这么说是故事吗? 这也不是故事,他不过是用"故事"这个字。他讲这个事,他说:"我讲,说成一个故事。"他说:"我讲个故事,讲故事给你听。"我就晓得他讲这个。我说有事,就走开了。

没有经常讲,那也不是一次。比方说啊,他写东西啊,就不说话了。那天晚上,我不是说他写了《初雪》? 在家里,我看着他写的,我一睁开眼睛,他看到我醒了,他就跟我讲了,说我在写什么写什么,他就跟我讲了个故事,就讲了他写的东西。我不知道啊,他写的,是吗? 他就讲了。这种情况也有。

胡风……(19)75年以后就是这个——反革命解决了……1964年回来那两年,有一天早上起来,他说:"我是不是在做梦啊?"我说:"不是。"我跟他解释。好多年没见面,并且他很想家的时候,回来就像是做梦似的,是吧? 哎……(长叹)我把他带出去玩,带出去走走。买一包花生什么的,吃着……到处看看。没有,没有碰到人。在北京就是大,碰不了人。邻居也没有,也没碰到。邻居,认识。看到我跟他两个人走呢,也不会说话。不哭,我们不大哭,不哭。

1975年我们去接他的啊。我们还问:"还要不要又回去?还要不要走?"人家说表现好就不走了。也不是非常高兴。我们不懂民生法啊什么的,心想他大概不会走,想不到他写信啊。他无聊啊,没事啊,所以后来还是给他工作好,是不是?干活啊,劳累啊,他就不会写那些信了,没那个情绪,是吗?我给他找工作,也为了生活啊,是不是?我问居委会,居委会说:"我们现在也没有什么好的工作。没有问题的人也找不到工作,只有扫地。"表示有点委屈他的。像他这种人呢,本来不应该找工作,不应该给工作。扫地,本来就像义务似的,是吗?我们还是要钱,不要钱怎么生活啊?后来,他扫地,他就不想他的事了。做街道工作啊,是吗?像这个(19)58年的时候,成立食堂啊、组织什么的,都是我搞的。其实他们都知道我。那时候他们不知道我家里有问题没有。自己表现得还可以吧,所以他后来扫地人人都知道他。

我就想一点,讲一点,好吗?我就怕忘了。我就说——我不是说路翎没有哭过?他哭过。怎么呢?我讲,我后来想起来的——他第一次回来,第一次回来不是冬天了吗?1月份吧,是吗?蛮冷的,我记得。那几天,我做了几个菜,还有几个孩子和路翎,我就放在桌上。我说:"你先坐一会,等我们要吃的时候,再喊孩子们。"还没做完啊,我在忙啊,煮菜啊什么的。他就想到孩子们,大家团聚了,经过那么大的苦难,在一起吃饭,哎哟,他的眼泪就——不像我们女同志啊,好像流泪啊,什么的。他的,像什么?像那个掉了线的珍珠吧,哎哟,他都来不及,没有手绢,可能没有手绢,在找,我就马上给他擦了。哎哟,男人哭就这么哭的。我第一次看他哭,首先感觉我第一次看他哭。现在当然知道——也是他最后一次。后来没有看到他哭过。那天我不是讲没有看过他哭,后来想想,还是有那么一回事,很突出,忍不住。孩子们在外面,后来才一起吃饭,孩子们没看到他哭。那个时候我没有哭。我就感觉到很亲,感觉到……因为他回来了,是吗？当然没想到他又走了,是吗？很亲,很爱……(啜泣)……

第二节 婚　　恋

他让我生气的时候,我总跟他讲道理。一个人爱一个人,真是有不同啊。嗯,这很自然的,不是故意要的,没办法。

一

1938年已经认识路翎了,在巴东联合中学时就认识他了,不过,没见过面啊。他本来是我的朋友的朋友。我是我那个朋友,在重庆,我的女朋友跟路翎蛮好的,那个时候。她跟他……她就告诉我:"我有朋友。"她把他的相寄过来,我就看他的相,我觉得这个人蛮好的,我就鼓励她:"你跟他好吧。"他们两人好,后来又好像不好了还是什么。她讲情况给我听。我就劝她——你跟他好吧,我觉得这个人蛮好的,就这个意思的话,这个人蛮好的。她把相片给了我看——哎哟,我一看,给我的印象很深,这个人给我的印象蛮好的,我就希望他跟她结婚,跟我的朋友成亲,要她跟他好。后来她终于离开了他,没有好,离开了他。

那时候在重庆啊。不是,不是,那时候徐嗣兴路翎在重庆,我在学校里就看见他的照片了,那个时候,还没离开的时候,在联合中学,嗯。在巴东的时候,第一次看到照片上的他,那一次是第一次。后来就不知道了,是吗？后来我生病了,就回去了。

后来我生病我回去了……回去了,我这朋友怎么老不回信啊,什么事啊？后来我那个朋友又到别的地方去了,我跟她两个人,我就不知道她的通讯地址了,我找她的地址,就写信问路翎,她因为在路翎的家里住过,我就写信到他那里,请他转啊,什么。她跟路翎他们家当然是熟的,啊,她跟他好过嘛,是吗？我就打听我那朋友的消息,路翎就跟我写信,告诉我她的情况。在那里,我就知道我那朋友的消息了,我那女朋友的消息了。路翎这样就跟我联系上了。这样,这么联系上的。

联系上了,就跟我差不多过不了多久就通封信,反正他来信我就回,我去信他也回,这样就联系上了。现在觉得几年了,很久了,信都蛮多了。反正我跟他,从开始到后来,一共的信有五百来封。就是一共,全部一共,我算了一下,大概有五百来封信。五百来封。我就计算了一下,前后大概五百来封吧。那个时候,我蛮喜欢看他的信,那个时候。我一直都蛮喜欢看他的信的。那时候写得要改嘛,他总喜欢涂,信上呢就老涂。嗯,涂得黑坨坨,可是我总看得清楚,我就仔细地看,他还是改得蛮清楚的,错不掉。信嘛,我总不只看一次,常常看。

到重庆以前,通信,先通信。我跟他见面以前,通过差不多——至少有一年的信吧,蛮多,差不多一两个月总有一次信。反正你去信,他来信,一定要回。没到重庆,就跟他通信了。出去,那不是为了他,不是为了他。我那时也没想跟他怎么样,只有这么点因素,我主要还是想出去。他跟我通信的时候也没有谈什么出来读书的,没有,没谈这事。不知道谈些什么,他的话蛮多的,徐嗣兴他的话蛮多,绝对不会谈什么爱情,不会有这回事。嗯,他都写一些,我也给他写……他还说:"我觉得你可以写。"我当时一心一意想:他是假鼓励我。其实我这个人很懒,我喜欢是喜欢文学,可是我也不懂……我知道他在写作。他寄过给我一本《七月》啊,寄过给我一些书。他常常给我寄书这些的,啊,寄到松滋。我并不老住在松滋,有时住在松滋,有时住在长阳,有时住在宜都①什么的,都可以通。

他也建议我看什么《大众哲学》啊,我蛮喜欢看的。他常常寄给我书,他写了些东西啊。他写,他用路翎的名字,他还没告诉我名字啊,那时候他说:"上面有我的东西,你猜,我不告诉你哪个是我的,你猜。"我就没有猜着。其实,现在推想当然就可以

---

① 松滋、长阳、宜都,均为湖北省宜昌市附近县市名。

了,但那时候就不知道。我都看了。不过他写东西,确实跟他的人不一样。他蛮——感觉蛮苦的,他写的东西,很沉,心情很沉重。你看他的东西,跟他的人不同,哪里像这么年轻的?好像很多经历,生活很沉重的。

家里也知道我们在通信,并且他们不看我的信,不过我看恐怕还要偷偷地看。我记得有一次,我每天记日记,那时候,有一次我的母亲正在偷偷地看日记。我一进去,她吓了一跳。(笑)我就装作没看见的。我那时候相信,我觉得她不会看我的。其实她应该了解小孩子怎样个情况,是吗?她想问我也问不成,她这样不是蛮好吗,是吗?

我们也谈文学,噢。比如他建议我读什么书,那个他都有信。我相信一个同事,那时候我在教书,有一个同事;我出来,我就很相信地把好多照片、信,都交给他了,想以后……他结果逃难的时候给我弄丢了,弄丢了,可惜了,那时候也有路翎的好多信。那时候跟路翎没见过面。我快要到重庆的时候,我给他写信,我说我什么时候什么时候到重庆来,上学。他说:"好吧,你来吧,我还没见过你呢。"这样的情形。后来的信我倒留住了,后来,前前后后,我们一起通信,也有很多。现在因为交出去了啊,我就希望这一次找得着。后来写信我当然留着了,是吗?过去的信,我都留着。

有的多有的少,不是那么千多个字,不是那样的。他有的时候介绍情况:"你的朋友上哪儿去了?"等情况。他写东西不是那么大的字,他们写东西就像你(黄美冰)一样,比你的字还小,为了省纸啊,都习惯了,像一个格啊,都写两行。他写信也很有感情。有的时候,我的父亲啊,为了关心我,也许偷看过我的信,我的母亲呢,偷看过我的日记。有一次我的母亲在看我的日记,(笑)我一进去,哎哟,她吓一跳,(大笑)我就装作没看见的。我的父亲,我怎么知道他看了我的信呢?他说的,他说:"这个孩子还不错。"不是不错,他说:"没有别字。"(大笑)没有别字,就这一点,我就晓得他看了我的信。他说写信信上都没有别字……

没见过，我的父母他们没见过，我跟他好，也都是心里好，我也没有跟他表示过啊，我们都没有表示过，信上都可以公开的，写信，也没有什么见不得人的事，是吧？没见过，哪里见过？我的父母到现在都没见过他。我的母亲到北京来看我的时候啊，那时候他已经出事了，他不在家。哎……（长叹）照片倒是有的，我们结婚的照，或者什么照，寄回去过的。上班的时候就晓得上班，不晓得请假回去。那时候，我出来的时候，不是父亲、家里不同意吗？他们也怕我出去乱交朋友，也许都有些关系什么的。家里不大同意什么的，也没有说就是。我跟他们不但没有商量，我都没有告诉他们。结婚倒是告诉他们的，我没有跟他们商量，我心里想：商量的话，也许不会同意的。不过最后，还是现在，我才听到我的弟弟讲——我父亲还是说："这个婚姻没有错误。"最后，他已经去世了，我弟弟到我这儿来，才谈到这事，我父亲说没有错。

二

后来，(19)42年的时候，我不是到重庆吗？跟朋友一起到重庆去。我一到重庆没几天他来看我了，他不是当天来看我。他来看我，我就走了，我到一个工厂去看在那里工作的同学。到工厂去，他们说到工厂去当工人。我还在考虑，还在看。他那时候去找我，没找着。因为我那个时候不是住在一个地方，通讯在这，我有的时候到同学那里去啊，没有见着，过了些时候才遇见，他又找我。我没有找过他。

他那个时候就到中学，到政治学校，在南温泉——路翎就在南温泉，舒芜介绍他到政治学校图书馆里做管理员吧。他在那儿做管理员。那时候他刚开始写《财主底儿女们》。他说："我在写篇长东西。"他还讲了一下，那时候我没印象，我稍微提了一下……他反正那时候不断地写东西吧，没有停过。白天就上班，晚上就搞了个小房间，一个小房间，挺热的，还是人家照顾他的……我已经在那里找到工作了，找到工作，那恐怕是第二年吧,可是我们这中间啊,差不多一个多月,路翎到重庆去看看我。

他说有一次,不是有一次,是有的时候啊,他在门口转去转来的,就没有去找我。找不找呢?找我,又好像没有什么事,没有什么话谈,是吧?他有时就没有去找我。到门口了也不进去,不进去,他走去走来,走去走来,就回去了。没什么事,是吗?……反正我对他是一见钟情,看到他的照片我就很喜欢他,可是这喜欢没想到谈这事,是吗?所以我呢,见了面,还是觉得挺热情的。他很含蓄,他对我……唉(长叹)……找过那么一两次吧,没找着。他在北碚,要到重庆去找,不容易啊,是吗?他有时候到重庆转一圈,来找我的,有时候不找,我们不同时候,是吗?他就不找,就回去了。

他第一次跟我见面大概蛮高兴的。我们第一次见面我还跑到阿垅家里,阿垅他也住重庆,我们到他家里去。他高兴得讲话也转个圈,很高兴就转个圈。(笑)年轻人嘛,很自然的,是吗?那是我们第一次见面。他到我那里去接我,找到我了,那就走得很远的,到茶馆,又去到阿垅家里去,阿垅你知道吗——写诗的?又……晚上又去看话剧,看白杨的啊,蛮有名的。(19)42年。重庆这个电影啊,话剧啊,完得晚,一点钟才完。他上午去找我的,啊,溜走,溜走,后来才坐茶馆,后来就去找阿垅。晚上阿垅也去了,三个人一起去的。(阿垅)穿军装,他的邻居也是穿军装的,他在部队里面。

有一次,他请我看话剧,在重庆,看话剧啊,一点,接近一点钟才完,差不多。我记得那一次看话剧,还有阿垅呢。我们还到阿垅那儿去,他是军人嘛。他跟阿垅蛮好啊。后来完了就去看戏,吃东西没有,我就记不得了,大概总吃,不能一定不吃东西,是吗?(笑)忘了,一点印象都没有。后来看完了。阿垅就回去了,他就送我到宿舍去了。那时不像北京,通夜都有人,也有亮光。重庆不大的。夜里头……反正挺安静的,一个人都没有,可以说。我们那里有上半城、下半城啊。上半城比较热闹,像小城市,是吧?下半城就没有人。我们那路,可能往下半城就比较近,我们往下半城走,走得很快。都一点了,夜里头,他就把我送到门口。送到我喊应了门,人家答应了,他才走。一个男的总是这样的嘛,那不能让我走啊,一个女的,是吧?很客气,我记得走的时候,我还说:"谢谢。"他走过来,他说:"不客气。"谢谢我,请我看戏啊。见过好多面,好多次面,我想个半月一定要见一次吧。总是他去找我。个半月。个半月就是一个月的样子……他假如找我的话,我就挺热情的。

那时比较活泼,讲话讲得很高兴就转一圈。(笑)很自然的,看着不别扭的,那圈。我记得我坐床上,他和阿垅在那里,一方面谈话,一方面走去走来的,表示他是主人嘛,他就讲什么东西,讲给我听,讲了他就转了一圈。

这之前他不是跟我通信,他是跟我的朋友……(我的朋友)告诉我他的情况。后来主要是他的地址,我没有写他的名字,写他的地址找我的朋友——到哪儿去了?他就写信告诉我,写了很多的——她的详细的情况,写了很长的。我那时候觉得很长。我到重庆后,觉得好久……有时候一封信,接不上去的时候,可能就不通信了,可能没事,是吧?他假如不来信,我就不给他去信,是吗?我假如不给他回信,他也不会回信了。

反正他每次进城的时候……他看朋友啊什么的,就来看我。他那个时候老是以为我有朋友,没有说就是了,他以为我有朋友。其实我并没有朋友,我并没有跟谁做朋友。他怀疑吧,他就不提那回事,反正他以为我有朋友。比方我走的时候,同事说:你要早一点回来啊,不要超过十点啊,或者不要超过几点啊。他就怀疑,他考虑蛮周全的。那是同事吧。我们就去看电影,看到一点钟才回来,回去也是到宿舍。我住在宿舍的,同事帮我找的宿舍。太晚了开门,人家不是很麻烦吗?他就说早一点回来,是这个意思。那时候我没有想到路翎他蛮敏感的,蛮敏感的。

我那时候在松滋的时候,我才跟他结的朋友,跟路翎。所以那时候谈不上什么,是吗?我心想:我哪里可能到重庆去?我就是到重庆也不见得跟他好的,是吗?我介绍我的一个好朋友,重庆的一个好朋友。我说这个人呢,那个女的还在读高中呢,后来读大学去了。我就介绍她,高中毕业,什么样子,我说:"你去找她。"他可能没找,没找,嗯。后来我就没问了,没有提这事了,所以那时并没有想到……

三

他后来还讲过,他说:"你来,总是拿着我会客的条子。"会客的条子当然拿了,我就拿着他会客的条子,我总是跑(笑),年纪轻嘛,不走,就是跑,跑上楼。这楼啊,重庆的楼,是往下的,不是山吗?山盖的,看不出来的,在里头还是跟普通楼房一样……我就往上跑。我现在都脑子说不过来了……我就往上,对了,往上,就很高兴地,跟他……有一天坐在传达室,那个小传达室,蛮精致的,倒是。不是我们一个人哦,有几套沙发,可能有三套吧。假如有另外的人来,他们谈他们的,我们谈我们的,各谈各的,那些人我们都不认识的。我和他两个人,开始,傍晚的时候,天都快黑了,慢慢地黑了,我都不想开电灯。黑的还是看得见,是吧,更安静,是吧,可是那传达室的人,自己来点灯,我心里还真的不愿意,这样不是蛮好吗,是吗?我就跟他聊了半天,聊一些很平常的事。我是说我们这儿,中央社。他到我这儿来,我没有到他那儿去。我后来去过。后来我们明确了,两个人明确了,我才到他那里去。我不随便到他那里去。我不知道他怎么样啊,是不是?

我到重庆的时候,(19)42年。他那个时候就开始,舒芜给他找了工作啊,在那个政治学校吧。路翎不是失业了吗?舒芜有份工作给他,在图书馆,他也去了,这样的。去了,就在那里写《财主底儿女们》。他第二次写《财主底儿女们》是那时开始的。我到重庆的时候,他就告诉我,他说:"我现在在写着长篇。"当然没讲给我听了,因为我没看过,所以他没讲。我就知道他在写,(19)42年就开始写,(19)42年,(19)43年。他(19)44年写成的嘛。两部写成了以后,我们才结婚,什么的。他写完了,赶完了,才想到这事,才想到结婚的事。放心了。他不是自己说了,他说："我写完了，我高兴。"但还不知道人家认可不认可啊，要挨骂还是什么的。

路翎和舒芜住在一起嘛，我也去过，到他家去过。因为我是客人嘛，那时候，刚刚去，又不好睡午觉嘛，是吗？我记得是热天的，重庆很热的，我们就在一起聊天啊，是吗？我没有去的时候啊，他们两个人啊，下班了还是一起聊天，聊天，聊了半个钟头吧。我这么想的，只有那么一点时间，聊了，就各人写各人的。他们俩都里外房，舒芜住外房，他住里房。两个人都写，他写他的，他写他的，写了睡觉，第二天上班。他们那个时候也有争论，两个人，关于理论方面啊，对时局的看法啊，什么的，有时候争得面红耳赤，有的时候真的面红耳赤了（笑）。这是他说的，啊。各个方面的，舒芜谈舒芜的看法，他说他的，这样的。比方说他们订了份报嘛，报一来呢，就撕一半，你一半，我一半，看完了，换。两个人看完了就聊啊，聊了就自己写东西，嗯。他们还是挺忙的，尤其路翎。舒芜他不要按时上班啊，他当老师嘛。

家里……就是结婚以后，就住在他们家里嘛。我一开始去的时候，是他妈做的饭。他妈妈住哪里我不知道。只有一个人在外屋住，路翎在里屋住。路翎好多脏衣服都塞到床底下，哎呀，我看到好多脏袜子——现在我当然给他洗了，我那时候还不会。我都不会洗，不晓得放哪里，都不会。我就给他塞整齐一点，就给他都塞在一起。他第一次洗鞋，洗东西，那是解放以后了，解放以后在青年剧院，在北京青年剧院，从南京到北京青年剧院。刚来的时候，没人洗衣服啊，他也不会找人洗啊。他自己学洗，学习怎样？他把衣服换下来了，泡起来。最多隔一两个钟头洗的吧，第二次要换了，再跑去看，洗不掉了，泡了几天，也许第二次要换了，才想起。这衣服不能泡太久，泡太久就坏了。最多一两个钟头，再多呢，脏的就跑进去了，洗不掉了。

四

那是(19)43年吧……我是(19)42年夏天去的，(19)43年的夏天,他才向我表示。他表示……他也不说先交朋友什么,这样含含糊糊的,他直接就说:"我们结婚好不好?"他就明确,也许经验吧,以前,马马虎虎的,不好,看什么情况了,是吗?我当时就没回答他,我说我考虑考虑。我后来就怎么说呢?他第二天问我,我说我先问问我家里,先问问我家里。也是问了好久,没有回答他。他就问我:"你今天一定要回答我。"我说:"我对你……"那时候常常在一起啊。"我对你的态度,你应该了解。"我说过那么一句话,后来他就不问了。

啊,对,我把日记本给他,他把日记本给我。两个人并没有准备,因为我们都喜欢记日记……我记不得了,不知道哪个先交的,主要是什么,当时的情况我也记不得了。他第一次给我看日记是这么说的……哦,是他先的,他当天就带来,日记,跟我表示的那一天就带来的。怎么带来呢?我怎么记得呢?他走了以后,我看到——"我今天进城",到重庆,"今天进城是决定我的命运"。那不是那一天带来的吗?那一天,他向我表示的那一天,他说(写)——"今天我进城去,进城决定我的命运。"他对我没提啊,他不知道我答应不答应,是吗?我可能是下一次带给他的。

恋爱的时候,我们跟普通朋友一样,我们都保持一定的距离。就是一起出去玩玩啊,累了就坐坐茶馆啊,谈些……多半是他谈噢,我没什么话谈——谈他看了些书啊。他也不大会谈话的啊。他看了些童话什么的,他就讲给我听了。挺纯的,我们谈这些什么。看过的电影也记不得了,也没有几出,第一次给我印象最深。

后来,以后,确定了以后,我就表示很明朗的,我就表示非常热爱他。他后来问我:"假如我不向你提示,你那时候会不会提?"我说,我想了一下,不会提。我说,假如我要提的话,早就提了,我在家的时候,我就提了。那还是不行。女的,就比较认哦,死都不会提的。(笑)我想那不会提。他说,假如那个时候我提了,早就成了。我不会提。我想过,我想,我爱人家,人家假如不爱我呢?那更不好,是吗?不,不提,我不会提。

他那时候为什么没有提呢？我那个时候，那里也有一个朋友，我住在他们那里，我的同事的家里，这个男朋友的家里。他以为我跟他好，因为他第一次找我的时候，他去找他，才找到我。他在那里工作啊。他就没有向我表示，他说恐怕我跟他好，刚开始嘛就有那么个印象。在家乡，我还想给他介绍朋友呢。我说，我重庆有个女朋友，高中毕业，她以前跟我很好，我说："你去找她。"我写信给他，地址给了他，他后来没去，没有去找她。我没有想到我跟他好的啊，喜欢一个人并不见得想跟他怎么样，想跟他结婚的，并不是这样子。那时候想，那简直是很不可能的事。他在那里，我在这里。

我不是要出去吗，我爸爸不肯啊，不肯让我去啊，一个人跑到那么远，他哪里放心啊？介绍也都是写信，之前都没见过面。后来要见面了……到重庆以后，我当然写信告诉他了，是吗？他说："我什么时候来看你啊？可是我还没见过你啊。"他说："你是什么样的我还不知道呢。"我们通过信，通了好久的信，通信已经很熟了，是吧？照片也看过。我是一开始就看到照片，后来我也寄过照片，那个骑马的就是我寄给他的，是吗？我好像还寄过别的照片，记不得了，就是没见过面。

第一次见面，就约好了。第一次见面，不是看戏吗？他请我去看话剧啊，他去找阿垅，他去找他的朋友，第一次见面，那已经很熟了，就是没有什么话谈。除了通信，他还寄给我书看啊，他老寄书来。后来，可能是第二年了吧，第二年暑假，我第一年去的时候也是暑假——他有一次来找我。其实他来找我，他也是挺热情的，他很孩子气就是了。他后来告诉我，他说的——谈朋友，他假如跟人家通信，他假如没有意思，他不会这样的，不会这么找麻烦的。他讲过这么一句，后来讲的，后来我跟他好的时候讲的。他跟你没有意思，他找你干什么？是不是？我那个时候当然没有想到这个，是吗？反正我觉得他很好，觉得他很好，但是绝对不会表示。

好像是第一个春节吧，春节，是年初一还是年三十吧，他就跑过来跟我过年,(笑)一起过年,过旧年啊,是吗?我们那时候在宿舍里住,就是上班,住宿舍,过马路,走那么一点,没有多少,就是找这两个地方就可以找得着(我)了。后来他常常到我那里去,到我那里看我,过春节的时候,他不是还到重庆来过年吗?上班的时候,他也来看我。

后来有一次,第二年放假,(19)43年的时候——我不是(19)42年去的吗?(19)43年的时候,有一天,大概是暑假还是刚放暑假什么的,记不得了,反正他就去找我。他每次找我我都陪他,我总陪他出去遛遛,否则就在传达室聊天,是吧?那个重庆不像这里这么多人的,是吧?我们那里上班的单位都在边上,边上就是个公园。那个公园不像现在卖票的,不卖票,啊。蛮安静的,几乎没有人,傍晚的时候——也不是傍晚,我想想看,反正是下午吧,也没有什么太阳,天气也蛮好的。就是那里,就是那里——我们就在那里,石头多的有那个椅子,我们就在那里坐着,就在那里聊什么很平常的事。

有一次他就突然跟我讲,他说:"我们来结婚好不好?"我就很惊奇,(笑)并且我听得很清楚了,我说:"什么?"他就又重复了一次。我就感觉非常突然,我没有回答他。我们继续走走啊,聊聊啊,沉默了半天。后来就分开了,他要回去了嘛。我就说这个,我说:"我问问家里,问问家里同意不同意。"后来第二次见面的时候,他首先问我这个:"怎么样?家里来信没有?"我就没有回答,一直没有回答他,到最后我都没有回答过他。他问得很热切的时候我跟他说,我说:"我对你的情况,你应该都了解。"是吗?我还没说,不好说就是了。就这样聊⋯⋯好了以后,他就⋯⋯那就明确了嘛,就等于,是吗?他也不再问了,后来。我都没有答应过什么,(笑)同意不同意。事实上就是同意了,是吗?

五

那时候,我记得⋯⋯我们做朋友的时候,我说要等家里的同意,他妈就给我写封信。啊,她是很开明的,她说,家里——只要告诉他们一声就行了,不一定要他们同意不同意。(众笑)她说不一定要同意。(笑)

那时候,结婚的时候,她给我四千块钱,那时候四千块钱就能买一件衣服,买一件。我那时候不是很穷吗?虽然已经工作,还是很穷,只够吃的。我就买了件衣服,买了件府绸的。那时候要么就长褂子,是吗?那时候我们叫长衣服,大褂,长大褂,就现在的旗袍。府绸的,粉红的花,白底的,蛮素净的,蛮好的。结婚的时候穿那一件衣服。

后来,5月份的时候,我们就结婚了,就订婚,嗯。因为他很忙啊,在写东西,那时候在写东西,赶写东西。登报呢,我们在重庆登报的,是吗?重庆是城里,他呢是在北碚,他那个时候在南温泉,政治学校在南温泉,他就写信,把里面登报的写的,比方说——"余明英徐嗣兴,经过父母同意……"什么时候结婚……他要我去办,要我去登。他说:"你去登。"他没有来,(笑)他没有来,我就去登了。就他起草了,我去登。后来我就到他家里,跟他去,有没有一个礼拜,记不得了,最多一个礼拜。当然他先是告诉家里咯。

我记得我以前在家乡的时候,做了一个银戒指,银戒指是白色的,是吗?还可以翻过去,翻过来的,上面还有名字,我蛮喜欢的,我就送给他了,我的名字,那时候跟他还没有关系。我早做的,我在家乡的时候做的。我就见他的时候,不知道是不是结婚以后,送给他了。后来,结婚以后啊,他的母亲给他买了两个金戒指,他的名字同我的名字,这样他才给我们戴那个戒指。后来8月份就结婚了,8月15日。

结婚,胡风去,绿原也去的,鲁煤也去了,好像冯白鲁也去了,请了三桌。梅志没去,舒芜没去,还有冀汸。我们是(19)44年……啊,8月15日结婚的,阳历。5月订婚,5月先订婚,5月几我就记不得了。订婚嘛,也就登在《大公报》。我本来把那些报啊,都留在箱里头。这次搬了,我以为,就……就扔了。哪里找得着啊？它不一定那时期，它老早登的，恐怕。5月份，5月几号我就记不得了。嗯。不小的一个（通告）——"经父母同意……"其实也没有，就是通知他们一声嘛，是吗？父母也没有来。

我父母还送了我一些钱，对了。我把这些钱就买了个九成的戒指。有十成的、九成的……九成的戒指亮，好看，我就作纪念。那时，今年的价钱和去年的完全不同。比如，今年四千块的工资，到明年可能只能买根油条。涨得这么快，你看，在重庆也厉害。不是十块钱，还是一百块，我没这印象。解放以后……那我就记不得，也可能是银元。工作以后我没有告诉过我父母有多少钱，钱很少，我父母也没有问过我，所以我也不可能给他们寄钱，也没有要他们给我寄钱，就是结婚，他们给我寄钱了。

订婚没有仪式。他登报，他自己也没有在重庆，他就给我写封信，要我怎么写，怎么写，是我一个人跑去登的。那多少钱我也记不得了，登报都是我给钱，那时候也不贵，啊。结婚他们出钱。我都没带钱，（笑）我为什么没带钱呢？我那一天本来发了工资的，我放在箱子里头，我想呢，我回来，人家要我请他吃糖的。果然啊，我一回来，人家要我请他吃糖。结果我把这些钱拿去请客，这样子，我没有用。

我到北碚结婚。他父母请他的亲戚啊，那也算不少的。都给他妈，他妈管这事，我看徐嗣兴他不会，都不会。结不结婚还是个问题呢，他不会怎么结啊怎么请客，他没有这回事。（笑）那时候我们俩真幼稚啊。（笑）所以有些人他就不结婚了。啊，父母还搞得挺热闹的。三桌——一桌是徐嗣兴的同事，徐嗣兴就是路翎了，是吧？路翎的同事；一桌就是亲戚啊，一桌，还有一桌是什么呢？不晓得……啊，路翎的朋友吧。啊，胡风经常见路翎的，见过他妈的。胡风写她的资料还蛮有印象的，说他妈，写她"很热情"的、"很有风度"的。那时候。说看样子，路翎恐怕继承了他的妈。我记得大概就这个意思了，这书上也写过。

我记得我们结婚，他准备去接我的。在重庆，两个人就一起过来了嘛,就等着结婚嘛。就两个人坐公共汽车啊,到北碚,结婚。结婚当天才到饭店去的,兼善公寓,兼差的兼,善良的善。那时候,在北碚算是比较好的。在那里结婚的,那时算是比较好的公寓了,是吧?还有房间啊,我们在那里订两个房间,一个房间胡风住,一个房间我们住,就住了一夜,结婚的那一夜。第二天,胡风就走了,是吗?晚上,他就陪胡风聊了半天,聊到很晚才回到我们那个房间去。我们住了一夜,第二天就走了,第二天他走了,我们也走了。那是结了婚。

也没有开会什么主婚的。没有,没有主婚。没有婚礼,啊,也没致辞。大家去,都是因为有结婚去的。路翎就陪他同事,我们在一桌,那里是亲戚,亲戚一桌,还有朋友一桌,是吗?就喝酒,什么的。一帮老朋友就说:"哎哟,不要太紧张,不要太紧张。"他要徐嗣兴不要太紧张。高兴吧,可能,也没有喝醉,人家喊他不要太紧张,他心里很高兴的样子,知道吗?喊我们两个人,到那中间去,照顾照顾一下,那就每个桌子去敬酒什么的。那时还有集体结婚啊。

结了婚以后呢,差不多一个多月我不上班,他就不到我那里去了,我就回北碚,就在他母亲家里。他母亲、父亲、外祖母、弟弟、妹妹一大堆,好多孩子,蛮热闹的,一家子。我到他们家里去,他们家里当然也很高兴了,是吗?热热闹闹的。他们家里客人好像也蛮多的,他父亲在那个燃料管理委员会做会计,当会计主任嘛。他在燃料管理委员会,也是他父亲介绍的。

六

嗯……那时候,有和朋友一起出去啊……那是后来了,那结婚以后吧。结婚以后,总是跟他朋友出去。文友,他也常到他们家去啊。一般的我也不会跟他们在一起……哟,他的朋友,以前……欧阳庄老到我们家去啊,化铁也老到我们家去啊,差不多每个礼拜天都到我们家去,到南京以后啊,化铁就常到我们家去。在重庆呢,在重庆,你想想一共才多长时间啊?我跟他不住在一起。他在北碚,我在重庆,不在一起。

结了婚我跟他只住了——(叹息)婚假是半个月,后来可以续半个月,续半个月呢——他每天晚上写东西习惯了的,他晚上不写东西就好像很落寞似的。后来一直到结婚,好像好长的时间,他就觉得把时间浪费了。你看,啊,他觉得时间太长。我蛮生气,他觉得把时间白白浪费了。我心里想——新婚,你看,一个月,你就说把时间浪费了,是吗?我就相当生气。我回来以后就不回去了。结果一回去啊,他就马上给我来信,就想在一起。我们那时候,有些同事结婚以后就不工作了,就回去。

跟他怎么住啊?怎么生活?我那个时候不是看他写东西吗?写东西不是苦人吗?老婆总是忙着要钱啊?那个多苦啊,那个生活,是吧?我是绝对不会做那种事。我说我靠自己独立,我说我一定要帮助他,解决一些生活问题。我说还是需要工作,我也没想不工作,我也没想要孩子,都不到吧。反正啊,我说实话,我是很爱他。假如爱一个人的话,生活里面有什么碰碰撞撞啊,什么,也就忘了。当时就记得,我一定跟他闹个你死我活。(笑)后来,转眼就忘了。他给我提什么事,我也想不起来了。后来才想起来,也没有什么,容易忘。我是容易忘,事情做了,我就忘。我心想为什么这样呢?我就一点恨都没有,那是夫妻两个人的矛盾了,说不上你坏我不坏,是吧?

我有一次呢,我们要吃饭了,我们的阿姨来做饭了,孩子自己会玩啊,是吧?我就跟他讲……一个礼拜才回,在南京的时候,难得在家里谈得蛮好,孩子吵吵闹闹的,假吵,我就急了,把一个蛮好的瓶子,我就把它扔了。当然,说起来就是我错了,是吧?那时候也不说我错。后来他,结果一出去,他就发脾气了。我心想,他是看见那些人在这,他才发脾气。有人……假如夫妻两个,很快就化解;有人呢,就发脾气。

我不会吵架,我那时年轻的时候,不会吵架。他叫吼我,我就不吭声,我就跑,我就走了。我那里也有宿舍,我就在那里,吃不下了,我就跑去睡觉去了。我后来跟那个管理的人说:"有人找我,说我不在。"这个人也讨厌——后来他去了,他去找我去,那个人告诉他我在,他就跑去找我。我在睡觉,宿舍没人。我想我应该有点什么跟他闹的,我想了下想不起来了。(笑)想不起来。这时候,他也改变态度了,他说:"没事吧?"我什么事情都没有。"我对你蛮好的……"什么什么……"回去吧。"我就想不起来。后来过了好久以后,想起来,也就完了。(众笑)你再来闹,就没意思了,是吗?

那时候徐朗还小,她(大女儿)自己也会玩,也有两三岁了吧,徐朗半岁,她已经两岁多。徐朗吃奶,跟大人一样吃,好像,也咬我。七个月,大概这样。徐朗十一个月的时候断奶的,他去杭州,那时候断奶。

他发脾气,还是蛮凶的。我一点都不怕他,我晓得没事。人家很怕,老实说,家里知道啊。我不知道我弟弟在不在,我记不得了,小孩子也不管我们的事,小孩子也不哭不闹。拍桌子什么的,蛮夸张的。就那么一次。我也忘了,怎么也找不着了。你想想,你白天休息,待着蛮好,他要我出去吃饭,出去嘛,我说你先出去,你先出去也蛮好的嘛,我不是一会就来吗?他非要我和他一同出去。就为了这一回事。我心想,你先出去也蛮好的嘛,他把我逼得不得了,我就把一个蛮好的瓶子,我就把它给砸了。砸了,后来就吵去了——(笑)滚,他要我滚,我就走,就绷着脸走了。就那一次,我就到我的单位去了。我也不晓得饿了,中午没吃饭啊……他吃了饭就去找我。就是那一次。

我听到人家夫妻也是这样的。你只要两个人在家里面吵架,吵不起来,肯定吵不起来的;只要是有人进来,或者解劝什么的……所以夫妻吵架,别人不要管。(众笑)他们吵的,假的,要是反而要面子,一出去就不同了,一出去那么多人,是吗?

……他也晓得他这些话说得不对吧。我就走了,一句话都没有说,我也不跟他吵,我也不会吵,但我哭,怎么不哭呢?后来我到宿舍去睡了,后来我跟阿姨讲,我说:"有人来找我,就说我不在。""噢。"她答应了。我在楼上,结果他还是跑来了。他后来讲给我听,他说,那个阿姨偷偷指指上面,叫他上来。

……可是我们虽然相爱,可是我们从来不说。不说什么……爱,也不说什么你美啊,我美啊。他理解,我晓得他理解。那时候我第一眼,也是一见钟情,我一看他照片就喜欢他,我一看到他的人……这是缘分吧,缘分。还有这个女的,这个女的想:她绝对不会先开口去怎样的。他后来问过我,他说:"我假如不向你提出来,你会不会向我提出来?"我想了一下,我说我不会。我说我要想提出来,我早就提出来了。那我怎么可能呢?我不可能,女的不可能。女的假如可能的话,是不是有病啊?我还有这么回事——要是我爱人,人家不爱我,还是不行,是不是?

七

我觉得他写的东西相当苦,我看了很沉重,我说他过着这样的生活,我一定要——不一定要为他,我一定要解决这,解决这并不难嘛,是吗?就是解决一些生活上的一些困难嘛,是吗?所以我后来结了婚以后啊,我就处处照顾他,使他不至于为难。所以他生活上面并没有顾虑,并且他喜欢写作,工作可以不要。他跟我商量,经过我同意。他说不要呢,我也考虑到,我说不要就不要。要是别人,我相信很难同意这个。他至少……比方说那个时候,南京解放以前,那至少他可以把这钱给商会啊,生活才可以更好一点吧,是不是?我那时候不晓得要钱,只要够生活。我生活蛮紧的,就像我一个人的收入,管着几个,我都一点一点帮补,总是量入为出的,计划得很好。生活里面,我并不催他——"你去工作啊"什么的。

他从重庆到南京工作,连住的地方都没有,我都给他安排好了。他还没有到我就安排好了——住房也有,租的房也有,单位的房也有。吃的地方也安排好了。就是安置得很到家的,并且衣服也买好了。他一到这里啊,衣服啊什么的一身脏。路上跟汽车司机混,马路也蛮脏的,是吗?我就马上给他洗澡,换衣服。他来的时候,他妈说的……照顾得很好就是了。出门总得见得人了,是吗?干干净净的。

不过我不会做饭,老实说,那时候我不会。我开始的时候,在重庆,我简直不会。有些同事想学自己在家里做饭啊,用这个——那时候没有微波炉呢,用电炉,用电炉做饭,我也学着自己做饭。人家教我——怎么做,怎么洗,我那时候不会。他们说不能动,不能搅,我说这怎么可能呢?不动不搅不就干了吗?还是把它搅了一下。搅一下倒不行,搅了就要老搅,还是失败了。后来我就不搅,不搅就做成了。并且你做一次也不行,你就忘了,是吗?我们那时候吃饭不就是在食堂吗?是吗?在重庆也是,后来在这儿也是。我不会做饭。我是什么时候会做的呢?一直到路翎发生了这些事,钱用光了,或者不得已,就自己做饭、照顾孩子,是吗?也很自然。生活到那个时候也很自然的,也没有什么。那时候也很困难,没有人真吃不了饭,后来才自己做饭……

我们先到南京,他的父母后来也来了。一到南京,除了安排工作、住处,我们还到处去玩啊,因为我们没有到过南京。什么山啊,(笑)我都忘了,好多名胜我们都去玩。有多的时间就去玩,照相啊什么的。我给他寄照片、写信,他就给我回信。他就很高兴的,是吗?而且有一封信,我记得他说:"亲爱的妻子,和我可爱的女儿……"(笑)反正我差不多每天都接到他的信。我以前,开始,刚认识他的时候,还是刚结婚的时候,我记不得了,可能是结了婚以后,他甚至每天给我寄一封。他怎么呢?他给你写封,忘了寄,晚上睡觉前又写,他稿子写完以后啊,就给我写信。我们那些同事就说:"余明英,徐嗣兴对你,好像生活上不照顾啊,可是信里写得情长。"老是看到信箱里有我的信,老是写信。他写完了东西,不是没事了吗?就睡觉了嘛,就写封信,第二天早上上班就去寄,这样子。一两天可以到。比方说北碚到我们那里(重庆),第二天才到我们那里。

他跟朋友就有聊不完的话。但是生活在一起,就没有什么故事讲了。(笑)讲生活了,是吗?其实我们在一起的时间并不长。你看在重庆的时候,他在北碚,我在重庆,根本就不在一起,就是一两个月才见一次面。孩子生了以后就在北碚那里,在他那附近,他隔不了几天又去看孩子。有一次孩子百日咳,他听了心里挺难受的。他说,看到孩子这么苦,想到我们的情况。每次看了孩子,他都写信告诉我。基本上,隔一两天写一封,每天写一封也有,一天甚至于——最多的时候写过三封。(笑)基本上,晚上写了东西,他给我写信,第二天早上上班的时候给我寄。我那信箱里总有我的信。(笑)我一下楼,信箱里就看到我的信。他信写得很勤,嗯,信写得勤。我没有他勤。有一次他妈——他妈蛮爱她的儿子的啊。他回去就像个小孩,愁眉苦脸的。他妈问:"怎么了?怎么愁眉苦脸的?怎么啦?是不是余明英没有来信啊?"也不吭声。"多少时间没信啊?""一个礼拜!"哟,(笑)后来他妈讲给我听的:"一个礼拜算什么多啊。"(笑)一个礼拜没有来信,他就气成那样的。我绝对没有他那么多,嗯。我写得就不勤了,呵呵。

第三节　家　常（Ⅰ）

他叫我明英的。他跟普通人讲话,多半是"余明英",连名带姓的,所以我现在都习惯了,喊小孩都连名带姓的。两个人在一起的时候基本上不叫,夫妻都不叫。谁叫谁啊?年纪大了以后,我叫他"老徐"。以前,就随便,来来来,就叫他徐嗣兴……

一

以前搞文艺的时候,胡风他们,他的朋友,每个礼拜天,他们有些什么……化铁啊什么的都到我们家里去。见到化铁的时候是在南京。化铁,还有什么,欧阳庄啊,每个礼拜天都到我们家去,礼拜六就去,所以那时我记得有个时期,我老上夜班,大概十二点钟上班罢,他们在旁屋聊天,小旁屋,他们也是谈文艺,我就睡不着,或者好不容易睡着了,又到钟点了,那时我又起来上班去。假如我没有醒的话,他就在那里喊我,轻轻喊我。

我受不了,他们在外面谈,我就说,嘿,你一定陪我睡一下,我不就睡着了吗?睡着了,上班,精神也好一点儿。没埋怨,我和他是平静的。每个礼拜六、礼拜天。习惯了,嗯。他平时就写东西呀,他哪来时间……平常就上班下班,白天就过去啦。晚上就吃饭,吃完饭就上楼,差不多七点就上楼,他写东西是在楼上,一个人,一个人写。

那时候是两间,两间卧室,不是我一个人,不是我们两个人,还有他弟弟、他外祖母、他母亲。楼下两间卧室,嗯,也可以说卧室吧,两个人。他弟弟在这边住,我们在那边住,中间就是小客厅。楼上只有一间。中间还有一个。那楼是板的。阁楼,嗯,是个阁楼。阁楼的楼上是尖尖顶的,有的木板是空的,嗯。哟,那个里头,人站不直,好像站不直。他的东西啊,那个时候他的房间买了橱,又有书啊,他的书就放那里头。有一次特务来,他就上楼去,把这个藏起来。写东西就在小屋里头,小屋里头稍微结实一点,脚步动,哦哦,木板就响。那楼小孩就不上去过,不好走,走不对,不抓好,要摔的。楼梯,是木板楼梯嘛,不结实,都是木板的,没有多高。

那时候我生了徐朗了才搬到那里去。以前抗日战争,他们逃难的时候到重庆去了,借别人住了。后来抗日战争胜利以后才搬家。这样子的。老房子,就是他的外祖母,他的奶奶,他的外婆,就是。外婆不是蛮喜欢他吗?还是我认为的那个关系。那时候是。不知道是她出钱的,还是他的继父出钱的,我记不清楚了,好像是她,老太太。后来就把房子典下来了,典下来就是人家穷,我们这里需要房子,就让我们住,住个两三年。外祖母收回去的,后来他没钱收,就抛下来了,后来他就到台湾去了,他跟他女儿上台湾去了,就这房子的主人,是他,那房子的主人。在那房子住着,住着一直到解放,一直住着,都五六年了。(19)47年,徐朗才搬到这房子里去,才把这房子弄到手。那时候他找到工作了,他就上班……(19)47年,(19)47年,(19)48年,(19)49年解放,1949年南京解放,我们就陆续地回来了。

二

后来,最后的时候,他说我们俩的关系是很神圣的,他把我们的关系看得很神圣。啊,他说,后来的时候,但还没有出事的时候说的。这给我的印象很深。没出事的时候,嗯。他把我们的关系看得很神圣。

他为什么说这个话呢?他外面有人给他写信,我记得有一个女的给他写信,她说她喜欢他的文学,她说"我对于这很乐观"似的,她说"因为我是个女的"……他把这些信都给我看。他心里想,他不会的,他就完全没这个意思。也不是求爱,就是……哎,就是,还说什么条件,她说她自己有条件,因为她是女的。你不理解?那是什么时候的事……那是没发生这事的时候……我想想,什么时候啊……在北京,在北京。

在朝鲜,他还在里面跳舞。这,我说啊,他在里面跳舞,人家表演请他带什么东西,我们也不直接说——这个女的家在北京,叫他带东西到北京,叫他送去,他自己都不送,他要我去送。人家叫他带了东西回国,回到北京,那些东西,他要我送,要我去送,我都很放心,我不怀疑,我觉得他不会怎样。我说我不去,我都忙死了,没时间跟他跑的,结果他可能是自己送的。人家托他带的东西,一个女的,解放军啊,我想都是解放军。我也不知道她是什么人,这不知道。那个时候,他跟我平常讲过。

我心里想,跟着他,我们经常听同事讲,跟文人结婚不好,他们老换的。(笑)他说:"不会,我以后有什么事情都帮助你好不好?有信我都先给你看。"这样子的。后来他可能都做吧。我也不说明,他也不说明,就感觉都照着做。他给我看信不多,也就是那么两三次吧,女的写来的,他就给我看。普通的,没有事就不看。嗯,他给我看。呵呵,三回吧。这讲不讲都无所谓……反正在那以后他说:"我们俩的感情是神圣的。"我说:"什么呢。"他说:"可不是吗?"是这情况。

就这，这天我们挺能聊的。我说："现在我们很好啊。"我心里想：我绝对不会主动对他不好，可是，当他对我不好的时候，我就毅然地走开。我有这么的感觉，我有这么的想法。后来他一直没有给我，没有给我信，这是蛮忠实的。我没有怀疑过，放心得很。嗯。我很放心。不会的，我觉得他不会的，这不可能。我那时也不怕，你真的怎么样就怎么样，我一个人照样过，是吗？（笑）

那是老早，在重庆的时候说的。那时我年轻得很。我跟他结婚的时候，同事他们就问："跟什么人结婚啊？"他们就说跟文人结婚不好（笑）。以前文人是老恋爱，老恋爱的，他不恋爱，他不恋爱，他不可能的。不不，绝对不会想到那事。不会，那绝对不会。那工作上的事，我都给他同意。他那时候朋友很多，女朋友也很多，我们那时候没有那些事，那些都是工作上的事，没有恋爱的事。他的第一个女朋友，不是女演员吗？是不是？她们和他都在一起的，所以我也了解。

三

一般除了到家里来，我不大跟路翎到外面去，不，不，不，不，不要……忙我的啊，我也挺忙的。年轻的时候玩的时候出去，这时候在家里多好啊……想是想玩，但是玩很累。工作太忙，又忙工作又忙……在上班的时候简直就没有家，就不谈家，想不到的……我最怀念家了，家还是很重要，孩子们都等着我，孩子们都等着我，阿姨也等着我。这不管解放前还是解放后，都是那样。

报务员，报务员不像以前，以前每天上班啊，那时候我在南京，你想想，在部队里，又不能随便回家的，回家呢又要签字、写簿子，又要说。在部队里头，工作时间当然长些。在部队里……不上啊，不上班，比方说，天不亮就上班，早上还早起来，起来就早操啊什么的这么着，弄完了再睡，那就是不好嘛，是吗？

在南京的时候就比较好一点，在南京的时候，我每天回家。

在重庆就更闲了,我们那工作啊,好像就三个钟头的工作。我记得我那次生了她(大女儿)以后,我就去上班,生了以后身体也不大好了,是吗?……每天晚上,有两个班,随便我挑——一个是晚上九点到十二点的,三个钟头,是吗?一个是十二点到一点的。十二点到一点的,声音好,我就挑选了,是吗?九点有干扰……我就每天十二点上班,好像星期天还没得休息。啊,夜班、白天都有,我们那是二十四小时都有。上夜班。我有时候给人家代班。怎么的?我们那时夜班,就给人家代夜班。回家的时候,回北碚去啊,人家就代我的班啊,就不用请假。

回家挺少。我上班在重庆,家在北碚住。就是路翎他们在北碚住,在那儿工作。北碚那儿离这儿不远,坐车,就三个钟头吧,可是不像我们现在的三个钟头的车。要去等车,一大早买票,排队去买票,还有时候排不上。我总是早一点,夜里三点钟就跑去排队,尽量上车,三个钟头就到北碚了。到北碚了,他家,他父母在那里。

他上班呢就过江,过江到黄桷树。黄桷树就是复旦,复旦在黄桷树,他就到那边,就过江。那个时候死了一些人吧,那个时候,过江的人多了就翻船啊,死好多人。啊,石怀池,啊,束衣人,也死了,那我都看过他……那时才二十几岁吧。它超重,超重,超载。我们那时候过江啊,都不坐的,都站船,那不容易翻啊?从重庆到北碚也有,那不叫轮渡,叫做什么船?过江嘛,什么轮渡,过江就坐小划子,小船。不安全,大家都是这么坐。坐车就是山边上……

我买票是汽车,坐普通汽车,大卡车,那是从重庆到北碚。到了北碚再导个过江的,黄桷树要过江,过江才是黄桷树,是吗?哎呀讲到好像很复杂的……车啊,有车站,从重庆开到黄桷树的车站,不管你到哪里去,也许另外找河,另外一条河在这里,嘉陵江……过江,过江到黄桷树。

有一次,我到黄桷树都天黑了,天黑了,我去找他,他的父母家不是在北碚吗?我去他们家里,他们让阿姨把我送过江,他说要写东西,晚上……他在那里上班,嗯,在煤矿那儿上班。他父母那里一大家子人,啊,四个孩子,那时候都在读书啊。张宁清是他的二妹,张达明第二,然后是张庆清。还有最小的是……嗯,张达俊。那时他还没上学,我刚跟路翎结婚的时候,他是后来才上学的。我记得我怀她(大女儿),大肚子的时候,过街,下雨,我还抱着他,蛮费劲似的。不是老抱着,不是小妹妹,是她小儿子啊,就是张达俊。我把他抱过去,不是老抱,但我把他抱过去。大嫂,啊,他们是把我喊大嫂的。

后来达明就到南京,跟我们住在一起,他在南京读书。也无所谓带他读书,我那时候也没怎么管,(笑)我也不管。他读他的书,我们上我们的班。后来,解放以后才上大学。他也参军,他也参了军,南下吧,南下,离开学校就南下了。他在北大,那个时候,在北大保留学籍,再南下。算是毕业了,算是北京毕业了,文凭有没有,我就不知道了。去了,现在想起来还是很短的时间,几个月,不会几年的,可是那时就觉得很长的时间了。他后来去参军了以后,他就不愿意了,一有机会就考长春师大,到那里去了。到那里去了,北京还是保留,不知道保留还是算毕业了……后来,他就在那里,毕业后留校,他成绩蛮好。留校就当外语老师,后来升为外语系主任,入党了,搞得蛮好的。路翎出问题他还不是受影响吗?人家还去找他啊……

他的父亲,挺严,一家之主嘛,他们都蛮尊重他的。我们都喊他"伯伯",喊他的妈呢是喊"妈"了,是吗?可是路翎呢,我听过他一次喊她"妈",(笑)他好像都没有喊过。嗯,没喊过,没听他喊过,没印象。(笑)以后看想不想得起来。他母亲就大他十六七岁,结婚结得早,晓得吗?他在他母亲那里总是耍小孩脾气,他母亲总是依着他,这样的。他父亲就蛮这个的,不是他父亲嘛,是继父,也督促他学习,要他写字,还说将来给他上学,要他上大学什么的。反正一家人就靠他呗,生活什么的……

他是他姥姥带大的。有一次,人家跟她借钱,不但不还,她看到人家穷啊,还给人家钱。(笑)又给了人家钱。本来是找他还钱的,结果不但是要不回钱,还给人家钱。他跟他姥姥去,姥姥出去哪里,总是把他带着。因为他妈不是底下又生了孩子吗?生了好多孩子,就没有时间带。所以他一个长篇《财主底儿女们》,就是讲的他的故事。他在他的娘家经历过一些事,是吧?他就把它记在心里了,把它写下来,是吗?这是他姥姥讲给他听的。可是他写这东西啊,他并不怎么愉快,因为他写他家里的人啊,他们家里的亲戚并不愿意,觉得好像把自己家里——他们所谓家丑吧,(笑)都抖出来了,是吧?不愿意。他姥姥也不喜欢,所以他并不愉快。后来我说:"你写的东西,人家要告你,你的亲戚。"他就生气了,就是后来,"怎么呢?"不知道是真话还是假话,他发脾气了:"他们跪着求我写的!"他说他们跪着求他写的。其实他是写那社会,是吧?他的目的是那样。这个蒋纯祖,有钱人,也不是他本人,写的恐怕是他的弟弟,还是他哥哥,在上海。"文化大革命"的时候他也出去了。写这个蒋纯祖恐怕不是写他,他弟弟,可能比较接近。他写东西,不是批评的多吗?总是找批评。《饥饿》也是他的亲人讲的故事。反正他写东西都是所见所闻所想的,普通的人当然也不会想那么多,看了就看了,就不想了,是吗?他就想,想得很深。他总在想人家在想什么,(笑)就理解吧。

他妈妈喜不喜欢我?……反正啊不讨厌。(笑)我跟她无所谓亲不亲,无所谓,(笑)还可以,就算还可以。我蛮喜欢她的。他妈最喜欢他了,其实。他一跟他妈在一起呢,就有点像小孩子,他的脾气。有一次,母亲告诉我,他一回去就坐着。"怎么呢?怎么啦?""她不来信。"他说我不去信。"一个礼拜。"(笑)母亲告诉我,一个礼拜不去信他就这样子。他对他妈就是这样子。(笑)我讲这个是刚结婚的时候,也许还没结婚,我是讲那时期的。啊,他跟他妈妈总是这样的。大儿子啊……啊。她蛮聪明的啊。很聪明,很聪明。她受过教育呵,小学毕业吧,信写得蛮好的。她老写,老练。通信,都是她在做。只是家里恐怕没她的信了,哎哟这恐怕找不着了。好多不要的信,我都把它扔了,再找不着。

不过他有些……他妈就跟我讲他的笑话。在他小的时候，他妈就要他买酱油醋，那时候还小，买酱油醋，她就给他拿两个瓶子，买酱油醋，给他钱。他就跑到外面，玩了一天，家里等着酱油醋啊，怎么老不来？他去玩去了。玩是一回事，结果他把瓶子扔到哪里，就忘了拿。（笑）回来都忘了这事。家里说："哟，瓶子都没有了。"（大笑）啊，他妈告诉我的，结婚以后，她妈告诉我的。不过他妈对他蛮好的，对他蛮有感情的。他喜欢这个儿子。她三个儿子，三个女儿。那时候女孩子好带，男孩子不好带……

他小时候，跟一般上学的小孩一样，比较淘气，喜欢玩儿，和朋友去放风筝、养蟋蟀，什么的。他家里——他刚刚两岁的时候，他父亲就去世了。他父亲去世了，后来，他母亲就结婚了。他父亲去世的时候，他底下还有妹妹呢，小他一岁，一岁半的样子。后来他母亲再结婚，家里靠她养活啊，是吗？后来又生了好多个孩子，像张达明什么的，就是她后来生的。不过他们兄弟姐妹还是蛮亲的。就靠他父亲生活，那么一大家子，你想想，一共六个孩子，还有一个姥姥，就是路翎的外婆，实际上路翎就是她带大的。他外祖母也蛮好的。

他外祖母蛮好的，她带大的嘛。他妈底下生那么多，她当然喜欢他咯，她的大孙子啊，大外孙子。他喊她奶奶，好像也跟她的姓。后来我们到南京去，他外祖母有时候到我们家里住，有时候到上海他母亲家住。我那时候因为要上班，很少、不大聊天。她也不了解我。其实我对什么人都没有意见，我觉得这样不是蛮好的吗？可能我不会讲。（笑）路翎说："你跟她们聊聊。"嗯，好像表示一下，他没有那么直接说咯。我不爱说话，他着急，那时候我不爱说啊，我有时同他解释，我说："我不是对谁什么，我只是不喜欢说话。"我有时候回家，带带孩子，有时候躺在竹床上，夏天，躺在竹床上，我自己唱唱歌啊，就喜欢这么过。哪里这么多时间去聊天啊，是吗？根本不是什么敌人啊，不是这样的。他没有办法理解。

四

　　我到一个地方生一个。(笑)她是在重庆(指大女儿),徐玫在北京,徐朗是在南京。生了(大女儿)以后,我就请人家带,因为我去上班啊,那时候上班啊。我在重庆上班,他在北碚。现在交通都很方便,那时候上午的车啊,夜里就要去排队,去一趟也不容易。夜里就要去排队啊,买票怕买不着啊,不一定就几趟啊。现在啊,跟普通的车一样,随时去随时买。路翎也在那里住啊,在那里工作,他的家也在那里。他不会看孩子,他当然不会,他还要写东西啊。他有时候去看看,去看看孩子,他看了就写信告诉我。他写信。我差不多一个月回来一次,我不会老回来,就差不多一个多月回来一次。那个时候上班倒不累。

　　我是个报务员。国际的,我们是收国际新闻的。像路透社啊,那时候美国的,那个时候叫合众社吧,现在叫美联社,是不是?我不知道,现在我不知道,那时候叫合众社。以前不管我们啊,收不下来,离我们太远啦,把它收得凌凌乱乱的,不能用,那稿子不能用……结果由路透社转,好多东西都由路透社转录。我们就收它合众社,德国的海通我们也收,日本的我们也收……后来啊,后来延安也收。我记得每天早晨七点半,还是七点,发半个钟头去,都是发英文……不晓得,他们发不发我们不知道。各报馆啊,美国新闻处啊,都是老报……收完了我们放在那里啊,他们有人来。我们也是一次打几份,不止打一份,打几份。比方说,美国新闻社,就拿一份,那恐怕要不少钱的,是吧?或者是什么什么的,又来拿一份。这样的。那时候报馆自己也没有这个钱。

　　我在的机关就是现在还有的——"中央"社。嗯,那时候国民党的时候。我是报务员。嗯,是国际台,国际新闻。收听,然后把它打下来。那时一面打,还可以一面想心事。(笑)一面打,一面想,自己想自己的事。是用机器,它也用机器。不过延安那时不用机器,它用手,用手发。他们那时候是发报,我接受它那电报。随便什么都想,东南西北都想。

在气象台的时候,多久回一次家?没有,那要看情况。那时候我们跟部队合作,虽然不是部队的人,可是受他们的影响。没有事,没有班的时候,礼拜六、礼拜天在家。礼拜六下午都是舞会啊,看电影啊,什么的,蛮好玩的。礼拜天晚上呢,开收心会……心玩野了,收心会就让你想到工作上面了。上个礼拜做得有缺点的就检讨,又准备下个礼拜。哪怕只是一天,心玩野了,就没有想到工作的事。部队里面的工作很紧张。

那时候有阿姨啊。阿姨蛮好的。徐朗只有半岁她就来了,五个月她就来了,阿姨。吃饭都靠她,我什么都不管。路翎根本就不在家。其实,我想想,那个时候,在北京的时候,路翎在青年剧院有个房子,他都住在那里。我回去,给他打电话,他才回来,普通①都不回来。我们那个房子就是租来给两个孩子,跟阿姨,就她们三个人在那儿住。是我那里,我宿舍的。

有一次,我差不多好久没回去,我后来跟他们提意见,我说,我家里有孩子,至少得要回去看看吧。我跟他们提意见,后来也改正,改正后也就一个礼拜回去一次吧。我一回去,她就跑来:"妈,你什么时候走啊?"就问我什么时候走,那就好准备。

五

他不要,不要工资,他蛮积极的,就要20块生活费,所以工资就没有。说是留着的,留着以后呢,就交给国家了。"文化大革命"以后也没有发款,交给国家了。我那时候,我对他呢……我是,我支持他,我绝对不反对他。我自己有工资嘛,我也从来不找他要钱的。我记得我回家生老大的时候,他第一次给我工资,我一听觉得很奇怪,怎么给我啊?我也接着了。就生她的时候,他给过我一次。还有我在重庆的时候,寄来了稿费,有一次,寄来我的宿舍里,我一点不留地给他退回去,给他寄去,我觉得

---

① 一般的意思。

是他的稿费嘛。那时候刚结婚啊,我不可能把它留着……

你们说呢?他工作呢做不住,当然,他做他的,我做我的。孩子的奶妈的事,都是他管的,小孩子啊,奶妈要给钱的啊,那也不少啊,是吗?都是他管。后来,在四川的时候是吗?后来,到南京去,他当然他自己都没法走。我预备走的时候,我就把孩子带走了。我把孩子带到南京来,带到南京的。一带到南京呢,就给他找地方。

我上午到南京的,飞机快,三个钟头就到。飞机有四川到南京的,三个钟头。当然天不亮就起来了,坐卡车,很大一个卡车,很多工作人员嘛,一起开到飞机场,开到飞机场就天亮了。天亮了我们就下飞机,下飞机,到了,又坐汽车,坐卡车,开到这个上班的地方。上班的地方有大客厅,好大的客厅。一些个家属都待着,刚到嘛,都坐在那里等人接。一到那里都不知道啊,是吗?好多人都走了,就是我在那里,和小孩子两个人啊。我这接的人也是个朋友,当然他不至于那么早,他也要把他的事搞完了,是吗?才来接我,接我……我们是约好的,请他帮忙,因为我们没有人帮忙嘛,是吗?就请他接我们去……

带了孩子就找这个,安排小孩子啊。小孩一岁多,走都不会走,牵着走。一间一间找。不过那个人是个南京人,比较熟,他去找,找到一家,他说他看见那小孩很美,很好玩啊,他去跟家里商量一下。他去商量的时候,另外有一个说"我要,我要",就给了这个王大妈了。她(大女儿)后来就在王大妈那里住,把小孩就交给王大妈了,我就把奶粉啊,什么的都交给她,告诉她怎么吃,怎么……那个时候她才一岁多,都跟大人。我说一样,一样吃,吃的奶粉,加点奶粉。

交给她了,我就去上班。我上午到下午还上班啊,下午还上班,在忙啊。我自己还找地方住啊,我们那里也有宿舍,要去安排,不是别人安排好的,是吗?我就自己安排床单,在哪个宿舍住啊。这一点时间,都安排了,也没有累死,那时候年纪轻啊,都做完了。有些人就是搬到南京来,有空就约好在哪里玩在哪里玩,什么山啊,什么地方啊,刚到南京就到处玩。

那时候路翎没有回南京。他是一个多月后,1946年5月,领到遣散费后和他的朋友结伴回来的——我去的时候还没回来。他那时候还没有退休,不叫退休,那个叫……没离职。啊,后来离职才放了钱的,放了钱,才拿了那钱,和他的朋友,结伴来。后来,他就自己找自己的事了。后来,他那个朋友被国民党带走了,逮捕了,他狱中写出来的信我还看到过。他蛮坚强的,他说我在这里怎么怎么的,偷偷地送出来这封信……

嗯,在南京。好,把小孩安置好了,路翎也去了,去了也没工作,也没住宿啊,我早就帮他准备好了,我那里男宿舍可以住,吃的……他不是离职,他那个单位是解散,解散,啊,把钱发了……嗯,在我的地方也可以吃,还有呢,我怕他写东西什么的,我还帮他找了一间房子,是一个同事,他租了一间房子他不住。可是他不愿意,路翎不愿意,他要我去那儿住,我在那里住了一夜。哎呀,我自己住在宿舍多好,喝水啊什么都方便,是吗?我不在那里住,我陪他住过一夜。

后来,他有一次在路上碰到化铁了。化铁那里有房子,他就跟他聊啊,玩啊,在人家那里住。二十三四岁,还没有生徐朗啊,后来才生徐朗啊……没找到工作啊,就是我一个人在工作啊,是吗?他就在这生活啊,我就给他,我们那里可以吃啊,可以吃饭,就靠我的,我的工资,也够,也够。他就,比方说到我那里住,我们去上班,没有人,他就在那里写,自己在写。

有一次,小孩子带回来了,我去上班去了,小孩子带回来,他又要带孩子,还要写东西啊。小孩子跑着玩的,把稿子弄得飞了,住的小房间嘛,外面就找不着了,他很心疼的。(笑)掉了就掉了嘛,稿子掉了当然心疼了,他也不说了。他那《财主底儿女们》不是整本都掉了吗?他就重写。完了的事,他就丢开,不老记挂。

那时候写了蛮多的……《燃烧的荒地》《云雀》,《平原》好像也是在那里写的,那时候跟化铁、欧阳庄他们办的《希望》,还有什么？啊,《泥土》不是《泥土》,什么……啊,《蚂蚁小集》。他没停过,从来没停过。

南京解放以后啊……他在南京教书,南京大学。嗯,教了一年,还是多久。他工作很多啊,教书也不要那么多时间啊,是吗？嗯,中央大学,那时候叫中央大学,教他们怎么写作……收什么入呢？一个月大概20块钱吧。解放以前罢,他教书。解放以前教过吗？1944年在四川的时候,在黄桷镇中学教过书。嗯。不是,不是,还是工作,是兼职,那可能是为了增加一点收入。在南京,解放以前没教过中学,就是教过那个南京大学。

在南京的时候不是没有工作吗？没有工作,就住在我们租借的地方吗？后来我生徐朗的时候,(19)47年,我生了这孩子,他就找到工作。找到工作,不是(19)47年吗？(19)47年4月份这样子。5,6,7,8,9,10……(19)47年,(19)48年,这两年在那里工作。(19)49年年初不是就解放了吗？还没有解放的时候他不愿意做事了。他想尽量写东西,不要浪费时间,他也跟我商量,他希望我同意,他说"我不想工作了"。我心里想,还有一点写作费呢,是吗？我是蛮尊重他的,他什么问题我都尊重他。他说:"我不打搅你,我就在楼上写,也不打搅你们……"我说可以,总是顺着他。那时候年轻啊,不在乎这个钱,能生活就行了。就是他解放前就没有工作,后来他写些什么东西啊……解放以后他就去文艺处啊,后来就在文艺处了。

解放以后,他写作,好像就觉得有点不对似的,关在楼里写作不好,要参加实际工作——有这么个思想。他就下工厂啊,下工厂搞活动啊,他都参加……反正出去活动吧。下工厂,他不是光住到工厂的,他也到盘地去活动啊,交游也广啊,是吗？信息也灵通了。解放以后,嗯。他在那里也跟他们打成一片,他不是老住在那里。他已经很了解了,就是看看实际,是吗？了解实际的情况,他也动啊。比方说写一个人家,他就不光是写人家的优点,是吗？他就写实际的。(19)42年还是谁说过,还是要写实际的吧。写实际的,他不是光写优点。一个人当了模范,就一个缺点都没有,也不是这样子的,是不是?后来,把他对起来了,要他改过来,说:"你承认不承认?"他说承认了就要做,其实啊,承认了不一定要做。(笑)你看解放的时候,那时候是什么?都要什么运动的时候,都搞什么运动啊,在解放区里头。搞运动,就一个人承认他当过特务,后来就表扬他,他诚实,就把他交出来了,把他树起来了。其实都是假的,他不是特务,他是逼的。有些人活得比较聪明的,就承认是特务,是特务,其实哪里呢?是不是?都是逼的。

六

他读很多国外的诗。我感觉到,他没读给我听。他看,那肯定。他不买啊,不买,他借啊。哎哟,他收获蛮多的,在图书馆,要不在胡风那里啊,什么的,看,就在那里看。他也借给我看,做朋友的时候,后来,结了婚就……(笑)就不管了,啊。不管了。我就忙我的,他忙他的,互不干扰啊。

互不干扰,各管各的,他就每天写啊,他白天还上班啊,上午、下午上班啊,一早就去上班啊。晚上五点钟下班,六点钟吃饭,吃完饭大概转个圈或者洗把脸啊,就差不多七点了。七点了,就上楼,上楼写东西。在南京的时候住在楼上啊,在楼上,谁也不干扰他,孩子们都上不去,那楼梯不好上,小孩子嘛。他上楼上去写,他上楼我也不管他——我们那时候阿姨蛮好的,阿姨不是在徐朗半岁的时候就来了吗?——她就跟他泡杯茶,她每天晚上给他泡杯茶,他就喝茶。他也不扇扇子,我看。

他在南京的时候,好像在什么燃料管理会,他总是在这些地方上班,这是他的父亲介绍的。他重庆那个单位解散了啊,那时候还都嘛,都回南京去了,总部在南京嘛,都回南京。他的父亲是做会计师的,做点什么呢,会计主任还是什么的,反正是小的吧,小的官职吧,也就接了他去,这样子。在南京的时候,还不是一到南京就找到工作了。他父亲也刚来,等他父亲安排好了,才帮他找到工作。生了徐朗以后,才找到工作。几个月吧。我记不得了,开春吧,她(大女儿)大概一岁的样子,我把她带回去了。

他比我晚到。到南京,不是我给他准备好了的地方吗?他很不愿意在我们那里住,他就找化铁。他不是有天在街上碰见化铁了,好巧,他高兴得不得了,就和化铁聊天啊,挤着化铁,跟化铁挤在他的宿舍里头。

后来生了徐朗以后,他有工作了。(19)47年他有工作,(19)48年,大概两年那样,做了两年的工作,他不愿意做了。不是还没解放吗?他有跟我商量。他说:"我不想上班了,我就写东西。"他喜欢写东西。我说:"你想写就写吧。"我处处总是照顾他了,是吗?上班的话,总有工资收入啊,我都不讲这些的,那时候这样子生活就行了,生活,我还是很紧的。我也不告诉他,也不必告诉他。

哎呀,几十块钱吧,就是我几十块钱吧,够一家啊。大概七十多块钱吧,那时候七十多块钱,一般就可以了,是吧?他要是工作的话,他的收入蛮多的,比我多,比我多多了,我没记得是多少,当然不记得。他那个机关啊,那个机关好。我们那个机关不行。虽然大机关啊,可是收入没多少。可是他做了两年的工作,就不做了啊。不做就不做啊,我们那里就这样子,不做就不做,也不过几十块钱,为了钱,那是为了生活,生活就解决了。我只要不工作,他就……所以他希望我工作啊,假如我不工作,他就得工作啊。不然怎么吃啊,没有谁给你……

我那时候的工资七十多吧……我那时候很省,我有这个习惯。有多余的钱呢,就积蓄、存着。他也不知道我有多少钱。有一次在北京他问我有多少存钱,大概是他们干部问:"你积蓄情况怎么样啊?"我就说有一百大元,一百大元(笑)。那有多少钱呢,是吗?就我一个人的工资,他的事做的时间比较短。虽然时间比较短,可是他工作,我就觉得生活宽裕。两个人啊,是吗?一个人,就觉得……

后来就解放了。解放了以后,他马上就可以找到工作啦,就在文艺处啊,在文艺处做过。两个人都是供给制啊,我的军服都量了,小孩子也有了,小孩子也穿军服的,一起量了,结果我们不是找到科学院吗?我没钱不行啊。不过路翎还表示了一下,跟徐平羽,他说不要供给制,徐平羽说:"算了,生活要紧。"所以我是薪金制,我在科学院还是薪金制。可是解放区那头,还是供给制,你要供给制也可以,那也不会要的,是吗?也许我们要,生活需要——他表示了这个意思了。薪金制就薪金制吧。那时候还觉得薪金制不好。(笑)没有薪金制不行,那怎么生活?

他虽然是工作了一两年,我把他的钱都攒起来了,攒起来,就困难的时候用了,是吗?我平常,我的钱大概也刚刚够,是吧?反正我还是挺紧的。我记得怀她(大女儿),怀孩子的时候,我想吃红枣什么的,就买两毛吃;像现在我一买,就是一斤。(笑)那个时候,那个时候还是蛮省的。

路翎也挺省。我那时候刚到南京,怀着老二的时候,我认识了,交了一个学音乐的朋友。路翎他说了些什么呢?他要他照顾我们,照顾我们什么呢?——要找这个住房啊,要人多的,钱少的。他就这么想。我心里想:我的工作忙得这样子,还要我生、怀孩子;我想要吃蛋糕,买蛋糕,他说:"哎呀,这个蛋糕真贵。"(笑)他挺省的,是吗?

他抽烟啊什么,都抽最便宜的,因为他以前生活不是也很困难吗?他自己没有结婚的时候,自己也做工作啊,自己做工作的钱也要交给家里,他也不是完全自己用啊。只是后来不给他钱了,供给制不是改成薪金制吗?薪金制蛮多的,他这个级别啊,蛮高的。他还只要少。(笑)比方说嘛,人家给他三级,他要四级。他不在乎这个,晓得吗?

他的稿费,没有多少,稿费。我记得解放以后,我没有看他的稿费。没有,好像没有什么稿费。解放以后没有看到稿费。什么时候他稿费那么多?就是他的问题解决以后啊,(19)79年吧,后来都有稿费。后来我都没有工作啦,所以我都知道,稿费是我收的,是吗?以前没什么稿费。很奇怪,嗯。

他的工作,工资两百块钱一个月,我都不知道,后来还是我自己算出来的——不要,还是和以前一样的,供给制一样的,二十块钱一个月,一个月二十块钱。后来他来北京了,我怕他不够,我虽然是七十多块钱,我还给他寄,我给他写信寄十块钱,可是我实际上给他寄十五块钱,每个月给他寄。他说:"我上个月的钱还没取,你这个月又寄来了。"我就生怕他在外面啊,很紧,是吗?供给制相当紧。他们那些同事好多,我看到好多,相当紧。

他就是对钱没概念,没概念,不要钱。看到我买好多香蕉啊,什么的,他都好像,没有说就是了,好像在讲——你用你的钱,浪费啊。他就不要。(笑)是不是怪呢?蛮省,相当省。他自己抽烟,他抽坏的烟,喝酒,烟酒都是便宜的。

记得有一次,亲戚送他一盒很好的烟,一大包,他跟那个卖烟的去换,我们认识的一个亲戚,去换,换了坏的,就可以多一点。我也很老实,他也很老实,人家说现在没有坏烟,先把好一点的拿去吧,他不肯。其实,后来没拿,没换。后来,好一点以后,(一九)七几年还是什么时候,人家还说:"我们上次那个烟没给你喔。"那就算了。他不抽好烟,拿好的跟人家换坏的,否则他就不愿意抽。他就习惯了。有些人专门抽好的啊,他不,他抽便宜的。后来,扫地的时候不是买过一大包吗?用这个什么,报纸裹,有时候也买点那个白纸,买烟,裹在里头。

你说抽烟我想起啊……他跟我在一起的时候不抽烟。我没劝过他。他说他一旦跟我在一起,就很平静。因为一跟胡风他们在一起,总为一些写作的事情烦恼,谈那些事。他一在家里,就不谈那些事了,很平静。他跟我在一起很少抽烟。他写东西的时候,当然还是抽了。我睡觉了,或者没睡觉,他写,还是抽烟。他跟我在一起的时候,那不,不抽。他还说过,我倒无所谓,没有什么感觉。他说:"跟你在一起,我就可以不抽烟,也很平静。"他自己说,嗯。他不说,我也观察得到,我也注意。

七

后来一个阿姨到我们家来,徐朗半岁的时候,童阿姨来,长久了,老待在这,啊。大我十岁,大我十岁,啊。她没有结婚的,后来才结婚的。后来劝她,她蛮听我的话。我说:"你为什么不结婚呢?"她好像怕不好,将来。"不好就离婚嘛。"我说,不至于怕不好就不结婚了嘛,是吗?她本来也不识字,我要她上识字班,那时候普遍地也上识字班啊。我要她上,她果然也上了,上到后来会写信了,嗯,蛮努力的,她。一上识字班可以认识很多人啊,后来真的就跟一个工人结婚了。在北京以后啊。她结婚以后,还在我们这里。后来我劝她,我说:"你结婚以后,你可以回家啊。"她觉得好像不愿意离开我们这儿,是吗?

后来,我们出了事了,家里出了事,我们跟田汉他们住在一起啊。田汉他蛮照顾的,他蛮理解路翎的。后来到了芳草地,她(指阿姨——编者注)才走的。后来我们搬到芳草地去了。那时候,路翎出这事,派出所的人都不找我,他找她,找我们的阿姨。组织上,大概就是田汉他们,保证我没有问题,就不要找我。那个时候,我不是请病假回去了吗?我每天去打针,每天去看病。不去找我,怕我受刺激了,是吗?不晓得人家怎么想的,我是这么想。结果他就找了阿姨啊,到派出所去聊天。人家派出所还派了汽车来。"我不坐汽车,你们坐。"她不肯坐。人家没有办法,就没有让她坐。问她情况,她说:"我什么事情都不知道啊。"她说这个徐先生,路翎啊,她说很好的嘛,是不是?她说:"他来一些朋友啊,都不要我倒茶啊什么的。"她就讲这一些。当时是很随便的,当然后来人家就不找她了。他根本就没什么事嘛,本来就没什么事。她也不知道这些事,反正她挺相信我的,是吗?有什么事呢?是吗?

其实解放以前,我就扯到这里去了啊……解放以前呢,她是谁介绍的呢?是我们的邻居,就是我们在南京的时候,是邻居的亲戚,很亲的亲戚,这样子。她了解我们的情况嘛,这样子接下来我们家里的工作,蛮好的。她家里比较困难,可是后来蛮好的。童阿姨,后来老的时候回来找我们……不知道在哪里住,忘了,西安还是哪里,因为她的侄子在那里住,她的侄子后来都是大学毕业啊。她要走的时候啊,她本来不想走,到我们这里来,我说随便你,她说:"我要是年轻十年呢,我就到你们这里来了。"我心里想,也不能让人家到这儿来,平白做事了,是吗?就在这待着吧,我自己和孩子该怎么就怎么,是吗?我是这么想,因为她就像自己家里人一样。

她后来学文化都在北京,她写的小孩的习字本,写得很漂亮,方方正正……她买菜都记账,什么多少钱,什么多少钱,这样……我不是每天回去,是吗?有时候回去她就跟我交账,什么的。那时候阿姨好,像现在就不放心了,是吗?跟自己人一样,嗯。最后一次见面,那时候路翎还在。最后一次到西安去,她的侄子,不是她的弟弟的孩子吗?她的弟弟让他的儿子,一定要把姑姑接回来,不让她一个人在外头。因为她在北京啊,一定要把她接回去。我说:"应该回去啊,回自己的家里。"我也想劝她回去。她才走,最后一次终于走了……后来,结束了以后,我要她(大女儿)去找她,带她的女儿,去找她,喊她奶奶。她后来不是结婚了吗?那个童阿姨,就可以喊她奶奶啊。去看过她一次,她后来到过我们这里来。

八

还有一个……我们那个单位啊,所谓还都了,要到南京去啊。我隔天要走啊。我们那里不是机关同时走,我们是哪里需要,就先走,人太多啊,单位里人太多啊,是吗?有人问我:"余明英,三天以后,你去吗?"我在睡觉。"去。"那时候脑子好啊,并且门都没打开。我在宿舍里,是女宿舍,那是男宿舍在问。什么几点钟的车,几点钟的飞机。

我说了去,我第二天就跑到北碚去,跑到北碚去接她,她那时候才一岁吧,(19)46年,放在农村里一个人家。我第二天就去接她,她在北碚,她爸爸也在北碚。我到那里,当然先见她爸爸了,我就告诉他,我说:"我们要走了。"我去接她,跟那个人讲,我说:"我们要走了。"说走就走,就把她抱回来了。抱回来,她也没有哭。她一直是别人带的。抱回来,就在路翎的宿舍里头,在那里住的。她蛮听话的,也没有要吃,也没有要什么。我告诉路翎我要走了,接了孩子就到重庆去了,然后去南京。

那天晚上,他说为了纪念,他说我们要离开重庆了,是吗?抗战以后开始,我们到重庆来,那个时候我们还是孩子,做个纪念,留个纪念吧。我们就坐在小凳子,他就买了几个菜,买了什么花生咯,什么肉咯……电灯当然不亮了,他就不要电灯,他点根小蜡烛。(笑)在那小房间,他就回忆——八年来吧,那个时候刚到重庆,还是个孩子,读初中,后来又工作,离开学校,又结婚。其实想起来,这短短的八年,可是做了不少事,写了不少东西。那个时候,《财主底儿女们》都写好了,是吗?我看他的样子,还很满意的样子,就觉得自己还是有点收获,是吗?他讲了很多,我就在那听,一面听,一面笑笑,听他怎么回忆。

把她带到重庆去了。小孩子,我不会给她穿衣服啊——宿舍里有阿姨啊,是吗?我就给她点钱,帮小孩穿衣服啊什么的。我也不晓得小孩吃什么。我现在晓得买点饼干什么的,那个时候不晓得,我吃什么东西,就给她一点吃。就这样子。并且有任务——你几点钟到南京,到南京以后呢,下午就上班。那一天的班都给你排好了,你看。我很紧张,还没有熟人接,是吧?不过我那时候,年轻,也不晓得累。我现在想起来,还真做了好多事。怎么呢?我一到南京,路翎就托了朋友去接我,我跟他讲好了,约好了,要他去接我。人家有家室,有亲人,不能一早就来啊……蛮大的客厅,都接走了,都空了,就我一个人,一个人带着孩子。她那时候,我还不晓得她会不会走路。我一把她放着,练走,她自己会慢慢走啊。她又拉屎啊,(笑)我也不会给人扫,给人收拾。当然有工作人员,就扫了。

等朋友来接我们,我们才出去。找阿姨啊,找她待的地方。假如我到南京不熟的话,我更不晓得到什么地方了。人家就跟我找了一个姓王的,王大妈。当时不是她一个人,还有一个人,我问她带不带?她说:"我去跟家里人商量商量。"她就进去跟人商量商量。这时王大妈就来了,她说:"这小孩挺好玩的,我带,我带,我带。""她带,她带,她带。"那个人就是这个情况。后来还真是请她带了,带了好久。

再后来呢,路翎到南京了。路翎到南京了,吃的住的,我们和路翎的外祖母一起住的,有空,就去看看孩子。那时候孩子跟我们都无所谓了,是吗?也不怎么亲热的,因为一直都是给人家带的,是吗?都无所谓。那个带她的王大妈还蛮喜欢她的,她还有一个年轻的媳妇,没有生过孩子,也跟着她玩,把这个猫啊,扔在她身上,还照了相。不知道那相还在不在?她也不怕,就跟猫照相。我有时候有空,就抱她出去玩儿去。只要有条件,就把她抱出去玩儿去。

……他想要回忆的什么呢?路翎就点小蜡烛啊,在那喝酒啊,一方面讲他的回忆啊,这一点,蛮有意思,是吗?我不喝。现在还吃肉,我以前都不吃,我不喜欢吃肉,我是素食者。(笑)我看着别人吃,我一点都不馋,啊,我喜欢看人家吃。人家吃得蛮有味。她们小孩子长大了,喜欢吃螃蟹啊,我也就看她们吃螃蟹。她爸爸就把那个壳呀,都给她们,给她们自己去剥。(笑)在南京的时候。那时候小孩子蛮好玩的。人家问她:"你是哪里人啊?"(笑)老二,她说:"我是苏联人。"这大概是人家告诉她的。我们老二额头蛮宽,像个外国人似的,她说:"苏联人。"在北京了,恐怕,我记不得了。自己没办法带嘛。我们刚到北京的时候,请保姆,有两个人家介绍,叫什么,蛮有名的,曹禺,给人家一百块,还给你带两个。

我寄养的时候,孩子是在北碚,我在重庆。孩子的爷爷奶奶事多了。奶奶不上班,爷爷上班,她自己都有那么多孩子啊,不可能带。那个时候也不少,恐怕也要三分之一吧,收入。那是路翎管,他也看一下孩子,把孩子的情况告诉我,写信告诉我。一生下来,两个月,我上班——56天的假期嘛,我就走了,就请那个人带。徐朗就没有寄养过,徐朗是我喂奶的,徐玫是在青艺托儿所长大的,56天,就到托儿所去了。青艺托儿所好啊,青艺托儿所蛮好的,它什么都管,连衣服也管。吃东西啊,看病,都不通知家的,就自己来,供给制嘛,管得很全,很负责的,比较好。

我怀老三的时候,路翎根本就不在家,他到大连去了。你看,我一个人在那里,也蛮这个的。到北京来,我先以为蛮高兴的,结果累得半死,又忙。(笑)咿呀,到北京来,对我说起来并不好。对个人来说的话,我觉得在南京那一段蛮愉快的。忙是忙,蛮愉快。在那里,很平衡,虽然忙啊,但是家啊、孩子,都在一起,亲戚朋友都在,蛮放心啊,蛮好。

第四节　家　常（Ⅱ）

他反正总是在活动,没有闲着,精力很充沛。虽然他有时候很疲倦,没写的时候,有时很累的样子,可是他不是很疲惫的样子。精神蛮好,朝气勃勃的,总是。

一

他看很多书啊。他家里,说以前的话,他家里有很多书。他妹妹讲给我听的:"我们那时候都看,闹着看。"当然路翎也要看,是吗?他就没说她。我想他妹妹也看的,是吗?家里一直都看书,他一直有关系,在看书上。后来不是长大了,抗战的时候,那时也不过是15岁吧,那时候就接受新的东西啊。抗战对他的影响很大的。抗日战争,不是打仗吗?那时候很多人都很崇拜翻译员啊,他也不是想做翻译员吗?也不是他一人,谁都想做翻译员,是吧?后来,就是看新的东西啊。抗日战争开始以后,就看报。

不是在学校里就组织什么"哨兵文艺社"吗?他担任主编还是副主编什么的,是吗?上课的时候,他就偷偷地看书,不听老师讲,所以慢慢地不听老师的话,他不愿意念书,因为他觉得那个耽误了他太多时间,你看他后来上班他也不愿意上,他就想写,那耽误他太多时间。后来为了生活啊,是吗?他母亲总告诉他:"你好好地读书多好呢,将来可以做大事……是吗?你这样子,就只能做学徒,做苦工。"他就害怕这样子,他就努力地读书,努力写。他因为爱好文学嘛,他课也不想上,就整天地看书、写东西。在学校里就写东西了。是"哨兵文艺社"的——后来没有人了,就他在搞。他自己写,变换一些名字啊,他找朋友,有好多人写东西啊,都是他搞的东西。后来不是还照相片吗?离开"哨兵"的时候。离开学校以后,他也没有闲着。离开以后还在写,回家以后一直在写。

他的母亲很好。有的人就要做家事,哪里让他写东西啊,一个人,后来还给他单独,反正单独的东西啊,房子啊什么的,一个小房。他就成天地写。写嘛,他就观察,是吗?你说他生病还是什么,他脑子里面,我觉得还是蛮这个的,脑子,观察得蛮透彻,蛮理解人的。他看什么,什么都懂的,所以我那么想过,我那时候就那么想过——生活真苦啊,带着那么多孩子啊,要照顾他的生活、学习、吃穿、病,我一个人在搞,还搞钱,是吗?

我心里想啊,我也没有跟他讲过,只有他给我写。他比较了解我,不是比较,是他了解我。我想,我后来想——怎么可能要他写呢?因为我跟他两个并不是平常啊,也用不着去谈啊,并不是这样的,完全是实际的生活,是不是啊?哎,就是这样。他如果写我,他当然会写得很好的,因为他了解我,至少是不会有偏差,(笑)是吧?那不可能,那不可能要他写。没写过关于我……哎,这怎么说呢?有时候我就感觉到。有一次他说,他写什么的什么,在《财主底儿女们》里头,他说他写的我,不完全是我了,有我的影子在里头,是不是?我从来不跟他对答,不跟他对谈,我就听着就是了。他说:"你应该高兴啊,怎么没反应?"是吗?我不吭声。我不愿意谈,因为他写的具体不完全是我。

我生她(大女儿)的时候,不是难产吗?是动手术下来的吗?家属也不让看的。我从夜里头,是从年初几啊,初五,还是年初四啊,过年的时候吧,夜里发作了,发作了就抬到医院里去。重庆那个雾很大,伸手不见五指,他夜里头跑出来喊重庆那个滑

105

竿,轿子似的,叫滑竿,就让他抬了去,把我抬到医院里去,夜里去的。一直疼到第二天下午五点,你看,一夜一天了,是吗?家属呢,就到医院去看,去听啊,医生也不让进去看啊,我一个人在里头,在病房里头。一阵一阵地疼,生不下来,难产了。我那时候想,孩子要是有问题,一定是活不了了,是吗?我也没想到我自己,没想过要死。(笑)我就想到以前我们有一个同房间的同事,他们都不结婚的,他们多好啊,你看,他们绝对不会有这种痛苦啊。我就想到这个。我没有想到我自己怎么样,绝对不会想到。

他们就在外头……就是路翎和奶奶——奶奶呢就是路翎的姥姥。她蛮好的,她对我当然也很好啦。两个人,一会去看,一会去吃。要吃饭,还有一段路啊,恐怕还有一两站。后来他写的《滩上》吧,写的短篇,他就写的拉船的船夫,人家告诉他:"你的妻子死了。"他就不吭声,都没有怎么说,低着头,好像眼泪都掉下来了。老太太就喊他:"赶快,你的妻子死了!"不说妻子,反正就这意思,死了,他还要工作,就你们自己去看吧……我就觉得,他是怎么会领会到这个呢?这个心情呢?我想他大概以为我会死。(笑)后来我们就没有谈过,没谈过这事。那时候蛮那个的,危险,一夜一天啊,在那边喊叫,怎么就生不下来呢?他一回去,他们在外面说,我听得到一点,好像——"还差一口气,不就下来了吗?"没这个气。

我那个时候因为是在机关里面的,生活也不好,机关还蛮大的,可是那时候物价太高,在重庆的时候。物价高,我吃不好。我的工资只够吃两顿饭的。因为我还回家啊,回家还要车费,总得给他们买点东西啊,给老太太她们,总要花点钱,就这么……我用得没什么剩的,不像现在随便买一些衣服,不在乎,是吗?那时候,可紧了。那时候一般人都兼差,都在另外一个地方找工作,有两份收入呢就可以吃好一点。我那时候,怀老大的时候,蛮想吃东西,可是我就没钱吃东西啊。没钱吃东西,我也不找他要钱。有一次,他的稿费,要我转他——出版社啊,寄到我这,照

我现在说的话,我就可以拿来用,我不用,我就直接跟他寄去。他说:"其实你可以留下来。"我心里想:你不早说。(大笑)

我不会说,我从来不跟他提这些事。所以后来生孩子,没劲儿,难产,后来还是开刀,拉下来的,孩子都没哭,都好像活不了似的。我不知道,我那个时候全麻,我是后来听到故事,他们讲——大夫在中间用钳子怎么弄,钩下来,两个护士就把它扳着,使劲,把孩子拉下来,夹出来。不是剖腹,是两个,不知道怎么,进去,拉下来。孩子不会哭啊,后来大夫就拍拍她,打她的屁股,倒提,什么——哇!哭了。把什么东西就吐出来。我都没看到过孩子,好久以后才看到孩子。孩子一生下来可能不行,夜里头要输血,我的不行,我是B型,他们是O型,后来喊她爸爸来,她爸爸夜里头跑来,给她输血。她生下来蛮小,生下来好像是五六斤重吧,很小,我吃不好。(笑)

人家怀孩子,吃多少东西啊,想吃什么吃什么,我那时候就靠吃两顿饭。我一般吃两碗,其实我还可以吃一碗,(笑)女的啊,不好意思。我就这么一点工夫,就吃两碗饭。怀孩子,不够啊,营养不够啊。菜倒有,你要加钱啊。我们那里的食堂,可以加菜,你喊一下——"菜加啊!"我们那时都很客气,知道吗?多半都加菜的,加菜贵啊。写个纸条就行,到了最后给你扣,发薪的时候给你扣。假如我买菜,也请大家吃。就是这样子。我添菜的时候少,没钱嘛,那个时候,我要留住点钱回去啊。回家,结婚以后,一个多月才要回家一次啊,回家看看孩子啊,什么的。

后来老二老三都蛮好的,嗯。后来调到南京去,生第二个,第二个我还怕难产的。年轻时不怕,现在我就蛮怕。开刀啊什么,这一类的。不过经过2005年这次手术,开刀也并不怕了,因为开刀不疼。不疼是不疼了,但是上麻药,对脑子伤啊。我这一次是真的伤了脑筋,嗯。我本来以前呢,脑子蛮好的,就是从她开始,她那时候就上麻药啊,就稍微,脑子要差一点了。

老二……生老二头一天,我上班啊。我十点钟下班的,那天。我们家住在城北,我坐车,坐中转的车。我记得汽车司机坐在那里,我就站在那里看,没有座,都没有座。我那时候,也因为有把握,觉得不会摔倒,汽车司机蛮好的,他开得慢,人家几个都有意见——这司机不快点开。这司机心眼蛮好,后来他看到我一下车以后,就嘟嘟嘟开得很快。我就想他是照顾我的,晓得吗?因为我第二天就生了嘛,我当时并不知道啊。九个多月啊,挤公车,头一天啊,生她的头一天,我就在那上车啊。我有把握,不会摔。那个时候年轻,不会摔。我每天赶车啊,不是不是,生老二的时候倒没有每天回家。有的时候回家,有的时候不回家。

我回去,那个时候,路翎在写《云雀》。他每天啊——我的床在那里,他就在这里一个桌子,他就背着我写,他就写,我就在那里睡了。我也没有喊他,他睡觉,我也没有告诉他。我知道今天可能要生了,因为疼的时候,越弄越紧,越弄越紧,是吗?比方说,开始三个钟头,后来两个钟头,一个钟头,后来是半个钟头生的。我差不多快到一个钟头的时候——一个钟头疼一次的时候,就起来,我就生炉子,吃饱了,喊他起来,告诉他:"我今天要生了。"我说:"送我到医院去。"他不吓,他不吓。我还和他两个人走着去,走到医院里去的,啊。走着,疼一会我就停一会,不疼了我又走。她(大女儿)生小孩子也是这情况,因为我以前的经验呢,还到商店去看小孩的东西呢,有时候疼一下就等一会儿。

那个时候家离医院——我那个时候,等我想一下——也不太近哦,也不太远就是了,我们走着去的嘛,是吗?大概走半个钟头就到了,我看。太远了,也不行吧,是吗?两个人走着去的,两个人上医院。上医院,其实啊,也不就搞了一夜吗,是吗?第二天十一点才生的,还算顺的。我记得开始是一个实习大夫,实习大夫,他值班,该他负责。可是他那时候是实习嘛,还不会真正地接啊什么的,还喊那个大的陈大夫啊还是什么,喊他,他来跟我接的。疼还是蛮疼的喽,我记得疼得直摇头,难受啊,受不了,那真是,疼到这种程度。没有麻醉,顺产,也没有破,蛮好的,啊。第三个也顺产,都顺产。第三个是在北京。

哦,生了徐朗以后,出院了,我们本来房子都没有。怀徐朗的时候,我们借了人家的房子,我也不每天回去。他每天上班、下班,回去,就写东西,他自己在那里写东西。他有时候要我回去,他打电话喊我。有一次他打电话,我们的同事接的,他说:"家里有急事。"(笑)我那个同事说。他要我跟他到哪儿去玩去,比方说,不说家里来电话还是什么,他说有急事啊,我就看看什么事。"有什么事?""没事,没事。"他要我陪他去买什么东西啊还是什么。生了徐朗以后呢,我们就搬到自己的房子去了。所谓自己的房子啊,是他奶奶以前的房子。老大是请人家带的,我就把她接回来,请了个人,照顾我,我还在月子里啊,是吗?做饭啊。就在那里住。56天,我们56天的产假。满了假,我们就上班了,是吗?这是在南京。

二

他后来到南京,讲给我听——我就说他还是讲话,怎么不讲话呢?还是跟平常一样,跟平常人一样。——他跑到南京,讲给我听:他要到北京来了;我说大概我也想上北京了,是吗?他说:"你呀,恐怕要争取当模范,才能上北京。"啊,讲这北京的天气。在南京,冬天啊,里面穿毛衣,跟北京一样,外面还要穿棉袄。可是他说在北京啊,用不着那个,在北京,在家里火烧得好,一件衣服就行了。他这么说,我都不相信的。他怎么呢?他讲得有道理,他说再穷的人也要做饭,做饭就家里的火,或放在家里头,冬天就比较暖和。你出去,时间短啊,温度还能保啊,是吗?可以过得去,马上就跑回来,不老在外面,是吗?老在外面,冷啊,是吗?后来,我到北京来,我才相信。你们也许不觉得,我刚到北京的时候就觉得相当冷。在南京就没有这么冷。

你看我们,就是我回去,他才回去,我们都约好了,不回来么,不约么,就打电话告诉他,他就回来。孩子们、阿姨,就住在我的宿舍里头,我在单位住,部队里面也不是每天回去的,是吗?一个礼拜,一个礼拜,礼拜天才可以回去,平常。有的时候,搞起运动来,更是时间长了。有时候两个月都不回家。他么,在青年剧院里头一个宿舍，每天活动，在那里写东西啊，这样子。后来，写的，在朝鲜回来，我还是在机关里面，在部队里面住啊，他就在我的宿舍那里写，孩子们也不干扰他。孩子们上学，回来也就和小朋友们玩儿去啦。孩子们都不干扰，都习惯了，从小就不干扰。喜欢时，高兴的时候，就在一起，跟他玩儿啊，跟小孩玩儿。

一到这儿来，阿姨还没有带来，还有几个孩子啊。我就洗了个澡，还有衣服，还要洗啊。洗了衣服就相当冷，洗了衣服。后来，我就请阿姨啊。请阿姨，请的阿姨年轻，做不好事。她给我做饭、烧肉啊，都烧煳了，你看。我回来，是光吃饭的，不能做事，也没有劲了，是吗？几个孩子呢？孩子还给她带，还做饭，不行。后来，我没有办法，才把南京的阿姨，又请来了。那个阿姨好，那个阿姨做惯了。她也很愿意，她本来就很愿意跟我们来。我心里想，我也还不知道北京的情况怎么样的，是不是？后来，我没带她来，因为我不知道孩子怎么安排啊。

起初我到北京的时候，我把老二放到托儿所啊，把她（大女儿）放到儿童剧院，青艺儿童剧院，现在的儿童剧院，蛮好的。那个时候，和青艺联系得很紧啊，是吗？那儿路翎也认识的啊，是吗？她就在那里头，那时候也有五岁吧。她小时候蛮听话，在什么环境都能够待得住，她也不吭声，不像现在的小孩，挑剔得不得了，是吗？一看到妈妈就不行。她那个时候就没人带，就自己活动。有一次她爸爸去看她，她在楼梯那里，跳上跳下，就自己玩。她爸爸问她："回去，不回去？"她说："你说呢？"她不过五岁，她说："你说呢？"她问她爸。她说回去就回去。后来，我请到好阿姨了，才把她带回来，老二也从托儿所那里接回去。老三还没生啊。

老三是在北京，(19)51年生的吧。生了，假期满了以后，她就到青艺托儿所。那托儿所好，都在那里——吃啊，住啊，看病啊，做衣服啊，他都不告诉你，不是不告诉你，因为这都是算时工啊，都没时间管这些事，他自己看着办。那个所长，韦明，我们都是好朋友。就是石羽，演员石羽的妻子。后来，路翎走了不知道几个月还是一年吧,我才把她接回来的。

我不大注意生日这些事。生日我都不记,一直到现在我都不记,过了就过了,我都不记。我看我记不记得清楚啊——路翎是23号,1月23号,我是12月10号,她(大女儿)是4月17号,哎2月17号,老二是4月14号,老三是8月10号。我是12月10号,22年;路翎是1月23号,23年……生日,我们不庆祝,我们没有这个习惯。

我小时候算阴历,阴历是10月22号。那时候,我就记不得了,比我这生活好一点。生日不过,过旧年啊,就穿新衣服、干净的衣服,跑一圈啊。嗯,穿得很漂亮,晚上都不穿。第二天呢,年初一的时候,父母、母亲,尤其,挺客气的,她起来还给我们倒什么早茶啊。啊,年三十晚上呢,就烧了几个大盆啊,蛮热闹的,围着,那是小的时候,嗯。小的时候都是母亲一个人,也不是忙啊,我们那时候还是点煤油灯的,嗯,平常嘛就黑洞洞的。那个时候也给压岁钱,给呀,那个时候给压岁钱。给压岁钱还由母亲保管,(大笑)保管很多年,后来也忘了,从来没给过。(笑)绍羽他们就没有了,那时候穷啊。

北京小孩子穿的衣服,我一件也看不上。我都在外面看,看哪个样子好,做一些小孩的样子也蛮好。我就记下来,我自己给她们做,我也不会做啊,我就照样地比嘛,裁衣服,裁衣服都要裁半天,你看。我就学,我慢慢地学着做,有的学的托儿所的……我跟她(大女儿)买一件红大衣,徐朗那时候大概就一岁多吧,就把那放在人家柜台上,她自己试了一件黄大衣……最后给她(大女儿)买了一件红大衣,给徐朗买了一件黄大衣……

三

这机关单位,我们科学院的,整个的房子,都是科学院的。我们是在气象局部队,我是外面来的。我是解放以后呢,解放以后才到科学院去的。科学院是蛮好的,我在科学院的表现是挺好的,那其实我们哪个都很积极。到北京来……我本来不是在南京了吗？在南京科学院地球物理研究所。到北京来是因为路翎啊，路翎不是先调到北京来，青年剧院吗？调到北京来，我也调来了，调到科学院了。

从南京过来，那是(19)50年下半年了。我在南京文艺处的时候，不是穿军服吗？穿了几天军服。那时候随便，那衣服又大又长。那时候拿到什么就是什么，大的就大的，小的就小的，只有大没有小。我现在想想，应该照相。（笑）集体照过，没有穿制服的照，还有一张，在气象局照的相。我记得在南京的时候，蛮快活，那一年。我那时候搞活动，很积极，总参加活动。

到了北京，我根本都没有到科学院报到，我就，我们这一部分呢就直接调到气象台去工作。不是气象台，是部队，部队领导的气象台，是军管的。那时候保密啊。那时候，有一次，"十一"还是"五一"，没报准，检讨，全体都检讨。嗯，保密，那机关。连手心都不能够写字，写字，人家就怀疑你在写什么。每天检查……（笑）有一次，我们排队，伸手，他们小孩就问："妈，那是什么？都伸手干什么？"我那时候没有回答他们。那时候，男的女的，看看，自己看看有字没有。

那时候，有些人，有些外地的人，刚解放，我刚进去的时候，有些气象局都还没有联接上啊，我们的总部，科学院的总部。他们还写信说——你们安心工作，会安排的。刚解放，他们不知道怎样，气象还要不要啊，什么的。不了解嘛，是吗，就写信安慰他们，叫他们安心地等着。

有一次是在西郊公园，电台那儿，那是解放以后了——刚好一个窗户，外面就是公园，有玩的人，我就看他们啊，刚好有一个窗口。嗯，后来我就在气象台，后来就收这个气象，气象报告，台风，嗯，后来解放以后我就在这。那个工作相当累的，那个时候真累。我那个时候看见有些人到公园去玩，我们工作在那里，我看见他们，我在楼上看见他们，哎哟，他们都在公园，我也想回去，我也想回家，累啊，我也想回家，我那时候就想——家怎么那么的迷人呢？老在外面的人，老想回家。

我一回去……那时候她和徐朗两人还小啊,老三在托儿所,还没有回来。我一回去的时候,带点钱,把她们两个带出去玩去,每一次回去都带她们出去,买东西,都买一大包……又回来了。后来,后来她们长大了,就不肯跟我们一起玩了。徐朗就问,买卖东西,买什么?有一次,拉她,她都不想。两个小朋友一起玩,拉她,要她一起去,她都不肯去。长大了,小孩子不愿意跟大人……

还有呢,我们那里不是"五一""十一"的时候去游行吗?游行不是一大早,三点钟就起来?排队去游行,要搞到下午,搞到下午三点钟才回来嘛。三点钟回来以后呢——我们是在机关里头集体排队,他们总是少一点人,在城楼上还是什么,跟胡风他们在一起。总而言之,回去了,都三点了,差不多,也不吃午饭了。那时候,年纪轻嘛,也不睡午觉,是吗?我们就记挂孩子,他就把两个孩子都带去,他就把她们两个带到天安门去。那时候天安门窄,没有现在这么宽。他就怎么办呢?把小的抱在前面,大的就在后面抱着他。挤得不得了,就慢慢地这么走,慢慢地移,往前面移。那时候好多人啊,他把她们小孩子带着玩去。就是她们没玩,不好了,是吗?那个时候,多半我不去了,我在家里休息了。他的精神足,那个时候,他的精神很好。他没结婚以前,好像老病,胃疼。后来好了,情绪不好也有关系。

他反正总是在活动,没有闲着的,精力很充沛,虽然他有时候很疲倦,没写的时候,有时很累的样子,可是他不是很疲惫的样子。精神蛮好,朝气勃勃的,总是。

四

路翎他不吹口哨,他不会。我也不会。她(大女儿)是小的时候吹着玩,也没有吹什么歌。放学了,她也不会喊什么爸爸、妈妈啊,她就自己吹口哨。她爸爸就说:"回来啦,放学啦……"

他蛮喜欢唱歌,他唱得蛮好的。他以前不是在剧团待过吗?他也是当过配角啊,讲过一些话。后来他自己写的,他也上去排演,我看到的,看他表演好像说一句话,不知道什么,说一句话。还有,开玩笑,就是——他这个妹夫,是一个大夫,外科大夫,也蛮好玩的,蛮喜欢开玩笑。他妹妹讲的,说他也参加剧团,他妹夫说的:"早饭快吃,我也演戏,有我的戏呢。"(大笑)结果到那里,迟到了,角色也过了,(大笑),也讲了一句话,当群众去吧。(笑)在家里还蛮紧张,就说:"今天还有我的戏。"(笑)

……他唱歌,他也不整个地唱,有时候唱两句啊什么的,啊,哼两句。后来1964年第一次回来的时候,不跟我在一起的时候,在院子里唱歌,我们那里宿舍的人听到了,听到了,我要他不要唱,那时候问题还没有解决。他说:"你怎么唱呢?"(笑)我要他不要唱,他不愿意。说不上来什么歌,我听人家谈。他也唱英文歌啊什么的。比较好听的歌吧,他喜欢哼比较好听的歌吧,是吗?随便什么歌。革命歌曲也唱。我也喜欢唱歌,我喜欢没事就老唱。我现在都是这样的,我慢慢哼。

啊,他也喜欢滑冰。有一次,我们那时上班不是在西郊公园吗?部队就在西郊公园里头,现在那地方不知道还在不在?一座高楼,我们就在那里头。嗯,楼上是宿舍,底下是上班的地方。有一次啊,他一起到我那里去,去滑冰。我去那里上班嘛,他就跟我一起去。我一看,到时间,要上班了,我就说:"你在这儿滑冰,我去上班去。"他就在那儿滑冰。他怕碰到熟人啊,说他一个人在那里干什么,他还怕说不出话,啊。(笑)我上班上完了就出来。

我那个时候差不多一两个月不回去,在部队里,他不管你有家没家。我记得有个钟点,是七点到七点半有空,是吗?我就跟他约好,七点就在门口等着,傍晚我就出来。我记得好像是礼拜六,恐怕,因为我们那一天,同事都出去玩去啊,看电影啊,跳舞啊什么的。星期六最自由,最活泼了。两个人就约好了,他就在那里,我有空闲时间就跑去看他在哪里,走走,就回来。就半个钟头嘛,是吗?就是这样的,我们就是这样见面的。

后来我提了意见,我说我有家,家里有孩子,在家里,我还是主要的。我的工作好像没有家似的。我说需要照顾照顾。后来一般嘛,我一个礼拜,两个礼拜,就回去了。平常都不回去。平常部队里晚上还有事儿,七点钟到九点钟还要开会。有些不必要的他们还要讨论,解决就解决了,简单,平常,很平常的事,他们还要开会,变成习惯了。平常,我假如礼拜六回去,我就打电话,他就马上来。

就是在北京的时候滑冰。我记得坐月子的时候……在北碚,那天赛马,其实不是长期赛,就那天赛,或者那几天赛,我们就去看。没什么人看。那天我记得还蛮冷的,我跟他两个人,我坐月子,我生她(大女儿),我刚生孩子,身体也不大好,是吗?我也喜欢玩,就去看他们那个赛马。我们两个坐在那里……好像是木板的栅还是什么,那个台阶。多半是不要票,人那么少……哪来那么多人啊?没什么人看。那天就我们两个人,在那里看。有的时候去玩去。骑马,啊。在北碚,离重庆三个钟头车吧。他们住在北碚啊,复旦也在北碚,我在重庆。我有的时候回去啊,游泳的游泳。马是租的,半个钟头吧,我看,最多半个钟头吧。他骑在我后头,我骑在前头。他在那里笑我,他说:"你骑马,像钓鱼的。"(大笑)我就坐得直直的……以前的时候游泳,跟他游泳,他教我游泳。游泳,我们那时候常去游泳。在浅的地方游,也有深的,深的我不敢去。自由式,后来也学仰游。化铁也去游啊,跟我们一起。交朋友的时候。他游泳游得蛮好的,他在的话,你们可以一起去游泳(笑)。

后来结婚,还没有生孩子,也去。生了孩子,就离开了啊,很快。现在想起来,很快——我(19)42年去的,(19)43年谈恋爱,就结婚了,是吗?那时候觉得很长,好像好几年似的。那时候我都没去找过他,没结婚以前。就他去找我,他经常去,去探望我。我平时也不去找他。他这人也不喜欢别人找他。(笑)他这忙呼呼的,自己都还没有安身之处。那时候在写,我一去他就在写《财主底儿女们》,他说写他们家里啊,什么什么。他也不一定会每一次都讲……

他跳舞,他也跳舞啊,在朝鲜战争的时候也跳过啊。我当年在部队也跳舞,什么舞啊,不叫交际舞——友谊舞,对,友谊舞。跳啊什么——找啊找,找朋友……(笑)那个时候跳舞就牵手啊,握手(笑)。有一个邻居,平常都不讲话,就住我们隔壁,找找找找朋友……跳得蛮热闹的。每个礼拜都有,每个礼拜部队里都很热闹。晚上就一个大卡车,把他送哪里看戏,不愿意看戏的,跳舞也行,做什么都可以。可是礼拜天的晚上就要开会了,开"收心会"(笑)。你不收下来,心都野了,把工作都忘了,啊。那平常,晚上也有事的,不会没有事的,啊。晚上七点到九点还是学习,不开会就自己学习。学习的东西还蛮多的,有的学习文化的、气象的,研究什么的……集体学习时哪一个部分都有,平常嘛哪个部门开会就到哪个部门去开会,九点就完了,就睡觉。就是上夜班的大部分还在。在部队里就要身体好,要参加工作什么的,紧急的……

五

我以前,还没见过他就先看过他的作品,他给我寄过什么《黑色子孙之一》啊,《祖父底职业》啊,什么的。是杂志,不知道是什么杂志。其实我看了以后,我看了挺沉重的,嗯,不是很轻松的,看他的作品总是很沉重,觉得这个人这样子,跟他在一起多痛苦啊。(笑)当然我没有想到这一些了,只是觉得他很沉重。当然有一些很沉重,也不见得每一篇都很沉重,有些像《祖父底职业》啊,那些就比较沉重。我觉得他叙述了些什么呢?比方说《棺材》吧(笑),《棺材》不是在美国的一个中学里当课本吗?我觉得是很好的叙述文。我看的时候,我就觉得他不慌不忙的,从他的祖宗时代就叙述起,慢慢地说到这个棺材上面来,不慌不忙地叙述,叙述得清清楚楚。从老远讲起,讲到现在。

他是随时随地观察,喜欢观察。他看书,也不是整天坐在那里看书。这样子。他看书不像咱们,看故事啊怎么的,他就看他怎么写,怎么样怎么样。写了,就记在脑子里头了,当作自己的用了,这样子。他不是光看故事,看怎么写,这个人怎么表达法?嗯,比较细致,他看什么都比较细致,比方说他看哪个人,他就看哪个人想些什么、应该想什么——思想是很复杂的咯,是吧?很理解人,善解人意。他不会跟我说的,他不会说的。我理解,我也是个人嘛,是吗?生活在一起那么多年,我也理解他,我也晓得他在想什么,他绝对不会在那里打瞌睡,嗯。他总是在想事,平常呢也想他的作品啊,是吗?我知道他在那里想,我也不跟他说话。哎,他开始,不是开始,是刚结婚的时候,我就想:你在想什么?(笑)我当然不告诉他,是吗?他想什么我知道,其实,他在作品里面呢,我现在想起他的人,就看他的作品,看他的作品呢,其实就是他的思想里面的东西,看他的作品就是这样。像我现在有时候看他的作品,没说出来,都是没说出来的东西。

以前看他的手稿,还有刊登出来的作品,都看。他给我看。我记得刚结婚的时候,他把胡风写的,他的这个《财主底儿女们》的序,他给我看。那时候还没发表,那是手稿了,是吗?那时我还没结婚,在重庆的宿舍的时候,还没结婚,《青春的祝福》,他给我寄过去,给我看。《青春的祝福》,好像还有这个《饥饿的郭素娥》吧。他寄给我看。有时候杂志啊还是什么,他都寄给我看。比如说在朝鲜期间,通信啊什么,他期期都寄给我看。不怎么讨论,就是谈谈啊什么的,不讨论。那时候解放以后,我根本就没有接触过理论啊,不晓得什么道理啊,什么什么。我不懂的,我就问他,我们俩就讨论这个,问他。

后来,我们还订了个学习计划(笑),啊。就是学习的时候,当然要好好地学习,认真地学习,是吗?什么——"学习的时候,嗣兴不再骄傲,明英不再生气……"(大笑)两个人好久都在学习。后来他在青艺了,我在南京,我们通信。有一次他给我来信,他说我这不是一封信——当然他不是这么说的,他说得比较顺畅了,是吗?他说简直是一份考卷,我上面就谈的学习,谈应该怎么怎么的,没有谈完,其实应该谈小孩子啊,她今天怎样,活动怎样……(笑)那时候好像提小孩,当时很自然的。那时候我不提小孩。那时候有个人提小孩,人家就觉得你跟他搞到家里,有这种印象,那时候很左。照片都不拿出来给他们看,很自然的,并不是故意的。

学习,是解放以后,1949年。咱们俩的学习计划,一,不让怎么怎么,二……后来,我跟他写信也就写这些了。(笑)嗯。考卷(笑),这是一份考卷。就写得不像一封信,就像一份考卷。信找不着,要是信找得着,那里面,我就放在里头,他的东西我都放在里头。很可能找得着,以后,我是看不着了,也许你们看得着。他不会丢的,我看,他那些信。那些信都蛮好的,不是一两封啊,是一叠。没有信封,我就把它清在一起,很薄的纸嘛,就交给组织,出事以后,还写了一份检讨材料啊。那一份草稿恐怕还在,我写的。

他的作品,我不是每篇我都读。他在楼上写,我在底下带着孩子,一家子,还是劳累,是吗?他每天一吃饱饭,他上楼去写去,都不吵他,嗯。星期六、星期天呢,朋友,或者到楼上,或者到我们这来,聊天啊什么的。聊什么?聊文学,他不会聊家务,不聊家务。哎……(叹)结婚以前,写得也不多,那时候,是吗?他寄给我的、出了本子的,我就看这个。在写的时候,我都不动他的。他的东西、稿子啊,老放在桌上,我们都不碰他的,嗯。

有一次不是我在睡觉啊,在南京的时候。我在底下睡觉,他在上面写……在北京以后,就一间房,我在那里睡觉,他在那里写,这样子。有一次我睁着眼睛,我看他走去走来的,那房间还可以,走去走来,有时候停下来写。他就告诉我他在写什么。我说:"干吗呢?还不睡啊。"他说:"我在写战场上的事。"他说着说着,就跟我讲起来了。他也蛮好玩的,说怎么怎么,他就写了一篇《初雪》。他在朝鲜的,那时候都在北京写的。他们在那里没写。那时候我不是上班吗?每天上班吗?他就一个人每天在家里写。他自己在青年剧院啊,也有个小房间,那个时候,有的时候就在那里写,朝鲜几篇是在家里写的。

那时候,1953年,他从朝鲜回来,我不是老不在家嘛,是吗?

家里就只有小孩子,阿姨呢,在另外一个房里,是吗?小孩子在外面玩,一个大院子,也许你们去看就知道。王府仓那个大院子是科学院的宿舍。好多小孩。他在写东西啊,小孩也不打搅,弄习惯了,她们也不打搅我,除非我们喜欢她,就把她抱了,就跟她玩。好多小朋友,都跟着她玩,她是老大,都叫她"余姐姐"的。因为我在那个宿舍是主要的,他们就喊她"余姐姐"。她就当"领导",常讲故事给他们听,啊,唱歌、教他们唱歌,教他们玩。她老带着他们玩,所以她有的时候,她不愿意跟我出去。就是有一次,她不愿意跟我们出去,平常,基本上她都跟我们出去。

写作啊,他就是争取一个写作环境。你看在南京的时候,在南京,生了第二个孩子,才有个房子。以前也是这里住,那里住,都没有一个安定的地方。他在我的宿舍里住,我不在,他只要有个房子,有个桌子有个椅子,他就写几句,写几句。后来有了房子,他就每天坐在那里写。我不在家。有一次我从老远回去,城南到城北,回去,他在写东西啊,他都好像有点不搭理我,我就马上走了。(笑)我那时候就是这样子,我就走了。除非他打电话喊我,约好,这样子,我们才在一起。像我们在南京的时候,他不是在楼上,弄个小阁楼,小阁楼,一张床,桌子,就是这么点地方吧,他在写。

有一次,他的妹妹上楼去,他的亲妹妹,上楼去,箱子,拿东西,东西一拿就走了。他急了,他就跟她吵起来了,她那也不会让他,是吗?兄妹两人嘛,是吗?他说我们找地方,他要我想办法,想办法找房子搬家。我也不理他。他在这个房子,他妹妹在那个房子。他跟我讲了以后,我就跑到他妹妹那里去,他妹妹和他妹夫两个人在那里。我说:"我跟你谈两句话。"她说:"我不跟你吵,我不跟你吵。"她以为我要跟她吵。我就跟她说:"我希望你原谅他。"我说:"你们好不容易争取这房子,你们感情挺好的。"是吧?我说:"你应该原谅他。"我说:"你看我呢,我纯粹自己搞,他搞他的,我搞我的,我都不去吵他。"我说:"我们两个不去理解他,那别人更不会了,是吧?"她以后了解了,以后她很好

了。以后她跟她丈夫吵架了,假吵啊,她就说:"我到北京去找我嫂子去。"(笑)

我知道路翎他生气,但他们感情蛮好的,是吗?你说假如为了这么点小事吵起来了,也不理了,多不好啊,是吗?他就要我找房子,我也不吭声,我就偷偷跑到那房子,跟他妹妹解释,我就要她原谅他。互相不理解,有些吵啊,是不理解,是吗?其实没有为了什么事,是吗?其实不用解释,大家都晓得他的哥哥,写这么些东西不容易,是不是?好不容易搞了个房子,可以在那里写,你在那里拿东西当然可以。(笑)"行了,行了。"他就急了,他就在那里生气了,就要我找房子搬家。搬家什么呢?跟他兄弟都不来往了?那也不像话,是吗?毕竟人生活还是为亲友的,是吗?那何必把感情撕破了,是吗?不理智,一时的冲动,是吧?其实一点事没有,她也不会觉得我怎样,也不会说我向着她哥哥,也不会,也不会这样,是吧?后来她对我蛮好的,跟丈夫吵架,(笑)找嫂子去。假如我真照着他做,就搬家了。搬家有什么意思啊?哦,就光要写作,不要亲戚啊?是不是?

我记得在南京的时候,回家吃饭,吃完了饭,大概七点钟的样子,上楼上,他就在那儿写,写到十点钟这样子,总之写到十点多吧,也不会到太晚,第二天还要上班啊,就这样子。这是在南京。在北京来呢,还是和他的同事玩啊,谈啊,聊啊。他反正有空就写,没事就坐着发呆,不知道在想什么事的,弄成习惯了。如果紧急的时候,他写长篇也不好啊,人家来要稿子,他就把他的长篇停着,他不会要赶着写完,就写短篇,这样子。需要的,目前需要的,他就先把他写出来,再写长篇。这叫做脑子好,他的脑子可以变,变了就不想那个了,就想这个。

他不是什么信上帝,不是这样的。他写社会上的一些事,比方说写人的心理,并不是信,不是信上帝。他就喜欢写心理。你看,写诗的时候,他就喜欢写什么青蛙啊,蝴蝶,什么蜻蜓啊,(笑)他都写它的,什么内在的东西,是吗?这是他的写作的风格、习惯。喜欢深挖。他没有接触过基督教。我以前倒接触过。

那时候跟我的姑姑,她信这个教。我记得她每个礼拜都去做弥撒。那个时候我很小啊,她就带我去,我就在那里做一个上午。好多人,好多人在做。照我们现在说起来,是新教人汇报了。那个神父就在台上,你就好像蒙着头吧,把头弄了个纱蒙着,就忏悔。比方说我今天跟谁吵架了,我不对——你跟他说了,你自己就没罪了。我的姑姑她信那个东西。我看,我还不知道,我还不大信的。就是朋友啊他们谈了,还有一点反抗。就是国外的什么菩萨我也不信。那个时候街道,隔了差不多一站路,就有一间小庙。进去,菩萨在那里,就烧香啊什么的。那个时候,街道还有,现在当然没有了。那个是佛教。路翎不信,不信教,不进寺庙。他不信教,他是很现实的。

六

他到朝鲜,1952年11月去的,第二年,战争结束才回来的,差不多半年吧,半年。我记得他去朝鲜的第一天,在家里——我们那时候部队挺严格啊,一大早就要起来上班去。他说:"多睡一会,等会儿我就要走了,到朝鲜去。"战地都不知道怎样,是吗?我说呢:"我希望你啊,不要做俘虏。"我的意思,我就跟他解释,我说:"我不希望你做俘虏。"因为那时候宣传——做俘虏怎样苦啊,怎样的。我就怕苦,当然,"我是不愿意你被打死了"。那时候不愿意做俘虏,宁愿被打死也不愿意做俘虏,是吗?他说:"我理解,我理解。"我们后来起来以后,我就赶着要上班了。上班,他也走,我都没有送他。他十一点的车,去朝鲜的车,几个同伴吧。我记得我到单位以后,部队那些小同志,我跟他们谈,我说:"我的爱人就要走,今天十一点钟的车。"他们说我怎么不送他?那时候不随便请假,那哪能,是吗?就让他走。

他走了以后,还给我寄来,什么通信啊,什么什么,都给我寄来,在那里情况怎样,都写信告诉我。那时候,在单位,捐献呢,有的人捐戒指的,有的人一次性地捐多少钱,我就一个月,工资的百分之十,我就捐工资的百分之十。后来我生了老三以后啊,我生徐玫以后,我还补了,他们就表扬我,他说的:"你不在这,不上班,还补了。"我心里想:我说的每个月一直捐到胜利,我是这么说的,我就这么做。后来一直到胜利,我记得的,好像是(19)53年吧,是吗?好,他也要回来了,我这一点捐献也就结束了,(笑)是吗?这也算一点贡献吧。我觉得我们对朝鲜战争也有一点贡献,在那个时候。

他去之前,我最担心他当俘虏,那个时候俘虏不是蛮辛苦的,是吗?要怎么,逃难啊,什么,我就怕收他做俘虏。我就觉得愿死也不能当俘虏,我没有说这个话了,但是我的意思就是这样的。他说:"我理解,我理解。"(笑)像一般人都会恋恋不舍地要送,我没送,那时我没送。十一点钟的车,从北京走,早晨,上午十一点。照片、通信,都寄给我。他去开会什么的,都把这些材料都寄回来,都带回来,他知道我要看。

有一次我跟他到德州去,那些材料他都不看,他没看,我就讲给他听。有一次在这里,徐朗、徐玫上班,好像,我一个人在家,在忙家务,夜里都九十点了,冬天,好像,什么时候?他跑过来了,他跑回来了,看看家,看看家里,是吗?我就说:"你快点走,你快点走。"他开会——文代会,给我带一本什么书回来。带大文件,也有,那一天给我带了书。他有时候也给我带那个照相机,他们还发了一个照相机,后来我给徐朗了。(笑)夜里又赶回去了。那一天他心情蛮好的。徐朗的文章提到过这件事。

朝鲜半年,他的收获蛮大的,他跟我讲他的心情比以前好,实际生活了,蛮愉快的,跟战士们打成一片。他还打过一个敌人的。他没有说啊,意思就是免得在北京,哎呀,老受这些理论争议,真是苦恼。他在那里心情蛮愉快的,嗯,接触朝鲜的人民,跟他们小孩,跟战士一起打炮什么的,还比赛,给战士们写信、开会,什么都聊、谈。他在那里蛮愉快的。在北京的苦恼也忘了,家里他也从来不愁,家里完全就我来照顾,是吗?他也蛮放心的啊,是吗?我连生孩子都不打搅他。(笑)那时候他到大连去,那时候也是去深入生活啊。我在家里生孩子,我都没有打搅他。

《洼地》啊,《洼地》刚出的时候,影响很好,很多人看了都要哭了,他也跟我谈过,是吗?他说他很满意。好,没有几天周扬啊,就表了态。一下就翻过来了,就不敢说了。不敢说,就开始拼了,就是从那开始啊,是吗?开始蛮好的,本来都看到蛮好。到单位的时候,他们都说这个看了没有?这个你们看一看……这样的,都挺感动的。后来,周扬看了,就定了。后来这个刺激很大。本来是在批这个《文艺报》,(19)54年年底吧,批《文艺报》,胡风、路翎他们提了意见,后来就转向胡风他们了,马上转向他们了。有一个叫什么名字了?……

他说:"我下午去开会……"第二天下午还是以后呢,发言稿,他念给我听的,路翎,他说:"你看行不行?"我那时候,当然,你说好就好了,你看行就行了,是吗?后来他就发言。所以那个时候,《洼地》啊,在这大学,在这社会上,大家批着它。这个东西搞到大学里去,大家都批啊。后来,(19)79年的时候,怎么呢?有一个人到我这里来,他说他是大学里教书的,他说他就觉得他是对的。我说:"你敢啊?"他说他敢。后来还有一个人想写,我们都没有让他写。人家没有害怕,我们当时还觉得害怕。

七

(19)54年请假,请病假,那时候"三反五反"是挺厉害,还死了两个人,我们那单位,自杀死的。好害怕,那时候真是害怕。其实我表现蛮好的。有一次去开会吧,我们那里当夜班的也去开会,有一个同事我倒很同情他。其实他啊,你如果家里有事,业务上有什么搞不懂的,喊他,他就不分日夜帮助你解决……后来,开会的时候打瞌睡,我说那又是什么意思呢?我说,他也没说,我怕我忘了,我就怕说错了,哪晓得这其实是蛮好。那是后来,我才知道的,是吧?后来我才知道他好像有点表扬的样子。可是当时我不知道,当时也有打工作的……第二天早上,我们那儿每天早上,要保密,第二天早上,排着队,有些人把他拽出来了。我脸都苍白了。我怎么知道我好不好呢,那阵子真不知道的,是吧?要辨认的话……我的工作太累,不能来参加,那能怎么说呢?是吧?我脸都吓白了。反正是种种原因吧,后来是"三反五反",闹得很严重,不能回家。我晓得单位要开会啦,要"三反五反",都不能回家。我就马上写封信给路翎,我说:"我不打电话给你,不写信给你,你不要来,你也不要问。"他当然知道了,不然他跑了去找我怎么办了,是吗?就没联络。

"三反五反"的时候,我们的单位,工作的单位,也是把人逼出来,说他是特务,还说谁谁是特务,好,都把他拽出来了。好,这以前,我们这个同事讲:"哎呀,我不是特务啊。"他根本就不是。那时候还给他压力,打他。他后来没有承认。结果一查,什么特务,什么都不是。还有两个,我们那里整个中央气象局很大了,是吗?还有两个就自杀了,都是地主出身,当然没结婚了,也许谈恋爱吧,就说他怎么样不好。他就害怕了,害怕了就跳我们后面那个井。还有一个跑到外面去,也是跳井,就死了两个。

刚才那个说他是特务的,政委就想他讲话,倒一杯水给他喝,预备把他送走了,是吗?他就感动了,他喊:"政委啊,我不是特务啊!"这样子,这样子他就重新查,重新查。关起来审。怎么呢?关起来审,都不了解他,夜里头还要起来斗,把他斗疲倦了,是不是?夜里头起来斗,要他跪,跪在台上面,你看,这个多苦啊,就逼他从招,逼他从招吧,是吗?那时候是这样。我的这一组好,他们挺了解我的,是吗?没这些事,政委跑过去说:"注意!你们这里头有特务!"我就吓得不得了,(大笑)我是怕,冤的也很讨厌,是吗?我就害怕。

工作也累,这个也怕,那个也怕,也不能说。"三反五反"的时候,我们先是在部队里面搞"三反五反",后来又在科学院里去搞。科学院里轻松多了,科学院从国家,重点就审查他们那些科学家,我们这些底下的就不注意了,是吗?就搞他们,当然也不是锁住就搞他们,他们还写一堆一堆的材料,他们还真会写。在科学院的时候,我们每个人都检查的,是吧?

有个人问我,他说昨天还是今天吧:"有一篇文章,写路翎是反革命。"嗯,我就没有回答他,因为我不知道,不能乱说啊。路翎就很生气,他说他错了,不应该说(他)是反革命。后来我告诉他路翎不是反革命,那人承认他说错了。后来还是打上"反革命"了,是吗?我们是"反革命家属"。

部队里头动得太凶,要是普通的,不会这样子。我弟弟也是在部队里头,他跟我们在一起住过,在高中的时候跟我们住在一起啊,在南京。住在一起,他上他的学,他写他的东西,根本吃饭有时也不在一起,因为上班下班、上学放学,时间都不对。他非得要他说,他没有话说啊,还不是逼的吗?后来他自杀了。部队里面逼得太厉害。我的大弟弟就没有问题,不在部队里。我的小弟弟其实也没有问题,他和路翎很少说话。在那个时候,路翎是"危险人物"了,"危险人物",是吗?那谁不害怕?尤其不了解的,了解的不怕,像我反而没事,没有问我。他们都知道我没有问题的,我搞我的,是吗?

我深深地感觉到——他搞他的文艺,我搞我的技术,各忙各的,那时候是这个情况,是吗?我不写书,我没有压力。他觉得我这样很好,他觉得有些人写不了东西,非要写,又写不好,就这个意思的话,我干脆不写。(大笑)我不会我就不写,我承认我不懂文艺,是不是?我就是这个情况,所以我没压力,我就搞技术,蛮顺心的,是不是?我就解决他的困难啊,他那时候老说,以前老说:"我的成绩,有你的一半。我假如没有这样安静的环境的话,也许也写不成啊。"后来他不说了,(笑)后来没听他说。开始他老说这个。"也有你在,都有你的成绩。"他是跟我在一起,他就很平安的,在家里,也不抽烟了,也没看他拼命地抽。

八

出问题的时候,不是就要带他走吗,是不是?他被带走的时候,(19)55年,我给他买,我以为喝几天,买了三斤的啤酒,我就给他放在那里。他那一天,下午人家就告诉他要招,到另外的地方去。他说没什么事,人家说在那里安静一些,比家里安静,就被带着去了。他没有那么直接地告诉的。他就跑去喝酒。

熟人,是……剧协的领导,叫李之华。啊。李之华来把他带走的。他那时候很和平地把他带走的。后来,后来,我不懂,我没有听到。他在家里吃晚饭,他就等着他吃完饭,吃完饭他就押着他走了。啊,他就说在家里住着不安静。哎,比较安静的地方,找个安静的地方写东西啊,比较安静,在那里住。他就跟他走嘛。走以前,他就洗了个澡,他还告诉他,前两天他就在这里陪他,陪李之华。就是家里老跟他联系啊,说话啊,什么的。是监督吧,实际上是监督吧,是吧?"徐嗣兴,你让余明英给你做几个菜子啊。"他还笑笑着说,他说:"余明英不会做菜。"(笑)他蛮高兴的样子,情形蛮好的,他也没想到他会把他带走的。

李之华住得也许不远吧。他提前几天来,就算工作,也就不是很认真的,你看不出来,可是我们感觉得到。他那天总是找他,随便啊,就……前一段时期就老到家里,最后一天就正式带走了。细管胡同,那是在细管胡同。我们也没想到来,来……

他是在16号,5月16号那一天被带走的,李之华可能13、14号就过来了,李之华。啊,但是并不明显。16号,我以前,我记得日记上有的,我记得很清楚,我脑子也记得很清楚。后来不是抄走了吗?他们说是19号,我就跟他们说。其实我自己记得蛮准确的。后来也不行了……别人说的,他们说的也一致的吧,一样的,都说一样的,是吧。是别人说的,嗯。

我……他,我们都有写日记的习惯。都抄走了,没有了,抄走了。我不,我看着那"山雨欲来风满楼"嘛,是吗?我晓得这情况不对,我就把它烧了。我就把它烧了,我的。他的呀,他在朝鲜写的日记,我就这样看呀看,看了一半吧,可能一半都不到,他来,我就交给他,交给他了,那本日记蛮好的,蛮好的。一本。那上面页数都写上去了。我都给他,没有交回来。没有还回来,嗯。公安部的,以前我记得他名字的,现在记不得了。是一个人,一个人。那大概……开始……(19)55年,(19)56年,总之那年头……嗯。

那天,吃饭啊,就在那里吃饭啊。我没有想到他会,会……是吧。我现在当然知道了。他去洗澡,吃了饭就去洗澡,洗澡,他就把这个东西,一大瓶啤酒啊,带到他要洗澡的房间去。他洗澡的时候就把它喝了,都喝了。你也没有这么大的量吧?哎,三斤。喝了三斤,你看他量大不大?后来瓶子空了,他不是喝了吗?是这么高的玻璃瓶子啊。那时候没有塑料的,那么高,三斤嘛,我给他买的。喝了。洗澡的时候带过去的,带过去的。就是在家里洗。我后来看,瓶子都没有了,瓶子里面的东西都没有了。他洗澡也不会很长时间,嗯,半个小时吧。

他洗完澡就跟李之华走了,啊,跟李之华……我记得他还包了包袱。他也不要阿姨包,也不要我包,反正很快,包了,自己就跟他们走。所谓包袱呢,就是有个包,行李包吧,里面带床被,我们一个人盖的床被啊,他拿了就走了。我看他写的,他说,那车,黄包车的说,好像"你不是反革命,不是真正的反革命"什么。他后来写的东西,就说的这一回事。他说,一直就说"你放心啊",跟我说。就是他写,写什么……写东西去,也是写东西去了,其实就是对付了是吗?晚上就把他带走了,谁知道带走那么长的时间,是吧?以为马上可以回来,写完就可以回来,谁知道这个东西写不完呢?

领导告诉他,晚上到那里去写东西,那里比较安静,就不在这里了,不在余明英这里了。他当时就告诉我。我那时候不爱随便说话,我听见了,笑笑或者什么,没有吭声。也不是无所谓,反正没有想到会那么长久,是吗?

他向,嗯,路翎向他们表示过态度,说"我不会再去找胡风去了",可是他回来,他又跟我讲,他说,你呀,坐部车,到胡风那里去,说什么什么情况……没有事,就是安慰安慰他的意思。我就不肯去。我为什么不肯去呢?我这个情况去是什么态度呢?我一定笑不起来,嘻嘻嘻,笑的话不是作假了吗?告诉他很安慰,说没什么事情,也不对;你说你逢那个年嘛,给他更不好的印象是吗?结果那个时候我还在部队,这些事情我还不知道,是吗?

我没有去。那时也没有电话啊。表示，总是要表示态度啊，不去，不乱跑的，是吧？不去，不去，不去哄他去了。他回来就跟我说，他要我去，我怎么能随便去呢？我去当然要问的。

我从科学院回来，是啊，我一回来我就学俄语，我在什么地方，那个叫什么地方学，学俄语。后来老是学俄语，所以我那个时候头脑昏，头晕，我一直就是头晕啊，看病，打针，每天去打针。每天打针，学俄语，我自己找事忙。我就找这些事，就做这些事，他就写他的东西。我们那里有两个（桌子）嘛，我在这边，他在那边。他在这里写，我在那里写，两个人背对背。我在这边学俄语，孩子在那个房间，另外一个小房，也是一样的小房。孩子两个。

有一次，徐朗和她（大女儿）呢，同老大俩来到我房间睡，也有个方桌，做功课也在那里。她们俩还在聊天，她们也订两份报啊，一个《少年报》，一个《新少年报》，一个二年级读的，一个四年级读的。两个报，两个人抢着看。这件事情她们也都知道，她们也谈。那时徐朗只有八岁，还是懂得。无所谓谈，就是报上写的，有的，好像是，不懂路翎还是什么，也有写梅志的，是吧。这个人坏啊，什么人好啊，我爸，她爸，不谈爸爸，也不说他好，也不说他坏。反正不是普通的孩子谈的。

他写的，这个反批评啊，他写反批评啊。有一回，我劝他，不是劝他检讨吗？劝他检讨，我说他还在写反批评。（笑）他说我那个不对。

马上就知道他被捉了。他一走就时局紧张了。田汉他们就住我们住的那个地方是吗？田汉住在正屋。我们住在哪边？东还是西？东，西朝东。我们住三间，我和路翎住一间，小孩子住一间，阿姨住一间，我们住三间。不是靠正房……三间，就是三间。还有前院啊，还有前院，对，我们是第二院。不不，我们住那个院，就田汉三间，我们这儿三间，那边三间陈刚在那里住的，耳东陈，刚强的刚。我们那三间，第一间是阿姨住，第二间是小孩，第三间是我。

《人民日报》那个"反革命集团"（第一批材料）出来了，出来了。啊，我们……那都没想到他会被捉的。我觉得没这个问题嘛，是吗？他们也许早一些，胡风早一些，路翎也许慢一些，路翎是慢一些。我看见《人民日报》。他看到没有？他也不一定看到。他看到没有？他恐怕没有看到。我记不得了，那记不得了。

　　呃……路翎被带走以前，这周扬还找他谈话。周扬让他去，找他谈话。这个，周扬就说什么，好像，什么，这个事情，对他有意见。周扬就问他："你对党是有意见，还是什么的？"他说："我不是对党有意见，我是相信党的。我不相信你个人，我对你有意见。"这个周扬就拍桌子，"我，我是代表党的……"他说"我是代表党的"。就是那以后，第二天还是当天，就带走了。还有这么一段。

　　他回来跟我讲的，他说"我对他有意见嘛"。他老实。这我乱说了，你要是当时说几句好话，服从领导，就没事了，是吧？（笑）这是我的想法。那时候他们真是不肯说的，不肯说。他说，他说："我要是随便承认的话，我将来出去还要工作，我能够说不上话吗？"这个意思。嗯，我心里这么想：他要是谈话，谈话悔过呢，是不是当时就处罚不同呢？至少当时不把他对立起来了。这都想象不到，自己都想象不到自己。想象不到……啊。不知道。他走了以后，我就晓得不对。我也晓得这个收场，我也并不喜欢这个收场……

第五节　晚　　年

　　我又想起一件事：我刚病的时候，当然心情是挺着急的。他脾气蛮好的。反正不知道是什么事，我就捶他一拳，我就疼，手疼，哎哟，他马上给我摸着手，哎哟，我心里想：你真好。可是我没有说出来，永远没有说出来。（大笑）我心里想：可能他不疼吧。我觉得他应该疼。后来他不但不生气，他还笑着跟我摸。（笑）我心里想：哎哟，你真好。我没有说出来，不好意思说，

(笑)那就永远没说。我现在讲给你们听。(笑)

一

我记性很不好,这就要靠问了。想到我要说,我就说,因为我又怕忘啊,我不说就忘了。这是记性不好,因为我做手术以后,很明显的。我去年生的这个病吧,我早就知道,我看的报章上的。我跟这个谈,跟那个谈,他们就讲:"哎,你就喜欢看报,对自己的病。"刚好对得上,还真是这个病。我把那个报纸——到现在我还留着呢……

我这个肠子啊,切了七八寸了,肠子有病。2005年8月到医院去的。住进医院倒是安心了,住院以前呢,哎呀,做不做手术呢?看中医呢,还是西医?……看中医没有把握,看得人很瘦,掉了三十斤。我原来一百二十斤,现在九十几斤,刚回来九十斤,我就害怕了,我说再不能这样子了。吃饭倒没什么改变,还蛮能吃的,就是要稍微控制一点,我吃东西比较难控制,要吃还是吃。德州以后就没事了,就是半身不遂啊,留下了残疾,就是这样的。那也因为高血压咯。

嗯……(19)75年回来,(19)75年回来以后,不是"文化大革命"以后吗?那时候家里头一本书都没有了。"文化大革命"的时候,把书统统都卖了,扔的扔了,偷偷扔了,把日记也扔了,(叹)也不敢扔,把它撕了,烧了,或者把它撕得粉碎,不能看了……嗯,(19)75年回来,(19)75年回来的时候……(19)76年就扫地了,生活啊,解决生活啊。那时候我在工厂里头,我也是为了生活啊,是不是啊?在麻袋厂里头,街道麻袋厂,那个时候,一个月拿28块钱吧。他扫地的时候,开始,也只有15块钱吧,后来才增加,工作也增加不少啊,蛮累的。假如问题还没解决的时候,扫地反而痛苦。怎么呢?人家都知道你是有问题的,是吗?也要面子的,是吗?蛮别扭的。后来干脆做扫地工,有收入,是吗?扫地工不止一个啊,两三个吧,是吗?他们都了解我,因为以前我在居委会做街道工作啊。那个主任呢,是个老太太,主任呢,她很了解我,她知道我每天要睡午觉,我睡午觉,她不喊我。等我睡了午觉,有什么事,才告诉我。

路翎第一次回家的时候,老太太,主任呢要我算什么东西,计算什么东西,就拿了工作给我做。看到天气太热,她说:"我给你拿把风扇来。"拿了电扇啊,拿了电扇来,我说:"不要,不要,不要。"就这样算。路翎那时候刚回去啊,都想做。我想了想,没让他做。为什么没让他做呢?我心里想:你做,我还是要检查。他刚回来,我不了解情况啊,是吗?这些事情他能不能做,我不知道。后来,现在想起来,应该让他做。怎么呢?慢慢地练,熟悉了以后,总是在做公家的事了,是吧?这时候来了。

扫地工啊……他是(19)75年回去的,是吧?(19)76年开始做的……(19)76年开始做——等我想一下,(19)76,(19)77,(19)78,做了三年多。(19)79年1月就解放了,问题解决了,他就没有做了。另外的扫地工蛮好的,偷偷地告诉他,偷偷地帮助他,比方说他搞不动的,就帮忙他做,他们说:"我们偷偷地做,不说。"这个意思啊,不敢随便地说。那个事恐怕《野鸭洼》里头——有没有?那都是些真实的,《野鸭洼》写得好不好不说了,那都是真实的,等于日记式的。他蛮喜欢观察事的。有些事情,我们都不知道,他观察,喜欢观察,喜欢看,喜欢想。

那时候就不讲这个了,愿不愿意,我还不愿意呢。我怎么不愿意呢?谁不晓得我们那个活儿多脏啊。比这儿大一点,或者差不多大,坐那么多人,剪麻袋,有的还稍微抖一下,脏得不得了,就是脏,脏,太脏。一到那里就打喷嚏,眼泪……一走就好嘞。他们,哎,差不多人都不能干的,有办法的都不干了。那个时候都不好找工作,不光我一个人。你看,好多不是停学停课?那哪来的工作啊,是不是?后来路翎他想找工作,扫地以前想找工作,别说他,没有问题的人也没有工作……后来就要求,要求给他。我说呢:"要回来,就要自食其力,没工作怎么行呢?生活要解决……"是吧?后来,他们商量了一下,就找了一份扫地的工作。主任还跟我说,好像只有扫地,没有其他的了,没办法。

那个时候,(19)75年,刚回来,在路上他不是讲吗?他怎么说我就忘了,意思就是说,下半生就这么活,这么过下去了。我们从来不考虑什么解放不解放,我心里都想到的,总归会解放——他没有问题,是真的,是吗?总归会解决吧?不想它,我们不空想。你不晓得,差不多人都活不了,我告诉你。不过他比我坚强啊,(笑)当然。他扫地的时候,哟,一天大概八个钟头吧,一早就去,后来越来越早,最早的时候,三点钟就起来了,早弄早完啊。主要搞到十一点……差不多八个小时。刚开始拿铲子都不会拿,那大铲子谁拿过啊?还要拔草。哎……我记得他有些东西好像说在监狱里面,那草啊,好像拔不完,那怎么拔得完呢?你拔了,还有别的事,那怎么好受啊。那就是这样的,就是要干么。人到什么时候说什么话,是不是?先没想到啊。你说死了,死了倒干脆,是吗?你残废,也许做得出来,这个做不出来,是吗?英雄嘛,做下去,坚持下去,就是英雄。(笑)

二

他抄报纸的那些汇报,可惜了,都把它撕了。他的汇报和那底稿,都放在抽屉里头,都放在这个抽屉里头。后来我忘了告诉她,后来他去世的时候我就告诉她(大女儿),我说放着一个字都不给他扔,都存着。那时我刚好也不在家,1973年我到武汉去啦,后来回来,她都把它清理了,清理得干干净净,都扔了。那时候我想过,事情还没解决的时候我想过这些问题,我说这些别搞,都得留着。撕掉了,后来都把它扔了。我那时想过。他还没解决问题的时候,我就想过。其实可以把它留起来,那时问题还没解决,还没门儿啊。

他的汇报,有时候脑中汇报真写不出东西来了,写不出来,就照着报上抄。我看有什么写的,不是千篇一律吗?都是那么说的嘛,是不是?商量不商量,嗯……没有怎么商量的,就是写,要汇报,他就写汇报。我知道他在写汇报,我也不看,我也懒得看,也就是这么两言三言的。可惜没有了,都没有了。那找不着。

问题解决以后啊,第二次出来,嗯,对,那是(19)79年,(19)79年年初解决问题了,他就可以不扫地了。啊,是第一次解决问题,是第一次能够拿到钱了。一个月,开始的时候给一点,给得少,生活费啊什么的。第二次解决,也是隔一两个月罢,隔一两个月就给两百块钱,差一点,差几块钱。那生活就好多了。那两百块还没拿到手,我就到武汉去了,看我弟弟去了。那时候两百块钱很好用了,那够花就是。够花,那时候就不感觉什么了。以前也是蛮高的,他都没有拿,他不要,他不要,他也没告诉我。

我就记得,我就记得……我不是做那麻袋厂的吗?他们在聊。他们也有街道干部。好像没有证明,就是说他,他怎么呢?他捡了一分钱还交给派出所,交给警察。这总是表现,我替他这么想。他们这么说他的。这可能,很可能。捡了一块钱交给警察。哎,他们嘲笑。那时候一分钱是多少,是吗?不知道,表示态度了。他当然不是,也是为了态度嘛,我捡到就交给组织。(笑)

他平反下来了以后,我还在干。还在干。平反以后,我还在干,我是后来到武汉,回来以后才不干。是(19)80年年底。12月。(19)80年年底,我到武汉去了,因为我的弟弟,那时候生病了,晓得吗?我就到武汉去探病。什么病呢?那时候我觉得挺危险就是了,所以去见他一面,后来他还好了。去看他,住着,(19)80年年底到(19)81年年初,(19)81年1月底,我才回来。回来,接着路翎就要到德州去了,去吧,就这样,就定了。那时候,他没扫地啊,就在家里,自己陪自己,她(大女儿)也在家……后来回来,就(19)81年了,当时回来就到德州,就是那一次生病的时候。先去了武汉,再去德州的,啊,对。我一个人去啊。他本来不让我去,路翎不让我去。他好像自己就无着落啊,什么么的。

他那时候已经不扫地了……他没同意我。后来我想我是取这样的一个答应——你答应,我马上就陪你去(德州),他就同意了。他不跟我去,要他去他也不会去的。他不喜欢。尤其,当他谈话的时候,就谈文艺方面的事。鲁煤刚才讲的话,他不是谈党的怎样怎样,也不是谈人民生活的怎样怎样,他不会聊天。他那个时候已经出了事,不出事他也不会跟我聊这个。普通的人,像我们这些人,比如说不是搞文艺的,跟他并没有话谈,他就这样子的。

他不大愿意去,他不去的,他不会说话啊,是不是?我是陪他去,不能让他一个人去啊,是吗?我无所谓,去也行,不去也行,是吗?去嘛,去见见世面,了解一些情况,是吗?知道事情多一些了,是吗?因为我跟他去啊,我还照顾他啊,给他洗衣服,吃啊,喝啊,什么的。蛮累的,还是蛮累的,那时候觉得。后来生病了,心情也不好——那时候他的问题解决了,我还有工作啊,我不是上那工厂的嘛?……那次我们去得早,他们还以为我们没有去。我们一去,就坐在那普通车厢,座位,我们一个人坐这里,一个人坐那里。后来坐到软卧。大概是两三个钟头就到了,用不着卧。啊,跟凤子啊,吴祖光啊,跟他们在一起。后来我就病了,没人陪他了,后来每年的旅游他都不去。

三

去了德州,那时我们去了德州,也许他们去了,他们先去了,我也没看见军队啊。我们这里也不见得是农村,可能是小城市。啊,对,是小县城。不是农村,是小城镇,我病了以后,病了以后,我们参观那里还是有看病的,后来被送到济南去了,那儿治不好,不知道是脑溢血还是脑血栓。我都忘了。我也是累了,那时每一天都去参观。

带着降压药不够,我那时候不懂啊,不懂降压药,我那时候吃得也太多,好像是一天吃三次,一次吃两颗,吃多了。他们开会,他们也让我去,我就在那里打瞌睡,那里其实有药,我免得找他们要,有几次就没有吃,我想省下来,能够回去就算了,后来就犯病了。

上午都要去参观啊,骑着车,都去参观。参观,反正那里小县城周围,都参观,各个地方都参观。看什么呢,我都记不得了,看什么东西呢？反正去看吧,去参观。我就去上厕所,我就睡午觉起来,早一点,比人家早一点起来上厕所,因为我上厕所比较困难的,我怕别人来,我就用了点劲儿,我就知道,出血了,头昏了,马上头昏了……我们住的院子是蛮大的,从那里走着,我还好没倒,我就摸到屋里,睡到床上去了。他还要我去,我说我头痛,我不能去,他说没关系,路翎还说没关系,去吧,我说不行不行,我不行,不能去。我说你去吧,他就去了。那一天,没人照顾他,他也自己去了,就跟他们一起上车了。

他们那里有工作人员,工作人员,因为有病人,她就留下来,留下来看着我。那时候有两个床,我记得,我睡这个床,她睡那个床,那门在那里,我就睡得有点难受,因为出血啊,是吗？那时候要是马上吃药,就好了。不知道啊。一直等到晚上他回来,你想想看,晚上他回来,看到我还是这样,我昏迷了,不知道了,有时候也知道一点。后来晚上他们看我老昏迷,医生就来看,医生说:"我们不敢随便诊疗。"就把我送到济南去。我记得,我还是蛮感谢那两个女的,那女的工作人员,她送我到德州去,送我到县城去,还有她,还有一个什么人,我那时候,基本上是昏迷不知道,或者中间也有一阵阵醒,醒着,我还记得冷,那时候快夏天了,5月份的样子,一会儿又不知道了。

后来到济南了,那医生蛮好的,那医生蛮有经验,他就给我躺下来了。啊,醒来都天亮了,第二天大早吧,都天亮了。耽搁了那么久。德州到济南,那个时候还没有高速,嗯,至少也要三四个小时。出血倒出得蛮少的,他们说。那只是轻微的,要是稍微重一点的话,马上就没有人了,哪能拖那么久？……没有了反而好(笑)。

我后来就这么感觉,就是病了以后,这二十年,你看,我就等于判了二十年徒刑,至少是软禁吧,不能出去,是不是？开始的时候,我不会走路啊,不会走路,后来,稍微才能起床,后来好了以后,那是半年以后了罢,第一次出去,他把我扶着,我看见他很难受的样子,我说,我会好的,我说,我会慢慢地好。他听了就难受了,他说,条件好嘛,还可以多活些年,条件不好嘛,就是这样。后来就是这样。

四

那时候,后来搬家,搬家了以后就请人。他开始不愿意请人的,他不愿意请人照顾我,他说:"我自己照顾你。"我们当然不肯啦,因为他不会,他不会,怎么照顾我,是吗?就没要他,所以我们还是请人。他怎么会呢?后来才会做事……这以后一年多两年,在团结湖那里两年啊。嗯,后来才搬了来。搬到这儿,我才好些,好了才会做菜啊。

我做饭,我做菜,我会炒菜。我不会切,就他切,他会切菜,他切。后来不知道怎样就不行了,那是慢慢地退化的,后来不行了……不能炒菜啦。没力气了,反正不会了。徐绍羽,她照顾我。我还照顾他吃药呢。那时他没吃药。孩子们照顾我的,嗯,主要是徐绍羽,她对我挺好的,嗯。徐绍羽那时候离我们很近。

捶背,那是后来了。要他动的时候呢,他很认真地动。开始是我要他的,那时候有人专门来,是每天来还是隔几天来,我记不得了,来跟我做活动啦,什么的。噢,康复治疗。

……后来我训练他,蛮不错,我要他划火柴,他马上划,马上丢了(笔),回来再想,想了再写。等了就着急了,是吗?我就等他划火柴,我不会划火柴啊,就不能点着,不能点着就不能炒菜啊,做饭啊。我那时候还可以做饭、炒菜。所以我有感觉到,他没有说就是了——余明英多好。(笑)就是容易急,我就是容易急。

路翎挺勤快的。有一次,最后的日子了,我要她们去买米,她们说:"好,等会去买。"或者下午去买。她们走了以后,他说:"我买。"我说:"你买不是困难吧?"他说他买。我就把钱给他,说帮我买二十斤。他说二十斤他提不动,我说那就买十斤吧。

(笑)他自己争取,他自己争取工作。他是蛮勤快的,我让他做什么事他都做。

他第一次回来,从医院里回来,养得很胖,在医院里。我记得他的肚子,我说:"你的肚子那么大。"我给他系,他就挺着,肚子挺得更大了。我给他系腰,系得紧一点。后来第二次是在监狱里面嘛,头一次是在医院里回来嘛。他第一次没有什么劳动了,是吗?……后来在监狱里种葡萄……他蛮勤快,争取劳动吧。也喜欢人家表扬他。有的时候朋友在这里,我说他很勤快,也许他蛮高兴的,我看,是吗?我跟他两人吵吵闹闹,从来不记仇,就忘了,马上就忘了。有的人还不讲话什么的,我不这样子,马上就忘。因为基本上是相爱的,没有不好的意思。就是平常生活摩擦啊什么,我就喜欢嚷嚷,但是他不怎么发脾气。他就是有病的时候表现不正常的样子。不喜欢看啊,我们不喜欢看这个东西啊。发呆、表情不好看。

……他会擀面啊,我本来给他——冬天,扫地咯,我就给他把这棉袄封得很好,封呢,就是把这里都缝起来了,是吗?外面罩衣,弄得很整齐的,很整齐,里面可以把保护。结果他只穿了一次,擀面,我以为它可以穿一个冬,他一天就给我弄脏,我气得不得了。我本来以为我下班回来我来擀,自己擀,因为外面卖得贵。我们也自己做馒头,做包子,包子我们也自己做。他不会发面,都是我做。他学家务事是蛮好的。他生炉子生得好,别人生不着的,他生得着。我也不会,那时候我也不会,我在上班的时候也不会。上班的时候,不会生火的。睡觉的时候,捅一下就完了,是吗?他不一样的,他起来又捅一下,那不是把它捅灭吗?那时候不懂啊,都不懂。

就是有的时候我喊他点点火啊,我做饭——那个时候我可以做饭,可以炒菜,炒菜我不会切啊,叫他切,嗯。两个人互助啊,是吗?有的时候买菜啊。刚开始搬到这里的时候,还不知道买菜在哪儿呢,总是等她(大女儿)一个礼拜回一次,才带着菜来,总是这样的。后来我们知道了,知道了,还是蛮远的,那时候下午，两个人就逛，然后慢慢地回来。不容易，那时候不容易，我也走这么远啊。就这样买些菜的，又不是每天，买菜真困难。这不是住家，你想想看，是吗？都是单位，没有住家的，是吗？所以住家的比较困难，吃啊，各方面。她（大女儿）要一个礼拜才回来一次。寒假、暑假她们就在我这边。我们都不干扰他。这个房子啊，就他一个人在活动。哎……（长叹）不过我有事喊他，他很快地就去。

他都不去旅游，从来不去……他都在想事……他还是蛮能干的。他做事，他要做就做得还是蛮认真的。那也要他自己愿意，是不是？有一次不知道是谁买的虾，他做得蛮好，做得蛮好。后来我们第二天要做，就不行了。第二次怎么不行呢？你看这么好的虾，他油也不放，火也太大，结果煳了，没办法吃，再也不让他做了。还要他自己愿意。如果让他做什么事情，他跟我做，嗯。可不是？我也那么困难，做事情那么困难，是吗？不让他做怎么行呢？那他到了我生病以后，后来，就不发脾气了。发脾气，也是我讲的那么一次，很突出的。

病以后，他一定要跟我做活动啊，拉腿、捶背什么的。有时候我不愿意弄，他都要弄，还给我弄了什么锤子，弄一弄。发的，公家发的，跟我捶。我就不愿意他捶，就把它藏起来了。他就找，到处找，就给我捶。当然，开始的时候是我要他了，是吗？他就弄成习惯了，每次都要捶。我说我真不理解，为什么老要给我捶？现在真是求人也真不好求。有的时候不要——（笑）我也喜欢想事，我喜欢自己安安静静，想事。他捶，不是挺麻烦？不是老站着的啊。开始时，还是我要的啊，要他帮我捶，我还说谢谢。后来他就老捶。他弄成习惯了，每天都要捶。我不愿意啊，我就把它藏起来，他就到处找……要是他捶，捶着，睡着了，倒是蛮好。有时候他捶了，我还是要起来，做我的事，想我的事。这样子。哎哟，那个时候事还不多吗？要想的事？不行，什么都想。

五

第一次出狱——不看书。那时候还有书,那是"文化大革命"以前,那时候有书看。唉,那时候还有什么心情看书啊?他不是还写汇报什么的?看报纸,我订了一份报纸,报纸总要看看了,是吧?开始的时候,我订很多报,记不得多少份。后来,我只订一份了,先订了《人民日报》,后来政治事件太多了,北京的事不知道,后来就订《北京日报》。看,他也看,不会不看。他写材料也看,让他知道怎么看怎么写,是吗?第二次,他报纸总要看的了,是吗?书,就不看,书没有看,嗯。那时候哪来的心思啊,第二次更没有书在家里。报纸嘛,我就想一定的,总要翻翻,是吗?那时候也没钱买杂志,那时候管全家吃饭。

后来,路翎(19)79年以后啊,那些书啊,都是重新,重新,人家送的。晓风他们,这个给一本,那个给一本,给的,都是朋友们给的。我有一次到梅志那里去看她,我看到还有一本红的,好像,还有一本黑的,我就拿这本黑的(《财主底儿女们》)。我就拿最坏的——因为我们不好意思拿人家的,就拿最旧的,一本黑的——精装有好几种,有红的,有……都是梅志以前做衣服的,(笑)她就给它攒了点作皮。我就找了本黑的,坏了——幸亏我那时没有病,假如现在就不行……我说:"把这本借给我。"我就借。我那个烂了,页都掉了,掉了我就把它给缝好了。我那时候手好啊,那时候没病啊,我就把它缝了,我就觉得人家没有我缝得好。缝了不会掉。坏了,我就把它缝起来了,那时候会缝,该怎么怎么,把它弄成好翻的,就是原来都掉下来了,我把它缝起来。后来不是印了好多吗?印的时候,就是拿这一本去的。本来路翎准备改一些的,但是大家的意见是不改,所以他这本书改了很多,这本书没改完就是了。改了好多,后来改呢,是以目前的心情改的,那不行,后来还是照原来的,出的还是照原来的,照原本,就是《财主底儿女们》。精装是两部都搞成一本,有这么高,人民文学。原本是哪出的,我都忘了。

都是他的朋友给的,胡风给的,晓风给的最多。路翎是这样的,假如家里有书——那时候不兴复印,是吗？要抄啊,假如没有抄他就撕下来,撕下来给人家寄去。他是这样的情况。所以在那以前,我都不知道他写过什么东西,一共有多少什么。后来,去世了以后才收全,我们都把它收起来,都把它清理好,才知道,才知道他有些什么东西。以前,他去世以前,我都不知道。人家不敢给他,你一给他,他就把它撕了。人家需要,他就不抄了,是吗？抄了费劲啊。所以胡风帮他不少忙啊。你看他帮他出东西,出东西蛮难的,是吗？要找地方,还要通过一些人、关系。胡风就当作,当作个事业吧,是吗？

胡风、阿垅,嗯,他朋友蛮多的啊,都是一些文艺上的朋友,是吗？有一些是看了他的书的,看了他的东西而认识他的,是吗？像(19)79年的时候,我看到有一次《读书》上面登的,有个人写的,说看到他的《洼地上的》,嗯,《洼地》,说看这个东西,给他影响很大,他后来都参加革命啊,什么的。反正,很喜欢他的作品吧。

欧阳庄他们也是很喜欢他的作品。欧阳庄是那个时候,《云雀》的时候,他跟他通信的,是吗？在这以前,他就看过他的《财主底儿女们》。他说他们几个朋友啊都在看《财主底儿女们》,书也不够,就分着看,你看一天,我看一天。他说的:"几乎就带在身上。"他说不看这书简直是太遗憾了,他说不看这书的人简直太遗憾了。这样呢,他就来信,跟路翎通信。那个时候正在演《云雀》。欧阳庄现在在南京啊。欧阳庄、化铁他们在南京啊。那时候,解放前,他这《财主底儿女们》刚出来的时候,欧阳庄他们来,他们是一批人,也就是年轻人,就是只看他的小说啊,对他很感兴趣。他说我们身上都带着他的书,假如不够的话就撕半本,你一半我一半,你看这我看那。他说没有看过他的东西就遗憾了,那个时候开始。

绿原,还有这个什么……牛汉。他老爱跟路翎开玩笑。我看到他们,他老爱跟他开玩笑。事情解决以后,你没有看他前面的东西,他喊他,怎么听见有人喊路翎,他也听见有人喊路翎,他就,他就推门进去了,牛汉自己推门进去了。一推门,哎呀,他的老朋友,一动不动,不吭声了啊。"老朋友,怎么不理我啦?"(笑)可是他说反的事,他说:"余明英要我买两毛钱的肉。"他回答的时候就答非所问,他说:"余明英要我买两毛钱肉。"(笑)他说我要他……大概想着这事,他就没有回答他,哎呀他就蛮这个。他在想这些事,他就没理他。后来他就拉着他坐——我们家也没有椅子啊什么的,坐在床上,两个人坐在床上,有话就说。又感动,又跟他很亲的,后来就跟他老开玩笑。好像就在那里坐了半天,卷了一个大炮,那个时候,卷大炮给他抽烟。

牛汉后来就写了篇文章……很久没看到他了,路翎去世他来也有十多年了,啊,十二年……1984年文代会的时候,照了一张相,笑得蛮好。那个时候……牛汉蛮好的,牛汉老跟他开玩笑,怎么怎么。几个人照的,他站在后头,好像,后来把他弄成单照的,弄成单照也蛮好的,啊。那一张最好了,笑得很自然。那一定是牛汉逗他的,嗯。牛汉蛮喜欢逗他,逗他笑,他也蛮喜欢他。

啊,对对,他原来喝酒喝得也蛮凶。他喝啤酒,最多能喝三瓶。啊不是老这么喝,老喝,可是不喝那么多,他以前能喝三瓶。喝酒,我一认识他,他就喝酒。那个时候也抽烟,那时候写东西啊,写东西要提起精神来啊,那时候抽啊,那时候就抽。你看,年纪这么轻就抽烟。还好,年轻嘛,不咳,后来也不像咳得很厉害……

他的身体,他都不说,就是看他的表情……他后来还是喝酒。白酒,他什么都喝。还喝那个绿的,叫什么呢?——青梅酒,啊。他一直都能喝,他的酒量大。他这是习惯,年轻的时候就能喝。他自己也说过他能喝一斤二锅头,跟胡风他们一起喝酒的时候,喝一斤,有的时候喝一斤,不是老喝一斤。啊,年轻的时候。我就说:"你现在老了。"他说:"一样。"我说不行。我们不让他喝,他自己藏,藏半瓶。这儿藏一点,那儿藏一点。他有时候偷着出去买,有时候偷偷地喝。有一次我开门,一进来就不对,我闻到酒味儿。他还是喝酒喝坏的,告诉你。过年的时候,还不是喝酒喝多了?我想是这样的。他不吃包子,就光喝酒。我记得他说过——我说:"酒有什么好?""吃了昏昏的。"喜欢这点,大概是喜欢这点。这就把腿喝肿了。他后来也抽烟啊。他又抽烟,又喝酒。他后来不是说戒了吗?说戒就戒了,那是第一次,在团结湖的时候。我要他戒了。他们中间有的人啊,总是不能引他,一引,就又上瘾。

路翎可以喝一斤二锅头,喝不醉,但他从来不说话。他是喝闷酒啊,喝闷酒,但他不乱说。跟胡风他们一起。没喝醉过,就是话多,跟朋友谈些事啊,就是话多。我说你喝酒有什么好,是吗?他说:"喝酒,没什么好,就是晕晕的。"觉得好像这样很舒服似的,是吗?我没有经验,我不喝酒。

我唯一一次,就是最后一次喝酒,就是乱说。我那个时候怎样?我有亲戚,一个姑姑去世了,我哭不出来,怎么搞的?在心里难受。十几岁吧,那个时候很小。在家乡。我哭不出来,哭不出来,挺难受的。我就在我的同学家里,她就说买酒,喝酒喝醉了,就蛮要面子,要什么面子啊?就是自己能喝?他们说:"你还能喝?""我还能喝。"就是这样子,喝了不少。喝了不少,就哭啊笑的,乱说。就这样的。就那么一回,再也不喝了,难受。后来我母亲说,喝酒乱性的,喝酒不好。再也不喝了,难受,不是像他们说的,晕晕的,很舒服。喝的时候,就觉得自己能喝,逞强。父亲的妹妹,姑姑,大不了我几岁,我很喜欢她的,去世了,我就觉得很难受。生病去世的吧。结婚那天也不喝,他们喝酒,我不喝。

六

他以前,从小,在家里看了很多书,他也看了很多书,古书啊,今书啊,是吗?什么《水浒传》,以前,什么《三国志》啊,什么《红楼梦》啊,这些都看。他也不喜欢,也不怎么喜欢,就是看了就是了。不过他们就是记性比较好,看了就记得它的内容什么。他喜欢新东西,他不喜欢古东西,我觉得他。

他喜欢看苏联片,那时候,我跟他在一起的时候,他喜欢看苏联的东西,外国的东西他都看。他那些书,有的在胡风那里借,有时候在书店里看,不是完全买,没那么多钱啊。他站在书店的门口看,看了不少书。他看书,看到内心去,记到脑子里,变成自己的东西,这样就比较深,他不是看了就忘了。看作家怎么写法啊,他怎么认识这个题材啊,怎么发挥出来的啊,看这个,不是只看故事。像我们就喜欢看故事,是吗?

他写东西,他完全自由,比如说胡风那一套理论,他根据他那一套理论写,因为他平常,我知道他不喜欢我干涉他写东西那方面的。他有的时候说话,有的时候他表达不出来,表达不出来。他写东西,你看很清楚,是吗?有时候他说不好。比方说他说孩子他不管,让她们自己成长。他怎么管得着呢,是吗?他要工作啊。他不应该那么说,是吗?他不会管,我何尝会管啊,是吗?反正这些孩子啊,都是我一手捧大,什么都要我,唉……(叹)生病、思想、学习,都要我关心。别说那个时候,就是现在都是这样的。你看,她(徐朗)这几天身体不好,她不吃饭,我就生怕她饿了,(笑)对不对?总算还是牵挂啊。他应该说,他要工作……

他的作品……有好几本,不能说是哪一篇,也不是都喜欢。我觉得他那个时候,比方说《财主底儿女们》写作的时候,年纪才那么轻,就懂得很多事,我就想,比我们懂的都多了。(笑)我心里这么想,嗯。在他的作品里就看出来,看他的人就觉得没有什么,看内心,是吗?看他的内心怎么想,那时候怎么想。看他的作品呢,好像跟他谈话一样,是吗?他平常哪里谈这么多啊?是吗?哪有谈那么细的?

等我想想……(19)79年,人家不是给他书吗?开始给《财主底儿女们》的时候,他好像自己的儿子一样那么亲。(笑)就是这一本,我都缝得不错,掉不下来……这些都是他自己改的……开始,他的书都是人家寄给他了,是吗?我们自己家都没有他的一本书。红卫兵抄走的时候,从地下,这么厚,都拿走了,都抄走了。后来,就开始看书。开始,在芳草地的时候写没写啊,在芳草地的时候?好像没有,就忙扫地的工作。我们后来,就搬到团结湖去了,临时借的,那儿住了一年多,两年,在团结湖,德州回来以后,(19)81年。《野鸭洼》他写得蛮快的。两三个月,就写个剧本,以前。后来,我记得(19)83年搬家的,我记得1983年3月23日。

我们刚搬到这里的时候,不是(19)83年吗?(19)83年还是(19)84年,他每天带我去看病。哦。我说:"你不是要写东西吗?"他是存心想要我病好,谁知道这病好不了,就是这样了。(笑)哎……哟。后来,(19)83年还是(19)84年,他每天带我去看病,挂号、交费什么的,等我。后来就没有了,他就写东西了。我自己不会看病,要么就他们带我。路翎带过我一年。

他是先写小说哦,主要是写小说。诗啊,他以前写过一篇。当然那个时候,他的风格和现在的完全不同的,是吗?不过他以前看过好多外国诗,国外的。他也讲给我听,讲看过一些什么东西啊,有时候情不自禁地这么聊,聊起的。后来他真的写了不少。后来呢,他每天上午吃了早饭,就坐在这里写,写到吃午饭。

他晚年的作品,看过,看得很费劲。怎么呢?开始的时候,他不是堆成一堆吗,他写成的东西?我都没看,省得翻,已经养成这习惯了。我就怕别人翻,像有人来修窗户啊什么的,我就老注意,怕他撕一张啊什么的,我总是注意。

他去世以后,最重的是我的生活问题,是吧?那时候好像他一去世就马上没工资了,是吗?着急啊,就愁这个。后来,自己慢慢搞顺了以后,我就想到他的作品,他一去世我就告诉她们:"孩子们,他一个字都不要撕他的、扔他的,就放这里。"我安定以后呢,我就帮他整理诗。那时候我的妹夫在这里住过一些时候,他看这些东西,都摸不着头了。这要懂得、知道他的东西啊。好,他们走了以后,安静了,我就跟他清诗。孩子们都没有在这里,她们在忙别的事,是吗?

我清理好了,那时候他的诗,徐朗在搞,我就要徐朗帮我搞。他这诗是很难看的,一天看不了多少,蛮难看。我看了以后,就要徐朗看,两个人再研究,是吧?后来就把诗慢慢地清出来。诗清出来以后呢,清散文啊什么的,都是比较短的。也有长的,那是另外的了,是吗?好,就慢慢地再清长的。有些看了,有些没看。

《野鸭洼》我看了,我看可以发表。他虽然写得并不怎么好,但是确实是实际的东西啊,是不是?是他自己观察的。野鸭洼,我都不知道它原来叫野鸭洼,现在叫芳草地,那时候叫野鸭洼,我们都不知道。他深入,他不是扫过地吗?是吗?他研究出来的。(笑)野鸭洼,就用那名字来写的,扫地工啊什么的,都是用那名字。这些东西啊,他发过好多地方,人家都退回来了,都没有肯发表。人家是觉得他普通的东西啊,要讲理由的话,我觉得像写日记一样,写日记嘛,简简单单的,是不是?这个跟那个差不多。接着那几部,有些长的,我没看过,我就看了点儿,知道它有些什么东西,我就不看了,眼睛受不了,我那时候就受不了,现在更不行了。

我不懂啊,我不懂诗,可是,首先我就觉得他没有激情,不过我觉得很深的,我觉得很深,啊。他写人物啊,把心里的东西都写出来,写这些也写的,把内心的东西挖出来,他总喜欢想得不那么简单。比方说,青蛙在那里跳,它怎么不过去呢?怎么又转过来呢?是不是?他就研究这个。不像普通人。一般人呢,不像女孩子,抒情的、热情的,写诗,爱情的,是不是?……写这一类的诗,像普希金的这一类,就喜欢看。(笑)不过我也不觉得他的诗是胡诌的,是不是?还是觉得是有内容的。诗当然有各种各样的,一般人就喜欢像刚才我说的那样的诗,就是也有押韵的,那也蛮美的,是吗?……

啊,他最后,晚年的时候,他有时候坐在这里,看着外面的月亮、星星什么的……他就一个人在那里想象。……他有时候就在这屋子里头,我在这睡着,他就在那里——看看天啊,靠着床上,就想,想象——诗就那么出来的。(笑)当然,他以前,以前,看过好多诗,以前,年轻的时候,看过好多诗。看一些国外的啊,什么的。我当然不记得了,那些都是国外的诗。

他倒挺耐心的,丢失了就算了,他二话没说,就重写呗,是吗?你们以后也是这个情况,写东西,要耐心,丢了就丢了,不出就不出,批就批,要有这种精神。假如没有这种精神就不能写,不怕批,就要脸皮厚。这是一种锻炼。

七

外孙女每个礼拜都来,还有一个外孙子,两个——一个男孩,一个女孩,他们每个礼拜都来玩儿。孩子们一来啊,他就跑出去接他们,他也不吭声,也不怎么……那是(19)83年以后吧。她(大女儿)这个女儿是(19)74年生的;老三,三女儿生的是(19)79年。他现在在日本,在日本学习。第一次抱着孙子的时候,当然蛮高兴了。她没有满月,我们就到医院看了。刚生下来,不让看,那小孩子,身体不太好,不让见人,黄疸病。一个月以后才出来,才看到这小孩子。

路翎他不会跟孩子们玩,他摸摸她头。有一次,路翎到胡风他们家里去,胡风、路翎他们也照相的,孩子们也照,胡风的孙子也照。他写《钢琴学生》,就是到这里来弹。她后来喜欢音乐啊,她妈(大女儿)喜欢音乐,从我这里喜欢。本来买不起呀……我的妈也喜欢音乐。后来小男孩也学了,啊。

他知道一定要来啊,他有时候就到门口去接,他也不是很欢迎地牵着手,不这样的,就——他们来了,小孙子也不晓得喊他,就跑,他也就跟着走。他也不大牵,牵着少。你看《钢琴学生》,不是他写的吗?牵着孩子回去,那时候不在洋桥,近一些,他就把他送回家。小孩在前面,走在前面,他就跟在后面,跟着他送回家。他送回家了自己回来。他把他送到车站去,孩子也不跟他说话,也不牵他的手。所以他观察,他就写下,写的其实就是他们。他第一篇诗《小学一年级的女学生》就是写她(徐绍羽)的女儿。

她(大女儿)的女儿,没有上学的时候就到我们家里来玩啊。她自己搭房子,有时候自己装老师,"同学们——"怎样怎样,有时候装班里的学生——"老师,我今天功课没做完。""明天要好好做。"(笑)她总是这个表情。小孩啊,她自己玩,她好像旁边没人似的。我一直看着她。有的时候卖东西,买东西。假如有两个小朋友,更好了,有时候她一个,我看见她多半是一个,我看她。(笑)每天都这么玩,后来才会拉琴啊什么的。她还学口琴,还买了个口琴,我记得,是吗?手风琴还是什么的。手风琴,她还是弹得蛮好的,叫什么的? 蛮有名的……

来到这以后,他写,人家用他的稿子了,可是退回的也很多。退回的,我就看他把它放起来,或者是把它撕了。成习惯了,他的东西我们都不看,他都自己搞,自己忙自己的,我们都不干扰他。上午起来吃了饭,吃了早点就坐在那儿工作。中午吃饭的时候或者帮个忙,做事,是吗?吃了饭,睡午觉,睡午觉起来,他又做,又写。写到下午,几点,我就记不得了。后来就不写了,晚上也不写,就这样的。他每一次有稿费的时候啊,他就买纸,买笔头,平常都不买的。稿纸多少钱就记不得了。买稿纸当然买得起了,是吗?可是他每次总是来稿费,他才买。我们家里,不是一般的都有的。每一次稿费都买东西,买椅子啊,下一次来,买桌子,买床,什么的,一个一个地买。

他写的时候,桌面很乱啊。后来我给他买了个大书架,蛮好的。现在他没有(不在)了,我们就把它收起来了。买的这么大的书架,这么高,蛮贵的,以前买的,在隔壁。他的稿纸就可以放在上面,嗯。都满了,没有别的东西,都是他的稿纸。别人也不会动它,都知道。也不读,我们也不看,他写了那么多,我们都不管他。所以别人来给我修窗户,我倒是很注意,我怕别人随便撕一张,或者什么的,是吗?

那个时候有一个小的电视机。收音机,我自己有一个小收音机。我那个时候每天听,听天气预报啊,什么的。后来我就不听了,就是盖房子啊,我就不听了。对面这房子去年才盖,根本听不见。电视总是看,最后一个,十点完的,大概那个时候完,都看那个。路翎也看,有时看,有时不看。我们不是认真地看,一定要看完,比方说《阿信》吧,我们一直每天看,他也看《阿信》,不过他不认真看就是了。他就是看一看,走走,不认真地看,啊。有时候我们在这边看,他就在这边的床,随便躺躺,歇歇。他不看整个的。他也不是陪我看,随便活动吧。徐朗写过一篇关于她爸爸看什么呢?那倒蛮好的。

不是说他和我不太谈话?后来出了监狱,还是谈得蛮多。他跟孩子们还是说,跟他妈不太说。在监狱里头不说,有什么好说的呢?不过,像每次去看胡风,不是跟他聊吗?他不这样的。在监狱里头,说一句,谈一句。有些事,他不谈,他写出来。比方说——路翎早年的作品看过吗?路翎早年的作品……比方说"文化大革命",他是第二次出的事,他不是二进宫吗?他说是有病,第二天就把他送院了,送院了,后来是红卫兵把他带去的。红卫兵也不知情。红卫兵从医院里头……他那上面写的。一些护士还蛮向着他的——要他不要说话,躲着点,大概这个意思吧。后来,当然他没写了。后来就讲他在监狱里面,什么红卫兵向他喷水——他在监狱里关了个小房间,坐在那儿向他喷水,后来还喷烟,那些都在晚年作品里头。像这些,他都没讲过,没讲过,他不愿意提起旧事,是吧?

夜里头,总是他先入睡,我就给他补衣服。他的衣服总是撕破的,我心里想:一定是他发脾气撕的。我都不问他,问了就提起那些旧事了,是吗?我就说:"你先睡。"然后就给他补,补啊,缝的,总是给他缝了好久,我自己才睡。就是这情况。我没有提过监狱里头的事,他也不说,他也不讲监狱里怎么样怎么样。他不讲,我也不提,我怕提了回头脾气来了,不得了,是吗?

我真的对他很不错,我什么都照顾他。也许他的生活方面、写作方面、孩子方面,都没有要他怎样。当真没有责备过他什么都不管啊什么的。我后来还向他肯定过,我说:"你写作,家里没管,尤其孩子没照顾。"我说:"这是对的。"他有时候把书本当作自己的儿女一样,这么爱,喜欢自己的作品了,是吗?不然他怎么写这么多东西啊?是吗?《财主底儿女们》写了,有一位女的,原来是教书吧,我记不清楚了,后来生了孩子啊,生活没办法,老是找丈夫要钱,蛮苦恼。其实这女的,实际上,也并不坏。为了生活,她不找你要钱,她找谁要钱啊,是不是?所以,我现在我就愿意啊,哎,减轻他的忧虑啊,让他专心一意地写作。他喜欢那个东西嘛,是不是?专心一意地写作。他不是说有我的一半吗?(笑)后来不说了。

八

其实我生活里面,就后面一段的生活,也蛮苦的哦。你看,路翎他,也不是太正常的。平常吃饭啊什么的,也不大说话。当然也不是完全不说话了,是吗?嗯……有些表情也不是很好,是吗?有时候非常痛苦,正常时非常好。他(路翎)要是好呢,我就蛮好,跟平常一样好;他不好呢,我自己也忍受不了。我也是个人嘛,是吗?受不了又能怎样?有时还是蛮痛苦的。老了,还走不动,哪里都不能去,走不动,就在家里。

生活方面,尤其最近一年里,动手术以后,老困。夜里嘛,老睡不着,老睡不着觉。夜里睡不着,第二天就受不了,第二天。我现在看书呢,眼睛也不行了。看书是一种享受,可是眼睛受不了,太累。我就想:年轻的时候应该多看一些书噢,那就好了。(笑)可是那时候忙工作,忙孩子,是这样的。所以路翎他就强调实践,他倒是没有浪费。以前嘛老是——不是看书,就是写,把别人聊天的时间拿来工作。你说玩的话,谁不想清闲?谁不想玩了,是吗?这养成了一种习惯。

我有一个重孙女,她跟她姥姥(徐绍羽)亲。不到两岁,现在两岁不像以前,现在两岁蛮聪明、蛮懂事了。她到我这里,一年来个一两次。来的时候,她本来很大方,人家朋友来,她就拿东西给人家看,她觉得好的东西,玩意啊什么的,她拿给人家看。有一次,她在奶奶那边玩,人家给她好多东西,我说给我一个,她就很犹豫了,但是她妈妈说给我一个,她就马上给了。还有一次,她妈妈给她一个鸡腿抓在手里,她妈妈坐我这里,她就往我这里走……她叫我太太。应该叫太姥了,就叫太太。就这个意思吧。

有一次,徐绍羽,我不知道她跟谁打电话,她说和她(重孙女)打电话。她那里,有一个奶奶照顾,自己做自己的事,没有管她,晓得吗?来了电话,她就自己接,自己接,会拿起来,一个小手,正好抓一把,跟她姥姥打电话。本来想找她妈去的,她就接了,跟她讲了半天,就跟平常一样。我问她:"你跟谁讲话?"她说和她讲话。我说我喜欢和她讲话,小孩的声音挺娇嫩的(笑),我说让我和她讲话。我问她,我跟她谈了一句,我说:"你是哪儿人?"她回答不出来,有点儿。我说:"中……"说一个"中"字,她说:"中国人!"给她这么提示一下……打到半天,她自己就扔了,走了。怎么知道她走了呢?她按铃。她的车有音乐,她就按那铃。她放了,电话放了她就按那铃,响了许久,她跑了……她又听见了,她又跑来,陪着打……(笑)

这一生最开心的时候啊,还是学生的时候吧,学生有希望。现在就谈不上,现在是暮年了,是吗?现在不行,现在已经身体不好了,没法,完全不同。一个阶段,一个阶段的,思想完全不同。现在是——以前说是七十而听命嘛,是吗?现在是听命了。(笑)当然还是年轻好了,身体也好。那时候想生病也不生病,是吗?(笑)当然年轻好了,我现在都蛮喜欢年轻人,觉得他们有朝气,有希望,生命力那么强,嗯,没有想到年纪老啊什么的,没有这些事,也不怕穷,是吗?那时候蛮有信心,是吗?

路翎——这怎么说呢?觉得挺好。比较特殊的,不是普通的,可是日常生活也是普通的,是不是?其实他要是没有发挥这一些,也是很普通的一个人,也跟普通人一样。怎么呢?他生活也不会,生活上都不会,那就觉得他不能干了吗?是不是?他在写作方面就突出些了……所以又普通又不普通。

我这是过得很简单。他其实过得也很平常,就是写东西的内容丰富了他的生活啊,其实生活还是跟我们差不多的。只是看他的东西,好像他经历过好多的,(笑)跟我们不同就是了。现在,我想起他的时候,就看他的作品,就好像跟他谈话一样了。

第六节　早　　年

一

我是湖北沙市人,我是1922年在那里出生的。在那里,我想想看……待到抗日战争。抗日的时候我们就跑了。我有两个弟弟,一个妹妹,我是老大。我父亲,我们生活不是靠他吗?他在哪儿,我们就到哪儿;他走了,我们就走。他那个时候就专门搞业务啊,他也是做报务员。他是有线电,我们是无线电。有线电就是——他打字要有纸条的,要把纸条抄下来。我们无线嘛就是听声音,抄下来,就完了。我们的简单些了。电信局嘛,都是为大众服务嘛,所以他属于工人。他做报务员,当然受教育了,他读的是宜昌教会中学。嗯,蛮好的。

我是在沙市上教会中学。那时候啊,我个人莫名其妙地反对教育,晓得吗?我们有几个同学都觉得——这是外国学校,不好,尤其信那个什么佛,那个什么教,是吗?那时候,反正我们那时候不懂。那时候还要学英语啊,但现在不行,不行。因为我上学啊,已经开学,人家都上学了,我还没去,我还没去上学。人家就说:"他们都上学了,你还不去上学啊?"我这才去上。那无所谓,家里也不催,家里就是"不上就不上",要是对女孩子,就是这样子,男的,也许还不同,是吧?不上就不上,上就上,这样的。

我很小的时候是读私塾的,读私塾。我母亲说,从师就从一个。她是读私塾,她小时是读私塾。我母亲在我小时候老跟我讲这个;我母亲,因为在家里嘛,没事,就跟我讲这个——她喜欢谈这个《三国志》啊,《红楼梦》啊,有时候谈这个戏,谁是什么人啊,谁怎么样,好啊,坏啊,她讲给我听。我记得她还借一本《三国志》给我看,那时候我还读小学。《三国志》我都看不懂(笑),好多字我都不认识,不会翻字典啊,那时候也不晓得翻字典。她就给我借了一本,我都没认真地看。她找人家借,她喜欢看书,小时候喜欢看这古典的东西,喜欢听戏啊。

读私塾的时候,是男女同学。那时候,小孩嘛,上学以前嘛,学龄前嘛。我可能八岁才上小学。那时候私塾,我母亲只从了一个(老师),我私塾的时候,就从了两三个(老师),恐怕。有一个老师,是北京的老师。开始的时候,学的是《女儿经》,仔细听……《三字经》,对。开始的时候是《女儿经》,仔细听(笑),"早早起,出闺门……烧茶汤,敬双亲,火烛事,要小心……"就是这一类的。我们是女孩子,但不是一样地说。你能读什么书就读什么书,私塾是这样的。都是我们学生啊,他读《三字经》,刚进来,他读《三字经》,就读……有的读《大学》、四书、五经啊,之类的。还背的,嗯,还背。都不一样。四书五经是一起讲的……老师多半都是老头。现在看是个老头了,那时候也不是(笑),是吗?四十几岁吧,是吗?现在觉得是老头。大概总是这么大年纪吧,但不是个个老师都叫秀才。秀才当然很稀罕啦。秀才就好像大学毕业似的,可能。就说"秀才不中举,就值不了半斗米"。(笑)就是秀才假如中不了举,就等于秀才大学毕不了业,你要做一些事呢?工作呢?

要是背不出书来,有的时候打,有的时候不打,当然。要背。一个私塾的老师,哟,也带一班人,也带二三十个。管得过来。那时候是打,老师喜欢骂,你不听话就打,那些男孩子啊,哪个淘气就打哪个。你们都没上到过,你们当然没上过。解放以后还有一点。解放以后,有一些来教私塾的,还让他们继续教,后来就让他们收到这个正式学校里教孩子。

在这私塾读,一天上午、下午都待在那,从来不放假,就是过年,过年过节放假。这样子的。在家的时间少,我们小孩子,无所谓的。私塾一年吧,大概六七岁吧,男女都有。哟,那都比我棒的,我很小,他们都比我棒,读的很深的那些书。有,有的读四书的啊。那个时候,好像前几年的时候,我听他们说,什么有些书啊,要烧的,什么,那一段历史我还不太知道。

私塾无所谓毕业,私塾就不读了。我们那个邻居,新搬了个家,新搬了个家有个邻居,他是读小学,我就蛮羡慕他。大家都排队出来,排队出来就……他往我们门口过,往我们门口过。那时候我还没有上学,我就喜欢他,我就跟他打招呼。他总会问:"老师来了吗?"我们不是私塾吗?"老师来了吗?"我说"来了","没有来"。后来我去考(笑),我去考小学。那时小学也考的,小学当然也要考了啊。嗯……那时候我都,我估计都有八岁了,恐怕。

我一进去,就没有读一年级,就读二年级了。那老师蛮喜欢我,是北大毕业的,那老师。那时候小学,老师有些个文化程度都蛮高的。她是北大毕业,她是北京人。她先生,她的男的,男的是军队,是军队人,驻扎在北京,驻扎在我们那里。蛮好的,她的人蛮好的。她的丈夫调到湖北,她是跟着他一起来,在这里找工作。这样我就碰上她了,她就教我。

那时候我母亲也蛮注重教育的,我母亲。我记得有一次,我在小学三年级,三年级的时候,我从二年级跳到三年级,那老师说你可以上三年级了,我就跳三年级,三年级到底还是有半年就没有学嘛,是吗? 我就有点困难,有点困难。那天下雨,我母亲还坐了,喊了三轮车,把我带到我老师那里去,让她教我。带到原来那个老师那里,就是我刚才说的那个老师那里去。她教我一下就好多了,就等于现在补习了,是吗? 比原来好多了。好多了,三年级,由二年级跳到三年级,三年级跳到四年级,老师说:"你可以再跳一级。"后来就没跳了,后来就一直到毕业都没跳了。

那时候,毕业的时候还兴,还兴什么,比如说毕业考,那就不管了,本校的人啊,考生呢,比如说你不会啊,它丢,丢,丢一个难题,那时候允许……这个督学呢,这不考试有派一个人来督学吗?督学就装作没看见的(笑),丢,丢,丢,就满教室地丢,他就装作没看见的。(笑)纸条啊,扔的,扔的,扔的……那时候。像现在就不行,现在不同了,现在就要捡起来了,是吧?

小时学什么?那时候,有数学、美术、体育,都有,想起来,都有。自然,还有自然,还有什么呢?我们那时候还有说话课,说话课就是学讲北京话。我们平常都讲家乡话,上课的时候就要讲普通话,所以我那个时候呢,就要讲,就要学普通话。那个教普通话的人就是刚才我说的那位先生,她呢,是北京人,当然讲得好咯。我跟她就讲普通话。考试的时候就拿着书念给她听,拿北京话念,哈……(笑)我们那个时候也可以念,可以念。我们从那时候就开始学。

校服呢,我就羡慕,没有穿的时候我就羡慕了。那么短的,穿的灰裙子,这里还有学校的校名的。嗯,校徽,绣在那里。上衣不是白的,那是浅蓝的,蛮好看的,嗯。

我们那个时候进去,还当什么童子军,还当过什么中队长。当中队长还要喊口号,你要会喊,你才能当啊。还跟他们评,那些小辈啊都该你评,跟他写什么上中下啊。整队啊?哦,哦(笑),你这么上去,向左转,向右转嘛,要喊得像样,要喊得像样。(笑)在家里面练习啊。嗯,很威风的。

那学校也蛮好的,真是,比现在,那学校蛮风光的,看起来。大操场,中间是一排教室……更喜欢另一个学校。我记得在小学羡慕另一个叫做"树人小学"。我们这个叫"二小","沙市二小"。我不晓得一小在哪里。我总是羡慕他们,羡慕他们穿的衣服,女孩子穿着同样的衣服、同样的裙子,衣服挺好看。(笑)不就是小孩子穿的吗?……我到现在都还记得。

邻居姓左的一位女孩上中学的时候,也上到我们那个中学了,也上到我们那里,把书本借给她……后来我在新沙女中的时候啊,我要离开了,我要逃难去了,是吧?我后来不是到联合中学去了吗？我先前没有①想到联合中学,晓得吗？到联合中学以前是新沙,新沙女中,教会学校。这学校其实蛮好的。小学是国立二小啊,树人学校是私立的,嗯,办得蛮好的。要钱,要钱的啊。可是我没有在那里读啊,可是我的两个弟弟就在树人小学上学。国立小学不要钱的。啊……少数的钱吧。钱是不要,可是买书啊什么的可能要钱吧。

我记得,我记得我出去,我要离开的时候开个班会,开班会怎么怎么,我还上台演讲,我说我们就要离开了,日本人来,今后可能会不着了,这个意思。有点伤感的意思,当然我没有伤感,我就讲这话。那时好像还有一个月就要离开了嘛,是吗？最后不是我要走了吗？在前几天,就把我的书啊给她,她没有买的书,我就把那书给她,我送给她。

教会学校校长,那个校长呢,是中国人,蛮大的,魁梧,他是留美的,英语好极了。啊,他可能是教会里的人,外国人很赏识他嘛,很赏识他。他英文很好。我在那里就学了一年啊。我是人家开学了我才去的。小学是读毕业的。从二年级跳到三年级,从三年级跳到四年级,后来就整整读了两年。我想,一共几年啊？一共六年。那时候小学六年……三年半,嗯。那以前就读私塾。

上中学的时候,我们那里演戏,演戏嘛,有好多的同学蛮喜欢我的。我现在都蛮抱歉。有朋友,有同学对我很好,后来我离开以后,都忘了,很对不起。我现在有这样的感觉。因为我生病的时候,那两个同学对我挺好,每天跟我送饭啊,什么的。后来我生病,我才回家啊,我家里的人就来接我回家。联合中学又读了一年,嗯。我那个时候读书不是那么很紧张的。联合中学出来没有19岁,刚出来我就跑回家,回家还待了一段时间。开始我还一直不安心,回家,病情就慢慢地好了。我的外祖父不是会中医吗？中药啊什么,就慢慢地好了。那病起来,蛮厉害的,不

---

① 后经核对,正确时间为四年,约1933—1937年。

能吃,嗯……有两个同学,我现在还蛮抱歉的。我有两个同学,他们对我很好,两个同学照顾我,帮我拿饭,带我去看病,在那校医啊。身上长了疖(脓包),统统都腐烂了。主要是裤子穿大一点还是怎么的,就跪在地下,没劲。自己吃不下,不能走动,总之他们送。这两个同学现在不晓得在哪里。我初一的时候,就老是休养病,那时候我就没有想回到学校里去了。后来听了哪一个同学说,说他对我很好,还一直等着我,还给我做了个书签……我都没理会这事。现在想起来,现在想想,很抱歉。现在,找不着了。

后来我就从那什么联合中学,回家以后,我就想到重庆去了。我爸爸是绝对不允许的。家里也没有人,又不能跟着去,因为他的工作在那一边啊,他就决定不让我去。闹了好多年,我觉得好多年了,其实也没有很多年吧,我都记不清楚了。后来,他就给我找到松滋的一个小学教书,我就在那里教。我还教书啊,教过一年还是半年的。最后,因为我老要出来嘛,老要出来嘛,父亲就给我找了工作……我也没做多长时间,是一年呢,还是半年,我不就离开了吗?那学校也让我留在那儿,我说:"我要走出去。"

二

小时候一般孩子嘛,也没什么。很平常,一般的。记得我小时候蛮淘气,就是这样的。喜欢玩儿啊,少年的时候就喜欢唱歌、跳舞啊,喜欢跟朋友聊天。我总有一些谈得来的朋友,老谈将来啊(笑),谈将来怎样怎样。将来最大的理想也不过是谈到三十几岁,我没有想到会过这么大的年纪。希望将来做工作啊,家庭要幸福啊,那时候就会谈这些了。就谈家庭怎么幸福,怎么工作,没想到在家里带孩子,没想这个,当初想不到。

小学的时候,游戏。我那个时候最喜欢打乒乓球。一下课,我们就抢乒乓拍子,抢拍子打球。大概休息十分钟吧。打完了,好像有时候还把拍子藏起来,还是什么的,然后就跑去上课。上课,一下课就跑,跑去打球。我们平时上体育,那时候上体育,我们很小嘛,小孩嘛,篮球排第二,还有赛跑啊什么的。我跑啊,不行,我跑不过人家的,人家跑得挺快。我那时候打有瘾,星期天也跑到人家家里去打。有的家里有,他条件好,有桌子在中间,我们就跑到那里打,好像高了一点。我在最小的时候呢,最小的时候最喜欢跳房子。那也是有瘾的。到中学也打过乒乓啊。在新沙中学后来也没有,后来也没什么机会打,后来没机会打了,嗯,也不想打了。我喜欢看乒乓球。排球、网球,我也喜欢。我不会打网球,我爱,但从来没有打过;排球,打过啊……

那时候小孩,我的小叔叔,大我两岁,带着一帮的孩子,都跟着他……他们家后院就有一口井,我们就去提水。提水,拉不动啊,小朋友都一起拉,哎哟,就这样拉起来,就算赢了,是吗?后来,就有一次掉到井里头。整个人就这样蹲着,这不是一翻就掉下去了吗?我也会学他们弄弄,我一点都不怕,我也没想到怕这事……撑在井上,这么一上一下地这么弄。我的母亲在那里看着我,看着我,吓了我一跳。我就怕我母亲来了,我就怕她;她就怕我,她怕我吓着了,看了我一下,喊了一下表示什么,马上就回去了,不敢看了。现在想起来,她是紧张,她不敢看,她怕我,我又怕她,我怕她看到我。就是小叔叔带的一帮孩子,都去玩这些东西。我小时候蛮淘气,嗯。

我吃中药,吃中药啊,吃了不是苦吗?不是药丸,是水,相等于一杯水,汤药,喝下去,苦得不得了。那个时候中药哪有那么好吃啊?小的时候就灌了,后来长大了,灌也不行啊,就吃一勺子,吃一勺子就给铜板。我就吃啊,吃一勺子就给铜板。我就出去,出去就吐了,吐了就不行,她就发现,怎么呢?结果发现我没吃,吐了。小时候真淘气。

那时候家里没有什么一起出去玩的,要么就我母亲带着,做客去。我母亲,她的亲戚朋友,酒席啊,结婚啊,就带我去。酒席,十个人嘛,十个人一桌。我就喜欢吃那个,吃海参……嗯,喜欢吃海参。我们那个时候带包回来,准备晚了还吃个什么东西啊,都是这样的。还剩下的,放到碗了,就把它带走。饭都很好吃,最后呢大家就吃一点饭啊,不吃就算了。不是在外面吃啊,在家里做客。

我小时候就喜欢唱歌。我教的就是音乐啊。我教音乐,那儿有个风琴,在学校。我当学生时,也有时候教他们唱。上音乐课,老师唱一遍我就会了。我音乐什么的,得一百分。比如说我的母亲也喜欢唱歌,她那个时候看到我唱,她还把她的上学的时候很薄的纸,她们那个时候抄音乐抄下来,她给我看,她唱给我听。她声音挺娇嫩的,当然唱得不好了是吧,但还是蛮娇嫩。可能跟她有关系,她爱,我看到音乐本,我就买。买了我老是喜欢唱,我有这个习惯,唱得好不好,又是它。老是喜欢唱,在家里老是喜欢唱歌。家,靠着窗户啊,外头凉快了,是吧?我一方面唱歌,一方面看天上的星星,晚上,看天上的星星。可惜,那时候没人教我,告诉我什么星什么星的,我是自然的,自己看……自己乱想。

我年轻的时候,喜欢看巴金的东西。(笑)《家》《春》《秋》都看过,嗯。并且我那时候记性好啊,一段一段地,可以背下来,(笑)那时记性好,看两遍就能够记住。(笑)那时候,我们那时候找书不好找,哪有那么简单,借啊、找啊,太困难。十五六岁,可能,读中学的时候,其他的没有怎么看。看什么《茶花女》之类的。

我还喜欢看戏。也是我受母亲影响的,她不是看戏很多吗?她就讲很多戏给我听,我就喜欢看戏。看戏那时候没多少钱啊,几个铜板,有时候直接买个票看戏。我小的时候蛮喜欢听京戏,长大一点就去听京戏,跟朋友啊,同学啊。听京戏也有瘾的,那时候小孩子,喜欢听京戏,啊。那时候不是听,是看。我妈喜欢讲给我听,是吗?所以我就喜欢看。

抗日战争的时候,我们喜欢什么宣传啊,唱起革命歌曲啊,是这样的。抗战歌曲,那时候叫做抗战歌曲。那个时候唱抗战歌曲啊,抗日的时候唱抗战歌曲啊。抗战以前嘛,什么《永别了我的好弟弟》啊，什么什么……哎呀我都说不好……我喜欢唱，嗯，这些歌。唱歌，年纪大了，你看有些年纪大了就不行了，要老练。喉咙要老练，几天不练就不行。那时候动乱的时候，哪里像现在这样平稳啊？能上学的上学，不能上学的，没得参加什么团，因为我的母亲，我的家里，我的父亲不喜欢我参加什么团的，他不喜欢。读书可以。

　　我那时候，校园唱歌，抗战的时候，前奏。我们那时候，一组一组，北京的什么大学，到我们那里，抗战，流动的嘛，是吗？一到我们那里，就组织什么了，他们那些大学生，就教我们唱歌，我们呢，就在底下教群众唱歌，是这样子的。在学校就喜欢唱歌，而且那老师也挺好，教着唱，教得挺好，比较准确。教抗战歌曲啊，抗战歌曲我都会啊，那几首。那时候动乱啊，那时候哪里有家啊？到处跑，是吗？东跑，西跑，没有想到能回家，能回去，能回家团聚啊。一家人都散了，你逃你的，我逃我的，是吗？我们是跟着我的父亲，他到哪里我们就跟着跑，这样子。我们还出去呢，在外面上学，是吗？

三

　　我的父亲啊，我的父亲23岁生我的。我父亲不让我出来，始终不让我出去参加工作。他们哪像你们现在那么开通啊，了解情况啊。他总觉得出去，女孩子出去就是受骗啦，或者受罪啦……那时候，我父亲讲，他平常地讲，他说，说我们这些孩子，要有工作，要有学习，你上哪儿，做哪儿，他说，学习出来，还是工作，有工作，就工作，所以后来呢，我就没有读书了……那是后来了。我(19)38年离开沙市以后，就在巴东啊，巴东联合中学。念了一年，二年级念了一年。后来就生病了，这时候生病了。那时候是怎么？发烧，腿软，我记得走了一圈突然就软了。后来家里人就来接我。

　　我父亲，他说的："人啊，要搞技术，有技能好。"他说。他说："你读书出来也是要工作啊，是吗？"要工作，长久一些，是吗？在旧社会,你假如做普通的工作呢,容易失业,也没有退休的,可是像邮局啊、电讯局啊,也有退休。你说我们那个小地方啊——我(19)42年出来的时候,我的弟弟都开始工作了。那时候他大概15岁吧,他在电讯局开始工作。小,年纪也轻啊,学的东西也好记,技术也容易学。他的技术蛮好的,他和我父亲一样是(搞)有线电。

因为我的父亲是做技术的,所以还是想做技术的。不做技术的,做普通的工作容易失业,嗯。我就没有想到过带孩子啊,(笑)也没想到过生孩子,没想那么远。(笑)那时候谈理想也不超过30岁吧,是吗?将来工作幸福,有工作,家庭幸福。我母亲倒是讲这个,她说的:"做丈母娘讲着好玩啊。"我母亲怎么说呢?她说那边有一个丈母娘、一个女婿——"丈母看女婿,越看越有趣。"(笑)这女婿是什么样的呢?就是乡下人啊,很老实的(笑)——丈母看女婿,越看越有趣。这是小的时候看的。

家是跟着父亲。他们的电讯局是老房子,敌人来了,马上就逃难去。那时有敌人,那是后方啊。南奔向北,北奔向南的。我们离开家,湖北的时候,到重庆去,那时已经打得很厉害了。还是那里打,这里打,可是到重庆去,看不到帐篷了。不过,还是有轰炸。我们那时候,一听到拉警报就提起箱子跑警报。我们那里有专门的那个防空洞,嗯,防空洞,躲到防空洞去。到防空洞照样上班,都准备得很齐全的,照样上班。我们,那重庆叫山城吧,什么叫山城呢?就是那整个的城市,根本就在那里面,看不到,都是山。我们那房子都是山……

我在联合中学,不是生病回去吗?回去一两年吧,好像,在小学里教书过。我的父亲在哪里工作,我就在哪里。那时是在松滋,在松滋,我就老要出来,他就不让我出来,他就跟我在小学里面找了个老师,教书。我走的时候他不愿意我走。我说我要走出去,他说教书蛮好,他喜欢年轻的老师,晓得吗?我当然要走了,是吧?我父亲说,出去,要找一个同伴,要有一个女同伴,不行,还要有一个男同伴。假如光女的,怕被人欺负啊,打下来没劲儿。后来我还真找到了,男的女的,都有。我说这你该同意了吧。后来他没办法,就同意了。他老生病。那个时候我总觉得他很老了,那个时候。那时候我觉得他老了。我在外面,我要走了,他跑过去跟我讲几句话。他说,你注意,什么要小心,什么的。他说他也不是什么长命宝了,他好像哭了一下子,是吧?我那时候一点都不难受啊,我就觉得要出去了。我蛮恨他,他怎么老不让我出去,我那时候就不晓得自己跑啊。我不敢,绝对没有这个想法,一定要父母同意了才可以,他不同意还真不行。他好不容易答应了,答应我走了之后,我就很高兴的,就这么离开了。就那一次,大概多少年?啊,那19岁,去重庆那年19岁。那之后都没见着了。

我母亲,我母亲不回家,爱活动,也喜欢到处跑。我母亲没工作。那时候要工作,孩子怎么办呢?那也不会工作,那时候女的哪会工作啊?我的这个姑姑,我父亲的妹妹啊,我父亲出来了,由他的妹妹跟我父亲通信。我妈妈也教她,她会说。她看很多书啊,古书她都看,我母亲。她就给我写过一封信。我母亲给我写过一封信,就是一封,一封。她告诉我的父亲怎么说,应该怎么写、说,她说。我母亲认识字,认得。她看好多书呢,什么古书,《红楼梦》啊,什么的。她读私塾。我是说呢,她,我父亲的妹妹,我父亲出去,不在家里,在远处的地方呢,就由我的父亲的妹妹写信。我的父亲的妹妹就跟我的母亲,告诉她怎么写怎么写。

我母亲她蛮注意的啊。我记得我小时候,有一次数学不会,都下雨了——那时候,人力车,她推车子把我带到老师那里,让他教我。她就很注意,她还是很注意了,是吗?不过她那个时候就读私塾,她喜欢看古书。我小学读上去了,她就借了一本《三国志》给我看,我就没看,我怎么没看呢?好多字我都不会啊。平常她就讲给我听,一出一出的戏。好多戏啊,京戏,她都知道,怎么怎么啊,她就讲。她老跟我聊天。

哎……(叹气)我的母亲呢,是挺活泼的,挺热情,也很冷静,是吗?这是母亲的一面。父亲呢?父亲比较老实,所以我也有老实的一面,很老实,嗯,很成熟的一面。我的弟弟妹妹,因为我们老不在一起。小的时候啊,小的时候,两个小弟弟都得听我的啊,小的时候是这样子。小妹妹呢,我十五六岁她才生。我都15岁多了,她(19)38年生的嘛,她小我差不多15岁多。她生的时候,我看着她生的。那时候很小咯,好玩,蛮喜欢,那时候蛮喜欢她,可是我没怎么抱她,没怎么带她玩,那时候。

以后我就跟父亲通信,妹妹、弟弟都没有(通信),啊。我80岁那一年,我妹妹,他们夫妻两人来北京给我做生日,我根本记不得,我不做生日,没这习惯。他们就跑了来,老远跑来给我做生日,请我们吃东西,还给我买了个蛋糕。我说买个小蛋糕得了,意思意思,我根本就不吃。她非得买个大蛋糕。(笑)

四

1942年到重庆,遇到许多联合中学的同学。好多,在联中的,联合中学,好多同学。我一到那里去,就住到同学家里。我跟她在学校的时候并不是很熟。不是我一个人,我们住了一阵,到别的地方去,那不是真正的家,是逃难的……到了重庆,到了重庆,有好多熟人,在那边工作的,有关系就可以找,要有关系。我当然没有关系啦,就有熟人,是不是啊。我们那宿舍,好多都找到工作了。嗯,那些同学,好多都找到工作了,不过那些不是技术工作。比方说,做店员啦,卖什么东西,也有读书的,会计啊,什么的。也得碰运气啊,那是碰运气啊。我本来是要去上学,去上学,知道吗?哟,就是碰运气。正好那个地方,需要两个人。也没有招聘,就是地方需要两个人。也没有"招"两个人,就是需要两个人。本来已经有了两个人,有一个后来没有去,没有去的,是一个……比方说你在那里工作,你的妹妹,本来要你的妹妹去,可是你的妹妹已经有了工作,她哪还想到那里去,是吗?她就不去了。很轻松的,也不是什么不去了,不得了。嗯,后来就我去了。她什么都没有说,我晓得有这么一回事,后来我就去了。还有一个,另外还有一个。我还记得也是一个女的。

我的生日小,12月生日,(19)42年19周岁,到重庆去的时候19周岁。轰炸,我没有去的时候就轰炸。我去的头一年,后来爆炸,我还没有看到爆炸。那时候重庆,三天三夜,疲劳轰炸。那死多少个人哪。我去的时候就听他们讲。我们以前宿舍的团队呢,都是尸体,财产啊箱子什么的,随便拿,没人拿,那多惨啊,我后来去也没有动过。经常要跑警报。我后来经常跑也不怕了。我第一次怕。第一次是在沙市,跑警报。哎呀我就真紧张,我就躲在家里了。后来不紧张了,后来在重庆,跑警报,拉警报,我一听——嗡……嗡……我就提着箱子,提着箱子。后来怀大女儿的时候,肚子大了,每次都提着箱子跑,蛮艰难的。预习警报、紧急警报……砰!……就炸了。现在就和平了。

那个时候有歌:南奔上北,北奔下南,在这边说那边安全,在那边说这边安全,究竟哪边是安全土?是不是?打倒了敌人,到处是安全土。南奔上北,南边的跑到北边,北边的又跑到南边。南奔上北,北奔下南,在这一边望着那一边是安全土,在那一边又说这一边是安全土。究竟哪一边是安全土呢?打走了敌人,我们到处是安全土。(笑)以前我们最喜欢唱这歌,晓得吗?《搔首问苍天》啊。

我们那时候在重庆,看不见这种情况。我们那边,在小地方到处跑,老百姓,就是,老实说,我们个个都不知道重庆是不是安全,也没有钱逃难去。逃难,工作也没有了,没有工作,生活怎么生活啊。我们都不知道。好多老百姓都不知道哪边安全。晚些有点办法,稍微有点路子,有些消息,我们才跑,我们就跑。重庆假如安全,又有蒋介石在那里,我们那个小地方,怎么就这样,敌人来了就跑,怎么能打呢?你们现在不知道吧,是吗,一点点一点点,没法体会。那时候,简直是到处跑。

告诉你,我告诉你,是事实啊——我在松滋的时候,一些小街道,没人。空的。房子倒在。隔好远哩。这有一个小馆子,一个小馆子,卖一点东西吃呀,随时准备跑的。这样的情况。那时候,就是为了日本打我们,我们跑。这个,我的外祖父,我的外祖父是一个中医生。日本鬼子来了,那个地方啊,那个地方已经有日本鬼子在那边,日本鬼子随时敲你的门你就得开。开了,里面,电影上放的怎么打,就是怎么打的。我的外祖父,跟我(现在)一样地瘫痪。他有个专门的人照顾他,男的,照顾他。可是他也跑警报,他也跑了,他把这个老爷放在桌子底下,觉得很安全了。他们都跑了,年轻的人,能跑的都跑了。鬼子来敲门,咚咚咚咚咚!没人来开门啊,咚咚咚咚咚!没人开门。"碰!"一声,把门踢开了,一看没人,以为什么不对了,不开门,他也不晓得他瘫痪不瘫痪,他就拿刀子,把他弄伤了。当时没死,结果那些逃难的回来了,鬼子走了,没了,看看这,不久就死了。没两天吧,可能。那是在……不是有宜昌吗?那是在宜都,宜昌宜都,小地方。

就我刚才讲的是我母亲的(父亲)。我母亲的家是安徽,我母亲原来是安徽人家。我母亲的妹妹,一个小妹妹,第三个妹妹是后来的继母生的。她不懂,"文化大革命"的时候,她害怕,要回老家啊,谁知道回老家更糟——地主出身。那不是更糟吗?她的丈夫家的,她的丈夫家是地主出身,结果就更糟糕。

我母亲的老家是安徽,可是和我父亲他们可能也有来往,他们好多人在做生意。后来做生意……我母亲的父亲不是中医吗?他也不是中医,他就是……不要钱的,不要钱的……啊,读书人,也不算读书人,还是算生意人吧。我爷爷,我爷爷是个秀才。(笑)啊,我爷爷是秀才。没有地。我爷爷是个江西人……他是读书人,他中文好。他不姓余,姓张,我们是给人家的。我父亲给人的,给了另外的人,给了姓余的。也不是,是送给他的外婆,他外婆姓余。我父亲不是有十几个兄弟姐妹吗?有十几个,他们都姓张。给外婆。外婆孤家寡人,想把这余姓给传下去,可是,结果我们姓余的还是没有传下去。怎么呢?你看,我姓余,我的弟弟姓余。我的弟弟,他的儿子,生了孙子,又跟他的妻子姓。(笑)那也没传下去,我们这姓也没传下去。其实路翎他的姓也没传下去,都没传下去,告诉你。

五

那时候,过了一年了,就觉得好长的时间。像现在,一年,一晃就过了,是吗?几个月就过去了。那时候觉得很长。一直到现在我还记得,那时候什么准确的时间……

附录 我的父亲母亲：徐绍羽口述历史[1]

徐绍羽 口述 黄美冰 整理

在青艺住的时候吧，印象也很美。我爸在青艺工作，我妈上班，我在他们的儿童剧团看话剧，我们这几个家属的孩子都在那儿玩，我就是喜欢。我后来受的教育，在女师中，一场话剧没落过，儿童剧呀，那时候也没电视，是吧？我妈给我们的文化生活很丰富，就是有问题以后也是这样。"文革"以前，一个电影都不落——星期六什么电影，星期天什么电影，寒暑假、春节，都安排电影，票根买够了，到时候就看电影。学校里的各种话剧，从不耽误；儿童剧院里的话剧，场场都看，所以对这艺术啊，还是很爱。

所以这父母的性格真是潜移默化，所以我对我女儿讲，我说从小这潜移默化很重要的。你看，我爸我妈——我跟我妈在一块的时间长一点，我好多地方，其实现在想起来就是——学着做，很自然的。

一

我和徐朗两人，订《少年报》和《新少年报》。谈什么呢？(19)55年以后，我都不知道了。(余笑)(19)55年以前，我是欢乐的童年。(笑)(19)55年以后我都很清楚，我一天都不忘，但

---

[1] 根据访谈录音、笔记整理、撰写。访谈时间：2006年7月17日—2006年8月22日，地点：余明英寓所。部分资料从访谈余明英时徐绍羽插话得出；部分资料则于家属访谈中得出。多数时候余明英在场。

是我说我们的记忆,是吧,跟他们说的就不太一样。

　　我们呀,刚到北京住在阜成门,现在拆迁了,现在变成金融大街了,现在那房子找不着了。王府仓,我们刚到北京的时候……在科学院的宿舍,她们的宿舍。后来呢,我妈离开岗位了,才到细管。她有特殊原因,不干了嘛。说是因病,实际上好多压力,(19)54年年底离开岗位的。妈,你把科学院那一段说一说吧。你说你是因病,实际上……她这个晚年造成很多困难……其实呢,是因为我父亲的问题造成的。她自己先提出来,什么都别说了,"我情愿",其实根本就在政治压力下。单位里头,有些同事就说路翎是什么反革命。我爸说:"不信他们的,不对。"批评他们,就在(19)55年的时候,压抑……后来有一个人说,请他喝茶,喝茶,再说真话,听了可难受了……

　　开会是谁都不敢说,非常认真,完了谁表现不好、经常迟到,马上就批判……那是病以前是吧,(19)55年以前? 应该没涉及你(指余),她们单位里头……就是看着很害怕。而且,别人都对她很好的。路翎确实有名得比较早……

　　我爸爸被带走的时候,我记不得。反正我记得那时候,我妈妈让我——我们胡同那里有一家书店——让我去书店买报纸。我一买,一看,哟,吓得我不得了。我进了院里头,我们那细管胡同,不是前后院吗? 中间有个过道,前面是传达室的门,特小。然后一个住在前院的单位的一个人吧,说:"绍羽,给我看看。"那你说,这得保护我爸呀,那哪能让你看? 其实谁也知道。他就一个大人——其实我的心眼是小点儿,一开始是怕,后来是恨。真的,你为什么不懂我们儿童的心理? 他就是要,你不给他就不走了。那我没办法,我就藏在厕所里面,我藏一个钟头。我为什么知道我藏一个钟头? 天黑了嘛。我就不敢出来,因为出来了他还在那里,我就赶紧进去。我就不能让你看。其实人家都有文化,尤其是一个宿舍的,都知道。那一个大人的,还跟一个孩子要,那明显太不了解一个孩子,多伤害人啊,特别伤害我。我藏了很久,看他不在,我才偷偷地跑回家。就在细管胡同。

我爸出事的时候在细管胡同。我们跟田汉在一起,那个时候。嗯,那时是四合院。我们是三间,前年我还去看过,现在是田汉故居,外头挂着牌子,但是没有经费,没有整理。原来是正北门,我们是朝东……现在院子里挂了好多脏衣服,没人管……田汉住在正屋。它那个是四合院,四合院进去以后,外头是传达室,然后这边是厕所,然后过一个过道以后,是田汉的大房子,很高的。我们在这一边。还有别人呢。嗳,还有别人。前两年还去过,我们在门口拍照,没进去。在院子里拍的呀,照的我们三间房。小,我以前以为多大呢。(笑)很小。

以前,我还常带同学到家里玩,天真地,不能说不懂事,十岁,哪能说看了不懂,是吧?那时候,我爸在不在,我不记得了。反正写的那几个字嘛——"胡风反革命集团",都有。第一批是5月13号,第二批是5月24号,第三批是6月10号。

到了芳草地以后,刚开始没有包袱,还上五年级、六年级,是吧?初中,我上初中也很快乐,女校嘛,都是女生,搞各种文艺活动,体育委员。我胆儿小嘛,我妈跟班主任介绍了一下,推荐了我当体育委员,我就当下来了。我从一句话不敢说,到——"快点,快点,体育上操了!"对一个小孩来讲,(笑)大声说这些话是不容易的,不会,(笑)不敢的,当着这么多人。然后我们和文艺委员合作,班上搞各种活动,好多照片留了下来,现在回忆起来真是美好,那时候很快乐就是,没有什么顾虑。

后来呢,好多人都入团了,慢慢懂事了,一个人就孤独了,因为要谈这事呢,无从谈起。我也不太会,找出他们哪些有问题,哪些没问题,对一对。然后我妈就约了我去谈,跟我说:"你也大了,要学着争取……"一个月给我五毛钱零钱,我很节约,很会设计,怎么安排生活,慢慢懂事了,怎么承担。我就是看我妈妈的表情,我跟我妈呀,真是——我妈要一乐,我心里头就特高兴;妈今天要是沉着脸,或者怎样,我就特别紧张,因为底下还有两个妹妹呢。后来我妈跟我谈完以后呢,同学们都一批一批地入团了,同学们对我印象都很好。我性格比较好,是吧?人呢,关系好,但是就不谈政治。因为谈的话,就得说出来家里是怎么回事,你得说,我说不出来。

而且,我买杂志,看到"反革命"——我什么电影都看,什么话剧都看,童话剧、儿童童话剧,比方话剧里的"反革命"就是拿着枪嗒嗒嗒嗒地,嗯,什么——在食堂里头放毒药啊,让人吃了怎样……怎么写字"反革命",不懂。不懂,后来我找到团政的书记,入团,大家开心了,谈心了,没什么可说了,再说也就这么回事,是吧?那就谈学习、唱歌、跳舞。我呢就没有这些,融不进这个环境了,开心了三年,初中毕业的时候还开心呢,保送到高中。

后来我找到团政书记,他是高中毕业留校的,他跟我谈了一次话。他就知道我的特殊情况,因为那时候右派比较多,一批呢,像这个,定了"反革命",好像右派都比"反革命"好一点,那时候不懂啊,是吧?右派呢,总觉得文字上还有点水平,"反革命"呢,就是"拿着枪"。我还糊涂呢,因为这些书,我也没接触,也不敢看,怕人家问。后来他就直截了当地说:"你可以到上级去了解。"我问:"找到哪儿?"他说公安部,我就找到公安部。

那时候年轻,一点也没办法,我就走到天安门那里的公安部,我从哪里打听到,我就去那里问去了。我就讲我是谁,怎么回事,他们就——里头就来人了。来人了,传达室,可能是会客室,就跟我谈话,说:"你年轻,刚刚中学,中学生,自己的路自己走……"他还举例子,举胡风的大儿子,那我就心里头比较放心了。他说:"你看他,他是党员啊,他也入党啦,他表现很好啊,跟父母划清界限……"下面就存在划清界限的问题了,是吧?怎么就叫做划清界限呢?说:"你应该靠近组织。"是吧?不但是那一会儿,多少年的教育都是这样的。回来以后我就跟学校的老师讲了,他说:"这不是挺好吗?你要写申请嘛,你要有个愿望。"这样呢我就写了,写了,就不怕了。过去多少年,我还背着包袱呢。我就抄吧,分析得不清楚啊,报纸上有什么,我就抄一段。反正都是报纸上的,也不是我编,我也没水平编出来这些东西。

这样呢,主要是我工作、学习,认认真真。那一会,那个时代,学生都很朴实的,很容易就入团了。而且初中毕业的时候,人人都给我写留言,对我特别好——看我的眼睛就知道我的心底是善良的、是美好的,永远是个可相信的人,是吧?反正我很自信的,在这方面。就那一次,把我的家庭谈了,我就卸包袱了。因为"文革"以前还特别地歧视,因为我们班的团干部、班干部,有的爹妈都是右派。我这样一说呢,觉得自己和他们还是有区别。他们右派,右派的面大,好像互相了解的人多一点儿。但是谈完了以后就轻松了一点儿,轻松了点儿,在学校里头就没有政治压力,一直到高中毕业都没压力。

(19)55年没定刑,就走了。当时就是"胡风反革命集团",但都没有定刑。关到机关的也好,胡同的也好,好多胡同,弄了四五年,才弄到秦城,才给带上,才走的。一直提着"胡风反革命集团",单篇材料提的,后来定了——从(19)55年到(19)75年,20年,其实还有两年,是吧?这么说的。所以(19)79年第一次撤的是他写信的这一段,撤销了,第二次才是"胡风集团",胡风、路翎都没问题,那是(19)80年,(19)79年年初和(19)80年年底。

你待会儿还可以留一个(联系方式),聊天还可以找一个……大姑现在不在了,他的儿子现在,比我小一点,可以,多少知道一点。他们一家人受大舅的影响最深啊。他,高扬,还有他的弟弟妹妹出国,就因为我这个大舅,不能上大学,后来才又上大学……大姑去世也几年了,她去世了,她是我爸爸的亲妹妹不是?他们俩比较好。大姑啊,她就两个儿子一个女儿,大儿子呢守着她养老,还有二儿子和二姑娘都去美国了。所以他们在念书的阶段,就我爸爸出问题的时候,大学也没念成,进了工厂,后来改革开放以后才念的书。小,他们都比我小。高扬比我小两岁……高扬跟徐朗差不多。说到受影响的话,高健、高扬他们肯定是……

二

第一次看我爸,其实当年,我十岁,徐玫四岁。他在总布胡同啊,我们现在才知道那儿离我们那里不过三站地,就是小四合院里头,北京老四合院。在我印象里头,就觉得北京老四合院很大。像客厅里头有长条茶几,我们都没见过……我们去年,还是前年,在门口,照了一张相。那小院可好呢,大概是旧时候专门监禁人的地方,现在它们大概是高级会议室吧……在那里也没多久。我父亲就问:"你们还好吗?妈妈还好吗?"这样。也就这一些话。我们更不用说了,十岁,徐玫四岁,能说什么?我们就看着,看着,没多久,很少的时间。我的印象里呢,还有很多人,能说什么呀?有几个,都是他们的人。我们姐妹俩,爸爸一个,他们至少两个,守着我们说话,我们还能说什么呀?反正那时他就问那几句:"还好吗?怎么样?还好吗?"……他穿的衣服啊,在我心里头也不破烂,也不亮丽。我心里也很沉嘛,我十岁也很沉重的。

　　(19)61年7月到(19)63年12月,我们,我妈,还有奶奶去看过他,在医院。有提到一个想法,刚才我妈说的,说想家什么的。两年以后回来,在家待着。病态,我的第一眼印象就是病态……我看见我爸爸的样,一是病,一是可怜……反正我父亲的事在我脑海里就是——想着就怕。(余叹气)哎。听了就害怕。他就是静,和外界一点关系都没有,他就在那儿愁,哎哟……我的心目中,我爸出现在我们家,整个是沉重的,我念书什么,回到家,见到他就是那种……愁眉苦脸,对。那个时候他就一个根没解决——"我的问题什么时候解决?"他老是这一句话。永远愁眉苦脸,所以我们都不敢跟他说话,不知道说什么。所以相对来讲,(19)64年回来那一段还好吧,应该是放松一点。他忧愁,他心里有个大问题没解决。他就无心。吃饭、睡觉都任由……他不会笑。他笑,都是病态的笑……(19)79年以后,问题解决了,那就好点了……他永远在说:"这个问题怎么解决啊?"永远在说,蛮紧张的。我们都在找话跟他说,哪句话他稍微有点反应,就这上面,逗他,他能反应……

　　在团结湖那里的房子,还是周扬解决的。我们向剧协要求,剧协的领导跟我们往上找。往上找文联,找凤子那里,还得找,两头碰才有力量嘛。我们这里找就一次性……因为对我们来讲,是头一次向组织提出要求,就这房原来都没有张过嘴(余长叹)。几十年来都没张过嘴。我妈要不是病,我们也不会提出来。我们就把我们实际的困难、国家以后的状况,我们设想了一下……

就是在团结湖那一段,我妈病了,他都不爱跟我们聊,不像女同志,爱聊嘛。他就喝酒……我就跟他讲:"别喝那么多,喝酒伤身体啊,还有好多重要的事等着你啊……"后来还是喝。到这里我妈妈才发现,他偷着出去喝。也抽烟啊。他后来不是说戒了吗?说戒就戒了。

《野鸭洼》(19)85年12月初稿,(19)86年4月整理。真正大批地写,是在这儿。团结湖那时候,我妈瘫在床上,针灸,大夫来……《野鸭洼》前面是《江南春雨》,那个是(19)85年1月写的初稿,(19)85年2月改的。我妈妈的事,他很认真的。他平时也不出门。他去医院,坐车,也怕路上时间长,耽误时间,我特了解……

写小说,长篇,它站不了了,是吧?写诗,还可以在梦幻里头,是吧?可以那样。哎哟,看他那样,长篇看得很紧张,很累,很累,看得——哎哟,飞下来了,哎哟,完了又找主人在哪,哎哟,怎么的,怎么的……他苦啊。有时候又神经质的——我又想哭,我又可怜,我的爸说……他,你看他,他整个人怎么战斗,怎么发泄啊,都在那头,晚年的作品里头。这些能登吗?谁了解啊?了解什么呀?这什么呀?

说到这,就扯到外面去了。我是天生喜欢音乐,后来我才知道,是和我妈有点联系的。我们俩从来不交流,但是我就喜欢。一开始学呢,我们家有个手风琴……最后我们决定要买钢琴,借钱也要买。后来就是拖了一段日子,买了一架。我们家闺女还和徐玫的孩子差五岁,她学呢,我们天天,呢,后来徐玫也买一架……念书的时候,天天来这里练,练完琴又回家。大了点,才到我那儿练。大概上了小学四年级,才转到我那里。我们闺女练琴的时候呢,老三的儿子才这么大,五岁,她弹琴的时候,我们都欣赏,特别夸奖。这个小男孩,他的表达,我们就理解他的心,他也很喜欢,趁大人不在,他就……后来他也学了,还考上十多级,我们家闺女反而没有,什么级也没有……我爸住到这里以后,表情是明显地轻松多了……到这里以后,我就一直给他们找玩笑,我爸爸的任何事,我都能给他笑着说……就放松了。孩子们一来呢,他就摸一摸——来啦……

三

我给你说几句啊……我没什么具体布置……我就觉得……你看我们家三个孩子,我跟我妈时间长,我妈对我呀……反正我觉得我对我妈妈感情很深的,是吧?我不排除她们(二妹和小妹),就是我接触得比较多。我的生活呢,你说不说嘛,我觉得有些还是说了,是吧?

我爸出事以前,我的童年生活真的很幸福的,特别美好。小时候在王府仓那时候的回忆——我不是跟你讲了吗?就不再说了啊……然后,过节买灯笼呀,在院里摘果子呀,或带着小孩跳舞啊……我的生活无忧无虑,特美好,过年过节到他们气象局科学院动物园里头做各种游戏;完了,在青艺,在剧院里头看儿童剧——熏陶,受熏陶了,就特别喜欢文学,喜欢艺术。从小的,天天来的,跳舞、唱歌,就爱。

然后,最受打击的是(19)55年出事,我妈让我买杂志,这也讲了,就不再重复了,啊。买杂志不让看,我就挺受刺激。那以后呢,社会上没搞什么"文化大革命"这种经历,还小,也不觉得有什么太大的压力。反正好像不会主动地跟人说什么的,他不伤害我,我也没背什么包袱。那就是说,到中学,初中还很快乐,读女校。后来我妈介绍我当体育委员,向班主任推荐我,我就练出来了,是吧?(余:"开家长会的时候,班主任说:'各人的孩子,自己知道,擅长什么,喜欢什么……'我就说她喜欢体育,后来呢班主任就请她当体育委员,这样的。")这三年挺受锻炼的。

我妈对我呢,谈话不多,但是关键的时候有这么几句。你看,天安门那段,陪着我讲怎么进步——那大概是中学了。真正政治上有压力,是高中那阶段,懂一点了,不是幼小了,是吧?我就有压力了,不知道怎么说。我妈就陪着我去谈,跟我讲。上了中学的时候,还记得呢,她说:"你也大了,要学会天天写日记,记录,嗯,要练字……"小时候我妈让我练字,我还有过痛苦的想法呢。练字,每天一页儿稿纸。开始时我吓着,我的作业好不容易完成了,还有这一个任务,是吧?但是压力并不大,喜欢,因为越写越好,喜欢写。

　　我妈虽然说得不多吧,也因为我是老大,家里有事,家里有事,压力并不大……很听话。(余:"她很听话。")很听话,嗯,我觉得我妈挺发展我们的个性的,从来不太说什么,我自由自在的。从上初一开始,就参加各种社会活动,学校里中学生团体操,都是我们学生的任务。然后一开始上初一,游泳队,一直泡了六年,在游泳池。并没有因为家庭的事,阻碍了我的个性发展,初中那一阶段,高中以前吧,还比较——喜欢什么做什么。我妈还给我们弄吃的,做那个烙饼,去游泳,一天,就带了好多。我特能吃,带了好多……(余:"我要她和同学们一起吃,不要一个人吃。")所以我妈这身教言教,真的,潜移默化,特深。

　　然后到高中,懂一些事了,觉得人们怎么都活得这么开心,好像没什么包袱,就开始——我妈就跟我讲,谈完以后,我能跟校方谈,谈到公安局,谈到这,这么回事,我就划清界限,走自己的路,听党的话……所以一直并不太沉重。越来越沉重呢,是高中毕业,一场病,不能考大学了——我很自尊,我这个人,我很自尊,知道吧?很自尊,不能考大学了,我开始沉重。这以前呢,中学以前,我妈并没有多说什么,但是呢,我妈很少跟我啰啰唆唆地讲这些,我就知道该干嘛。那时候不太兴聊天,妈妈和闺女,天天"宝宝黏着姥姥",讲啊,说呀,都老说——我呢就不太说什么,我就很听,很乖,帮妈看孩子,还带着她们玩儿去……

　　你看,我在芳草地的时候,我就特别理解我妈,因为我们家的事吧。我妈说:"大人的抽屉不许翻,信不要动。"我知道这是人生的一个原则,我永远都不会动,直到现在都是这样,习惯了。好像这一动,这个人就犯了一个大错,品质就有问题——就有那种想法。这是很重要的。就那一次,我收拾屋里,看到了我妈的日记,知道我的舅舅出事了。她问我知道了不?我妈挺难受的。从那以后,成了一种刺激,我就不敢随便碰,说不定那儿有什么可怕的事……挺不舒服的,挺伤心的。我妈从来不跟我们正面说,因为我妈特难受。

妈培养了我一个习惯——妈的一句话,我就再也不翻(日记)了——她说:"不许动大人的信!不许动大人的日记!大人的抽屉不许翻!"哎呀,我一辈子都记着。晚年我妈批准了,我才搞,才整理。假如我妈有一句说我不对了,哎呀,我就很受刺激,因为我绝对是比较自觉的。所以我母亲对我人生的影响——很自尊,很自觉,很注意自己各方面的修养,很注意这些。平时的教育嘛,挺深的,甚至我结婚以后,跟老人家怎么相处……都潜移默化地,我就这样对待我的生活、我的家庭,怎样多想别人,多跟"四个"比,要满足生活,不然的话,不平和容易生气、着急,我就这么……你看,妈老跟我谈这些啊。

"文化大革命"的时候,生活挺有压力的,两个妹妹都插队了,挺艰难的。家里什么都没有。(19)64年我上班,一个月37块。37块呢,我留七块,就我自己吃饭的、生活的……留七块。我是小学老师,代课。代了多少年我都闹不清了,"文化大革命"以后。我结婚的时候,姑姑叔叔给我钱,一人给我五块。凑了点钱,我妈跟我商量,觉得没问题,给徐朗、徐玫她们买了半导体,带到东北,插队。结婚是(19)73年。

我回去,我妈给我买了一条肉,头一天买了一条肉,知道我要回了——我一个礼拜回一趟家,然后给我做,炒在菜里头,然后看着我吃,(余笑)可亲呢。(笑)真的,不容易,不容易。这样呢,什么都有商有量了,说结婚了,跟我——我岁数大了,给我添一件衣服,怎么添的,我心里明白得很,这件衣服怎么来的,嗯。

所以我很尊重我妈,我妈跟我商量什么,都有商有量的。说得都对,我都尊重,该怎么办就怎么办。所以这个无形的教育啊,真的很深的。回想起来,她并没有怎么说教什么的,当然家庭的事很自然地教育了我,一本教科书似的。

嗯……我觉得跟我妈在一起嘛,挺随意的。我们俩谈心,想说什么,说什么;想聊什么,聊什么。想不通的我都说,说出来,帮助我,给我很多启发啊什么的。其实她在面对生活时碰到的难处更大,我说要是我,不行,真的。(笑)她就过来了,我就挺佩服的。我妈很热情,这我感觉啊,特别热情。反正跟她来往比较多的吧,或者我父亲跟朋友的来往,主要由她出面。(余:"不是,路翎他不爱说话。")他不能说话。啊。朋友来了,我妈里里外外接待什么的,我当然端茶倒水……所以合作得——我跟我妈合作得挺愉快。对我们的细致的关心,她都说了嘛,看病这些。

我不是跟你讲吗?我妈挺不容易。我妈那三五个好朋友就说我妈:"哎呀,你妈真是不容易,人真好。"怎么好?我天天守着我妈,跟妈在一块挺愉快的。(余叹)我妈真的,你看我爸也有病,妹妹又这样……所以我的原则——当然有时候我也累一点,是吗?——人要多交流,这样也比较愉快一点,是吧?所以我一出去,我看见什么,我回来就"嘚嘚嘚嘚",聊聊看见什么了。我退休以后,我们这里原来对面还没修的时候,我妈天天晚上听广播。她听的广播,我后来就从她那儿借了过来了,后来因为盖楼的时候听不清,我回家天天听。广播可好呢,好多广播。不出去的话,听广播等于接触社会,听得多,见得多。有什么消息,我上班的时候,回来,好多新消息,她告诉我:"绍羽你知道……""噢,不知道……"我没怎么看,没守着报纸,我都没买来看。

我妈新潮着呢,很多新东西,她都先知道,我就跟同事聊。我妈把有关的消息、材料都记下来,我来了,一二三地讲给我听。生活还特别地有条理,一二三,每天吃什么药,什么时候买……我们就磨合得比较合适,是吧?——这礼拜有什么事要办?今天有什么事要办?……那会儿我上班的时候,每一次我都带点

好消息回家,新闻,很多是我妈告诉我的,我都不知道。(笑)

有商量啊。反正从我懂事以后,尤其我成家以后,处处跟我妈这儿比——她行,我怎么不行呢？我也有过好多困难,就不说了,啊,怎么撑过来的,是吧？(余:"你不是说见到童阿姨难过你心里难过吗？……我就心里想:我一定不会给你痛苦,所以我不当着你哭的。")所以我没见过我妈哭,很少。(余:"其实我并不是,我是不当着她哭。")你看,妈就是这样了。我呢,我就特好哭,啊嗒嗒嗒嗒。(笑)有委屈就跟母亲说,说完了就高兴了。我感情特别地什么——不能说脆弱,我丰富多彩(笑),我也挺活跃,挺活泼的,各种爱好都有。反正我妈给我很多好的教养,严格嘛,不多说,我都知道了。对人很热情。还有呢就是,尤其晚年,特别平和。怎么个原因,咱们也不再分析了,啊。我觉得她特别平和,面对家里的一些困难什么的。不像我,爱着急,性子急,因为我还有老的、小的,是吧？她和我交流,有时候我有难处了,她跟我讲道理,所以真的,挺愉快的,倒是(余叹)。

我妈特爱看书,我妈的爱好——爱看书、喜欢音乐、喜欢唱歌。以前没有那个条件,就是说我们懂事以后那一段。我们之间就是——因为特别民主,所以我和我父亲就是这样,特别民主,朋友,我们就是朋友了,是吧？没有说我跟我妈怎么样怎么样,是吧？我跟我妈在一块挺快乐的,我每次到这儿来,我就觉得是去逛公园来了(笑),是一种享受。当然有时候我家里有负担,有时候也累,是吧？我都说,聊聊,是吧？我想,我都这个岁数了,我想都尽量地愉快。我学校里工作,我有什么愉快,我讲给她听,讲故事。你出不了门,我来讲,是吧？她也给我好多愉快,我也给她好多愉快,互相嘛,是吗？

生活怎么着？出不了门,可不是？这样心胸就比较平和,是吧？平和,有时候就可以自己解放自己,排除一些烦恼,是吧？

四

到南京的时候我也有一点印象。我到南京的时候,我跟徐朗有印象的时候,她跟我到后面去,拉我去院子里看花,叫我姐姐……〔余:"(19)49年,徐朗两岁多一点,徐绍羽四岁多一点。"〕我们从小就感情好,我们就差两岁,现在老爱回忆,我有时候就跟她说,我就希望讲给她听,过去怎么怎么开心啊,讲这些。看见她小时候那个样,我就记得了,印象特别深。

我们小时候过年可热闹了,买灯笼……我小时候,一到北京,就住在王府仓16号,阜成门,十几年前拆了,在20年前去的时候还有呢,没敢进去,刚工作,胆小,在外面看——哎呀,面积不大呀。前后院,种了很多果子。在我的童年印象可美呢,前院有紫藤,还有海棠树、桃树、贴梗海棠,开花儿……走廊……后院呢,也很大。到北京的时候,我五六岁,我最大,带着一帮小孩玩儿。你看,五六岁就做"大姐",我妈都讲了。过年过节都在家里吃的。有几家买几家,有十家就买十个灯笼,我们就在院子里玩。

树可多了。刮风了、下雨了,我们就挨在屋里,等着去捡掉下来的果子。(笑)那院子很美,那走廊,坐着小朋友,听我讲故事,我可会讲故事呢。(笑)……(19)55年以后,出了事,我们买不起书,我姨就一箱一箱地给我寄书,童话故事……小孩对书的渴望,可美呢。北京的童年——北京,你看,就算头五年,在王府仓,回忆是美好的。

小时候穿衣服,很享受;中学时就觉得很委屈了,不愿意。小时候穿衣服呢,那时候不能说——没有奢侈的概念,也就是精神上很愉快的、开心的,挺美的(余笑)。

我跟我妈,这些年了,老讲这些事,讲得可幸福呢……

工作记录

第一节　研究途径与方法

一、项目准备

具体为论文题目与范畴的设立、编制计划大纲、制定各种工作表格,如"口述访问资料记录表",包括:访问概况(主访者、受访者、记录者、访问主题、时间、地点、访问时数等)、主访者形成之文件(访谈提纲与其他资料)、预期受访者捐赠之资料(纸质类、摄影类、音像类、物品类)、受访者口述记录资料(文本、摄影、录像、其他)。初期文献研究、理论筹备、收集与论文题目相关的历史背景资料,包括重要事件、人物、专业术语等,初拟访问提纲。

二、实地采访

1. 配备必要采访器材——录音笔、相机、笔记本电脑等。
2. 查访与记录受访者的主要经历及当前情况,包括受访者目前的健康状况和生活起居习惯等。
3. 确定与受访对象的联络方式,与受访对象进行初次接触,落实采访计划,包括采访内容、方式、时间、地点、次数、时数等。
4. 根据受访目标的不同情况,分别编制采访设问提纲以及采访中意外情况的预案。
5. 实施采访计划,与受访者进行正式访谈。既要按既定计划和设问提纲进行,又要根据现时情况灵活变通。充分运用各种采访技巧，以期从受访者口述中获得符合论文目标的真实资料。

6. 做好采访记录。

7. 填写采访记录表。对采访原始资料进行编目汇总。

三、资料整理

1. 口述原始资料的整理。

2. 第二回合文献研究。

3. 考核口述原始资料与现有历史资料。

4. 撰写口述历史。

5. 撰写研究报告。

四、撰写论文

表 1-1：课题研究与论文的写作过程

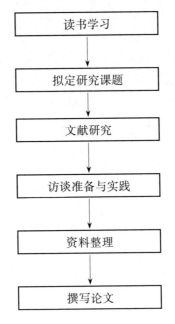

第二节 访谈设计

一、访谈日程、时数

访谈日程：2006 年 7—8 月
访谈时数：10—15 日

二、访谈目标

第一日　认识、熟悉受访者、家属、采访环境，落实采访计划
第二日　访谈 1：童年、家庭
第三日　访谈 2：学校、老师、朋友
第四日　访谈 3：战争、工作
第五日　访谈 4：爱情、婚姻
第六日　访谈 5：家庭、孩子、孙儿
第七日　访谈 6：路翎Ⅰ：一生概貌
第八日　访谈 7：路翎Ⅱ：读书创作
第九日　访谈 8：路翎Ⅲ：其他
第十日　访谈 9：晚年与其他
第十一日　访谈 10：家属访谈
第十二日　补充访谈 1
第十三日　补充访谈 2
第十四日
第十五日

三、访谈提纲

访谈 1：童年、家庭
- □　您现在记得的最久远的事情是什么？那时您有多大？……
- □　在您的印象中，您的父亲是什么样的人？……母亲？……

访谈2：学校、老师、朋友
- [ ] 您还记不记得您第一次踏入学堂的情形……
- [ ] 您有没有要好的朋友？……
- [ ] 您小时候做游戏吗？……

访谈3：战争、工作
- [ ] 您还记不记得您经历过的战争？那时候的情形是怎样的？……
- [ ] 您曾经做过哪些工作？……
- [ ] 您有没有自己比较喜欢的一种职业？理想的职业？

访谈4：爱情、婚姻
- [ ] 您和路翎是怎么认识的？……
- [ ] 可否谈谈您年少时候的恋爱？……
- [ ] 您和路翎的恋爱是怎么走到谈婚论嫁的？他向您求婚吗？你们的婚事是怎么进行的？

访谈5：家庭、孩子、孙儿
- [ ] 您还记不记得第一次怀胎的感受？……
- [ ] 孩子们的童年是怎样的？……成长……请您个别谈谈三个孩子……
- [ ] 您记不记得第一次抱孙子的情形？……

访谈6：路翎Ⅰ：一生概貌
- [ ] 请您谈谈您所知道的、认识的路翎的童年……少年……中年……老年……

访谈7：路翎Ⅱ：读书创作
- [ ] 路翎平时都看些什么书？年轻时，老年时……
- [ ] 路翎创作时有哪些习惯？癖好？

- ☐ 路翎晚年的创作是怎么进行的？

访谈 8：路翎Ⅲ：其他
- ☐ 路翎过去和哪些人交往？重要的友人？
- ☐ 路翎出狱后精神状态是怎样？
- ☐ 路翎有哪些爱好？
- ☐ 路翎对孩子怎么样？

访谈 9：中、晚年与其他
- ☐ 请您谈谈路翎入狱时，你们一家人的生活？
- ☐ 路翎去世后，您的生活有哪些转变？
- ☐ 您平时做什么？您有哪些爱好吗？

访谈 10：家属访谈
- ☐ 请您谈谈您的父亲、母亲……

第三节　访谈日程落实细目

表 1-2—表 1-17：访谈日程记录表 1-16

访谈日程记录表 1

访谈 1

日期：2006 年 7 月 17 日　星期一
时间：10:15—12:15
地点：虎坊路甲 15 号 4 单元 302 号
受访者：余明英。陪同者：徐绍羽
访谈者：张业松、黄美冰、刘云
录音、记录：黄美冰
录音相关文件：17072006_1.wav，17072006_2.wav

预期目标：
认识、熟悉受访者、家属、采访环境，落实采访计划。

访谈所得简述：
1. 交代访谈目的、协商访谈日、时间。
2. 晚年手稿整理与全集出版事项。
3. 余明英谈重孙女与三个女儿。
4. 余明英在重庆、南京与北京的工作范畴。
5. 余明英工作与家庭的责任。
6. 余明英青少年时期、离家前后。
7. 余明英父母、兄弟姐妹、家庭背景。
8. 逃难经历。

访谈提及的特殊词汇（人名、地名等）：
《野鸭洼》《早年的欢乐》；武汉出版社、长江文艺出版社；梅志、贾先生；四川、重庆、北碚；路透社、合众社、美联社、海通、中央社；西郊公园；田汉；王府仓、细管胡同、北新桥、田汉故居、阜成门；收心会；童阿姨；科学院；气象局部队；三反五反；军官；国民党；北京东单、西市；沙市、巴东、湖北、武汉、长江水道、三峡、松滋、宜昌、宜都、安徽；抗日战争；教会中学、联合中学、沙市小学；《红楼梦》；日本鬼子兵、跑日本、跑警报、防空洞、山城；《搔首问苍天》；蒋介石；"文化大革命"。

备注：

填表时间：2006 年 7 月 17 日，22:50

访谈日程记录表 2

访谈 2

日期：2006 年 7 月 18 日　星期二
时间：8:50—10:30
地点：虎坊路甲 15 号 4 单元 302 号
受访者：余明英　陪同者：徐绍羽
访谈者：张业松、黄美冰、刘云
录音、记录：黄美冰
录音相关文件：18072006_1.wav，18072006_2.wav，18072006_3.wav

预期目标：
深入访谈余明英的童年、家庭、学校、老师、朋友。

所得资料简述：
1. 余明英家庭背景，父亲、母亲的工作及其给予的影响等。
2. 余明英的教育背景，从私塾至中学。
3. 私塾、小学上课情形、心态、趣事。
4. 中学生病记。
5. 儿时游戏、爱好——乒乓、音乐……
6. 儿时家务事与犹记得的家事。
7. 路翎的朋友们。
8. (19)55 年出事前后详述。
9. 与路翎婚后的生活、工作。

访谈提及的特殊词汇（人名、地名等）：
有线电、无线电；宜昌教会中学；《红楼梦》、《三国志》、《三字经》、《女儿经》、《大学》、四书、五经；"秀才不中举，就值不了半斗米"；毕业考、督学；武汉、国民政府、湖北教育；童子军、中队长；树人小学、沙市二小、新沙女中、联合中学；《永别了我的好弟弟》、《财主底儿女们》；欧阳庄、绿原、谢韬、牛汉；李之华、胡风；《少年报》、《新少年报》；田汉、陈刚；《人民日报》；周扬；重庆、南京、北京；王大妈；《燃烧的荒地》《云雀》《平原》《希望》《泥土》《蚂蚁小集》；化铁、欧阳庄；杭州；徐平羽；南京大学、中央大学；解放；文艺处；中国科学院地球研究所。

备注：

填表时间：2006 年 7 月 18 日，22:10

访谈日程记录表3

访谈3

日期：2006年7月19日　星期三
时间：8：15—10：55
地点：虎坊路甲15号4单元302号
受访者：余明英。陪同者：徐绍羽
访谈者：张业松、黄美冰、刘云
录音、记录：黄美冰
录音相关文件：19072006.wav

预期信息：
详细了解余明英的工作、爱情与婚姻。

所得资料简述：
1. 余明英工作情况。
2. 路翎与他的父母、奶奶、弟妹、亲人。
3. 结婚前后——订婚告示、结婚庆典等。
4. 余明英、路翎相识、相爱以及明确了婚事。
5. 余、路通信过程、趣事。
6. 婚后家常。
7. 艰难日子的家务与伙食。
8. 科学院活动、三反五反。
9. 余明英、路翎与街道工作。
10. 工资与薪制。
11. 老二、老三插队；老大工作。
12. 余明英昌平探监。

访谈提及的特殊词汇（人名、地名等）：
绿原、罗惠；解放；重庆、北碚；黄桷树、复旦、石怀池、束衣人、小划子、嘉陵江；张达俊、张达明、张宁清、张庆青、东北师大外语系、北大、长春师大、高扬、高健、徐爱玉；"文化大革命"、改革开放、苏联、美国；府绸、长裤子、大褂、长大褂；胡风、绿原、鲁煤、冯白鲁、梅志、舒芜、《大公报》、兼善公寓、松滋、长阳、宜都；《大众哲学》；阿垅、白杨、《芳草天涯》；欧阳庄、化铁；杭州；芳草地街道、剧协、打麻雀、扫盲；供给制、薪金制；返销粮；昌平监狱。

备注：

填表时间：2006年7月19日，22：30

访谈日程记录表4

访谈4

日期：2006年7月20日　星期四
时间：8：10—22：00
地点：虎坊路甲15号4单元302号
受访者：余明英。陪同者：徐绍羽
访谈者：张业松、黄美冰、刘云
录音、记录：黄美冰
录音相关文件：20072006.wav

预期目标：
详细了解路翎一生概貌。

所得资料简述：
1. 路翎晚年精神状态与诗歌创作。
2. 路翎婚后创作、生活。
3. 路翎婚后工作、工资。
4. 路翎入狱、隔离反省、入院就医，以及出狱之状况。
5. 徐绍羽简述路翎隔离反省、入院就医期间前往探望的记忆。
6. 路翎母亲、姥姥、弟妹。
7. 路翎汇报事宜。
8. 路翎晚年与家人的互动、关系。
9. 路翎与街坊、街道工作。

访谈提及的特殊词汇（人名、地名等）：
胡风、童阿姨；南京、化铁、燃料管理会；供给制、薪金制；总布胡同；上海、北京；国民党；《人民日报》《北京日报》；细管胡同；青年剧院；周总理。

备注：

填表时间：2006年7月20日，23：10

访谈日程记录表 5

访谈 5

日期：2006 年 7 月 21 日　星期五
时间：8:15—10:30
地点：虎坊路甲 15 号 4 单元 302 号
受访者：余明英。陪同者：徐绍羽
访谈者：张业松、黄美冰、刘云
录音、记录：黄美冰
录音相关文件：21072006.wav

预期目标：
详细了解
1. 路翎读书创作。
2. 年少路翎。
3. 路翎晚年健康、习惯。

所得资料简述：
1. 路翎在狱中、入院状况。
2. 路翎出狱后家居生活。
3. 路翎扫地。
4. 路翎作品搜集。
5. 晚年小说写作。
6. 路翎与舒芜共同生活片断。
7. 路翎与牛汉。
8. 路翎与孙子。
9. 路翎晚年生活作息。
10. 路翎健康与烟酒。
11. 路翎儿时趣事。
12. 德州之行。
13. 晚年路翎与家务事。
14. 童阿姨。
15. 青年路翎与女儿。
16. 路翎、余明英告别重庆小仪式。
17. 余明英二弟受迫害自杀。

访谈提及的特殊词汇（人名、地名等）：
"文化大革命"、红卫兵；青年剧院；《野鸭洼》；四川、重庆、北碚、南京、北京；胡风、梅志；《财主底儿女们》；芳草地、团结湖；德州、凤子、吴祖光；舒芜、牛汉；洋桥；《钢琴学生》《小学一年级的女学生》；《阿信》；青梅酒、二锅头；张达明；王大妈；青艺托儿所；文工团。

备注：

填表时间：2006 年 7 月 21 日，22:50

访谈日程记录表 6

访谈 6

日期：2006 年 7 月 22 日　星期六
时间：16：00—17：00
地点：虎坊路甲 15 号 4 单元 302 号
受访者：余明英。陪同者：徐绍羽
访谈者：张业松、黄美冰、刘云
录音、记录：黄美冰
录音相关文件：22072006_1.wav，22072006_2.wav
摄影相关文件：06'beijing_yumingying\06'beijing_yumingying 001.jpg-042

预期目标：
详细了解
1. 德州之行细节。
2. （路翎）朝鲜之行。
3. 汇报事宜、稿子。
4. 全集出版意愿。

所得资料简述：
1. 德州行概况。
2. 申请房子。
3. 全集构想与意愿。
4. 汇报事宜；抄报纸汇报文稿皆毁。
5. 余明英从武汉回来去德州。
6. 路翎与文友的交集。
7. 路翎、余明英在南京生活片断。
8. 路翎与"求爱者"；路翎夫妇相互信任。
9. 余明英德州行发病前后。
10. 路翎对余明英的照料、关爱。

访谈提及的特殊词汇（人名、地名等）：
德州、新农村、飞机拉烟、鲁煤、凤子、郭小川、沈从文、聂绀弩、胡风、武汉、化铁、抗日战争、台湾、朝鲜、张瑞芳、王文娟、李谷一；济南。

备注：
1. 鲁煤先生访虎坊桥，访谈，照相。
2. 抓拍余先生。
3. 张老师返上海，临行前与余先生合影。

填表时间：2006 年 7 月 22 日，23：15

访谈日程记录表 7

访谈 7

日期：2006 年 7 月 27 日　星期四
时间：8：10—10：15
地点：虎坊路甲 15 号 4 单元 302 号
受访者：余明英。陪同者：徐绍羽
访谈者：黄美冰、刘云
录音、记录：黄美冰
录音相关文件：27072006.wav

预期目标：
详细了解：
1. 路翎的创作习惯。
2. 路翎的爱好、活动等。

所得资料简述：
1. 余明英近年健康状况、入院手术等。
2. 路翎首次回家情状。
3. 路翎写作癖好——抽烟，与相关往事。
4. 路翎与宗教。
5. 路翎与外国文学。
6. 路翎与哨兵社。
7. 路翎《滩上》船夫经历与余明英生产时路翎待产经历。
8. 余明英怀胎、生产经验。
9. 童阿姨帮佣前后。
10. 过年节庆。
11. 路翎爱好、活动——唱歌、演戏、溜冰、骑马、游泳……
12. 余明英在科学院的活动。
13. 协商老照片处理事宜。

访谈提及的特殊词汇（人名、地名等）：
上帝；哨兵文艺社；《财主底儿女们》《滩上》；滑竿；《云雀》；南京、童阿姨、西安、北京；青艺托儿所；韦明、石羽；天安门、右派；西郊公园；北碚；化铁；收心会。

备注：

填表时间：2006 年 7 月 27 日，22：45

访谈日程记录表 8

老照片处理 1

日期：2006 年 7 月 28 日　星期一
时间：8:00—17:00
地点：虎坊路甲 15 号 4 单元 302 号
扫描处理：黄美冰、刘云
相关文件：路翎_余明英\ a_luling.jpg, b_luling.jpg, luling_000.jpg-luling_093.jpg

预期目标：
收集
1. 路翎、余明英老照片。
2. 路翎手迹、书影。

所得资料：
路翎、余明英与相关老照片扫描,共 90 余张。

备注：

填表时间：2006 年 7 月 28 日,21:55
访谈者签字：黄美冰

访谈日程记录表 9

老照片处理 2

日期：2006 年 7 月 28 日　星期一
时间：8:00—17:00
地点：虎坊路甲 15 号 4 单元 302 号
扫描处理：黄美冰
相关文件：路翎_余明英\luling_094.jpg；路翎_余明英\手迹\shouji_001.jpg-shouji_011c.jpg；路翎_余明英\书影\shuying_001.jpg-shuying_033.jpg

预期资料：
路翎手迹、书影。

所得资料：
路翎手迹选 14 张、书影 34 张。

备注：

填表时间：2006 年 7 月 29 日,22:35

访谈日程记录表 10

访谈 8

日期：2006 年 8 月 2 日　星期三
时间：8:10—10:10
地点：虎坊路甲 15 号 4 单元 302 号
受访者：余明英。陪同者：徐绍羽
访谈者：黄美冰
录音、记录：黄美冰
录音相关文件：02082006_1.wav,02082006_2.wav

预期目标：
详细了解
1. 余明英一生难忘事件。
2. 路翎与友人。

所得资料简述：
1. 余明英年少时。
2. 余明英小时愿望、理想。
3. 余明英、路翎通信。
4. 余明英、路翎初相见、交往。
5. 余明英、路翎结婚。
6. 路翎继父印象。
7. 余明英母亲、父亲印象。
8. 余明英与弟妹。
9. 路翎出事以后。
10. 二女儿的不忿。
11. 余明英母亲访京。
12. 大女儿的压力。
13. 余明英妹妹、妹夫访京。
14. "文化大革命"抄家。
15. 路翎友人——胡风、阿垅、欧阳庄、化铁。
16. 路翎离家到朝鲜、通信与归来前后；余明英捐献。
17. 路翎受批。

访谈提及的特殊词汇（人名、地名等）：
重庆；南温泉、舒芜、政治学校；《财主底儿女们》；阿垅；胡风；冀汸；冯白鲁；兼善公寓；北碚；燃料管理委员会；《三国志》；右派、反革命；田汉；柯云路；明澄；《少年报》《新少年报》；《人民日报》《北京日报》；"文化大革命"、红卫兵；胡风、欧阳庄、化铁；《读书》《洼地上的"战役"》《财主底儿女们》《云雀》；朝鲜、俘房；《文艺报》。

备注：

填表时间：2006 年 8 月 2 日，22:55

访谈日程记录表 11

访谈 9

日期：2006 年 8 月 4 日　星期五
时间：8:05—10:00
地点：虎坊路甲 15 号 4 单元 302 号
受访者：余明英。陪同者：徐绍羽
访谈者：黄美冰
录音、记录：黄美冰
录音相关文件：04082006_1.wav，04082006_2.wav
摄影相关文件：06＇beijing_yumingying\06＇beijing_yumingying 043.jpg-06＇beijing_yumingying 060.jpg

预期目标：
详细了解
1. 路翎的创作概貌；创作实践与考察。
2. 余明英对路翎作品的认识。
3. 路翎的阅读习惯。

所得资料简述：
1. 余明英对路翎早年作品印象。
2. 路翎对人生的体察、对人的观察。
3. 路翎、余明英学习计划。
4. 路翎写作《初雪》，兴奋与余明英分享片断。
5. 青年路翎与女儿。
6. 路翎下工厂、盘地活动。
7. 余明英谈科学院"三反五反"与当时的政治压力。
8. 路翎争取写作环境。
9. 路翎与妹妹争执一段。
10. 路翎晚年写作状况；余明英谈路翎作品与整理。
11. 路翎、余明英的阅读习惯。
12. 路翎与外国文学。
13. 战争记忆。
14. 路翎婚后通信。
15. 余明英小结路翎印象。

访谈提及的特殊词汇（人名、地名等）：
《黑色子孙之一》《祖父底职业》《棺材》《财主底儿女们》《青春的祝福》《饥饿的郭素娥》；南京；解放；《初雪》；朝鲜；北京；三反五反、中央气象局、反革命；《野鸭洼》《三国志》《红楼梦》、苏联；巴金；《家》《春》《秋》《茶花女》；抗日战争；南京、重庆、北碚。

备注：
1. 给余明英照相。
2. 与余明英合影。

填表时间：2006 年 8 月 4 日，22:35

访谈日程记录表12

访谈10

日期：2006年8月7日　星期一
时间：8：00—11：30
地点：虎坊路甲15号4单元302号
受访者：余明英。陪同者：徐绍羽
访谈者：黄美冰
录音、记录：黄美冰
录音相关文件：07082006_1.wav,07082006_2.wav,07082006_3.wav
老照片相关文件：luling_yumingying001.jpg—luling_yumingying006.jpg
摄影相关文件：06'beijing_yumingying\06'beijing_yumingying 061.jpg-06'beijing_yumingying 067.jpg

预期目标：
1. 余明英生平信息资料（确认与补充）。
2. 家属访谈。

所得资料简述：
1. 余明英生平信息资料。
2. 抗日战争记忆。
3. 小结人生最开心时段。
4. 晚年路翎与家事。
5. 余明英与女儿。
6.《财主底儿女们》与路翎姥姥、亲戚。
7. 徐绍羽谈余明英。

访谈提及的特殊词汇（人名、地名等）：
湖北沙市；余绶章、陈嗣芝、余明澄、余明薪、余明俐、沙市小学、湖北新沙女中、湖北省立联合中学……（详见余明英个人信息表）；《财主底儿女们》、蒋纯祖；王府仓、青艺、气象局科学院；芳草地；"文化大革命"；童阿姨。

备注：
1. 余先生再次提供几张老照片以扫描处理。
2. 赠余先生此次访谈摄影照一册。
3. 给余先生与大女儿徐绍羽合影。
4. 与余先生、徐阿姨合影。
5. 原为访谈告别篇，然则离开北京前终究再访（2007年4月30日注）。

填表时间：2006年8月7日,23：00

访谈日程记录表 13
外景拍摄 1

日期：2006 年 8 月 9 日　星期三
时间：13：00—18：00
地点：中科院、东四八条、东四十二条、细管胡同、东单东方广场、东总布胡同
摄影：黄美冰
相关文件：06'beijing_summer\06'beijing_summer 270.jpg-06'beijing_summer 368.jpg

预期资料：
中科院、东四八条、东四十二条、细管胡同、东单东方广场外景。

所得资料：
如所愿，唯尚缺东总布胡同。

备注：
东单广场为青艺旧址。

填表时间：2006 年 8 月 9 日，22：05

访谈日程记录表 14
外景拍摄 2

日期：2006 年 8 月 14 日　星期一
时间：13：00—18：00
地点：东总布胡同和地球所（中国科学院地质与地球物理研究所）
摄影：黄美冰
相关文件：06'beijing_summer\06'beijing_summer 540.jpg-06'beijing_summer 581.jpg

预期目标：
拍摄东总布胡同和地球所外景。

所得资料：
东总布胡同和中国科学院地质与地球物理研究所外景。

备注：
地球物理所两年前已迁出大屯路，现址北土城西路，与地质所并成"中国科学院地质与地球物理研究所"。

填表时间：2006 年 8 月 14 日，22：15

访谈日程记录表 15
外景拍摄 3

日期：2006 年 8 月 17 日　星期四
时间：13:00—18:00
地点：芳草地、团结湖中路
摄影：黄美冰
相关文件：06'beijing_summer\06'beijing_summer 582.jpg-06'beijing_summer 595.jpg

预期资料：
拍摄芳草地、团结湖中路南一条 1 号楼 4 单元外景。

所得资料：
芳草地、团结湖中路南一条 1 号楼 4 单元外景。

备注：
芳草地故居现为建筑工地。

填表时间：2006 年 8 月 17 日，22:30

访谈日程记录表 16
访谈 11（告别篇）

日期：2006 年 8 月 22 日 星期二
时间：8:05—11:00
地点：虎坊路甲 15 号 4 单元 302 号
受访者：余明英。陪同者：徐绍羽
访谈者：黄美冰、刘云
录音、记录：黄美冰
录音相关文件：22082006_1.wav，22082006_2.wav
摄影相关文件：06'beijing_yumingying\06'beijing_yumingying 068.jpg-074

预期目标：
记录 8 月 7 日别后，余明英偶尔想起而愿意补充的往事。

所得资料简述：
1. 路翎扫地。
2. "文革"抄家。
3. 余明英生病，路翎悉心照料。
4. 路翎、余明英晚年生活家常。
5. 路翎婚后给余明英写信之习惯。

访谈提及的特殊词汇（人名、地名等）：
"文化大革命"、苏联。

备注：
1. 告别。
2. 为刘云与余先生、徐阿姨合影。
3. 临别合影。
4. 再赠余先生访谈摄影照与外景摄影照。

填表时间：2006 年 8 月 22 日，23:00

第四节 研 究 进 程

在方法与成果的设定和假定中间,唯一能够把握的只有时间——研究者①的时间。

表1-18:研究内容与起讫时间

起止日期	主要研究内容	成 果
2005.11—2006.2	文献研究——口述历史理论、路翎作品与相关文献	完成开题、理论准备
2006.3—2006.6	材料准备——制定工作表格、采访提纲	完成材料准备
2006.7—2006.8	实地采访——前往北京虎坊进行访谈	完成采访
2006.8—2006.12	口述资料整理——撰写口述历史	完成口述历史文稿
2007.1—2007.3	拟写论文	论文定稿
2007.4	删修论文	完成论文

---

① 论文中提及的"研究者"泛指"访谈者""撰述者",有时也作自称;"访谈者"在特定时间内尚且包括导师张业松教授以及师妹刘云。

后序(札记)

1. 2006年7月17日,星期一,初访虎坊桥。在大门口,一个匆忙的身影经过我们身边,张老师在计程车上示意我和刘云喊她,但没有谁意会过来,完全没有印象。原来是徐绍羽。见过的照片里还只是个小女孩,眼里尽是懂事、灵秀;半个世纪过去,当如何想象?

2. 门开了。室内有点暗。在众人见面的招呼里、热情里,我没看清谁是谁,但感觉到相迎的都是友善。到了前屋,帘一拉,这才看清余先生,一时确实无法和照片中年轻丰满的形象做联想。此时消瘦太多,但精神好,相处下来还是觉得比预期中的健康、独立、亲切、可爱。83岁,曾中风,如今一只手乏力,腿脚易发麻,久坐起身却要非常努力才可以,动辄跌坐在原位,想要扶一把,她总摇手说:"不用,不用,我自己可以。"休息一下,再起。

3. 以前就听张老师说起余先生家里的情况,还说要是上门得留下吃饭,就带点吃的上去。踏入那里,也才更明白张老师的意思。三居室,简朴而整洁。前屋最大,摆了大床、钢琴、橱、两张沙发椅、茶几、书桌、椅子,不难看出来都是有年月的。晚年路翎就在这屋里,在同一张桌子前,挑着同一盏桌灯——奋笔疾书。这里也当客厅。一面墙上是铁花和门窗,外面是小阳台,光线就在窗帘的拉扯之间,冷暖还由得空调。"热吗?把空调打开。"余先生总关切地问,并要徐阿姨开冷气。夏天,汗湿了也回说不热,不热,不必打开空调。访谈就在这里进行。

4. 第一次正式访谈期间见她间或捶打手脚,想是发麻了。访谈结束后给她揉揉、按摩。"我妈说你给她按了以后很舒服,我们按得都不到位。"隔天徐阿姨这样对我说。翌日走过大栅栏,给余先生买了牛角刮痧棒,从此每次拜访结束前都给她揉捏、按摩、刮刮手脚。余先生有时候会指点发麻部位,笑着接受按摩;有时候会闭上眼睛。

5. 有一天我和刘云从余先生家里出来,徐阿姨相送。前面几天"余先生""余先生"地喊着,已然耳顺。面对徐阿姨的时候,却不知道如何称呼,也不能像张老师那样喊"大姐",总觉别扭,于是如实相告。"叫阿姨好了。"徐阿姨说,我顿时觉得亲切,徐阿姨就笑着说:"亲切点。"后来手机短信传消息,徐阿姨只称自己作"徐姨"。

6. 扫描和处理旧照花去两天。第一天带了马来西亚的肉骨茶包,买了排骨和蟹味菇,在余先生家里熬了肉骨茶汤。第二天在超市买了一个大西瓜、一个哈密瓜。两个中午都在那里吃午饭,下午继续工作。扫描旧照、手迹、书影,输入照片信息——这两天早出晚归,得照片百余张。

7. 余先生坐在沙发椅上,阿姨一般坐在木椅子上,在门口边上。我喜欢拉了小凳子坐,高一点的凳子当小桌子,坐着不比余先生高,就这样记录,这样看着余先生。余先生总也平淡,说起往事。有时候毫不费劲可以侃侃而谈,说那些耳熟能详的事。我安静,点头,微笑,"啊,啊,啊"的,表示在聆听,在沉默较长的时候才追问细节。前期张老师和师妹在场,插话较频,有时候七嘴八舌,很是热闹。方式有别,所得自是不同。容忍沉默则往昔说来较为完整,回忆更为自主;插话频频则气氛融洽,疑惑处可层层逼近、解开,所得信息相对更多。不太说的,或临时想起的,说起来就不一样。这时候,余先生眼底是远方,流露出搜索往昔的努力。常常说得兴起就毫不掩饰地笑,或提高了声量、瞪大了眼睛;有次说到伤心处了,说着说着,悲从中来,失语、哽咽。阿姨来抚摸她的背,给她一杯水,并对我和师妹扯开话题,打破了悲哀的氛围,也分散了我们和余先生自己对悲哀的关注。有泪有笑,我感觉到了真心和真实。我对自己说,我一定要为余先生和历史保留这个。失去再多,人在自身的时间里、历史中,都不能失真。

8. 临别前访余先生,余先生和阿姨面色和精神都很好,看出来是访谈时期明显受扰,妨碍了日常生活作息。余先生说得兴起,甚至大笑,很有力气,并且爽朗。吃西瓜吐籽的时候;弯下腰来给余先生捡起掉落地上的西瓜皮的时候,我感觉——那是家了。

9. 谢谢爸妈兄姐长途电话里长长久久的鼓励和关爱;谢谢北师大一群原来素未谋面的朋友,在一个半月的访谈期间轮替接待,我的住处也从 3404—3402—3501—3404 流动,流离而有所,这里一并谢过:欣怡、翠嬿、曼榕、大久保;谢谢北师大留学生楼众管理员也许看出"非法"入住而没有揭穿;谢谢师妹刘云陪伴,谢谢刘妈妈的折叠床;谢谢同门宗原、师弟罗铮、师妹碧琰和彗廷的支持、打气;谢谢阿珍常来打搅或舒缓沉甸甸的紧张,嘻嘻哈哈、哭哭啼啼,日子常常因此容易;谢谢谢爱萍博士不懈而开豁的精神引领我一路浩荡;谢谢导师张业松教授中肯的意见、不时的鼓励和肯定,还有许多的包容;谢谢朋友张业松分享了我们一路的荣耀与志忑,也让我们分享了他的。

10. 谢谢徐姨,尤其后期不辞辛劳地做我们和余先生联系的桥梁,审稿、确认信息……短信、电话、电邮、快递,委实辛苦;谢谢余先生,用一生告诉我宽容、自然,上善若水,能方能圆,爱和生命便是这样——细水长流。

11. 2006年8月23日,星期三,北京回返上海。飞机上,和旁座的美籍台湾阿姨聊了许多,临别,她祝我前程好,末了说:"just follow your heart."我回笑谢谢,却愣了许久——这是我记着许久,又忘了许久的话……如果当时不那么错愕罢,我也要祝您身心愉快,阿姨。

黄美冰
2007年5月16日

参考文献

1. 保尔·汤普逊:《过去的声音——口述史》,覃方明、渠东、张旅平译,辽宁教育出版社,2000年。
2. 陈兰村:《中国传记文学发展史》,语文出版社,1999年。
3. 陈启能、倪为国主编:《书写历史》,生活·读书·新知三联书店,2003年。
4. 川合康三:《中国的自传文学》,蔡毅译,中央编译出版社,1999年。
5. 法拉·帕特森:《记忆》,户晓辉译,华夏出版社,2006年。
6. 冯斌:《口述中国:口述与文献——谁能还原历史》,中国社会科学出版社,2004年。
7. 弗里达·劳伦斯:《不是我,是风:劳伦斯妻子回忆劳伦斯》,姚暨荣译,新华出版社,2006年。
8. 韩兆琦:《中国传记文学史》,教育出版社,1992年。
9. 胡平、晓山:《名人与冤案:王实味、潘汉年、胡风、路翎卷》,群众出版社,1998年。
10. 李纪祥:《时间·历史·叙事》,兰州大学出版社,2004年。
11. 李小江:《让女人自己说话:独立的历程》,生活·读书·新知三联书店,2003年。
12. 李小江:《让女人自己说话:民族叙事》,生活·读书·新知三联书店,2003年。
13. 李小江:《让女人自己说话:亲历战争》,生活·读书·

新知三联书店,2003年。

14. 李小江:《让女人自己说话:文化寻踪》,生活·读书·新知三联书店,2003年。

15. 刘挺生:《一个神秘的文学天才:路翎》,华东师范大学出版社,1997年。

16. 路翎:《路翎文集·财主底儿女们》,安徽文艺出版社,1995年。

17. 路翎:《路翎剧作选》,中国戏剧出版社,1986年。

18. 路翎:《路翎批评文集》,珠海出版社,1998年。

19. 路翎:《路翎书信集》,漓江出版社,1989年。

20. 路翎:《路翎晚年作品集》,东方出版中心,1998年。

21. 路翎:《路翎小说选》,四川文艺出版社,1986年。

22. 路翎:《燃烧的荒地》,作家出版社,1987年。

23. 路翎:《战争,为了和平》,中国文联出版中心,1985年。

24. 罗兰·巴特:《罗兰·巴特随笔选》,百花文艺出版社,2005年。

25. 米兰·昆德拉:《无知》,译文出版社,2004年。

26. 唐纳德·里奇:《大家来做口述历史——实务指南(第二版)》,王芝芝、姚力译,当代中国出版社,2006年。

27. 热奈特:《热奈特论文集》,史忠义译,百花文艺出版社,2001年。

28. 唐德刚:《胡适口述自传》,师范大学出版社,2005年。

29. 王成军:《纪实与纪虚》,百花洲文艺出版社,2003年。

30. 王俊义、丁东:《口述历史(第三辑)》,中国社会科学出版社,2005年。

31. 杨义:《路翎研究资料》,北京十月文艺出版社,1993年。

32. 杨祥银:《与历史对话——口述史学的理论与实践》,中国社会科学出版社,2004年。

33. 宇文所安:《追忆:中国古典文学的往事再现》,郑学勤译,生活·读书·新知三联书店,2004年。

34. 张京媛:《新历史主义与文学批评》,大学出版社,1997年。

35. 张业松:《路翎印象》,学林出版社,1997年。

36. 赵白生:《传记文学理论》,北大出版社,2003年。

37. 周新国:《中国口述史的理论与实践》,中国社会科学出版社,2005年。

38. 周拥平:《看看他们:北京100个外来贫困农民家庭》,中国青年出版社,2004年。

39. 朱珩青:《路翎》,中国华侨出版社,1997年。

40. 朱珩青:《路翎:未完成的天才》,山东文艺出版社,1997年。

41. 朱珩青:《路翎传》,大象出版社,1997年。

路翎研究资料

路翎与我

余明英

1942年我到重庆，在伪中央通讯社电台，第一次与路翎见了面。这以后一年间，他在重庆南温泉伪中央政治学校图书馆。有时候他到重庆看朋友，就顺便来找我，没有什么事，我们当时也无深交。他有时默默的、平淡地，我们谈点互相认识的友人的情况，或者旁的什么。记得他请我看过一次话剧，看完已是深夜，还送了我一段很长的路到宿舍，然后他才独自回住所，这时的马路上几乎空无一人。

1943年我们的关系确定后，他差不多每月或隔月就来重庆与我见面。我们没有家，常常在炎热的夏天坐茶馆，在不怎么寒冷的、重庆的冬天，就逛遍整个山城。我发现他很会玩，活泼，也风趣。有时他给我热情地讲故事，说一些新鲜事物，我很高兴。每次见面他都带一些书留给我看，比方托尔斯泰的《安娜·卡列尼娜》，艾思奇的《大众哲学》等等，就是他介绍给我的。那时他正在写《财主底儿女们》上部，我们是1944年，他完成全书后结婚的。那时他在北碚黄桷树燃管会会计室当办事员，在附近乡镇借了间古老的旧房，又借了张旧桌子和床，共同生活了将近一个月，我就回重庆上班了。

1945年我们把新生的孩子寄放在一农妇家养。抗日战争胜利后，1946年我带着幼小的女儿随机关到南京。数月后他被机关遣散，便与一友人同到南京，住在我那机关的男宿舍里，吃饭也在那机关食堂。白天则到我住的女宿舍来呆着，我们去上班，他就一个人在那里写。收在《平原》集里的短篇《爱好音乐的人》，就是以宿舍一女同事为原型的。当时他失业，孩子仍寄放在外面养，一个人的工资收入不够了，我只好弄到一个报社电台的兼差，增加点收入，使这三口之家能顺利度过当时的生活关。以后公婆迁来南京才帮他找到工作（南京燃管会）。

我们是在第二个孩子出世后，找到了住房，接回了大孩子，才组成个家庭的。那是1947年4月，也正是他写作剧本《云雀》的时候。他每天规律地上班、吃饭，然后工作到晚10点以后，星期日一般与朋友往来，很少与我共度休假。当然我们也常常带着孩子们上公园玩个痛快。记得一次，我俩有意找个中雨天气，穿上雨衣去逛玄武湖，觉得很有意思。

我个人的日子是上班、与孩子们周旋，相当忙活的。这种情况直到解放。

1949年南京解放后，他在文艺处创作组。在庆祝南京解放的大型游园会上需要一个话剧。他的剧本《反动派一团糟》，就是为这次大会，用一个通宵完成的。次晨他没有休息片刻，就拿起剧本往机关去，当我上班时间到机关时，看见他们已在那里念剧本，提建议等等，气氛十分热烈。当天或第二天即开排，最后参加了大会公演。他年轻时总是那样朝气勃勃，永不知疲倦；对物质要求是越简单越好，只要有一个最低限度的写作条件，生活上不受干扰就行。我十分愿意支持他的工作，承当了全部家庭中的事情，不让他有任何一点拖累。那时我在中国科学院地球物理研究所电台，这种工作多半是夜班，而又被推出来弄全院的文娱活动，常常下夜班没有睡觉，接着便投入活动，还是比较辛苦的。

1950年11月我刚调来北京，一切尚未安排，最必须的取暖炉也没有，次日他便到沈阳开一个剧本评议会。我带着两个孩子在外面吃饭，在无火的屋子里，用凉水洗衣服。北方的天气出奇的冷！

第三个孩子1951年出生，那时他在大连体验生活，给我寄来热情的信，说要以最大的热情欢迎孩子的出生。后来他带回一顶红色的,质地很好的婴儿小帽、一副小手套和一套白色的穿得很合体的绒衣,送给我们的初生的小女儿。还给两个大孩子送了礼物。我很安慰。由于我的工作当时是与部队合作,我主要是住在部队机关,孩子便长期放在青艺托儿所(星期日也不接回)。两个大孩子放在家里,请阿姨童敏秀照料。他是住在青艺宿舍,平常我休假(不固定)就给他去电话,约好什么时候一同回家。有时候我一两个月无休假,我们就约定在机关门口附近聚会约半小时。

他赴朝回国后,常住在家里写东西。记得一次深夜,我睁开矇眬睡眼,见他仍在写作,时而站起踱步。当时他颇有兴致地对我说:"我正在写朝鲜战场上的事,蛮有趣的。"说着他就讲了起来,这便是后来的《初雪》。以朝鲜战地为题材的几篇,多半是在家里写的。后来"洼地"受批,被迫停笔。他很依恋他的写作工作,好似很多东西还没有写完。当时我劝他:"以后不能发表,就写下留给自己看。"他沉痛地说:"如果不是能为人民做点事,我又为什么一定要写呢!"接着1955年胡风事件发生。这之先,1954年7月我因病请长假,离职在家休养、治病。

他1955年5月16日离家,开始隔离反省。本以为很快可以回来,且随时能见面的,因为知道他无政治问题,我相信党。当时报刊杂志每天以醒目版面刊登有关"胡风反革命集团"的事。运动在逐渐展开,并很快延伸到全国。那情形已不能让我们在原来的细管胡同住下去,我带着两个上小学的孩子绍羽和徐朗,并接回在青艺托儿所的老三徐玫,搬到芳草地,在那里度过了25年的艰难岁月,为求得温饱,我什么活都干。这情形直到路翎得到平反。

1986.2.4

心灵解放的春天
——父亲的晚年

徐朗

上海复旦大学的张业松同志来信要求辑集我父亲路翎晚年的文稿,并为此专程来京见访。于是,我与家人着手收集整理父亲散见于各报刊杂志的诗歌、散文及若干短篇小说,同时清理、抄录出了部分尚未发表或父亲本人未及改定的手稿,主要是诗歌,最后编成了这本《路翎晚年作品集》。陈思和先生表示愿意将它收入他主编的"20世纪文学备忘录"丛书出版,使得我父亲晚年的辛勤劳作之部分成果得以公诸于世,亦使我与家人得以进一步从一个较为宽泛的层面真实地窥见父亲晚年的情感精神世界。在此,我们向陈先生及出版社表示诚挚的敬意与感谢,同时感谢父亲的老朋友贾植芳先生在编辑过程中所给予的热情关注与支持,最初的几首诗稿即是他提供的。

此前,我与家人和其他关心父亲的读者一样,更多是从《北京晚报》上注意地读到过一些父亲所写的散文,多为记录他出狱后于北京城东芳草地旧居当清洁工时的生活及街头巷尾的所见所闻,文章短小、质朴,平淡中蕴涵有一种独具的沉静与清新,告慰着我们及所有亲朋。在经过相当长一段时间的沉默、木讷、恍若与人世隔绝的状况之后,历经劫难的父亲终于又能提笔写作了。虽然,大家还多少有几分遗憾地感到,那滞重的笔似乎还略略缺少了一点早年的锐利与灵秀。

毕竟是二十余年的隔绝,毕竟是身心曾遭遇重创。

大家都希望父亲能与外界联系，各处走走看看，熟悉与了解新的生活。

这样的机会曾经是有的。

1981年，父亲所在单位中国剧协组织部分在京剧作家赴山东德州深入生活，父亲应邀前往，同时由母亲余明英陪同。

这是一次极为难得的机会。沉冤二十余年的父亲第一次以著名作家的身份重新出现在群众之中，受到礼遇与尊重。从当时拍摄的照片中，我们感受到父亲发自内心的劫难后的第一次微笑，虽然亦还略略感到其间掺杂着的深蕴的痛苦。

作家是须臾不能离开生活的沃土的。然而遗憾的是那唯一的一次旅行，却不幸导致母亲因过度劳累和紧张而突发重症，从此落下残疾。那以后，父亲为了不能放心于患难与共数十年的母亲，不忍她孤独（尽管有我们姊妹三人近在身旁），也因父亲本人疾病缠身、离不开母亲，从而谢绝了各方的多次盛情邀请，再也没有作任何远途的旅行。

但应该说，生活又是无处不在的。至此，虽不算年迈（彼时父母均不到60岁）却多病的父母相扶相随，艰难而乐观顽强地走向了新的生活。1983年从初春至盛夏，整整大半年时间，父亲曾坚持每周数次陪同母亲步行往返数里去医院作针灸治疗。这，正是父亲晚年坎坷而挚情的生活图景中温馨独具的一幕。谁能说这不是老作家灵感独具的源泉呢？

回首，让我沿着父亲晚年的生命足迹，去初初探寻这生命凝聚的诗的源泉。

党的十一届三中全会以后，父亲的所谓"胡风分子"问题得到了进一步平反。迎着新时代的曙光，我们的家也承蒙各方领导关照，由居住了二十余年的芳草地的破败不堪的小屋搬至当时新开发的住宅小区团结湖高敞明亮的新居，后又迁至城南交通便利的虎坊路文联新盖的高知楼。

在我的印象里，父亲那时的情感似已从滞重与呆涩渐渐化为一派宁静。

忆及初时在芳草地(1975—1979年初),父亲作为劳改释放犯,受制于人。每日凌晨3时,大地还在沉睡中,老人即拿上一把吱吱哇哇的破旧的大扫帚,拖着一辆嘎嘎作响东倒西歪的独轮车,迈着同样歪歪扭扭的滞重脚步去履行他的职责。虽然是依然受监视为糊口而劳作,父亲却以他对生活的圣洁的爱,风雨无阻坚持笨拙而极为认真地清扫我们居住地附近的街面。每一个细小的坑洼、每一片树叶、每一粒石子,必得一丝不苟清扫干净。粗手笨脚却精如绣花。不知是因为有人欺他是摘帽反革命而有意扩大他的"领地",还是因为不得要领而不堪重负,一片管地,每次总要扫到近响午11时日照当头,方才一身的泥土、一脸的疲惫,蹒跚返回。对苦难,父亲是超然的,同时又是无奈与隐痛深藏的。这,也正是父亲独具的深植于泥土的生存根基,与情感奔涌的源泉。

彼时,我已从内蒙农村被落实政策回到北京。住房狭小,于是父亲扫地归来就总是搬个小板凳坐在院中,闷头抽他的廉价的卷烟。偶尔,也到附近的日坛公园去散步。常常是独自一人静静地伫立四顾,毕竟多了一分亲近大自然、回归生活的虽则有限然而更显珍贵的自由,父亲自然要以他痛苦而渴求的心灵去贪婪地享受和体味。

彼时,我们的家已被洗劫一空,没有一本存书。我们都清晰地记得,当父亲从胡风、梅志先生那里复得了一套自己青年时代最辉煌的著作《财主底儿女们》时,他是怎样的像珍贵自己最心爱的孩子一般,坐在院中的小凳上翻来复去地抚摸,反复地翻阅。

而今,从团结湖到虎坊路,有了自己的一方天地、自己的书桌,朋友们(其中主要如胡风先生的女儿晓风)帮助寻找回归的父亲早年的著作,以及渐渐多起来的再版的书籍、友朋赠送的书刊……安定的生活抚慰了受创的心灵,新时代的令人振奋的旋律扣动了敏感而深挚的心灵,父亲终于提笔,重又开始了他被迫停滞了二十余年的写作。

最初发表的大约就是前面提到的《北京晚报》的李辉同志（现在《人民日报》社）约写的几篇短文。这以后，一发而不可收。每日清晨即起，简单早餐后，父亲便端坐在宽大的书桌前开始写作，中午略略小憩后接着写，直至傍晚。每日熄灯后，还要静坐床头（母亲笑曰为"打坐"），倚着靠枕，遥望窗外闪烁的星空而神思遐想，直至夜深。

就这样日复一日，书桌半边的文稿已累起尺余高。母亲见状，与我们一起到隔壁的家具展销会挑回一个大文件架，专供父亲置稿。

父亲命我从单位帮他抄来全国各地文学报刊的名称与地址，而后将稿件分投各处。有幸运被录用者，也不乏退稿。每一次拿到退稿，我们的心都沉沉的，父亲却总是一声不响，悄悄将稿件收起，或撕碎扔掉（一些短篇），俯首案头继续新的创作。

这期间，亦有约稿者慕名陆续前来。每每来客，父亲总是只言片语，颇显拘谨，此时则需要热情的母亲周旋其间，联络沟通。老朋友们凡有机会进京者，亦都于百忙中抽空前来探望。这时候，父亲则总是显得较平日活跃些，往往能听到他难得的三两句笑谈。

父亲的老朋友曾卓先生曾在他的一篇短文《读路翎的几首诗》中对父亲劫难过后最早写成的几首小诗表示了真挚而中肯的赞赏。绿原先生则亲热地戏称父亲为"诗坛新秀"。更有父亲的导师胡风先生的夫人梅志先生多次委托子女前来看望，带来鼓励与期望，建议父亲能抓紧时间写些回忆文章，记录下过去那一段鲜为人知的历史。我们作为家人也曾一再提醒与敦促父亲，望他能用自己的笔向我们讲述、更为后人与文学史留下那沉重而足以撼人心魄的一页。父亲是领悟了大家的鼓励而更奋力向前了。只是或许，老人那饱经磨难而伤痕累累的心已无力再承受与回顾那毁灭性的苦难，致使涉及这方面的文字只寥寥数篇。父亲更需要的是全身心去拥抱去沐浴阳光。

在我的印象里，父亲是那样一个勤奋执着得几近痴狂的人，进入创作即似入无人之境，绝少与我们主动搭话。我们问起话来，他也往往似乎根本没听见，"嗯""啊"地支吾开去。家人亦都不敢于此时轻易进入他的书房，理解老人的心情，让他在属于自己的一方天地里尽情宣泄，留给他有更充裕的时间寻找回失去的一切。只有当两个小家伙——外孙与外孙女到来时，父亲才会缓缓起身离开书桌，抚摸着小孙孙的头，坦露出孩童般纯净的微笑。家人亦都为父亲终能于晚年重享天伦之乐而欣慰。

父亲的执着更表现于他的忘我。为了挚爱的文学，为了亲爱的祖国而奋斗，虽九死而不悔。年轻时不计名利，评级调薪时他曾主动争着退让；晚年从地狱走出，依然没有学得丝毫世故，从母亲的工作与生活费的落实到住房的面积、电话的安装等等，一概不争不抢，甚尔主动退让。如此每每令我们生出不解，怨老人过于天真，隔膜落后于时代。现在想来，那时我们实在没有读透那一颗超然于世而又深植于世的通达的灵魂。

在我的印象里，父亲是那样一个纯善而近朴拙的人。每每拖着不怎么灵便的腿脚急急地走步，匆匆地抢着帮母亲从商店从集市上购买菜蔬与各种生活用品，跻身于最底层的最平凡的然而也是最清新和纷繁多彩的生活，却又每每忘却了自身的病痛。十余年间，他几近固执地惰于前往医院去关照一下自己的身体，常常是家人急得要死却硬是说服不动，曰走路怕脚疼（足底常生脚垫），坐车怕车挤，打的怕费钱。于是只好由我大姐隔月去医院咨询一番，取回些药来。我曾有幸说服父亲，陪同他前往首都医院作例行体检。公共汽车行至东单，路口堵车，一停就是半个多小时，我因每日上班早已经受磨练，父亲哪里忍耐得住。看着老人不时扒望窗外，焦急万般而又不得发作的样子，我深深体味到时间对于父亲是多么的宝贵。尽管，因为父亲从来不让我们随便翻阅，并谢绝了帮他抄录手稿，而令我们长时间对他所写的一切半信半疑，但在平时却也能清晰地明了老人争分夺秒的急迫心理。

每日的休息娱乐是晚间的电视节目。很长一段时间（直至病的前数月），晚饭过后，父亲即照例按时打开电视机，而后倚靠在沙发里观看。但他并非由始至终总那么专注，而常常似听非听、似看非看，有时干脆闭目养神。就这样，以他敏锐的鉴别力从中汲取了来自全国乃至世界各地的新的信息。柴米油盐加卫星火箭，这一切都精妙地融汇于父亲——一个曾隔离于世数十年而无限渴望生活的老人的心，而后流注于笔端。

在我的印象里，父亲是那样一个寡言而又仁厚的人。那时候小孙孙每日上姥爷这里来练琴，出出进进，父亲都亲自上下楼默默地接送。倘若有一回迟到，父亲就一直站在大门口长久地等候；有时实在不放心，还要跟随上车一直送外孙回家。后来发表在《人民文学》上的短篇小说《钢琴学生》，不能说没有小孙孙的影子。父亲笔下所述的每一个故事，吟唱的每一首诗歌，都是以这种仁厚的慈爱，对亲朋、好友，对周围所接触到的每一个人的细心体味观察，对生活的真诚敏锐捕捉。

在我的印象里，从团结湖到虎坊路，父亲总爱长久地站在阳台上思索眺望，直至病故的前一天，94年农历大年初二清晨，他还曾推窗伫立，一任思绪飞舞，溶入漫天一片洁白。

父亲精神处于最清爽灵动之最佳状况，也即晚年创作的高峰期可能始自1984年前后。1984年12月，父亲作为中国作协理事，出席了第四届全国作家代表大会。文坛群英聚会，那是父亲最开心的日子。记得我大姐曾亲至会议驻地京西宾馆送行，安顿好返身出门，父亲高兴地用不轻易流露而显得不大自然的微笑，主动向大姐道了声"再见"。大姐真是异常的兴奋。要知道平日里，我们要是想与父亲交谈一下有多么艰难。他总是缄口不言，心中的一切都倾泻于纸墨。有谁知道，地狱里煎熬过来的老人心中有多深多重的悲苦，这痛苦的灵魂是多么地渴求沐浴温馨，而疾病乃至纠缠于心底时常冒出来折磨老人的恐怖的幻影是多么需要阳光来驱散。能置身于理解、信任、荣誉与平等温馨之中，尽享做人的尊严，感受与领悟自身的价值，这一切，进一步唤醒了沉睡的青春记忆,焕发了依旧不屈而年轻的心灵的春天。父亲要用笔、用心去抒写、去拥抱这心灵解放的春天,去做一次心的飞翔。

在这之前,1982年4月,父亲还曾应邀参加了"军事题材文学创作座谈会"。及至1992年11月11日在现代文学馆,参加"胡风先生诞辰九十周年学术讨论会"。那次会议,我大姐也曾陪同前住,她至今记忆犹新,说父亲在会上曾作简短发言:"胡风先生是我的老师,他引导我走上了文学创作道路,他对我的培养是人所共知的……"言简意赅、声音宏亮、表情轻松,顿时引起了全场长时间的掌声——那是友朋间心灵的共鸣与诚挚的祝福。彼时,大姐也异常激动,这是她,也是许多人多年来难得听到的父亲的以言谈表述心声。

为了挚爱的文学,为了心中的理想与真理与正义,父亲与他的挚友与同伴与导师们,曾经历了怎样的上下求索,与付注身心与鲜血与生命的奋斗。一路走来,两鬓苍苍,却又是怎样地奋力追赶新时代的脚步而挥洒前行。

热望着、欢呼着、思索着、歌唱着,于依然的步履蹒跚中,焕发着新的生命而忘却一切,不顾一切地奋力前行。虽然,从父亲的诗中,从他日渐增多的不得不掷笔而间歇的睡眠中,我们分明感到,老人自己似也明显感到了自己的日渐精疲力竭,但他却依然满怀信心地说自己能活到90岁。

"旅行者前行/心里思索着雄大的理想……旅行者前行/因为中国现时在发生新的战栗的渴望的土地上/因为对未来时间怀着兴奋也带着激昂的期待……"父亲在他的最后的长诗《旅行者》中这样激情焕发地写道。

是的,尽管新时期十余年间,父亲的生活空间相对来讲是那么狭小,但数十年炼狱的熔铸、心地的纯善与沉静,对生活的挚爱与向往,却又开凿出了老人那么广阔的一片心灵空间,终于凝炼出新的时代的闪光。

父亲,真的远行了。以他 71 岁依然年轻的心,带着他对生活的无限热望与挚情,也带着深藏的伤痛与无尽的眷恋,默默地走远了。

父亲,您走好。我们用您的诗歌为您送行。

1996.6.16

诗二首

徐朗

升腾

据我所知 爸爸路翎 是一位天才的诗人
板门店前线散记 是一首温婉的诗
战争，为了和平 是一首交响诗
财主底儿女们 是一首血泪交溶的诗
郭素娥 蜗牛 燃烧的荒地 是一首青春的诗
云雀 迎着明天 是飞翔的诗
致中国 旅行者 是高扬的诗
爸爸的诗 是写给太阳的

我们正在艰难中跋涉 一缕阳光沁入心田

江南小镇苏州 纯朴秀美典雅
爸爸的诗作甜美端丽 1923年爸爸生于斯
古都南京 深邃博大
爸爸的诗作大气隽永 少年路翎习作于斯

路翎的祖上诗开纱厂的 现代文明 开拓性格
路翎的父亲是个医生 尊奉人性 审慎精微
路翎的继父是燃料管理委员会的职员
于是 失学的路翎有了走近矿工的机会

黑黑的煤栈 沉沉的煤栈
路翎的心也沉沉 笔也沉沉

从《卸煤台下》起飞
穿越《平原》
《财主底儿女们》脚踏实地
满怀希望（《儿女们》[上]1943年11月写毕，1945年11月由希望社初版；[下]1944年5月写毕，1948年2月希望社出版）
迎接新生命

对爸爸路翎 我知之甚少

1947年—1949年
爸爸一直在奔忙
《人性》（短篇小说）
《王贵与李香香》（新书评介）①
《闯荡的小学生》《路边的谈话》
《凤仙花》《客人》（短篇小说）
爸爸顾不上女儿
爸爸在我幼时的记忆里
是模糊的

1950年底
我们举家迁进北京
先我们一步来的北京的爸爸

---

① 此处信息有误。署名未明、发表于《泥土》第一辑(1947)的《王贵与李香香》（新书评介）非路翎所作。参见廖伟杰：《路翎笔名"未明"考》，《现代中文学刊》2022年第5期。——编注

219

又奔忙于祖国各地
深入生活 深入工农兵
去体验 去采撷
为了他心爱的文学事业
更为了祖国这个大家庭的兴盛
爸爸还是顾不上女儿
爸爸在我童年的记忆里
多存于照片

1953年
在我骄傲的记忆里
志愿军爸爸 英俊潇洒
子弹头 小船鞋
我好奇地 惊异地看着

爸爸是个英雄
爸爸还是个非常有知名度的
天才的青年作家

爸爸带着我们姊妹
五一节 十一节
拥挤在节日狂欢的
天安门广场
我还小呢 踮着脚尖 还是什么都看不见
全靠爸爸拥着向前挪
那 可以说是
小时候
爸爸在我记忆中的唯一存留
却无限美好

爸爸走了
突然地走了
二十年
那是因为 胡风事件

我随妈妈去探望爸爸
在医院 门口
爸爸……
"吃西瓜" 妈妈指点着
爸爸……
我怯生生
爸爸却也看着我们
那一刻
永远深刻在我心底

爸爸病了
爸爸被摧残
爸爸与我们隔绝二十年

春天快来临的时候
爸爸回来了

我也从广阔天地
回到北京

路翎还没有完全走出
地狱的门槛
生活没有着落
一半受着监督
一半求着生存

历经炼狱的路翎
一个四十年代
中国文学界 曾经那么耀眼的
新星 文学天才
每日凌晨即起
来着吱嘎作响的
小破车
去清扫垃圾
去挨家挨户
一个铜板一个铜板的
揸度生活

需要怎样的毅力
需要怎样的博大
需要何等的聪慧
需要何等的天分

爸爸终于
迎来了春天

《天亮前的扫地》
《愉快的早晨》
《园林里》
爸爸以他的睿智
以他的特有的清新的笔触
融入改革开放的新生活

路翎先生代表一个时代
他的文学生活状态是时代的写照

阳光高照
却也有阴霾
这是生活的辩证法

自然,我们是多么向往
一尘不染 共产大同的世界
那一天的到来 遥远而又临近

爸爸默默无闻
沉静地占据着他的《城市一角》
观察着 体验着 雕琢着

爸爸已经霜白两鬓
在外界的视觉中
爸爸大约已仅止是个病人
曾经的天才
可是 爸爸路翎
却有着穿透人世的大视野
天才依旧

爸爸去出席文代会
爸爸在军事题材作品研讨会上发言
爸爸去外省参观
很开心
那是发自心底的开心
不过,这样的机会并不多

大多是 在家里
陪伴妈妈

埋头写作

柴米油盐酱醋茶
清晨 农贸市场
爸爸不会讨价还价
有的小摊贩
免不了要欺欺他
一边递上钱去
一边大约又开始想心思
买回来的蔬菜
一般都让妈妈不够高兴
质量不好
蛮有兴致地去烧了个菜
哟,忘了放油
虾仁烧得冒了烟
谁知道了
或许又想到旁的什么事上去了

爸爸是个极认真的人
写作认真
干家务也极认真
像买粮食这样的累活
也抢在前头
爸爸永远是我学习的榜样

看似琐细
确也琐细
爸爸没有更合适的条件
在复出后 得以更好地娱乐 学习
与接触外界

却由琐细中
真实沉稳的生活
真切的体验
经由天才爸爸的幻化提升
流淌出一首首灵动优美的小诗
平铺直叙出一则则情感深挚
落笔处显精妙的散文
看似随意 却独到引人的小小说

痛苦 蕴育着深刻

爸爸路翎是乐观的
他一直在追寻 在探求
读书 看报 观赏电视
家中也时有人来访
爸爸说他"头脑不好"
记忆或有差错
却能轻松愉快
亲近 幽默

我有时觉得奇怪
我觉得爸爸是异乎寻常的
奇特的

都说爸爸路翎是精神分裂症患者
可博大的天才的爸爸却关护着
宇宙(1990年3月11日 爸爸写毕诗作《宇宙》)
　宇宙，
　　充满着，
　　　古老无限的

光明；
永恒
包含着运动的热力，
和和谐，
和它的内核升与降的魂魄。
它高蹈同时欲望与地面相亲切，
它的热力变位，
发生和谐与颉颃的运动。
宇宙不老，
和
永恒。

爸爸路翎是占据着
现代生活的一个
异乎寻常的制高点
他关护着高科目
关护着人类生存的未来
故而 爸爸的思路是
异乎寻常的清晰的
爸爸路翎是人格最健全
最顽强 最高尚的人
爸爸路翎给我的印象
是永远微笑着的
那是发自心底的
那么开心的笑

地球的，
各条大街上，
有着对宇宙的追求。
高蹈的理想，

纯洁的，
追求，
是对于
社会和心灵的，
和对于宇宙的追求。(《宇宙》)

爸爸离开我们十周年了
爸爸却永远就在我们身边

死亡者追逐生命，
人们说他们化为
水与火，
飞向宇宙；
亲密，
极古时的，
无畏的，
无限物的，
电与热。(《宇宙》)

路翎先生灵魂永存
路翎先生意犹未尽
路翎先生无处不在
路翎先生在升腾 在飞跃
欢歌笑语永驻人间

云雀

云雀低低吟唱
从四十年代夜空划过
…………

我的爸爸路翎 1923 年
出生在美丽的苏州河畔
爸爸的祖上 在遥远的北方天津
开了一个好大的纱厂——
　那是一个传说中的故事?!
兴业难啊 行路难
被盘剥 受挤压 纱厂关闭 工人落泪
　回故乡
爸爸的祖上
从此定居苏州小小花园洋房

14 岁 爸爸提笔写文章
有些迷惘 满怀畅想 少年路翎
飞笔横空闯文坛

1937 年 为抗战 为救国 14 岁少年
被国民党当局迫害 无书念
一腔热血 走上前方

贫困少年 为谋生 去煤矿
一身泥土 一脸黑 结交矿工朋友
谈笑之间 骨肉情深

巍峨山城重庆

爸爸的第二故乡
聪颖美慧 潺潺流水
爸爸的事业 爸爸的爱

喧哗市郊 清凉荒谷 爸爸紧随
他的导师胡风先生 击节而歌
低矮的亭子间 荆棘蔓蔓田埂上
爸爸合着朋友们 踏歌而来
低眉垂首 悬笔疾书
爸爸最崇拜的是鲁迅先生

呐喊
《"要塞"退出以后》结识文坛
《财主底儿女们》落笔出神
胡风先生惊异："中国新文学史上一件大事"
《饥饿的郭素娥》《蜗牛在荆棘上》
《青春的祝福》还有《在铁链中》
中篇 短篇 闪烁星空

云雀在云端歌唱
1947年 爸爸小试锋芒
《云雀》一首 直冲云霄

《反动派一团糟》匕首投枪
重型炮弹

云雀放声高歌 在阳光下
纺车旁 蕴育 轻歌妙舞
电缆下 运作 诗剧雄文

爸爸展开双臂拥抱他
亲爱的祖国

五十年代 热血青年
为和平而放歌 云雀
盘旋在广袤的国土上

阴雨绵绵
心绪愁怅
极目远眺
神采飞扬

从板门店前线到
首都北京
笔锋稳健
热情洋溢

一曲《"洼地"》
且歌且舞
撩拨心弦

身陷囹圄
喑哑息舞

匍匐前行
芳草凄凄 狱警森森
《拌粪》《扫地工》
惨然然 坦荡荡

天 地 永 驻

如醉如痴 放浪形骸

讲坛上 辛辣 风趣
民众间 平易 豁达
案头边 悠哉 游哉

《桔子树下》[①]迷蒙梦幻
《城市的边缘》奇异怪谲

人生百态
世态炎凉

浅吟低唱
云雀

（据原稿抄印，20×20＝400稿纸，21页。约作于2014年。）

---

① 此篇未见，存疑。

一双明亮的充满智慧的大眼睛
——为《路翎文论集》[①]而序
贾植芳

原来以为人进入了老年，感情就比较麻木，遇到关涉生死之类的大事，因为参透了人生的经验，也能处变不惊，不再像年轻人那样会有大的感情起伏。所以当年轻的朋友张业松和鲁贞银告诉我他们编了一本《路翎文论集》并要我写一篇序文时，我没加思索就答应了下来。谁知，当这部书稿放到了我的案头，看到了那两个年轻人四处奔波，辛辛苦苦地从当年的《希望》《泥土》《蚂蚁小集》等旧报刊上影印或抄录下来的文字时，我这个年过八十的老年人又不由得激动起来，只觉得脑子里"轰"的一下，浑身的血都涌了上来。我仿佛听到了自己感情深处发出的悲愤而嘶哑的呼喊："路翎！我的苦命的兄弟！"……也因此，笔握在手里却颤抖不已，画在纸上却不成句样。我只能把它搁在一边，自己才慢慢平息下来。

文章就这样拖了下来。每次拿起笔开了一个头，就感情起伏，思绪万千，不知从何说起。大概是心里总是搁着这件事，渐渐地，在我眼前浮现出一双眼睛，一双久别了的眼睛，大大的、圆圆的、充满了智慧的明亮的眼睛。这双眼睛在长夜弥天的时代里，曾经是那样闪烁着希望的火花：他从乡下女人郭素娥的感情"饥饿"里，看到了人性的原始强力；从财主儿子蒋纯祖泥泞般的生命挣扎路上，看出了中国知识分子追求个性解放的艰难历

---

① 即《路翎批评文集》，珠海出版社1998年版。

程……我是先从这些胡风送给我的小说作品里认识了路翎这个名字——路翎当时的作品几乎都是经过胡风的手编成书介绍给读者的,感受到他有一副能够看穿这个黑暗世界,看到黑暗底处隐藏着无穷孕育光明的力量的眼睛。抗战胜利以后,我流落到上海,一度住在胡风家里,路翎那时在南京工作,经常来上海看望老胡,每次来都和我同住在胡风家的楼下客堂里,我们这才渐渐地熟悉了起来。那时候的路翎虽然在南京当个小职员,但应该说是他生活比较安定幸福的时期。他的文学创作活动也正进入了最旺盛状态,几乎每期《希望》上都有他的好几篇稿子,而且还出版了短篇集《求爱》和中篇小说《蜗牛在荆棘上》等等。那时的路翎格外有精神,有自信,他仪容整洁,穿着笔挺的西装,有点像当时上海人常说的"奶油小生"的味道。他对生活、对我们这个国家的前途,也抱着很乐观的向前看态度。我那时从徐州日伪警察局特高科的监狱里放出来不久,多年的华盖运已经狠狠地教训了我,比起单纯而充满亮色的路翎来就要粗野得多,也复杂得多。那时我们对生活的一些看法不尽相同,也会常常进行争论,但争些什么内容,今天想起来脑子是一片空白,唯一记得起来的就是路翎那一双明亮的眼睛,看世界充满着希望,但又有一些疑惑而调皮的神情。

这样,随着时间的积累,我们就成了有交情的朋友了。

可是谁也想不到,时隔三十年,当一场让我们彼此都不知生死的灾难过去以后,那双圆圆的大眼睛黯淡了,迟钝了,变得有些可怕了。那是在一九七九年初冬,我们头上的"胡风分子"的帽子仍然还没有摘掉,但似乎可以以"戴罪之身"为社会主义建设所用了。我在复旦大学已经离开了强迫劳动多年的印刷厂,用当时的政治语言说,是"解除监督",回到中文系资料室里坐班,除过做一个图书管理员的日常事务性工作外,还参加了一些有关中国现当代文学资料的编辑工作。胡风也已走出了关押二十多年的监狱大门,住在成都的招待所里,但已经与我恢复了通信。当时中国社会科学院文学所正在筹划国家"六五"社科规划中的一套大型资料丛书，复旦中文系也参加了其中的一部分工作。社科院文学所通知派有关人员去参加会议。后来会议在发给我的通知书上特意用墨笔批写着："贾植芳同志何日进京，请电告车次车厢，以便安排车接。"这是一九五五年以来第一次称呼我"同志"，并且在我的问题平反之前，第一次恢复了我"教授"规格的待遇。我把将去北京开会的事写信告诉胡风，他随即来信，说："你代我在北京看看嗣兴和李何林。"并把两人的地址抄给我。徐嗣兴就是路翎。我看他的地址在芳草地西巷六号，到了北京一问，说路不远，离我当时住的总工会招待所不过是一站半路程，同时还听人说，芳草地是中国文联的宿舍。一天下午，我抽了个空余时间，事先也没有打招呼，就买了一瓶二锅头和一包花生米、猪头肉之类的熟菜，自己一人找去了。到了芳草地，果然有一幢文联宿舍大楼在那儿，大约是三四层的样子。可是我在里面走来走去，问上问下，却没有人知道路翎或者徐嗣兴的家住在哪里。我失望之余，只好一人跌跌撞撞地走出那幢大楼。外面一片空旷，那是个大阴天，北风在呼呼地吹，人影也没有一个。我不甘心，独自绕着大楼走，终于发现大楼背后有一排平房，破破旧旧的，有几个小女孩在巷子口踢毽子，我上去一问，总算问着了。一个女孩用手指着那排平房说，那间没有门的屋子就是。我走过去一看，果然是有间屋子没有门。我一走进去，正好路翎一家三口全在，路翎、他的妻子余明英和小女儿徐朗。路翎枯坐在床边，看见我马上就惊异地吃喝说："贾植芳，你还活着？"他迎上来，我们俩就在这光线暗淡的屋子里面对面地看着，就仿佛是两个幽灵在地狱里相会一样。

这时，我打量着这间小屋里的陈设，除过一张大床、一张小床占了屋子的大半空间外，还有一张写字桌和一个书架，但看不见有书，书架上摆着些瓶瓶罐罐的，装油盐酱醋等调味品。书桌上只有一张《北京晚报》，乍一看，像是外地逃荒来的三口之家，这哪里像是一个由四十年代到五十年代初期就出版了两百多万字的作品并驰誉海内外的作家路翎的家庭呢！

我更想不到路翎竟这么苍老了！头发全白了，像刺猬一样，乱糟糟地向上翘着；眼睛还是那么大大的，圆圆的，可没有一点锐气，没有一点亮度，浑浊的眸子里充满的是疑虑和恐惧。现在我回忆起这个场景还觉得心酸。他与我面对面坐着，没说上几句话，就一个劲地问："老贾，你说我们这些人到底是属于什么性质的矛盾？是人民内部矛盾，还是敌我矛盾？"反反复复地问着，似乎我不是与他一样的同案犯而是公安人员。他女儿徐朗在一旁看着我不知如何回答的模样，忍不住对她父亲说："你又来了，碰到人就老问什么矛盾！"路翎听了，忽然撇下我，一个人冲到屋子外面，站在院子里向天大声号叫，发出的声音好像受伤的野兽的哀号，恐怖、凄厉，惨伤里夹着愤怒和悲哀……余明英母女看我有点惊慌，才告诉我，路翎自一九六四年起就患精神分裂，病时好时坏，清楚的时候还能写点东西，但经常要发出这种号叫。我默默地听着，这哪里是疯病？就像太史公说的，"劳苦倦极，未尝不呼天也；疾病惨怛，未尝不呼父母也。"路翎与胡风一样，在文学领域如同奥林匹斯山上的宙斯，能所向无敌，可是一离开文学领域进入社会，他们就变得单纯而幼稚，特别对于中国历史社会发展中的黑暗与野蛮，知识分子命运的复杂性和残酷性，都缺乏深刻的认识，所以一旦天塌地裂，他们的精神都会受不了。胡风是这样，路翎也是这样。他们始终不明白，他们为什么会碰到这样不公正的遭遇。他们不能想象，他们如果得不到他们所衷心拥护和信赖的政府和社会的承认，活着还有什么价值？可以说，胡风和路翎直到他们凄凄凉凉地离开这个世界，这个心病依然纠缠在他们的心头，他们是十足的书生。

路翎号叫以后稍稍平静下来，又回到屋里与我说话。他告诉我：他在狱中犯病以后，一度保外就医，不到两年，又被送回劳改队，他上书中央为自己辩护，结果被判了二十年徒刑。一九七五年刑满释放后，就住在这里长期扫街，接受监督。余明英在街道办的麻袋车间缝麻袋。最近才让他到戏剧家协会当编辑，也不用去上班，剧协的人曾经送来一篇稿子让他审读，他读得很认真,写了两大张意见送回去,以后就再也没有回音,也不见人再送稿子给他审读。他说到这里,脸上显得很忧郁,担心人家嫌他审读得不好,再也不要他工作了。我听了很难过,就劝他说:"这是人家落实政策,你看也行,不看也行,没有人会在乎你的意见,也不会不发你的生活费,你就放心静下心养病,别的什么都别管吧。"话虽是这么说,但当时我们头上的"胡风反革命集团骨干分子"的帽子还没有摘掉,中国事情又特别复杂,谁知道下一步的命运是怎样呢?我们的心情当然是沉重的。

  大约是因为路翎的态度影响了我,在北京开会期间,我也开始注意一些有关我们这个案件的命运。但听来听去,似乎也没有什么值得高兴的消息可以去安慰路翎。我听人说,周扬在第四次文代会前曾表过态,胡风的问题是政治案件,非文艺界所能解决。他还有个说法:胡风在文艺理论上比他有成就,但有一点不如他,就是没有他那么对党"忠诚"。后来我又听人说:胡风问题最终也会像"右派"问题那样,也是扩大化问题,真正的反革命还会有几个的,等等。风风雨雨,这些话我都无法让路翎知道,无法帮助他恢复起对自己的信心。在我离开北京的前一天傍晚,我又去看他,本来是想随意地告别一声,但他这次看上去情绪好一点,他动情地说:"上次喝剩的二锅头还有半瓶,咱们就继续喝吧。"于是,余明英又忙着去烧菜,我们又在一起喝了一回酒。那天告别路翎出来,我独自走在街上,脑子里不断出现路翎年轻时那对明亮的大眼睛,不断出现过去契诃夫小说里写到的"负伤的知识分子"的形象,我不禁想起罗曼·罗兰的话:"屠杀灵魂者,是最大的凶手。"

  路翎已经死了,他不安息的灵魂终于归复于平静了。他去世的时候我没有写什么文章纪念他,可是今天我看到这本《路翎文论集》的稿子,感情一下子就像关不住闸门的洪水一样哗哗地流出来。我对这本文论集不想多说什么。路翎是以小说和戏剧创作贡献于中国文学的,他年轻的时候生活在社会底层,接触各个社会阶层的生活,他把握创作题材的方法和审美精神,都来源于他的特殊的生活经历,他用他创作的成功,证明了胡风许多文艺理论观点的正确;同时,他也努力学习中外文学特别是俄罗斯文学的成功经验,接受了胡风文艺理论的观点,并在生活和创作实践中,充实和完善了它,又通过自己的理论活动捍卫它和宣传它,这些文论就是一个证明。"五四"以来中国作家都有比较开阔的文化视野和比较完整的知识结构,他们不但从事创作,同时还有自己较稳定的文学观点和理论主张,像鲁迅、茅盾等都是这样。胡风也是一边写诗,一边探索理论。因此,对于路翎来说,有了这本文论集,他在文学史上的形象就更加完整、更加真实。为此,我很感谢张业松和鲁贞银两位年轻朋友做完了这件很值得称道的工作。我认为,他们花了力气与下了功夫编就的这本文论集,不仅为研究路翎的为人与为文,研究胡风派或"七月派"的文学业绩与理论活动,保存了一些基本史料,也为中国现当代文学的研究,提供了富有历史意义与学术价值的文献资料。

　　写下这些文字,可以作为本书的序文,但在我的心里,它更是我对小我八岁却先我而去的路翎兄弟的祭文。他因为他的文艺创作与理论活动而受难,也会因为他的文学创作与理论活动而永生,这就是历史的辩证法。他的灵魂应该得到安息了。

一九九六年七月在上海寓所

灵魂在飞翔
——《路翎晚年作品集》序
李辉

这难道就是路翎？他还不到60，却只能无力地靠在桌边，借支撑物的力量站起来。脸上的肌肉松弛了，折成一道道深深皱纹。他一下子没有认出他的老友，记忆力随着那蹉跎岁月流去，淡淡地留下些痕迹。那双曾经明亮、漂亮得让朋友们赞叹的大眼睛，没有神采，只是呆滞地缓缓环顾周围，用简单而含糊的话，回答老友热情的问语。

第一次见到路翎，他留给我这样一个深刻印象。

那是在1982年，我刚刚从大学毕业来到北京。上海的王戎先生到北京来，为了让我尽快在北京打开工作局面，便带着我拜访他的几位朋友。其中一位就是路翎。

自从"胡风集团冤案"发生之后，将近30年他们从没有见过面，只是在平反后，从朋友的讲述中，王戎才略为知道一些路翎的近况。他听说，在活下来的朋友中，路翎的状况是最为凄惨和令人痛心的。在20年的监狱生活中，路翎精神常常处在高度紧张状态之中。有许多事情他想不明白，强加于身的许多罪名他无法接受。他不像别的朋友那样开朗而达观，可以很快适应突兀而至的打击，用读我、学习外语之类的办法让自己沉静下来，从而在磨难面前始终保持一种心理健全状态。

路翎却不。他和胡风一样，在狱中永远无法摆脱每时每刻精神的折磨。他默默无言，没有什么事情可以让他忘掉心中的疑惑和不解，也没有什么事情可以让他安静地入睡，让心灵得到一夜的宁静。这样,他的精神始终拉得紧紧的,从没有松弛过,最终,他不得不被送进精神病院治疗。然后,在病愈之后释放回家,靠做扫地工挣一点儿工钱养家糊口。

在来看望路翎之前,王戎就听说了路翎的这一切,他早已作好了精神准备。但当他看到路翎以这样一幅模样出现在我们面前,他仍然呆住了。他不愿意让自己这种伤感刺激路翎,强打笑脸与之交谈。等我们从路翎家中出来,走在破烂不堪的狭窄的胡同里,他禁不住落泪了。

在我认识王戎的几年里,我从未见过他如此伤感过,更没有见他落过泪。此刻,我开始明白路翎在他心目中的位置,开始明白,路翎在经历过磨难之后,身上真是发生了强烈的反差。不然,像王戎这种开朗达观性格的人,是不会如此感慨,如此难以抑制住内心的激动,表现出情感脆弱的一面。

第一次见到路翎时,他还住在朝阳门附近的一个胡同里。后来,他得到了照顾,搬到位于虎坊路的中国剧协宿舍,住房条件有所改善,有了一套算不上宽敞的三居室。时代的变化和生活条件的改善,对于晚年的路翎,无疑是一种慰藉。经过几年的治疗,加上心情舒畅,他的身体状况明显有了好转。眼睛不再是那种浑浊呆滞,而是不时灵活地闪动着。虽然谈起往事还不流畅清晰,但记忆力明显恢复了许多。他开始可以独自一人上街走动,还偶尔外出到朋友家串串门。他又写起小说,开始在一些报刊上发表散文和诗歌。

与人们久违了的路翎重返文坛,步履虽然蹒跚,对于他,对于读者,其意义却极为重要。过去熟悉他的名字的读者,欣喜地发现他重又拿起笔,从事文学史研究的学者们,仿佛发现新大陆一般,重新肯定路翎40年代创作所具有的价值。不少学者渐渐接近于胡风当年对路翎所作的评价,公认路翎是现代小说界颇具才华最有创新意识的独特作家。他在二十几岁写出的长篇巨著《财主底儿女们》,被视为现代小说创作中具有里程碑意义的代表作。路翎不再寂寞。那个备受磨难、为人歪曲的路翎,终于在晚年得到了历史的公正。

正是在身体和精神渐渐恢复正常的日子里,路翎进入了一生中最后一次创作高潮。那些日子里,我开始了和他的接触。先是因为在《北京晚报》副刊做编辑,不时去约稿。后来,为了撰写《胡风集团冤案始末》,也常去访问他,从他那里收集一些资料。每次到他那里,都发现他在伏案写作。他似乎在和自己的生命较量。少言寡语的他,只是在写作中才找到情感宣泄的途径。

他写得最多最快的是小说。短短时间里,一篇篇小说,包括中篇和长篇,相继创作出来。可是,我偶尔翻阅它们,产生不出兴奋和欣喜。我不能不承认这一残酷现实:那个当年才华横溢创作《财主底儿女们》的路翎已经不复存在。很明显,他的思维、心理状况,已不允许他架构小说特别是长篇小说这一形式。同时,他的语言方式,也难以摆脱年复一年经历过的检讨、交代的阴影,大而无当或者人云亦云的词汇,蚕食着他的思维,蚕食着他的想象力。每当他兴致勃勃地拿出小说手稿给我看,我心里就不由得掠过一阵阵悲哀。对他,我不便直截了当地说出自己的感受,就只能用一些空洞的话鼓励他,不至于让他失去创作的热情。因为,说不定有一天他身上会奇迹般出现从前那个路翎的影子,这些一日日所作的努力,会是一个新高潮到来之前的铺垫。

那时,我常常收到他寄来的散文新作,也发表了一些。我喜欢这些短小篇章。它们清新、细腻,用一种难得的平静,描述自己对往事的回忆和对市井生活的观察。

他写得最多的是当扫地工三年的生活。我记得他寄给我的第一批文章,几乎都与扫地工生活有关。首先发表的是《天亮前的扫地》(《北京晚报》1984年12月24日)。在发表这篇文章时,我特地从路翎那里要来一些照片,请丁聪配上一幅插图。画的上方是路翎的肖像。他眉头紧锁,嘴巴紧抿,满脸悲愤与疑惑。画的下方,是路翎的背影。他在冬日黎明之前,穿着厚厚棉衣,系着围巾,手持扫帚,在清扫着胡同里的垃圾。尽管路翎写得委婉、温馨,并非一种伤痕式的记忆,但丁聪显然读出了文章背后所隐含的悲哀。

在这样一些散文里,路翎的文字特点开始恢复,并增加了一些新的因素。和副刊上其他作者的作品相比,他的句式一般较长,仍带有早年欧化语言的痕迹,但其间也有一些变化。他习惯于排比式地描述一个又一个场景,从描述中写出他的感受。在他的笔下,扫地工生活充满温馨。他留恋天亮之前在胡同里度过的时光,他写和老扫地工之间的坦率和真诚关系,写扫地时街坊间给予他的问候,他写胡同里孩子们的欢笑,他写挨家挨户收卫生费的体验……

现在想来,当扫地工的生活对于在狱中度过 20 年的路翎来说,当然是一种安慰一种解放。和妻子女儿生活在一起,走在北京的胡同里,在普通老百姓中间,那种政治上的压力相对减少。虽然每月仍要按时写出汇报,但毕竟不同于幽禁时期的孤独和压抑,备受精神分裂折磨的他,也才可能渐渐有一种稳定和放松的感觉。这就难怪他对扫地工的生活情有独钟,用清新温馨的笔调来描写它。

类似的心情,也反映在他这时创作的诗歌之中。

> 暮春,
> 扫地工在胡同转角的段落,
> 吸一支烟,
> 坐在石头上,
> 或者,
> 靠在大树上:
> 槐树落花满胡同。
>
> 扫地工推着铁的独轮车,
> 黎明以前黑暗中的铁轮

震响，
传得很远，
宁静中弥满
整个胡同。(《槐树落花》)

　　这是令人难以置信的一种诗意。痛苦日子的生活，在晚年路翎那里，竟然酿出如此宁静与清新的诗句。这是真正的诗。
　　与晚年的散文相比，路翎的诗更能代表他的艺术创作力。它们表明，他内心中仍然以一种特殊方式潜藏着艺术激情和才华。在灵魂经历了痛苦折磨之后，在精神仍不时笼罩着分裂状态阴影的时候，他似乎更适合于把握诗的形式。在沉默的时刻，在给人一种近乎于呆滞印象的时刻，其实他的灵魂正在飞翔。
　　显然，他的内心，有一片供灵魂飞翔的天地。他时常产生一些常人没有的感觉，这些感觉便成为诗的内核。过去生活的影子，过去曾经熟悉的大自然的一切，都成为他的诗歌想象的基础。落雪，记忆与想象中的青蛙，奔跑的马，向太阳飞去的蜻蜓……在路翎那里，产生出奇特甚至有些怪异的感觉。我相信，假如不是那种精神状况，有些想象、有些词语构成是很难捕捉到的。心理学家或者医生，大概可以解释类似的生命现象。也许，正是这样一种精神状态，才更适宜寻找诗的意象，而路翎晚年的诗歌，由此而具有了特殊的意义。
　　飞翔是他潜在的渴望。于是，在他眼里，夜间周围的一切，便给他一个奇妙的感觉，它们都像是要飞翔起来。闪烁的星斗、街灯刺目的亮光、楼房顶端亮着的窗户，甚至夜的寂静和婴儿的笑，也"像是要飞翔起来"(《像是要飞期起来》)。读这样一首诗，那个目光呆滞行走不便沉默寡言的路翎，一下子在我心目中活跃起来。我想象着，他坐在窗户前，凝望着外面的世界，内心一定有一种飞翔的渴望。正是有这种渴望，黑夜里的一切，才在他的面前旋转起来，飞翔起来，带着他的生命飞翔。
　　类似的感觉常常出现在晚年路翎身上。从而，他对色彩、声音、词汇有了与众不同的理解和连结。

他写战马：马的心脏有红色的火焰与白色的闪光外溢/它自己看见。

他感觉到蜻蜓心脏的燃烧：蜻蜓的心脏是有豪杰的火焰的蜻蜓的/蜻蜓。

他想象春雨中青蛙的欢欣——

> 池塘、岩石比以往更可亲，
> 撞击在岩石上而鸣叫。
> 它撞击是因为欢欣，
> 然后便轻轻跳跌上去了。

整首诗前面十几行为一个整体，充满春雨般的欢欣，可是，路翎最后只用一行单列一段就突然结束了全诗：冬天的时候在泥土与树的洞窟中。在我看来，整首诗，因为有了最后这一句，才于突兀中显出了诗的张力。生命在这里形成苦难与幸福、压抑与自由的映照与连结。读到这里，我仿佛触摸到了路翎飞翔的灵魂。

如果将也收入本书的路翎写于1942年的长诗《致中国》，和他晚年的这些诗作进行比较，就不难看出其中的差异。长诗充满着理性的思考和呐喊，具备另外一种力量。但是，很明显，这种诗歌的震撼力产生于叙述方式，而非晚年这种对意象的发现。也许可以说，晚年路翎更像一个沉迷冥想的诗人，而非年轻时那个充满激情的诗人。

读路翎晚年的诗，总是可以感受到路翎内心强烈的渴望。他是否仍在留恋地回想以往创作力旺盛的日子？他是否意识到自己已经不再属于一个新的时代？我这只是一种猜想和假设，因为，在路翎的精神世界里，有我们难以透彻理解的东西。其实，我们很难与他对话。

但是，诗是一座桥梁。

非常感谢张业松和徐朗精心编选出这本《路翎晚年作品集》,使我们得以集中地欣赏路翎晚年的风采。读这样一些作品,心情当然不会轻松,历史沉重感也会油然而生。不过,同时也会产生些许安慰。毕竟路翎走过了磨难,毕竟路翎以他不屈的精神和富有独特性的创作,又一次呈现出他的艺术才华。

路翎的灵魂会永远在作品中飞翔。

1996 年 9 月 9 日于北京

路翎年谱简编

徐绍羽　康凌　刘杨　廖伟杰　编

1923 年　出生
1月23日生于江苏省苏州仓米巷35号,籍贯江苏南京。原名徐嗣兴,从母姓。
祖父读过书,是半个秀才。
父亲赵振寰,河北保定医学院毕业。开过私人外科诊所,也曾开过小布店。
母亲徐丽芬,读过小学。很能干,家庭生活的主要操持者,很重视培养路翎,关心子女的成长。
外祖父徐沛泉,前清秀才,一生教私塾。
外祖母蒋秀贞,娘家姓蒋。不识字、贤惠、一生简朴,因年轻守寡、儿子早逝,被哥哥蒋学海(苏州富户)从南京接到苏州。童年路翎得到外祖母的疼爱、关心和呵护。外祖母常带他到乡下活动游玩,到亲友家串门,使他小小年纪就接触到外界社会。这是最珍贵的记忆。

1924 年　1 岁
妹妹徐爱玉出生。

1925 年　2 岁
父亲去世。全家离开苏州迁往南京。
母亲改嫁张济东,住南京城北明瓦廊。继父张济东湖北汉川人,地主出身,大学毕业,职员,靠薪水维持家用。性格耿直,头脑聪明,关心路翎。他忠厚诚实的品质给路翎以很大影响。母亲后又生了两个儿子、两个女儿,即张达明、张达俊、张宁清、张庆清。

1926 年　3 岁
这年母亲开始教他识字。
迁居南京严家桥 14 号。

1927 年　4 岁
考入南京莲花桥小学幼稚园高级班。
夏天,入小学一年级。在班上作文好,用功,有朝气。
继父每晚命他练大字和小楷。看课外书、连环画册。

1929 年　6 岁
潘美老师注意对他的培养。开始看许多故事书和课外书。
潘美、孙朗老师带领到中华门外雨花台郊游。
很顽皮,喜欢游玩,但因为家庭和社会环境的关系,自感少年老成。
因学制改变换了教科书,由三年级改为二年级。

1930 年　7 岁
暑假读了一个半月私塾,心中感到不快。
夏天,升入三年级。
这以后四年,每年夏季暑假随外祖母乘火车到南京附近龙潭乡下玩二十几天。摘菱角、种地、增长了知识,去水泥厂、小煤矿开阔视野,印象深刻。
练大字小字渐渐减少,读课外书却增多了。
搬进红庙四号住宅定居。

1931 年　8 岁
"九一八"事变发生,老师带领上街游行,爱国热情倍增。
作文成绩优秀,都是 90 分以上,老师常选一些去投给报刊。
常到学校图书馆借书刊阅读,即使不懂也尽力啃读。
读杂志《小说月刊》《潮流》,读《红楼梦》《三国演义》

《封神榜》《西游记》《济公传》《水浒传》，接触到外国名著译本《浮士德》《唐·吉诃德》，读到鲁迅的《呐喊》，有深刻的印象。

1932 年　9 岁

"一·二八"上海淞沪抗战，自愿报名去上海服务，因年纪小没能去成。

到雨花台，这里偶或有枪毙政治犯的场景，他和同学常挤到人丛里看，受到刺激，对黑暗的国民党统治产生愤恨。同外祖母串门了解到劳动者失业、人生坎坷，使他心理早熟。

10 月 10 日武昌起义日被定为中华民国成立纪念日。参加了在南京举行的提灯会。

读翻译本《茶花女》《战争与和平》《巴黎圣母院》，连环画《福尔摩斯探案》，小说《薛仁贵东征》等。

1933 年　10 岁

日本侵略华北，国家民族危在旦夕。对汉奸和特务的憎恨，令他在街头与特务发生冲突。

老师带领到中山陵附近栽树，希望少年们长大有所作为。

读巴金的《家》、曹禺的《雷雨》、茅盾的《子夜》、叶绍钧的《稻草人》、鲁迅的杂文和小说等。鲁迅的散文和杂文给他印象最深。

1934 年　11 岁

老师带领参加支援抗战的募捐活动。

扩大阅读文学作品的范围，读《复活》《世界各国戏剧选》《世界各国小说选》。

向北平的一家杂志社寄投自己创作的散文。

1935 年　12 岁

暑假，小学毕业。9 月考入江苏省江宁中学，住校，每周回家一次。

管雄老师带领到杭州旅游一周。

开始思考:"我已经接近成年,有爱国思想,但知识还不足,有急躁情绪。作文不错,但将来如何?要多读书,多接触社会,我要努力。"

参加学校组织的农村人口、田亩调查等活动。

看美国电影《魂断蓝桥》《翠堤春晓》《人猿泰山》及苏联电影《夏伯阳》《宝石花》等。

1936 年　13 岁

在江宁中学结识了新伙伴刘国光、姚抡达、彭根德。

读《罗亭》《贵族之家》《烟》《前夜》《杜勃罗夫斯基》《秋天里的春天》《爱的教育》《小妇人》《木偶奇遇记》等译著,老舍的小说《赵子曰》《猫城记》,曹禺的《日出》《雷雨》等。

1937 年　14 岁

年初,与校长赵祥麟展开关于俄国作家屠格涅夫作品是否是现实主义的辩论。

暑假,抗战爆发,学校解散,随家人逃难到武汉,后去继父故乡汉川。继父求职未成,生活困难。少年路翎很感孤独和压抑,黄昏时常到江边等轮船送来邮件和报纸。

读古书《李太白全集》《古文观止》等。

12 月,和家人一起回到汉口,在"流亡学生登记处"登记。

1938 年　15 岁

1 月,和同学乘公费船经宜昌至重庆。

3 月,到四川后受抗日战争大时代思潮的影响,有对未来前途的憧憬。在国立四川中学(后改名为国立二中)学习。

(路翎回忆:1938 年上半年投稿发表《旧事》《回忆》《杂草》《山坡》等二十余篇,发表处不明,暂未检获)

夏天,和同学组织哨兵文艺社,编辑四川合川县《大声日报》文艺副刊《哨兵》。

9月,跳级升入高中二年级。

自筹演出经费,在合川演抗战独幕剧《马百计》,扮演年轻的游击队员,演出效果较好。

发表散文《在空袭的时候》和诗作《血底象征》,同时载1938年11月17日合川《大声日报》(署名莎虹)。

(路翎回忆:1937年写散文《古城》在《弹花》创刊号发表,经查,《弹花》发表的路翎文章仅有散文《一片血痕与泪迹》一篇,载1938年12月6日《弹花》2卷2期,署名烽嵩)

最早的一部军事题材小说《在游击战线上》,连载于1938年12月19日、12月20日重庆《大公报》副刊《战线》(署名流烽),未载完。

和刘国光来往密切,常在一起谈经济学、哲学。

读《在人间》《我的童年》《我的大学》《第四十一》《毁灭》《静静的顿河》《欧也妮·葛朗台》《普希金小说集》《大卫·科波菲尔》《巴黎圣母院》《穷人》《罪与罚》《查拉图士特拉如是说》《你往何处去》等译著,萧军的《八月的乡村》,萧红的《生死场》以及《群众杂志》等。

1939年　16岁

1月8日—2月5日《大声日报》文艺副刊《哨兵》连载小说《朦胧的期待》(署名流烽),为国立二中学习时写的最长小说。获《哨兵》征文一等奖,奖金五元。

3月,因编副刊和在课堂看课外书与国文老师冲突,被学校搜查了箱子后开除。作诗歌《我们底春天》、散文《告别了〈哨兵〉》,署名莎虹。回到重庆,住在李子坝的父母家。

4月,以流烽为笔名写长诗《妈妈的苦难》,投稿给胡风主编的杂志《七月》,因此与胡风开始通信。

5月,参加三民主义青年团演剧队(后改"青年剧社"),在老舍的《残雾》、于伶(尤兢)的《夜光杯》、马彦祥的《工潮》中扮演角色。

9月,写小说《"要塞"退出以后——一个年青"经纪人"底遭遇》。

常到城里进步书店——生活书店看书。

读米定的《新哲学大纲》,读译著《铁流》《被开垦的处女地》《红与黑》《安娜·卡列尼娜》。

1940年　17岁

2月,在重庆两路口第一次与胡风见面。

5月,小说《"要塞"退出以后》在胡风主编的《七月》五集三期上发表,第一次署名路翎。书评《评〈突围令〉》在《新蜀报·蜀道》发表。

6—9月,经胡风介绍到陶行知办的育才学校一边学习读书,同时做"小先生"讲文学知识课。经过通信认识湖北沙市人余明英。

10月,经继父介绍到国民党经济部矿冶研究所北碚管理处会计科任办事员。

外祖母曾给路翎讲述过她哥哥蒋捷三一家与亲戚之间的财产纠纷的真实故事。因偶然的原因和抗战流亡期间的感慨,激起他强烈的创作欲望,逐以此为素材开始写长篇小说《财主底孩子》。

常去胡风家借书、谈文学,得到很多鼓励。结识了邹荻帆、刘德馨等许多朋友。经爱好文艺的矿冶研究所职工章心绰介绍认识舒芜。

住在北碚后峰岩,经常到附近的天府煤矿了解工人的生活,以矿区生活为素材创作短篇小说《黑色子孙之一》《家》《祖父底职业》等,陆续在《七月》上发表,逐渐成为《七月》的主要撰稿人之一。

11月,写短篇小说《何绍德被捕了》。

读果戈理的《死魂灵》,巴尔扎克的《乡下医生》及鲁迅译的《壁下译丛》。

1941 年　18 岁

2月,完成长篇《财主底孩子》,带给胡风。

5月,胡风赴香港后,路翎代为保存和处理胡风留在聂绀弩夫人周颖处的《七月》稿件。胡风准备将《财主底孩子》介绍在香港发表。12月,太平洋战争爆发后香港沦陷。原稿在战乱中丢失。

1942 年　19 岁

写成中篇小说《谷》、短篇小说《棺材》。

4月,完成中篇小说《饥饿的郭素娥》。5月,将原稿寄给在桂林的胡风。6月7日胡风于桂林西晒楼为《饥饿的郭素娥》写序《一个女人和一个世界》,最初本篇发表于《野草》4卷4、5期合刊。

5月,因为谈论苏联卫国战争、在矿区接触工人,与矿研所庶务发生冲突,不得不辞职避开。

5月底,到南温泉的国民党中央政治学校图书馆当助理员。此后余明英来重庆中央通讯社任报务员。

7月,《谷》发表于《山水文艺丛刊》1942年第一期。

8月,在图书馆后面的小房子里重新赶写《财主底孩子》。馆长沈学植和他妻子汤芬倾向进步,帮助并支持他的写作。

11月7日写长诗《致中国》,载1948年3月15日《泥土》第五集。

12月,短篇小说《卸煤台下》发表于老舍主编的《抗战文艺》。写《青春的祝福》短篇。

读译著《战争与和平》《微贱的裘德》《欧根·奥涅金》《地主之家》、黑格尔的《历史哲学》、克劳斯维支的《战争论》、周谷城的《中国通史》、胡适的《胡适文存》、梁启超的《饮冰室文集》、古籍《水经注》等。

1943 年　20 岁

在北碚写成中篇小说《蜗牛在荆棘上》。

3月14—27日,胡风从桂林回到重庆,6月11日全家迁入赖家桥,他常去看胡风。

3月,中篇小说《饥饿的郭素娥》由桂林南天出版社初版。

秋,开始与袁伯康有书信往来。

11月,《财主底孩子》(上部)重写完成。开始重写(下部)。

1944 年　21 岁

1月26日,与胡风交谈听取他的意见后,决定改写《财主底孩子》第一章。书名改为《财主底儿女们》。

4月,到经济部北碚办事处黄桷镇管理处任办事员。住处迁到四川的复旦大学附近。此后常和复旦大学学生冀汸、逯登泰、郗潭封、金本富讨论文学。

5月13日,《财主底儿女们》(下部)完成。

5月14日,重庆《大公报》第1版登出《徐嗣兴余明英订婚启事》:"兹征得家长同意谨詹于中华民国三十三年五月十四日在渝订婚此启"。余明英口述:"他起草了,我去登。"

5月15日,中篇小说《蜗牛在荆棘上》由《文学创作》三卷一期发表。(1943年12月7日胡风日记:"看路翎修改过的《蜗牛在荆棘上》,是少见的杰作。")

7月,《财主底儿女们》(上部)由胡风托黄芝岗办理审批手续,由舒芜带去。7月底,到黄桷镇文昌中学兼课一学期。

8月15日,重庆《大公报》第4版登出《徐嗣兴余明英结婚启事》:"兹征得家长同意谨詹于民国三十三年八月十五日在北碚结婚此启"。上午胡风来到北碚同冀汸、冯白鲁参加婚宴。

本年,写小说《罗大斗底一生》《王家老太婆和她底小猪》及评论《谈"色情文学"》等。

1945 年　22 岁

1月,胡风主编的《希望》在重庆创刊。在各期上分别发表短篇小说《罗大斗底一生》等二十几篇,用笔名冰菱发表评论《〈何为〉与〈克罗采长曲〉》。为复旦大学《中国学生导报》写文章。

2月,大女儿徐绍羽出生。

3月,短篇小说集《青春的祝福》在胡风的帮助下由重庆南天出版社出版。

4月,写论文《认识罗曼·罗兰》(署名冰菱),收入胡风编的《罗曼·罗兰》。

8月,日本投降。写小说《中国胜利之夜》,载 1945 年 12 月《希望》一集四期《胜利小景》。

11月,《财主底儿女们》(上部)由重庆希望社初版。收入胡风写的序《青春的诗》(1945 年 7 月 3 日,记于渝郊避法村)。本篇最初发表于《文艺杂志》新 1 卷 3 期。路翎写《题记》于 1945 年 5 月 16 日夜。

本年,写短篇小说《两个流浪汉》《王兴发夫妇》及书评、散文等。

1946 年　23 岁

3月,中篇小说《蜗牛在荆棘上》由上海新新出版社出版。

4月20日,余明英带大女儿随机关由重庆复员回南京。本月,路翎机关遣散。

5月4日,中篇小说《嘉陵江畔的传奇》写完。

5月15—27日,从重庆回到离别九年的故乡南京,失业半年。

回南京后没有住处,住南京中山东路 72 号余明英机关的男宿舍等处,写小说《爱好音乐的人们》,小说中人物是以余明英宿舍同事为原型的。也曾在友人化铁工作过的气象局宿舍住过。

在南京鼓楼借一间小房住,仅能放一张床板和一个代桌子用的箱子,写小说《天堂地狱之间》。

9月,外祖母和父母全家由重庆回南京数月后到上海。

9—11月,中篇小说《嘉陵江畔的传奇》在上海《联合晚报》"夕拾"专栏连载50期。

12月,短篇小说集《求爱》由上海海燕书店出版。

本年,写短篇小说《一个商人怎样喂饱了一群官吏》及散文、评论等。

这一时期,常到上海去看望母亲和继父张济东,同时也看望住在上海的胡风。认识南京戏剧专科学校附属剧团黄若海团长。

1947年　24岁

1月,经继父介绍到经济部燃管会南京办事处任办事员后住石城桥煤栈。

3月,搬进南京小胶巷17号,有了固定的住处。

4月,二女儿徐朗出生。开始创作第一部话剧剧本《云雀》,正式走上戏剧创作道路。此后认识演员路曦、石羽、冼群等。

6月,搬进南京城北红庙四号。

6月21日,胡风乘快车从上海到南京香铺营文化会堂参加《云雀》演出活动。演出后和胡风、黄若海、孙坚白、路曦、冼群等开座谈会谈演出意见。演出反响强烈,只上演七场即被迫停演。由通信认识向作者表示敬意的欧阳庄、吴人雄、许京鲸等人。

本年,写《人性》《路边的谈话》等短篇小说数篇。写四幕剧《故园》、长篇小说《吹笛子的人》,但不仅没找到出版社,连两部手稿也遗失了。

1948 年　25 岁

由香港党组织编印的《大众文艺丛刊》第一、二期连续发表了针对胡风文艺思想和路翎小说的"批判"文章。

2月,《财主底儿女们》(下部)由希望社初版、《财主底儿女们》(上部)由希望社再版。鲁芋(绿原)写评论《蒋纯祖底胜利——〈财主底儿女们〉读后》(1948 年 8 月重抄),载 1948 年 11 月《蚂蚁小集》之四。

3月后,开始帮助欧阳庄、吴卜雄、许京鲸等募股与编辑出版地下文学刊物《蚂蚁小集》。该刊被迫于 1949 年下半年停刊。在《蚂蚁小集》上连续七期发表评论《敌与友》、《对于大众化的理解》、小说《爱民大会》等。

3月15日,《泥土》第五辑发表他于 1942 年写的长诗《致中国》。

4月22日,胡风日记:"重看冰菱关于大众化的文章,并给他指出应斟酌之点。"

5月,写成长篇小说《燃烧的荒地》。

9月,燃管会解散,失业在家。

9月29日—10月6日,和余明英到上海后会同胡风及贾植芳夫妇一起在杭州旅游。同时会集在杭州安徽中学教书的方然、冀汸、罗洛、朱谷怀等友人一起游玩,在灵隐寺前留影。

11月,剧本《云雀》由上海希望社出版。

本年,写小说《初恋》《预言》、评论《论文艺创作底几个基本问题》《评茅盾底〈腐蚀〉兼论其创作道路》等。

1949 年　26 岁

6月7日,到南京军管会文艺处任创作组长(供给制)。此后余明英离开中央社。

7月2日,作为南京文艺家代表在北平参加第一届文代会,成为"文协"会员。

7月,写剧本《人民万岁》,后改名《迎着明天》。

8月,短篇小说集《在铁链中》由上海海燕书店出版。

秋天,访问浦口机车修理厂,深入南京被服厂。

9月,余明英调至南京军管会文艺处工作。

10月,庆祝开国及保卫世界和平的游园大会上,连夜赶写的剧本《反动派一团糟》由南京文工团演出。

10月17日,余明英调至南京原中央研究院气象研究所(后改为中国科学院地球物理研究所)电台工作。

10月28日,到南京大学中文系讲授小说写作课。

11月18日,短篇小说《朱桂花的故事》在《天津日报》文艺周刊第35期发表。

本年,陆续写评论《文化斗争与文艺实践》及小说《试探》等。

1950年　27岁

1950年1月—1951年6月,写剧本《英雄母亲》。

3月,经胡风推荐,从南京调到北京中国青年艺术剧院,任创作组长,后任副组长。

5月,到上海申新九厂体验生活。5月18日,在外滩与胡风会合,随文艺界一些人一起到浦东上钢三厂参观。

9月,长篇小说《燃烧的荒地》由上海作家书屋初版。

10月,短篇小说集《朱桂花的故事》由天津知识书店出版。不久受到批评。

11月,余明英带着两个孩子随机关从南京迁到北京(住西城区阜成门内王府仓16号)。次日,路翎就随剧团到沈阳参加一个剧本评议会并访问准备出国的志愿军。

12月,写成剧本《祖国在前进》。

1951年　28岁

2月,到上海参观中纺九厂。

3—5月,为演出《英雄母亲》,与演员们同赴天津国棉二厂体验生活,到工厂征求工人、劳模、干部的意见。

写成抗美援朝独幕剧《军布》（未发表，原稿后来遗失）。

7—9月，随田汉为首的写作参观学习团赴大连，到医院访问志愿军伤员。在大连写剧本《祖国儿女》，"青艺"讨论了剧本，但未能上演。在大连写成剧本《祖国在前进》后记。

8月，三女儿徐玫出生。报告文学《第三连》，载《天津文艺》第一卷第六期。剧本《迎着明天》由北京天下出版社出版。12月，贾霁发表批评文章《剧本〈迎着明天〉歪曲和诬蔑了中国工人阶级》，载1951年《人民戏剧》第三卷第八期。

9月，剧本《英雄母亲》由上海泥土社出版。

1952年　29岁

1月，短篇小说集《平原》由上海作家书屋出版。剧本《祖国在前进》由上海泥土社出版。

3月，石丁发表批评文章《评路翎的〈祖国在前进〉》，载1952年3月22日《光明日报》。企霞发表批评文章《一部明目张胆为资本家捧场的作品——评路翎的〈祖国在前进〉》，载1952年3月25日出版的《文艺报》第6号。三个剧本《英雄母亲》《人民万岁》《祖国在前进》受到过分的批评，精神压力很大，但保留自己的看法。5月10日，陆希治发表文章《歪曲现实的"现实主义"——评路翎的短篇小说集〈朱桂花的故事〉》，载1952年5月出版的《文艺报》第9号。5月25日，《长江日报》发表了舒芜的文章《从头学习〈在延安文艺座谈会上的讲话〉》。这是舒芜首次向胡风发难，并点出了"路翎和其他几个人"。6月8日，该文由《人民日报》转载。

7月后，中国青年艺术剧院创作组划出，由文化部艺术局直接管理，和中央戏剧学院创作室以及中国儿艺、中央歌剧院的创作干部合并成立剧本创作室，路翎任创作员。剧本创作室后划归中国戏剧家协会。

9月,《文艺报》18号上发表了舒芜的《致路翎的公开信》,以进一步"挽救""曾经是最亲密的朋友"的路翎。

12月末,全国文联组织作家去朝鲜前线。路翎主动提出得到批准,先后到三十九军、西海岸指挥所、开城前线六十五军体验生活,陆续写了散文、小说等十几篇。

1953年　30岁

3月20日,写散文《春天的嫩苗》,载《人民文学》1953年6月号。

6—7月,写散文《板门店前线散记》,连载于1953年11月《文艺报》第22期、1953年12月《文艺报》第23期。

8月2日,胡风定居北京。

8月18日,从朝鲜回国。

9月2—3日,和余明英、芦甸、李嘉陵、胡风全家去登八达岭游玩。

9月23日—10月6日,参加在北京召开的全国第二次文代会,被选为中国作协理事。周恩来总理曾指示,像路翎这样有成就的青年作家,应该受到重视和尊重。

同年,参加中国戏剧家协会为会员。写抗美援朝题材的长篇小说《战争,为了和平》。

10月16日,写短篇小说《初雪》。

10月26日,写短篇小说《你的永远忠实的同志》。

11月5日,写短篇小说《洼地上的"战役"》。

11月,写小说《节日》(未发表,原稿已佚失)。

12月7日,短篇小说《战士的心》载《人民文学》1953年12月号。

12月18日至次年1月5日,与胡风一起在河北望都县固店村(友人鲁煤家)参加统购统销工作。宣传总路线,听报告,动员农民将剩余的粮食卖给国家。

1954 年　31 岁

1 月,短篇小说《初雪》,载《人民文学》1954 年 1 月号。

2 月,短篇小说《你的永远忠实的同志》,载《解放军文艺》1954 年 2 月号。

3 月,短篇小说《洼地上的"战役"》,载《人民文学》1954 年 3 月号。

以上几篇反映抗美援朝的小说均受到读者的热烈欢迎,影响很大。有巴人的赞扬文章《读〈初雪〉——读书随笔之一》,载 1954 年 1 月 30 日出版的 1954 年第 2 号《文艺报》。

4 月起,全国重要报刊开始了对其作品的有组织的批判。

6 月,报告文学集《板门店前线散记》由北京作家出版社出版。

8 月,余明英工作的电台领导找谈话,问到路翎的问题,承受了巨大的精神压力,不得已以长期夜班患病为由,辞去了工作。秋天,搬到剧协宿舍东城区北新桥细管胡同五号。

8 月 30 日,长篇小说《战争,为了和平》完稿,计五十余万字。后因"胡风案件"发生,书稿被抄去,在公安部遗失第一、二章,余下不到四十万字的稿子在"胡风案件"平反后发还。先后发表于 1981 年《江南》、1982 年《北疆》《创作》《雪莲》等刊。

11 月 10 日,写三万余字《为什么会有这样的批评?——关于对〈洼地上的"战役"〉等小说的批评》,愤而反驳对他的小说《洼地上的"战役"》等蛮横不讲理的批判。此后不久,被迫停笔,他对余明英说:"如果不能为人民做点事,我又为什么一定要写呢。"他内心非常痛苦。

1955 年　32 岁

1 月,《人民日报》《光明日报》发表批判胡风的文章,涉及他。1—2月,《文艺报》第一至四号连载他写于1954年11月10日的文章《为什么会有这样的批评?》。1月,《文艺报》第一、二号附录了胡风的《关于解放以来的文艺实践情况的报告》(三十万言"意见书")中第二、四两个部分。

5月13日,《人民日报》发表了由舒芜摘录、注释并加按语的胡风部分信件,题名《关于胡风反党集团的一些材料》,并加了编者按语(由毛泽东撰写)。

5月16日,被停职。

5月19日,到机关写检查。

5月24日,《人民日报》发表有大量编者按语的《关于胡风反党集团的第二批材料》。

6月10日,《人民日报》发表有大量编者按语(绝大多数由毛泽东撰写)的《关于胡风反革命集团的第三批材料》。

6月15日,《人民日报》将三批材料汇集成册,并将前两批材料中的"反党集团"改为"反革命集团",题名《关于胡风反革命集团的材料》,由人民出版社出版。毛泽东以"《人民日报》编辑部"的名义写序言,又对材料加写了一些按语。

6月19日,被捕,在"剧协"大二条宿舍隔离反省。

6月,迁至西总布胡同隔离反省,被审问、写材料。得余明英送的香烟等物,友人路曦嘱咐好好学习的信。

9月,余明英带孩子由细管胡同五号迁至朝阳区芳草地北巷6号3院。

1956年　33岁

被公安部拘留在西总部胡同隔离反省。

秋天,迁至东城区钱粮胡同隔离反省。

1957年　34岁

4月,患脑膜炎,进医院治疗一个多月。

1958 年　35 岁
仍在钱粮胡同隔离反省。
余明英的母亲曾来北京芳草地看她。

1959 年　36 岁
6 月,写材料反驳对他的指责和监禁,与看管人员发生冲突,被移至昌平秦城监狱。

1960 年　37 岁
高声抗议,被捆绑戴手铐。

1961 年　38 岁
7 月,患严重精神分裂症,被送安定医院治疗。住院期间,余明英带着三个女儿探视,母亲徐丽芬也曾去探视,外祖母因此事受到刺激而去世。

1962—1963 年　39—40 岁
在安定医院治疗。

1964 年　41 岁
1 月,保外就医(其间由原单位增发生活费每月 20 元),住芳草地家中。每月向派出所书面汇报一次。

1965 年　42 岁
11 月,因先后写了 30 余封信向党中央申诉,又被送回秦城监狱。后被送进安定医院分院治疗。

1966 年 1—9 月　43 岁
继续在安定医院分院治疗。期间,母亲曾来探视两次,母亲与继父张济东以及余明英的父母在"文革"前后相继去世。
"文革"开始后,仍以"反革命罪"从安定医院移至秦城监狱。

1966 年 10 月—1973 年 7 月　43—50 岁
秦城监狱。

1973 年 7 月—1974 年 1 月　50 岁
7 月,移至北京宣武区第一监狱塑料鞋厂劳动大队。

余明英曾来探视一次,带来毛毯及烟叶。

7月25日,被宣布以"反革命罪"判处有期徒刑20年(从1955年算起)。

1974年1月—1975年6月　51—52岁

移至北京延庆劳动大队。种麦子,种高粱,插稻秧,种葡萄等。期间余明英曾来探视,带来一些点心,她在街道麻袋厂做临时工以维持家计,是借了一点钱来的,走时给他留下两元。

1975年6月19日　52岁

刑满释放。以"监督分子"身份每天扫街,每月向派出所汇报一次。

1976年1月—1979年10月　53—56岁

1月,正式成为街道扫地工,每月收入15元左右,渐增至30元。

1979年　56岁

1月,胡风恢复自由,住在成都招待所。

2月23日,北京市中级人民法院为其"反革命罪"平反:因精神病所有"攻击"言论不作反革命言论;无论有无精神病,所有"攻击"言论均不作反革命言论。

平反后回到"剧协"原单位,每月工资不足90元,此后在家写作。

11月,胡风牵挂路翎,写信给晓山托他去看路翎:"要你替我办件事,看望一个人,这人是为无产阶级和劳苦人民付出了呕心沥血的感情劳动的,鲁迅以外,连我在内,没有任何人做过他那么多工作——现在帮助他把血液温暖过来,把他的灵魂唤回来。"晓山去看望了他,并送去了龟龄集酒及一点钱。

1980年　57岁

6月5日,分别二十五年后,在北医三院第一次见到昔日友人胡风。

9月29日,中共中央做出决定:"胡风反革命集团"是一件错案,予以平反。

11月18日,北京市中级人民法院再审判决:"宣告路翎无罪。"恢复原工资级别:文艺四级。

1981年　58岁

3月,为《初雪》撰写《后记》。

5月,和余明英一起随《剧本》月刊编辑部组织,由凤子、吴祖光率领的学习参观团到山东德州地区农村访问。期间,余明英因血压高和长期积劳成疾突发脑溢血,送德州医院抢救,病情渐渐稳定。

6月初,回到北京。余明英继续治疗,虽有好转,但从此拿东西和行走都不方便。

6月12日,从朝阳区芳草地迁居本区团结湖中路南一条一号楼四单元301室。

在《诗刊》《光明日报》上分别发表《果树林中》《春来临》等诗。

9月,小说、散文集《初雪》由宁夏人民出版社出版。

1981年第2—4期《江南》杂志连载长篇小说《战争,为了和平》第一部《群峰顶端的雕像》第3—6章(第1、2章丢失)。

本年,写未刊诗十几首。

1982年　59岁

春天,美国加利福尼亚大学东方语文学系主任戴维斯·季博思夫妇到家中访问,对长篇小说《财主底儿女们》评价极高。

1月12日,香港《新晚报》"星海"副刊发表诗两首《阳光灿烂》《鹏程万里》。

4月,参加北京举行的全国"军事题材文学创作座谈会"。

7月,胡风定居木樨地。

8月7日,由女儿和外孙女陪同到胡风家中看望,午餐并留影。

11月,到木樨地与友人牛汉、鲁煤、邹荻帆、徐放、谢韬、周颖、阎望等参加胡风八十寿辰聚会。

《青海湖》《雪莲》《星星》《文学报》分别发表创作的诗《月芽·白昼》等。

本年,写未刊诗20多首。

本年,写小说《拌粪》,发表于《中国》1985年第2期。

1983年　60岁

年初,离休。

3月23日,迁居宣武区虎坊路甲十五号四门302室。

12月18日胡风日记:"上午,命晓山接路翎、徐绍羽、马毳来,在此午餐。下午走。"

在近一年的时间他坚持写作,每周还数次陪余明英到医院看病。

1984年　61岁

4月14日,胡风为《路翎剧作选》写序《我读路翎的剧本》。

4月24日,胡风在他的《胡风评论集》后记中写道:"内容更复杂的是路翎。我介绍了他,也只写过三篇短文。我不但不后悔,而且是对无产阶级的文学事业,对人民,对他自己,我都感到更大的惭愧。这里再补充几句。无论是小说或者戏剧创作,他都是达到了内容所要求的艺术水平的。"

5月30日,和友人牛汉、徐放、耿庸、李嘉陵、李离去木樨地看望胡风并留影。

6月1日,为儿童节作诗《早晨》,发表于《诗刊》1984年第11期。

写回忆文章《我读鲁迅的作品》,后载《鲁迅研究动态》1985年第4期,又载《当代作家谈鲁迅(续集)》,西北大学出版社 1986 年版。

12月6日,天津《今晚报》发表散文《杂草》。

12月24日,《北京晚报》发表散文《天亮前的扫地》。

12月29日,参加北京举行的全国作协第四次代表大会,再次当选为中国作协理事。

整理、创作《月亮》等诗 20 首,写未刊诗 20 多首。

1985 年　62 岁

春天,美国斯坦福大学教授、《饥饿的郭素娥》的英译者威廉到家中访问。

1月20日,写回忆文章《我与外国文学》,载《外国文学研究》1985 年第 2 期。

3月,长篇小说《财主底儿女们》,由人民文学出版社重排、再版。胡风看到样书后高兴地说:"路翎作品中的美学潜力非常丰富,可以写一本书。应该好好地把它送给读者。"

4月11日—6月8日,胡风患癌症住进友谊医院。在此期间曾几次去看望,余明英也曾克服行走困难前往探视。

6月8日,胡风逝世。

7月30日,写回忆文章《哀悼胡风同志》,载《文汇月刊》1985 年第 9 期。

8月3日,去八宝山为胡风送行。写挽联《沉痛哀悼我的导师胡风同志》:"良师益友胡风今逝去,心中痛感悲凄与哀伤,旧时感情灯火常闪耀,内心永念督促与勉励",以此来表达极为悲痛的心情。

8月12日,写回忆文章《胡风谈他的文学之路》,载《鲁迅研究动态》1986 年第 6 期。

8月14日,写回忆文章《〈七月〉的停刊——纪念胡风逝世》,载《读书》1985 年第 10 期。

写《胡风热爱新人物》,载《北京晚报》1986 年 1 月 15

日,《忆望都之行》载江苏淮阴教育学院《文科通讯》1986年第2期。

12月,长篇小说《战争,为了和平》由中国文联出版公司出版。

本年,散文《愉快的早晨》,诗歌《幽静的夜》数篇分别在《北京晚报》《红岩》等刊发表。

本年,写长篇小说《江南春雨》《野鸭洼》。

1986年　63岁

1月15日,赴八宝山革命公墓参加胡风追悼会。

2月,《路翎剧作选》由中国戏剧出版社出版。

2月4日,余明英写回忆《路翎与我》,后收入《路翎晚年作品集》。

3月,《路翎小说选》由四川文艺出版社出版。

5月3日,写诗《风吹过屋脊时想到》,后载重庆《红岩》1986年第6期。

6月24日,写回忆文章《忆刘参谋》,收入《路翎晚年作品集》。

7月3日,写回忆文章《悼念路曦同志》,收入《路翎晚年作品集》。

8月17日,写短篇小说《钢琴学生》,载《人民文学》1987年第1、2期合刊。

10月31日,散文《答问路的老人》在《北京晚报》发表。

11月,当选为中国作协第四届理事会第二次会议代表。

本年,写未刊诗十几首。

1987年　64岁

5月,完成中篇《袁秀英、袁秀兰姐妹》。

5月26日,写《燃烧的荒地》新版自序。

5月27日,写回忆文章《杭州之行——纪念胡风逝世两周年》,载《东方纪事》1987年第9—10期合刊。

5月,写诗《看一座房屋盖起来》《高层楼房》,载《诗刊》1987年第9期。

5月,整理狱中生活回忆《种葡萄》,后收入《路翎晚年作品集》。

10月,长篇小说《燃烧的荒地》由作家出版社重排再版。

11月24日,长诗《旅行者》初稿完成,约1988年年初定稿。

本年,写诗、散文十几篇,未刊诗十几首。

1988年　　65岁

回忆文章《一九三七年在武汉》(上、下),分别载武汉《春秋》双月刊1988年第1期、第2期《往事漫忆》栏目。

2月,由人民文学出版社联合出版中篇小说《饥饿的郭素娥・蜗牛在荆棘上》。

本年,写回忆文章《安定医院》《喷水与喷烟》,后均收入《路翎晚年作品集》。

11月,当选为中国作协第四届理事会第三次会议代表。

本年,写诗数首。

本年,完成中篇《横笛街粮店》《米老鼠手帕》《吴俊美》。

1989年　　66岁

1月3日,诗《盼望》发表于《人民日报》"大地"副刊。

2月,《路翎书信集》由漓江出版社出版。路翎在该书出版前曾为此书写详细自传年表。

4月23日,写回忆文章《一起共患难的友人和导师——我与胡风》,载晓风主编的《我与胡风——胡风事件三十七人回忆》,由宁夏人民出版社1993年出版。

写回忆文章《忆阿垅》,载《传记文学》1989年第5—6期合刊。

诗《新建区域》,载《诗刊》1989年第7期。

1990 年　67 岁

3 月 1—10 日，写组诗《在阳台上》20 首，后收入《路翎晚年作品集》。

3 月 5—10 日，写诗《落雪》《雨中的青蛙》等 7 首，后收入《路翎晚年作品集》。

3 月 6—12 日，写诗《筑巢》《蜜蜂》等 12 首，后收入《路翎晚年作品集》。

4 月 1 日，给蒋继三回信："家中事我的记忆——我在《书信集》年谱内所写是根据我的祖母、母亲的谈话。和你说的有一定的差别。当然你说的许多事是值得供参考的。"

1991 年　68 岁

1 月 10 日，给作家出版社朱珩青女士回信："你有愿望写我的传记，我很感谢你。"朱珩青著《路翎——未完成的天才》，1997 年 4 月由山东文艺出版社出版。

10 月 26 日，写回忆文章《错案二十年徒刑期满后，我当扫地工》，载《香港文学》1992 年第 1 期。

1992 年　69 岁

本年，完成中篇《表》《乡归》。

9 月，由作家出版社出版《路翎小说选》，收入过去未入集的小说《"要塞"退出以后》。

9 月 12 日，写回忆文章《监狱琐忆》，收入朱珩青主编的《路翎作品新编》，由人民文学出版社 2011 年 10 月出版。

11 月 11 日，赴中国现代文学馆参加"胡风先生诞辰九十周年学术讨论会"，并简短发言："胡风先生是我的老师，他引导我走上了文学创作道路，他对我的培养是人所共知的……"

11 月 21 日，写回忆文章《忆朝鲜战地》，后收入《路翎晚年作品集》。

1993 年　70 岁

1994 年　71 岁

2月12日晨,突发脑溢血,送北京友谊医院,抢救无效,于当日13时逝世。

3月23日,由中国戏剧家协会主办,在北京八宝山举行遗体告别会。

参考文献:

1.《路翎自传》。

说明:路翎因历史错案,精神遭严重伤害,没有完全治愈,晚年的记忆又较差。《路翎自传》中的出生地以朱珩青著的《路翎传》为准,时间上如与《年谱简编》中有出入,以梅志、晓风编的《胡风全集》、徐绍羽编的《致路翎书信全编》为准。

2. 余明英:《路翎与我》,《新文学史料》1997年第4期。

3. 晓风编:《胡风路翎文学书简》,安徽文艺出版社,1994年。

4. 梅志、晓风编:《胡风全集》,湖北人民出版社,1999年。

5.《致胡风书信全编》,大象出版社,2004年。

6.《致路翎书信全编》,大象出版社,2004年。

7. 杨义等编:《路翎研究资料》,北京十月文艺出版社,1993年。

8. 张业松、徐朗编:《路翎晚年作品集》,东方出版中心,1998年。

9. 张业松、鲁贞银编:《路翎批评文集》,广东珠海出版社,1998年。

10. 朱珩青:《路翎——未完成的天才》,山东文艺出版社,1997年。

路翎著述目录

徐绍羽　廖伟杰

本目录的整理参考了以下研究：

沈永宝、乔长森《路翎作品系年目录》(《文教资料简报》1985年第4期)；

杨义等编《路翎著作年表》(《路翎研究资料》，北京：北京十月文艺出版社，1993年，第207—223页)；

张业松《路翎晚年创作年表》(《新文学史料》1997年第4期)；

邓腾克《路翎作品》(Kirk A. Denton, "Appendix A: Works by Lu Ling", *The Problematic of Self in Modern Chinese Literature*, Standford University Press, 1998, p.271-282.)；

周荣《路翎作品目录》(《超拔与悲怆——路翎小说研究》，北京：中国社会科学出版社，2017年，第222—233页)；

宋玉雯《路翎著作年表》(见《蜗牛在荆棘上：路翎及其作品研究》，新竹：交通大学出版社，2020年，第339—388页、北京：北京大学出版社，2024年，第333—403页，亦见王双龙主编《中国当代文学史料 第1卷》，吉林人民出版社，2022年)。

《秋在山城》
散文，署名"烽嵩"。
1938年11月3日，刊于重庆《时事新报》第4版副刊《青光》。

《夜渡》
散文，署名"烽嵩"。

1938年11月8日,刊于重庆《时事新报》第4版副刊《青光》。

《给店友们》
散文,署名"丁当"。
1938年11月14日,刊于合川《大声日报》第4版副刊《哨兵》第46期。
2005年,收入陈刚《北碚文化圈与1940年代文学》(吉林大学博士论文)附录《〈大声日报〉副刊"哨兵"上的路翎作品》。

《遥寄天边的朋友》
散文,署名"烽嵩"。
1938年11月14日,刊于合川《大声日报》第4版副刊《哨兵》第46期。
2005年,收入陈刚《北碚文化圈与1940年代文学》(吉林大学博士论文)附录《〈大声日报〉副刊"哨兵"上的路翎作品》。
2009年,收入倪海燕《〈大声日报〉副刊上路翎与作品及价值》,《中国现代文学新史料的发掘与研究国际学术研讨会论文集》。

《在空袭的时候》
散文,署名"莎虹"。
1938年11月17日,刊于合川《大声日报》第4版副刊《哨兵》第48期。
2005年,收入陈刚《北碚文化圈与1940年代文学》(吉林大学博士论文)附录《〈大声日报〉副刊"哨兵"上的路翎作品》。

《血底象征》
诗歌,署名"莎虹"。
1938年11月17日,刊于合川《大声日报》第4版副刊《哨兵》第48期。

2005年,收入陈刚《北碚文化圈与1940年代文学》（吉林大学博士论文）附录《〈大声日报〉副刊"哨兵"上的路翎作品》。

《哨兵》
诗歌,署名"丁当",1938年11月作。
1938年11月17日,刊于合川《大声日报》第4版副刊《哨兵》第48期。
2005年,收入陈刚《北碚文化圈与1940年代文学》（吉林大学博士论文）附录《〈大声日报〉副刊"哨兵"上的路翎作品》。

《在襄河畔》
散文,署名"烽嵩"。
1938年12月1日,刊于重庆《时事新报》第4版副刊《青光》。

《致死者》
散文,署名"丁当"。
1938年12月4日,刊于合川《大声日报》第4版副刊《哨兵》第50期。
2005年,收入陈刚《北碚文化圈与1940年代文学》（吉林大学博士论文）附录《〈大声日报〉副刊"哨兵"上的路翎作品》。

《一片血痕与泪迹》
散文,署名"烽嵩"。①
1938年12月6日,刊于重庆《弹花》第2卷第2期。
1940年,收入叶帆等选辑、谊社主编《第二年》,香港未明书店。

---

① 根据首句"离开中秋又是一度的月圆了",1938年农历九月十五是11月6日,当写于这天左右。

《高楼》

散文,署名"烽嵩"。

1938年12月7日,刊于重庆《时事新报》第4版副刊《青光》。

《在游击战线上》

小说,署名"流烽"。

1938年12月19至20日,初刊于重庆《大公报》第4版副刊《战线》。

1939年2月14日,转载于香港《大公报》第9版副刊《文艺》,改题为《记郑司令》。

《国防音乐大会》

散文,署名"莎虹",1938年12月30日作。

1939年1月1日,刊于合川《大声日报》第4版副刊《哨兵》第55期。

2005年,收入陈刚《北碚文化圈与1940年代文学》(吉林大学博士论文)附录《〈大声日报〉副刊"哨兵"上的路翎作品》。

《朦胧的期待》

小说,署名"流烽",1939年2月1日作完。

1939年1月8日、15日、22日与2月5日,连载于合川《大声日报》第4版副刊《哨兵》第56、57、58、60期。

2003年,收入朱珩青《路翎传·附录二》,大象出版社。

2005年,收入陈刚《北碚文化圈与1940年代文学》(吉林大学博士论文)附录《〈大声日报〉副刊"哨兵"上的路翎作品》。

《欢迎新伙伴——写给〈山野〉》

散文,署名"哨兵"。

1939年3月5日,刊于合川《大声日报》第4版副刊《哨兵》第62期。

2005年,收入陈刚《北碚文化圈与1940年代文学》(吉林大学博士论文)附录《〈大声日报〉副刊"哨兵"上的路翎作品》。

《响应义卖现金活动》

散文,署名"莎虹",1939年3月10日作。

1939年3月12日,刊于合川《大声日报》第4版副刊《哨兵》第63期。

2005年,收入陈刚《北碚文化圈与1940年代文学》(吉林大学博士论文)附录《〈大声日报〉副刊"哨兵"上的路翎作品》。

《我们底春天》

诗歌,署名"莎虹"。

1939年3月26日,刊于合川《大声日报》第4版副刊《哨兵》第65期。

2005年,收入陈刚《北碚文化圈与1940年代文学》(吉林大学博士论文)附录《〈大声日报〉副刊"哨兵"上的路翎作品》。

2009年,收入倪海燕《〈大声日报〉副刊上路翎与作品及价值》,《中国现代文学新史料的发掘与研究国际学术研讨会论文集》。

《告别了〈哨兵〉》

散文,署名"莎虹",1939年3月15日作。

1939年4月2日,刊于合川《大声日报》第4版副刊《哨兵》第66期。

2005年,收入陈刚《北碚文化圈与1940年代文学》(吉林大学博士论文)附录《〈大声日报〉副刊"哨兵"上的路翎作品》。

《"要塞"退出以后——一个年青"经纪人"底遭遇》

小说,1939年9月26日作。

1940年5月,刊于重庆《七月》第5集第3期。

1992年,收入朱珩青编《路翎小说选》,作家出版社。

1997年,收入唐金海、陈子善等主编《新文学里程碑 现代名家处女作·成名作·代表作 小说卷 下》,文汇出版社。

1999年,收入朱珩青编选《路翎代表作》,华夏出版社。①

2011年,收入朱珩青编《路翎作品新编》,人民文学出版社。

《评〈突围令〉》

文论。②

1940年5月3日,刊于重庆《新蜀报·蜀道》。

1997年,收入程荣华编《庄涌和他的诗》,中国文联出版公司。

1998年,收入张业松、鲁贞银编《路翎批评文集》,珠海出版社。

《伊[尹]奉吉之死——记韩国一青年》

散文,1940年6月6日作。

1940年7月20日,刊于重庆《慰劳半月刊》第17期。

《祝福》

散文,署名"穆纳"。

1940年10月8日,刊于重庆《时事新报》第4版副刊《青光》。

《家》

小说,1940年作。③

1941年4月,刊于重庆《七月》第6集第3期。

1945年3月,收入《青春的祝福》。

1986年,收入路翎编《路翎小说选》,四川文艺出版社。

---

① 作《"要塞"退出以后——一个年轻"经纪人"的遭遇》。

② 据1940年4月15日路翎致胡风信:"对于《突围令》,我不能再认识得怎样深一点……"

③ 这是作者在初版本中的标记。首见于1940年5月15日路翎致胡风信:"第二篇也写了工人",即《家》。11月14日信说:"《家》盼你寄回来",未知是否修改。

《黑色子孙之一》
小说,1940年冬天作完。①
1941年9月,刊于重庆《七月》第7集第1、2期合刊。
1945年3月,收入《青春的祝福》。
1992年,收入朱珩青编《路翎小说选》,作家出版社。
1994年,收入朱珩青编《路翎》,香港三联书店。

《暗夜及其他——写给"带枪的人"》
散文,署名"穆纳"。
1941年1月1日,刊于重庆《时事新报》第5版副刊《青光》。

《何绍德被捕了》
小说,1941年2月14日作完。②
1941年6月,刊于重庆《七月》第6集第4期。
1945年3月,收入《青春的祝福》。
1984年,收入黄修己等编选《中国现代文学史参考资料》,中央广播电视大学出版社。
1985年,转载于《抗战文艺研究》1985年第1期。
1986年,收入黄修己选编《中国现代文学作品选 下》,北京十月文艺出版社。
1990年,收入杨宗国、曹万生、王开明编《中国新文学大系1937—1949 第四集 短篇小说卷二》,上海文艺出版社。

---

① 《黑色子孙之一》1941年9月初刊时标记写作时间为1940年冬天。路翎将其收入《青春的祝福》时则删去"冬天"二字。1940年5月1日路翎致胡风信:"到文星镇一个多星期写了一万多字底关于矿工底文章",即《黑色子孙之一》。16日致胡风信说:"整理了在生活倾覆以后所写的两篇文章",即《黑色子孙之一》《家》,并寄给胡风。11月14日致胡风信说:"《黑色子孙之一》(中略)也盼你寄回来。我一定要重新弄一弄,试试看罢。"可知《黑色子孙之一》作于1940年5月1日前,11月14日后("冬天")作过修改。

② 这是作者在初刊本中的标记。首见于1940年11月14日路翎致胡风信:"写了九千字的一篇《何绍德被捕了》。"

1996年,收入朱文华、许道明编《新编中国现代文学作品选》,复旦大学出版社。

《祖父底职业》
小说,1940年冬天初稿。①
1941年9月,刊于重庆《七月》第7集第1、2期合刊。
1945年3月,收入《青春的祝福》。
1994年,收入朱珩青编《路翎》,香港三联书店。②

《谷》
小说。③
1942年7月5日,刊于桂林《山水文艺丛刊(1)·死人复活的时候》。
1945年3月,收入《青春的祝福》。
1992年,收入朱珩青编《路翎小说选》,作家出版社。
1999年,收入朱珩青编选《路翎代表作》,华夏出版社。
2011年,收入朱珩青编《路翎作品新编》,人民文学出版社。

《棺材》
小说,1942年作。④

---

① 据1941年2月19日路翎致胡风信,此时完成修改。
② 作《祖父的职业》。
③ 胡风致路翎1941年8月9日信说《谷》的初稿收到,11月21日信说:"《谷》能改写,很好。"路翎致聂绀弩1942年1月20日信说:"有一个写知识份子的三万多字的短篇,隔几天就可以弄好投给你们底刊物。"路翎致彭燕郊3月2日信说:"《谷》是一月二十四日寄的"。致胡风5月12日信说:"《谷》底第八节第四行:'山谷底夜生活将要开始的时候,"山谷"里便闪亮着一种……',第二个'山谷'为'松林'之误。请你更正一下。再,有许多地方代名词用得太多太可嫌,也请你替我修改。"6月27日胡风致路翎信说:"《谷》,你要改的两个字无法改了。等见到他的时候,已经来不及了"。(按:此后的所有版本均未改正)因此《谷》的初刊本应就是路翎在1942年1月24日寄往桂林的版本。
④ 这是1999年朱珩青编《路翎代表作》的篇末标记。首见于1942年3月14日阿垅致胡风信:"(路翎)写成了《棺材》"。

1943年5月10日，刊于桂林《文学报》新第1卷第1期。

1945年3月，收入《青春的祝福》。

1981年，收入刘绍铭、夏志清、李欧梵编《中国现代中短篇小说集（1919—1949）》(Modern Chinese Stories and Novellas, 1919-1949)，哥伦比亚大学出版社。

1984年，收入华中师范学院中文系现代文学教研室编《中国现代文学作品选》。

1988年，收入严家炎选编《中国现代各流派小说选》第四册，北京大学出版社。

1992年，收入雷锐编《桂林文化城大全 文学卷·小说分卷》，广西师范大学出版社。

1995年，收入林莽编《路翎文集》，安徽文艺出版社。

1999年，收入朱珩青编选《路翎代表作》，华夏出版社。

2011年，收入朱珩青编《路翎作品新编》，人民文学出版社。

《饥饿的郭素娥》

中篇小说，1942年4月作完。[①]

1943年3月，桂林南天出版社初版，七月新丛。

1944年11月，重庆南天出版社再版，七月新丛1。

1946年1月，上海希望出版社再版，七月新丛1。

1947年5月，上海希望社四版，七月新丛1。

1984年，收入刘会军等编《现代中篇小说选 1921—1949 第3辑》，宝文堂书店。

1986年，收入金钦俊编选《现代中篇小说力作 下》，漓江出版社。

1988、2001年，收入《饥饿的郭素娥 蜗牛在荆棘上》，人民文学出版社。

[①] 这是作者的篇末标记。首见于1942年2月9日致聂绀弩、彭燕郊信："正在写《恋爱的小屋》"。据1942年4月30日致胡风信，《饥饿的郭素娥》已完成，5月11日信："中篇已抄好"。

1989年,收入艾芜主编《中国抗日战争时期大后方文学书系 第3编小说》,重庆出版社。

1990年,收入伍加仑、钟德慧、潘显一编《中国新文学大系 1937—1949 第6集 中篇小说 卷1》,上海文艺出版社。

1995年,收入林莽编《路翎文集》,安徽文艺出版社。

1996年,收入谢冕、钱理群主编《百年中国文学经典 第3卷》,北京大学出版社。

1999年,收入禹裔、齐豫生主编《现代名著宝库 第4辑》,延边人民出版社。

2004年,收入中国社会科学院文学研究所现、当代文学研究室选编《中华中篇小说百年精华》,人民文学出版社。

2008年,收入林贤治、肖建国主编《(1917—2007)中国作家的精神还乡史 小说卷2》,花城出版社。

2018年,收入孟繁华主编《百年百部中篇正典 饥饿的郭素娥 李有才板话 憩园》,春风文艺出版社。

2021年,收入林贤治主编《百年中篇小说典藏 饥饿的郭素娥》,花城出版社。

2021年,收入吴义勤主编《百年中篇小说名家经典 饥饿的郭素娥》,河南文艺出版社。

2022年,收入黄瀚主编《暴风雨的一天》,济南出版社。

2023年,收入张丽军主编《蜗牛在荆棘上 国统区乡土小说》,济南出版社。

《卸煤台下》

小说,1941年作。①

---

① 这是作者在1986年《路翎小说选》中的篇末标记。首见于1941年11月21日胡风致路翎信,胡认为《卸煤台下》末节"是错误的"。1942年4月5日路翎致胡风信认为《卸煤台下》恐怕不能收入小说集《青春的祝福》,5月30日信说:"现在在重弄《卸煤台下》",7月3日信说:"另卷寄上集子(《青春的祝福》)""题名《卸煤台下》,如何?"说明《卸煤台下》改完。

1944年12月,刊于重庆《抗战文艺》第9卷第5、6期合刊。

1945年3月,收入《青春的祝福》。

1986年,收入路翎编《路翎小说选》,四川文艺出版社。

1988年,收入严家炎选编《中国现代各流派小说选》第四册,北京大学出版社。

1989年,收入艾芜主编《中国抗日战争时期大后方文学书系第3编小说》,重庆出版社。

1994年,收入朱珩青编《路翎》,香港三联书店。

1995年,收入林莽编《路翎文集》,安徽文艺出版社。

2011年,收入朱珩青编《路翎作品新编》,人民文学出版社。

《致中国》

诗歌,1942年11月7日作。

1948年3月15日,刊于北平《泥土》第5辑。

1948年5月8—9日,转载于汉口《大刚报》第4版。

1998年3月,收入《路翎晚年作品集》,东方出版中心。

《青春的祝福》

小说,1942年作。①

1945年3月,收入《青春的祝福》。

1992年,收入朱珩青编《路翎小说选》,作家出版社。

1995年,收入林莽编《路翎文集》,安徽文艺出版社。

---

① 这是作者在1992年《路翎小说选》中的篇末标记。首见于1941年4月14日路翎致胡风信:"《章华云》,不知它能否接近了'积极'的主题。"11月21日胡风之路翎信评价:"《章华云》的结尾,没有思想力量。"1942年4月5日路翎致胡风信说《章华云》"要重写",30日信说:"正在重写",5月11日信:"写好了《章华云》",30日信说:"已改写好了",7月3日信称抄入《青春的祝福》集中有改动。10月10日胡风致路翎信说《青春的祝福》送审被扣。路翎致胡风11月13日信:"《章小姐》就不能够寄了。我每次抄,总要更动,时间又少,三四万字怕要花两个星期……但我先动手再说,在重庆交给你也是一样的",21日信说:"另卷寄上小说稿"。

《蜗牛在荆棘上》

中篇小说。①

1944年5月15日,刊于桂林《文学创作》第三卷第一期。

1946年3月,上海新新出版社,人民文艺丛书

1988年2月,收入《饥饿的郭素娥 蜗牛在荆棘上》,北京人民文学出版社。

1988年,收入严家炎选编《中国现代各流派小说选》第四册,北京大学出版社。

1999年,收入陈思和、李平主编《现代文学100篇》,学林出版社。

2001年1月,收入《饥饿的郭素娥 蜗牛在荆棘上》,北京人民文学出版社,新文学碑林。

2023年6月,收入张丽军主编《蜗牛在荆棘上——国统区乡土小说》,济南出版社。

《对舒芜〈论主观〉的几条意见》

文论。②

1945年1月,刊于重庆《希望》第一集第一期。

1998年,收入张业松、鲁贞银编《路翎批评文集》,珠海出版社。

《财主底儿女们》

长篇小说。初稿为《财主底孩子》,③第二稿《财主底儿女们》

---

① 《路翎自传》说1943年"借回北碚过旧历年,在那儿写小说《蜗牛在荆棘上》",1943年4月25日路翎致胡风信:"另卷寄上短篇。"11月26日信:"《蜗牛》已改写,改得并不多。"

② 1944年9月27日舒芜在《论主观》后附录道:"本文初稿完成后,即请路翎兄看过,他写了几条意见出来","后来写第二次,遵照他的意见而修改的地方很多"。《论主观》落款的写作时间标为1944年2月28日二次稿,因此这些意见应写于28日前。本篇原无标题,作为《论主观》附录发表,标题系收入《路翎批评文集》时为编者所拟。

③ 1940年5月22日、6月3日、23日路翎致胡风信均提及一部关于"长江中游底大溃败"的作品,11月14日路翎致胡风信:"在那两篇〔引者注:《黑色子(转下页)

第一部 1943 年 11 月作完；①第二部 1944 年 5 月作完。②

1945 年 11 月，重庆希望社，上册。

1948 年 2 月，上海希望社，上下册。③

1985 年 3 月，北京人民文学出版社，中国现代文学作品原本选印。

1995 年，收入林莽编《路翎文集》，安徽文艺出版社。

1997 年 12 月，北京人民文学出版社，中国现代长篇小说丛书。

2000 年 7 月，北京人民文学出版社，百年百种优秀中国文学图书。

2004 年 3 月，北京人民文学出版社，中国文库。

《感情教育》

小说，1944 年 9 月 11 日作。

1945 年 5 月，刊于重庆《希望》第一集第二期《有"希望"的人们》(1946 年 1 月上海重版，下同)。

1946 年 12 月，收入《求爱》。

1986 年，收入吴子敏编选《〈七月〉、〈希望〉作品选》，人民文学出版社。

1999 年，收入朱珩青编选《路翎代表作》，华夏出版社。

2003 年，收入中国现代文学馆、北京市语文教学研究会编《中国现代文学名著精萃 小说卷 5》，华夏出版社。

(接上页)孙之一《家》之后我还另写了一篇'长江……'的战斗故事"，其后路翎致信胡风说："我预备写一个长篇写一个老财主家庭底溃灭……"1941 年 2 月 2 日路翎致胡风信："今天把《财主底孩子》带到你家里。"

① 据 1944 年 7 月 4 日胡风日记，路翎修改好《儿女们》第一部。

② 1944 年 5 月 13 日路翎致胡风信："今天我结束了我底《英雄们》。"1945 年 5 月 18 日信："稿子已经看好，涂得多。"

③ 1947 年 11 月 24 日路翎致胡风信："另卷寄上《儿女们》校样书及勘误表。"1948 年 1 月 3 日胡风日记："路翎等整天改《财主底儿女们》第二部纸型上错字。"

《可怜的父亲》

小说,1944年9月12日作。

1945年5月,刊于重庆《希望》第一集第二期《有"希望"的人们》。

1946年12月,收入《求爱》。

1999年,收入朱珩青编选《路翎代表作》,华夏出版社。

2003年,收入中国现代文学馆、北京市语文教学研究会编《中国现代文学名著精萃 小说卷5》,华夏出版社。

《秋夜》

小说,1944年9月15日作。

1945年5月,刊于重庆《希望》第一集第二期《有"希望"的人们》。

1946年12月,收入《求爱》。

《〈欧根·奥尼金〉与〈当代英雄〉》

文论,署名"冰菱",1944年9月20日作。

1945年1月,刊于重庆《希望》第一集第一期。

1998年,收入张业松、鲁贞银编《路翎批评文集》,珠海出版社。

2007年,收入陈建华主编《中国俄苏文学研究史论 第4卷》,重庆出版社。

《〈何为〉与〈克罗采长曲〉》

文论,署名"冰菱"。①

---

① 1944年9月1、10日,胡风致路翎信建议"写些短玩意儿""写一两则短书评"。虽然路翎在12日复信指出"书评恐怕写不出来了",但仍写了两篇书评(其中包括20日写的《〈欧根·奥尼金〉与〈当代英雄〉》),于23日路翎看望胡风时交给他。胡风24日"看路翎稿",26日致信路翎说:"书评,好的,虽然有些先生们要觉到莫名其妙了",27日胡风"看完《克罗采长曲》",10月8日"编成《希望》第一期",9日胡风致舒芜信说:"十天内能有书评……现在还只得宁兄二篇"。舒芜12日致胡风信提及"嗣兴兄之书评,他告诉我一篇,是关于克罗采长曲与何为的。"

1945年1月,刊于重庆《希望》第一集第一期。
1998年,收入张业松、鲁贞银编《路翎批评文集》,珠海出版社。

《罗大斗底一生》
小说,1944年8月作。①
1945年1月,刊于重庆《希望》第一集第一期。
1949年8月,收入《在铁链中》。
1988年,收入严家炎选编《中国现代各流派小说选》第四册,北京大学出版社。
1989年,收入艾芜主编《中国抗日战争时期大后方文学书系 第3编小说》,重庆出版社。
1995年,收入林莽编《路翎文集》,安徽文艺出版社。
1996年,收入谢冕、钱理群主编《百年中国文学经典 第3卷》,北京大学出版社。
1997年,收入张玉枝、贾丽丽编著《中国现代乡土·乡风·乡情小说精品·乡魂》,中原农民出版社。
1999年,收入朱珩青编选《路翎代表作》,华夏出版社。②
2008年,收入王富仁、方兢主编《不可不读的20世纪中国短篇小说 现代卷》,西北大学出版社。

《瞎子》
小说,1944年10月作。
1945年5月,刊于重庆《希望》第一集第二期《有"希望"的人们》。
1946年12月,收入《求爱》。
1992年,收入朱珩青编《路翎小说选》,作家出版社。

———————
① 这是路翎在篇末标记的时间。1944年7月14日致胡风信:"现在又把中断了的那篇继续了起来,完成了草稿,题名为《罗仁厚小传》。"10月15日胡风日记:"与路翎酌定《罗大斗底一生》。"
② 作《罗大斗的一生》。

1994年,收入朱珩青编《路翎》,香港三联书店。

1999年,收入朱珩青编选《路翎代表作》,华夏出版社。

《王家老太婆和她底小猪》

小说,1944年10月作。①

1945年5月,刊于重庆《希望》第一集第二期《有"希望"的人们》。

1946年12月,收入《求爱》。

1990年,收入杨宗国、曹万生、王开明编《中国新文学大系1937—1949 第四集 短篇小说卷二》,上海文艺出版社。

1992年,收入朱珩青编《路翎小说选》,作家出版社。

1994年,收入朱珩青编《路翎》,香港三联书店。

1995年 ,收入林莽编《路翎文集》,安徽文艺出版社。

1996年,收入刘绍棠、宋志明主编《中国乡土文学大系 现代卷》,农村读物出版社。

1999年,收入朱珩青编选《路翎代表作》,华夏出版社。

2003年,收入中国现代文学馆、北京市语文教学研究会编《中国现代文学名著精萃 小说卷5》,华夏出版社。

2003年,收入高永年主编《二十世纪中国文学作品选·小说卷》,江苏教育出版社。

2005年,收入吴秀明、李杭春主编《中国现代文学作品选评》,浙江大学出版社。

2008年,收入王富仁、方兢主编《不可不读的20世纪中国短篇小说 现代卷》,西北大学出版社。

2011年,收入朱珩青编《路翎作品新编》,人民文学出版社。

《新奇的娱乐》

小说,1944年11月14日作。

---

① 1944年11月15日路翎致胡风信:"寄上三则小的",即《瞎子》《王家老太婆和她底小猪》《新奇的娱乐》。

1945年5月,刊于重庆《希望》第一集第二期《有"希望"的人们》。

1946年12月,收入《求爱》。

《谈"色情文学"》

文论,署名"冰菱",1944年11月28日作。

1945年5月,刊于重庆《希望》第一集第二期(1946年1月上海重版)。

1946年5月6日,转载于上海《和平日报》第4版。

1998年,收入张业松、鲁贞银编《路翎批评文集》,珠海出版社。

2015年,收入张传敏编校《七月派文献汇编》,高等教育出版社。

《一封重要的来信》

小说,1944年11月作。

1946年12月,收入《求爱》。

1987年,收入安徽大学中文系现代文学教研室编《中国现代文学作品选》,安徽大学中文系现代文学教研室。

1992年,收入朱珩青编《路翎小说选》,作家出版社。

1999年,收入朱珩青编选《路翎代表作》,华夏出版社。

《熊和它底谋害者》

散文。

1945年1月12日,刊于重庆《中国学生导报》第4期。

《人权》

小说。①

1946年1月20日,刊于上海《文坛月报》1卷1期。

---

① 作者1992年3月标注写作时间为1943年,但迟至1945年1月14日致胡风信才首见关于《人权》的表述,因此宋玉雯定为1945年1月作。

1946年12月,收入《求爱》。

1992年,收入朱珩青编《路翎小说选》,作家出版社。

1995年,收入林莽编《路翎文集》,安徽文艺出版社。

1999年,收入朱珩青编选《路翎代表作》,华夏出版社。

《两个流浪汉》

小说,1945年1月作。①

1945年10月,刊于重庆《希望》第一集第三期(1946年3月上海重版)。②

1949年8月,收入《在铁链中》。

1988年,收入严家炎选编《中国现代各流派小说选》第四册,北京大学出版社。

1994年,收入朱珩青编《路翎》,香港三联书店。

1999年,收入朱珩青编选《路翎代表作》,华夏出版社。

《青春的祝福》

小说集,③收文8篇。

重庆:南天出版社,1945年3月初版,七月新丛4。

上海:希望社,1947年5月再版,七月新丛4。④

---

① 1945年1月15日路翎致胡风信:"《流浪汉》已写就,改好寄来。"2月19日胡风日记:"看路翎《两个流浪汉》原稿。"

② 重庆《希望》第一集第三期版权页写:"三十四年八月出版",而据1945年10月23日胡风日记:"《希望》三期出版",此据后者,下同。

③ 1942年3月22日胡风致路翎信:"你的短篇集,整理起来罢。"

④ 版权页显示为上海生活书店代发行。同时版权页写:"一九四五年七月渝初版",这与初版本版权页信息冲突。1945年4月30日舒芜致胡风信:"祝福的定价可怕,不知销路会如何?"同日胡风日记:"到南天。"5月1日胡风致路翎信:"昨天去出版社嘱送书给明英,知道她已拿去了(X君也直接要了几本去)。"8日路翎致胡风信:"X君直接跑到出版社拿书的事,我觉得是要不得的。我要明英以后不这样干,以免引起别人的坏感情。"27日舒芜致胡风信:"祝福,是由社寄我,还是由嗣兴自己?"29日胡风致舒芜信:"祝福,嗣兴即寄上。"6月18日舒芜致胡风信:"宁兄的书,均迄今未到。"可见初版本应早于1945年7月出版,兹从初出。

台中：文听阁图书有限公司，2010年影印本，收入《民国小说丛刊第一编》，主编吴福助。

1
家
何绍德被捕了
祖父底职业
黑色子孙之一
棺材
卸煤台下
2
青春的祝福
谷

《〈淘金记〉》

文论，署名"冰菱"，1945年3月1日作。

1945年12月，刊于重庆《希望》第一集第四期（1946年4月上海重版）。

1983年，收入金葵编《中国当代文学研究资料 沙汀研究专集》，浙江文艺出版社。

1986年，收入黄曼君、马光裕编《沙汀研究资料》，中国社会科学出版社。

1997年，收入钱理群编《二十世纪中国小说理论资料 第4卷 1937—1949》，北京大学出版社。

1998年，收入张业松、鲁贞银编《路翎批评文集》，珠海出版社。

1998年，收入林志浩、李葆琰编《中国新文艺大系：1937—1949评论集》，中国文联出版社。

2015年，收入张传敏编校《七月派文献汇编》，高等教育出版社。

《认识罗曼·罗兰》

文论,署名"冰菱",1945年4月11日作。

1946年5月,刊于《罗曼·罗兰》,上海:新新出版社。

1998年,收入张业松、鲁贞银编《路翎批评文集》,珠海出版社。

《自白——〈财主底儿女们〉题记》

序跋,1945年5月16日作。

1945年9月15日,刊于桂林《文艺杂志》新1卷第3期。

1945年11月收入《财主底儿女们》后改题为《题记》(与《财主底儿女们》出版信息相同者省略)。

1993年,收入杨义等编《路翎研究资料》,北京十月文艺出版社。

1997年,收入钱理群编《二十世纪中国小说理论资料 第4卷 1937—1949》,北京大学出版社。

1998年,收入张业松、鲁贞银编《路翎批评文集》,珠海出版社。

2003年,收入楼沪光、孙琇主编《中国序跋鉴赏辞典》,河北教育出版社。

《王兴发夫妇》

小说,1945年5月作。[①]

1946年5月4日,刊于上海《希望》第二集第一期。

1949年8月,收入《在铁链中》。

1981年,收入中国社会科学院文学研究所现代研究室编《中国现代文学创作选集·中国现代短篇小说选(1918—1949)》,人民文学出版社。

[①] 初刊本记为5月6日,初版本记为5月。1945年5月8日路翎致胡风信:"短稿仍差一点点",6月15日信:"短篇已经重写了……"

1984年,收入华中师范学院中文系现代文学教研室编《中国现代文学作品选》。

1986年,收入吴子敏编选《〈七月〉、〈希望〉作品选》,人民文学出版社。

1994年,收入朱珩青编《路翎》,香港三联书店。

1997年,收入贾玉民、纪桂平主编《中国现代乡土·乡风·乡情小说精品·乡野烈火》,中原农民出版社。

《市侩主义底路线》

文论,署名"未民",1945年6月作。[1]

1945年10月,刊于重庆《希望》第一集第三期(1946年3月上海重版)。

1990年,收入王锦厚、毛迅、周健编《中国新文学大系1937—1949 第1集 文学理论卷》,上海文艺出版社。

1998年,收入张业松、鲁贞银编《路翎批评文集》,珠海出版社。

2015年,收入张传敏编校《七月派文献汇编》,高等教育出版社。

《破灭》

小说,1945年6月作。[2]

1945年9月15日,刊于桂林《文艺杂志》新一卷第三期。

1949年8月,收入《在铁链中》。

《棋逢敌手——"后方小景"之二》

小说,1945年7月作。[3]

---

[1] 1944年12月11、17路翎在致胡风信中提及所写的《意在孰急》,1945年6月13日胡风致路翎信:"能弄两三则书评么?或者把春暖花开先生追击一下……"15日路翎致胡风信:"书评,要写写看。"

[2] 这是作者在初刊本中的篇末标记。首见于1941年11月21日胡风致路翎信。

[3] 1945年7月6日路翎致胡风信提及"今晨寄的《棋逢敌手》"。

1945年9月12日,刊于重庆《新华日报》第4版《新华副刊》。

1946年12月,收入《求爱》。

1947年7月16日,转载于汕头《光明日报》第4版《光副》第308期。

1986年,收入路翎编《路翎小说选》,四川文艺出版社。

《草鞋》

小说,1945年作。①

1945年7月25日,刊于重庆《新华日报》第4版《新华副刊》。

1946年12月,收入《求爱》。

1992年,收入朱珩青编《路翎小说选》,作家出版社。

1994年,收入朱珩青编《路翎》,香港三联书店。

《英雄的舞蹈——"后方小景"之一》

小说,1945年7月9日作。

1945年8月15日,刊于重庆《新华日报》第4版《新华副刊》。

1946年12月,收入《求爱》。②

1986年,收入路翎编《路翎小说选》,四川文艺出版社。

1992年,收入朱珩青编《路翎小说选》,作家出版社。

1994年,收入朱珩青编《路翎》,香港三联书店。

1995年,收入张玞编《二十世纪汉语小说精选》,青海人民出版社。

1996年,收入谢冕、钱理群主编《百年中国文学经典 第3卷》,北京大学出版社。

1998年,收入钱理群主编;旷新年等点评《20世纪中国文学名作中学生导读本 小说卷1》,广西教育出版社。

1999年,收入钱理群主编《20世纪中国小说读本》,浙江文

---

① 1945年7月6日路翎致胡风信:"寄上序和《草鞋》。"

② 作《英雄底舞蹈》。

艺出版社

2001年,收入王尚文、吴福辉、王晓明主编《新语文读本 高中卷1》,广西教育出版社。

2002年,收入谢冕主编《百年百篇文学精选读本·短篇小说卷:遍地风流》,天津教育出版社。

2002年,收入钱理群主编;范智红、谢茂松等点评《中国现代文学名作 互动点评本 小说卷 风萧萧,出门远行》,广西教育出版社。

2003年,收入江宝钗、辛金顺合编《时代新书:中国现代小说选读》,骆驼出版社。

2003年,收入中国社会科学院文学研究所现代文学研究室、当代文学研究室选编《中华短篇小说百年精华》,人民文学出版社。

2004年,收入刘勇主编《二十世纪中国短篇小说经典》,北京师范大学出版社。

2006年,收入丁帆、杨九俊主编《短篇小说选读》,江苏教育出版社。

2006年,收入易磊,李伟主编《一生必读的50篇经典小说》,内蒙古文化出版社。

2010年,收入易磊主编《感动中国的名家散文·长街短吻》,内蒙古文化出版社。

2011年,收入朱珩青编《路翎作品新编》,人民文学出版社。

2016年,收入《开学第一课》编写组编《人生与梦想》,时代文艺出版社。

《一场决斗》

小说,1945年7月18日作。

1946年2月8日,初刊于桂林《广西日报》。

1946年4月1日,刊于上海《文汇半月画刊》创刊号,题为《决斗》。

1946年5月,刊于重庆《民主文艺》第1期。

1946年12月,收入《求爱》,题为《江湖好汉和挑水伕的决斗》。

《纪德底姿态》
文论,署名"冰菱",1945年8月5日作。
1945年12月,刊于重庆《希望》第一集第四期(1946年4月上海重版)。
1998年,收入张业松、鲁贞银编《路翎批评文集》,珠海出版社。

《滩上》
小说,1945年8月9日作。
1946年2月20日,刊于重庆《中原、文艺杂志、希望、文哨联合特刊》第一卷第三期。
1946年3月3日,转载于《浙江日报》第4版。
1946年3月20日,转载于《书报精华》第15期。
1946年12月,收入《求爱》。
1947年7月11日,转载于汕头《光明日报》第4版。
1986年,收入路翎编《路翎小说选》,四川文艺出版社。
1986年,收入吴子敏编选《〈七月〉、〈希望〉作品选》,人民文学出版社。
1992年,收入沈默编《野百合花》,花城出版社。
1994年,收入朱珩青编《路翎》,香港三联书店。
1996年,收入商金林主编《今文观止》,山西教育出版社。
2000年,收入季羡林总顾问《中华今文观止 第2卷 1915—1949》,中国社会出版社。
2011年,收入朱珩青编《路翎作品新编》,人民文学出版社。

《悲愤的生涯》
小说,1945年8月10日作。

1946年1月1日,刊于重庆《中原、文艺杂志、希望、文哨联合特刊》第一卷第一期。

1946年12月,收入《求爱》。

《翻译家》

小说,1945年8月17日作。

1945年12月,刊于重庆《希望》第一集第四期《胜利小景》(1946年4月上海重版,下同)。

1946年12月,收入《求爱》。

1992年,收入朱珩青编《路翎小说选》,作家出版社。

1994年,收入朱珩青编《路翎》,香港三联书店。

《中国胜利之夜》

小说,1945年8月底作。①

1945年12月,刊于重庆《希望》第一集第四期《胜利小景》。

1946年12月,收入《求爱》。

1986年,收入路翎编《路翎小说选》,四川文艺出版社。

1995年,收入林莽编《路翎文集》,安徽文艺出版社。

《旅途》

小说,1945年9月8日作。

1945年12月,刊于重庆《希望》第一集第四期《胜利小景》。

1946年2月20日,转载于《人民文艺》第1卷第2期。

1946年12月,收入《求爱》。

1999年,收入朱珩青编选《路翎代表作》,华夏出版社。

---

① 这是路翎1986年将这篇小说编入《路翎小说选》时所记下的时间。1945年8月10日,日本宣布接受《波茨坦公告》,11日胡风致路翎信:"昨晚这刹那,是值得记一记的……"

《英雄与美人》

小说,1945年9月13日作。

1945年12月,刊于重庆《希望》第一集第四期《胜利小景》。

1946年12月,收入《求爱》。

1986年,收入路翎编《路翎小说选》,四川文艺出版社。

1993年,收入旭水、穆紫编《中国现代性爱小说资料丛书·热情之骨》,春风文艺出版社。

《王炳全底道路》

小说,1945年10月作。

1946年6月16日,刊于上海《希望》第二集第二期。

1949年8月,收入《在铁链中》。

《俏皮的女人》

小说,1945年10月31日作。

1946年3月,刊于广州《草莽》创刊号。①

1946年4月10日,刊于上海《文坛月报》第1卷第2期。

1946年5月20日,转载于《书报精华》第17期。

1946年9月17日,转载于厦门《时代晚报》第3版。

1946年12月,收入《求爱》。

1993年,收入旭水、穆紫编《中国现代性爱小说资料丛书·性的屈服者》,春风文艺出版社。

1994年,收入朱珩青编《路翎》,香港三联书店。

《程登富和线铺姑娘底恋爱》

小说,1945年11月9日作。

1946年6月1日,刊于上海《文艺复兴》第一卷第五期。

1949年8月,收入《在铁链中》。

---

① 宋玉雯注:疑刊印错误,小说未完。

1986年,收入路翎编《路翎小说选》,四川文艺出版社。

《乡镇散记》
散文,1945年11月29日作。
1945年12月,刊于重庆《希望》第一集第四期(1946年4月上海重版)。
1986年,收入吴子敏编选《〈七月〉、〈希望〉作品选》,人民文学出版社。

《一个商人怎样喂饱了一群官吏》
小说,1946年1月10日作。
1946年3月30日,刊于重庆《中原、文艺杂志、希望、文哨联合特刊》第一卷第四期。
1946年6月12—13日,刊于杭州《浙江日报》第4版,题为《刘视察下乡》。
1946年12月,收入《求爱》。
1992年,收入朱珩青编《路翎小说选》,作家出版社。
1994年,收入朱珩青编《路翎》,香港三联书店。

《关于SM底诗》
文论。
1946年1月18日,刊于开封《中国时报》副刊《文学窗》第2期。
1947年4月,刊于上海《文艺信》第5期《两个诗人》,署名"PL"。
1947年8月,刊于成都《荒鸡小集·孤岛集》,改题为《关于亦门》。
1998年,收入张业松、鲁贞银编《路翎批评文集》,珠海出版社。
2015年,收入张传敏编校《七月派文献汇编》,高等教育出版社。

《对于诗的风格的理解》

文论,1945年11月17日作。

1946年2月15日,刊于开封《中国时报·文学窗》第6期。

1948年3月,刊于成都《荒鸡小集之四血底蒸馏》,题为《诗底风格》,署名"冰菱"。

2015年,收入张传敏编校《七月派文献汇编》,高等教育出版社。

《舞龙者》

散文,署名"冰菱",1946年3月15日作。

1946年5月4日,刊于上海《希望》第二集第一期。

《老的和小的》

小说,1946年4月1日作。

1946年12月,收入《求爱》。

1994年,收入朱珩青编《路翎》,香港三联书店。

1999年,收入朱珩青编选《路翎代表作》,华夏出版社。

《女孩子和男孩子》

小说,1946年4月2日作。

1947年1月1日,刊于成都《呼吸》第2期。

1952年1月,收入《平原》,上海:作家书屋(初版)。

《求爱》

小说,1946年4月3日作。

1946年6月25日,初刊于重庆《中原、希望、文艺杂志、文哨联合特刊》第一卷第六期。

1946年7月25—26日,刊于《浙江日报》第5版。

1946年8月20日,刊于《书报精华》第20期。

1946年12月,收入《求爱》。

1993年,收入旭水、穆紫编《中国现代性爱小说资料丛书·倾城之恋》,春风文艺出版社。

1994年,收入朱珩青编《路翎》,香港三联书店。

1999年,收入钱理群主讲《对话与漫游:四十年代小说研读》,上海文艺出版社。

《关于绿原》
文论。
1946年4月26日,刊于开封《中国时报·文学窗》第14期。
1946年4月29日,刊于《浙江日报》第4版。
1946年5月15日,刊于西安《骆驼文丛之三·雷雨进行时》。
1946年7月31日,刊于汉口《大刚报》第4版《大江》副刊第61期。
1947年4月,刊于上海《文艺信》第5期《两个诗人》,署名"PL"。①
1947年8月,刊于重庆《荒鸡丛书一辑:天堂底地板》。
1991年,收入张如法编《绿原研究资料》,河南大学出版社。
1998年,收入张业松、鲁贞银编《路翎批评文集》,珠海出版社。

《肥皂泡》
小说。
1946年5月1日,刊于重庆《民主世界》第3卷1期。

《嘉陵江畔的传奇》
中篇小说,1946年5月4日作完。②

---

① 路翎致逯登泰信中说:"《文艺信》第一(?)期上有我的一篇《关于绿原》。石父《复旦学生刊物〈文艺信〉的一些情况》(《文教资料简报》1985年第4期)将路翎在其上发表的文章的题目记为"S.M.片论》《绿原片论》。
② 这是作者的篇末标记。首见于1946年3月25日路翎致胡风信:"在写一中篇,约有七万字吧,所以短的一时不写了。这是写一个骗子……"

1946年9月8日—11月11日,刊于上海《联合晚报》副刊《夕拾》。

1999年,收入朱珩青编选《路翎代表作》,华夏出版社。

《幸福的人》
小说。
1946年5月10日,初刊于上海《文坛月报》1卷3期。
1946年12月,收入《求爱》。
1999年,收入朱珩青编选《路翎代表作》,华夏出版社。

《从南京寄来》
散文,署名"L.",1946年5月29日作。
1946年6月16日,刊于上海《希望》第二集第二期。

《从重庆到南京》
散文,署名"冰菱"。①
1946年7月,刊于上海《希望》第二集第三期。
1999年,收入朱珩青编选《路翎代表作》,华夏出版社。
2011年,收入朱珩青编《路翎作品新编》,人民文学出版社。

《我憎恶》
散文,署名"冰菱",1946年6月9日作。
1946年7月,刊于上海《希望》第二集第三期。

《〈求爱〉后记》
1946年7月20日作。
1946年12月7日,刊于上海《文汇报》第九版《笔会》114期。

---

① 1946年6月6日路翎致胡风信:"旅途上东西凭记忆在茶馆里写成了"。

1946年12月,收入《求爱》。

1947年6月25日,转载于成都《新民报》日刊第4版。

1998年,收入张业松、鲁贞银编《路翎批评文集》,珠海出版社。

2015年,收入张传敏编校《七月派文献汇编》,高等教育出版社。

《天堂地狱之间》

小说,1946年7月30日作。

1947年,刊于上海《时代日报》,5月30日第2版、6月1日第2版、3日第2版、4日第3版、6日第2版、8日第3版、10日第2版《新生》。

1952年1月,收入《平原》,上海:作家书屋(初版)。

1992年,收入朱珩青编《路翎小说选》,作家出版社。

《高利贷》

小说。

1946年11月1日,刊于成都《呼吸》1期。

1952年1月,收入《平原》,上海:作家书屋(初版)。

《重逢》

小说。[1]

1946年11月25—30日,刊于南京《新民报》日刊第2版。

1952年1月,收入《平原》,上海:作家书屋(初版)。

《契约》

小说,1946年8月15日作。

1947年1月1、8、15日,刊于上海《时事新报·青光》。

---

[1] 1946年8月14日路翎致胡风信:"另寄上《重逢》、《高利贷》两篇。"

1952年1月,收入《平原》,上海:作家书屋(初版)。
1999年,收入朱珩青编选《路翎代表作》,华夏出版社。

《饶恕》
小说,1946年8月27日作。
1946年10月1日,刊于上海《大公报·文艺》第9版。
1947年2月4日,转载于天津《大公报·文艺》第6版。

《小兄弟》
小说,1946年8月29日作。
1946年10月15日,初刊于上海《大公报·文艺》第12版。
1946年12月20日,刊于《书报精华》第24期。
1952年1月,收入《平原》,上海:作家书屋(初版)。
1986年,收入路翎编《路翎小说选》,四川文艺出版社。
1992年,收入朱珩青编《路翎小说选》,作家出版社。
1995年,收入林莽编《路翎文集》,安徽文艺出版社。

《张刘氏敬香记》
小说,1946年8月30日作。
1946年10月18日,刊于上海《希望》第二集第四期《平原集(小说集)》。
1952年1月,收入《平原》,上海:作家书屋(初版)。
1986年,收入路翎编《路翎小说选》,四川文艺出版社。

《平原》
小说,1946年9月2日作。
1946年10月18日,刊于上海《希望》第二集第四期《平原集(小说集)》。
1952年1月,收入《平原》,上海:作家书屋(初版)。
1986年,收入路翎编《路翎小说选》,四川文艺出版社。

1992年,收入朱珩青编《路翎小说选》,作家出版社。

1995年,收入林莽编《路翎文集》,安徽文艺出版社。

2001年,收入北京大学中文系现代文学教研室编;严家炎、孙玉石、温儒敏主编《中国现代文学作品精选》增订本,北京大学出版社。

2013年,收入严家炎主编《20世纪中国文学作品选》,高等教育出版社。

《易学富和他底牛》

小说,1946年9月4日作。

1946年10月18日,刊于上海《希望》第二集第四期《平原集(小说集)》。

1952年1月,收入《平原》,上海:作家书屋(初版)。

1994年,收入朱珩青编《路翎》,香港三联书店。[①]

2011年,收入朱珩青编《路翎作品新编》,人民文学出版社。

《求爱》,上海海燕书店1946年12月初版、1949年12月再版(《七月文丛》),新文艺出版社1954年7月重印,收文23篇,后记1篇[②]

  王家老太婆和她底小猪[③]

  瞎子

  新奇的娱乐

  草鞋

  滩上

  悲愤的生涯

---

① 作《易学富和他的牛》。

② 1946年7月18日路翎致胡风信:"小说集等等,本想弄弄的……"20日信:"集子,有机会当编好"。22日信:"另卷寄上短篇集。"

③ 初版本目录中该篇标题脱"家"字。

老的和小的

棋逢敌手
英雄底舞蹈
俏皮的女人
幸福的人
江湖好汉和挑水夫的决斗
一个商人怎样喂饱了一群官吏

翻译家
英雄与美人
秋夜
可怜的父亲
一封重要的来信
求爱

感情教育
旅途
人权

中国胜利之夜

后记

《理发店内的艳遇》
小说。
1947年1月1—5日,刊于南京《新民报》日刊第2版。

《人性》
小说,1947年1月15日作。

1947年3月10、12、13日,刊于上海《时代日报》第3版《新生》。
1952年1月,收入《平原》,上海:作家书屋(初版)。
1986年,收入路翎编《路翎小说选》,四川文艺出版社。

《爱好音乐的人们》
小说。①
1947年2月13—14日,初刊于上海《大公报·文艺》。
1947年3月15日,刊于《书报精华》第27期。
1952年1月,收入《平原》,上海:作家书屋(初版)。

《蠢猪》
小说。
1947年3月1日,刊于成都《呼吸》3期。
1952年1月,收入《平原》,上海:作家书屋(初版)。
1992年,收入朱珩青编《路翎小说选》,作家出版社。
1995年,收入林莽编《路翎文集》,安徽文艺出版社。
2011年,收入朱珩青编《路翎作品新编》,人民文学出版社。

《在铁链中》
小说,1946年9月8日作。②
1949年8月,收入《在铁链中》。
1986年,收入路翎编《路翎小说选》,四川文艺出版社。
1992年,收入朱珩青编《路翎小说选》,作家出版社。
1995年,收入林莽编《路翎文集》,安徽文艺出版社。
2013年,收入严家炎主编《20世纪中国文学作品选》,高等

---

① 余明英1986年回忆"其中的人物是以我们宿舍的同事为原形的",路翎1946年6—8月住在中央社宿舍。
② 这是作者在收入小说集《在铁链中》时所标记的时间。1947年3月5日路翎致胡风信:"有一篇旧写的《在铁链中》还浅显、完整,但又有一万字了,预备明天改好,寄上。"1986年作者将此篇编入《路翎小说选》时把写作时间标记为1945年。

教育出版社。

2013年，收入吴景明主编《20世纪中国文学争议作品书系》，二十一世纪出版社。

2022年，收入黄瀚主编《暴风雨的一天》，济南出版社。

《这个家伙》

小说，1947年4月作。

1947年12月14日，刊于上海《时代日报》第3版《新文艺》第1期。

1952年1月，收入《平原》，上海：作家书屋（初版）。

《路边的谈话》

小说，1947年7月12日作。

1947年9月17日，初刊于北平《泥土》第四辑。

1947年10月22、24、26日，刊于上海《时代日报》第2版《新生》。

1952年1月，收入《平原》，上海：作家书屋（初版）。

《凤仙花》

小说，1947年7月作。

1947年9月17日，刊于北平《泥土》第四辑。

1952年1月，收入《平原》，上海：作家书屋（初版）。

1986年，收入路翎编《路翎小说选》，四川文艺出版社。

《闲荡的小学生》

小说，1947年7月15日作。

1947年12月20日，刊于上海《人世间》第二卷第二、三期。

1952年1月，收入《平原》，上海：作家书屋（初版）。

《客人》

小说，1947年8月作。

1947年10月,刊于成都《荒鸡小集之二:诗与庄严》。
1952年1月,收入《平原》,上海:作家书屋(初版)。

《理想主义的少爷》
小说,1947年9月8日作。
1948年3月,刊于成都《荒鸡小集之四:血底蒸馏》。

《云雀》
话剧,1947年4—7月作。①
1948年11月,上海希望社初版。
1986年,收入《路翎剧作选》,中国戏剧出版社。
1995年,收入林莽编《路翎文集》,安徽文艺出版社。
2006年,收入《民国籍粹》影印版,高校图工委影印复制。
2011年,收入朱珩青编《路翎作品新编》,人民文学出版社。

《送草的乡人》
小说,1947年11月作。②
1948年5月,刊于上海《中国作家》第一卷第三期。
1952年1月,收入《平原》,上海:作家书屋(初版)。
1986年,收入路翎编《路翎小说选》,四川文艺出版社。

《在一个冬天的早晨》
小说。③

---

① 1947年3月13日路翎致胡风信:"常和若海兄谈谈,因此起了写剧本的念头。"4月16日信:"在试着写一剧本。"8月22日信:"剧本已改好",11月15日信:"《云雀》就那样改好了。"
② 1947年12月29日路翎致胡风信:"《乡人》底结尾一句多少带一点'开心的'讥刺的意思,但那不明确罢。再看看原稿,改来给你。"
③ 1948年1月30日路翎致胡风信:"就先寄一篇短的和一个片断似的东西给你。"2月14—16日信提及"上次寄的短稿《在一个冬天的早晨》"。

1948年5月16日,刊于上海《新中华》复刊第6卷第10期。
1952年1月,收入《平原》,上海:作家书屋(初版)。

《初恋》
小说,1948年1月31日作。
1948年7月10日,刊于上海《人世间》第二卷第五、六期合刊。
1952年1月,收入《平原》,上海:作家书屋(初版)。

《歌唱》
小说,1948年2月4日作。
1948年3月7日,刊于上海《时代日报》第2版《新文艺》第12期。
1952年1月,收入《平原》,上海:作家书屋(初版)。

《预言》
小说,1948年2月5日作。
1948年5月,刊于《蚂蚁小集》之二。
1952年1月,收入《平原》,上海:作家书屋(初版)。
1992年,收入朱珩青编《路翎小说选》,作家出版社。
1995年,收入林莽编《路翎文集》,安徽文艺出版社。
2017年,收入刘卫国、陈淑梅编《中国现代文学读本》,中山大学出版社。

《断想》
文论,署名"穆纳"。
1948年2月25日,刊于上海《横眉小辑》第1期。

《敌与友》
文论,署名"未明"。

1948年3月,刊于《蚂蚁小集》之一。①

1998年,收入张业松、鲁贞银编《路翎批评文集》,珠海出版社。

2015年,收入张传敏编校《七月派文献汇编》,高等教育出版社。

《对于大众化的理解》

文论,署名"冰菱",1948年4月作。

1948年5月,刊于《蚂蚁小集》之二。

1998年,收入张业松、鲁贞银编《路翎批评文集》,珠海出版社。

《燃烧的荒地》

长篇小说,1948年5月1日作完。②

上海:作家书屋,1950年9月初版(经售处:联营书店)

上海:作家书屋,1951年5月再版(经售处:联营书店)

北京:作家出版社,1987年10月

1995年,收入林莽编《路翎文集》,安徽文艺出版社。

---

① 1948年3月12日致胡风信:"这里的丛刊的事,想梅兄已和你谈过。他们原是说油印的,突然改为铅印了,临时要交排(因为印刷所要涨价)所以稿件并不整齐。"17日信:"此地的小刊说今天可以印好"。

② 1946年6月24日致胡风信:"本想写一关于农民的短东西的,因为在四川时已有了原稿。但写起来,又牵到地主上面去了。很多东西涌了出来,写短的似乎很可惜,但也许根本不写不下去。"7月18日信:"讨厌的是又是在写长的了,是写'新式的地主',充分地写起来,非二十万字以上不可的。"1947年2月18日信:"现在是两个较长的在压着我",4月3日信:"几个月来,写了两篇十万字的东西,关于乡村和农人的人格的。"8月6日信:"秋天的时候,预备把去年写的两个东西扩张,重写。常常有很多感觉,所以非好好弄不可。"9月15日信:"在开始改去年写的一个长的东西了。"25日信:"我在重写去年的东西",9月30日信:"我要写对于生活的倦厌,流氓的利己主义在人们里面产生了什么",12月29日信:"先前的一篇写了,也搁住了,也要再改。那题目是《英雄郭子龙》"。1948年6月5日信:"《郭子龙》,也觉得那些缺点,过些时再改一改。"10月13日信:"现准备静下来改写《郭子龙》"。

《泥土》

小说，1948年5月4日作。

1948年8月，刊于《蚂蚁小集》之三。

1952年1月，收入《平原》，上海：作家书屋（初版）。

《饥渴的兵士》

小说，1948年5月15日作。

1948年7月20日，刊于北平《泥土》第六辑。

1952年1月，收入《平原》，上海：作家书屋（初版）。

1986年，收入路翎编《路翎小说选》，四川文艺出版社。

1986年，收入吴子敏编选《〈七月〉、〈希望〉作品选》，人民文学出版社。

1989年，收入刘焕林主编《中国现代各流派小说赏评》，广西师范大学出版社。

《〈云雀〉后记》

1948年5月20日作。①

1948年11月，收入《云雀》。

1993年，收入杨义等编《路翎研究资料》，北京十月文艺出版社。

1998年，收入张业松、鲁贞银编《路翎批评文集》，珠海出版社。

《论文艺创作底几个基本问题》

文论，署名"余林"，1948年5月26、29日作。

1948年7月20日，刊于北平《泥土》第六辑。

---

① 1947年6月17日致胡风信："文字，对作为读者的观众自然是必需，对于那些看客自然是有和没有等于一样。的我也写了一点点，态度似乎凶了一点，但还是写了，就是因为上面的理由。所以一切不管它。"1948年5月20日信："《云雀》后记，就把原来那东西改写了"。

1955年,收入《讨论胡风文艺思想参考资料 第4辑》。

1979年12月,收入北京大学、北京师范大学、北京师范学院中文系中国现代文学教研室主编《文学运动史料选》第五册,上海教育出版社。

1998年,收入张业松、鲁贞银编《路翎批评文集》,珠海出版社。

1998年,收入徐乃翔主编《中国新文艺大系 1937—1949 理论史料集》,中国文联出版公司。

2015年,收入张传敏编校《七月派文献汇编》,高等教育出版社。

《爱民大会》

小说,1948年8月2日作。①

1948年11月,刊于《蚂蚁小集》之四。

1952年1月,收入《平原》,上海:作家书屋(初版)。

1986年,收入路翎编《路翎小说选》,四川文艺出版社。

1992年,收入朱珩青编《路翎小说选》,作家出版社。

1995年,收入林莽编《路翎文集》,安徽文艺出版社。

《学徒刘景顺》

小说,1948年8月7日作。

1952年1月,收入《平原》,上海:作家书屋(初版)。

《评茅盾底〈腐蚀〉兼论其创作道路》

文论,署名"嘉木",1948年8月10日作。

1948年12月31日,刊于《蚂蚁小集》之五。

1998年,收入张业松、鲁贞银编《路翎批评文集》,珠海出

---

① 这是初刊本和初版本的时间标记,路翎在1986年编入《路翎小说选》时为1947年,朱珩青在1992年编入《路翎小说选》时仍标为1948年8月2日。

版社。

2002年,收入赵宪章主编《南京大学百年学术精品 中国语言文学卷》,南京大学出版社。

2015年,收入张传敏编校《七月派文献汇编》,高等教育出版社。

《码头上》
小说,1948年8月作。
1948年11月1日,刊于北平《泥土》第七辑。
1952年1月,收入《平原》,上海:作家书屋(初版)。

《屈辱》
小说,1948年8月作。
1949年3月20日,刊于《蚂蚁小集》之六。
1952年1月,收入《平原》,上海:作家书屋(初版)。
1999年,收入朱珩青编选《路翎代表作》,华夏出版社。

《形象,世界观,……等》
文论,署名"冰力",采自路翎致逯登泰信(1944年12月12、24日等)。
约1948年9—10月,刊于上海《文艺信》第2期。

《从"名词的混乱"谈起——文艺杂谈之一》
文论,署名"冰菱",1948年12月14日作。
1949年1月1日,刊于南京《展望》第3卷第9期。
1949年3月1日,刊于兰州《和平日报》第3版,改题为《论名词底混乱》。

《谈朱光潜底"距离的美学"——文艺杂谈之二》
文论,署名"冰菱",1948年12月16日作。

1949年1月8日，刊于南京《展望》第3卷第10期。

《文化斗争与文艺实践》
文论，署名"冰菱"，1949年1月14日作。
1949年3月20日，刊于《蚂蚁小集》之六。
1998年，收入张业松、鲁贞银编《路翎批评文集》，珠海出版社。

《蜗牛在荆棘上——英译本序》
文论。
1949年1月18日，初刊于汉口《大刚报》第4版副刊《大江》第427期。
1949年3月15日，刊于《新疆日报》第3版。

《吃人的和被吃的理论》
文论，署名"木纳"，1949年1月18日作。
1949年7月1日，刊于《蚂蚁小集》之七。
1998年，收入张业松、鲁贞银编《路翎批评文集》，珠海出版社。

《祷告》
小说。
1949年2月16日，刊于上海《新中华》12卷4期。

《危楼日记》
散文，署名"冰菱"，1948年12月9日—1949年3月15日作。
初刊于1948年12月31日《蚂蚁小集》之五、1949年3月20日《蚂蚁小集》之六、7月1日《蚂蚁小集》之七。
1949年4月19日，部分内容转载于汉口《大刚报·大江》第

471期,改题《在灵堂前》,署名"冰菱"。

1998年,收入张业松、鲁贞银编《路翎批评文集》,珠海出版社。

1999年,收入朱珩青编选《路翎代表作》,华夏出版社。

《车夫张顺子》
小说,1949年5月作。
1949年6月1日,刊于南京《文艺报》第2版。

《泡沫》
小说,1949年5月11日作。
1949年7月1日,刊于《蚂蚁小集》之七。
1999年,收入朱珩青编选《路翎代表作》,华夏出版社。

《微·笑——京沪路纪行》
散文,1949年6月5日作。
1949年6月17日,刊于南京《新华日报》第4版。

《兄弟》
小说,1949年6月14日作。
1949年6月21日,刊于南京《新民报》日刊。

《喜事》
小说,1949年6月18日作。
1949年7月4日,刊于南京《新民报》日刊。

《试探》
小说,1949年6月作。①

---

① 这是作者在初版本中的标记。

1949年6月27日,刊于南京《新民报》日刊第2版。
1950年10月,收入《朱桂花的故事》(《十月文艺丛书》),天津:知识书店(初版)。

《文代大会中的两天》
散文,1949年7月10、11日作。
1949年7月20日,刊于上海《文汇报》。

《〈在铁链中〉后记》
1949年7月18日作。
1949年8月,收入《在铁链中》。
1993年,收入杨义等编《路翎研究资料》,北京十月文艺出版社。
1998年,收入张业松、鲁贞银编《路翎批评文集》,珠海出版社。

《在铁链中》,上海海燕书店1949年8月初版、[①]1950年9月第三版,新文艺出版社1954年7月,收文7篇,后记1篇。

  罗大斗底一生
  王兴发夫妇
  王炳全底道路
  两个流浪汉

[①] 1946年7月22日路翎致胡风信:"另外有六个长一点的。不知怎么编法。"12月7日信:"除了手边的东西以外,还有《罗大斗》那几篇,预备编起来,至少是换一点钱。但不知目前有可能出的地方没有?"25日信:"今天寄了一卷东西,一共六篇,最好能成一本。订是订成了两份的。一共十六万字的样子,两本就每本八万字。人名录,最初是打在左边的,因为看见有的书是右边,后来两本打在右边。这是一点小糟糕。另外,那些纸张也的确是讨厌的,一弄就模糊。"1947年3月5日路翎给胡风寄小说《在铁链中》。1948年2月14日信:"书,这回要好好校一下,把错字都弄出来。"3月16日胡风日记:"俞老板来,再把路翎小说集拿去付排。"

破灭
程登富和线铺姑娘底恋爱
在铁链中

后记

《团结在毛泽东旗帜下——对于文代会的感想》
文论,1949年8月10日作。
1949年8月16日,刊于南京《新华日报》第4版。

《谈列宁和高尔基——电影〈列宁一九一八〉专题座谈》
文论。
1949年9月5日,刊于南京《新民报》日刊第2版。

《替我唱个歌》
小说,1949年9月20日作。
1949年11月,刊于天津《十月文艺丛刊第一辑·朝着毛泽东鲁迅指示的方向前进》。
1950年10月,收入《朱桂花的故事》(《十月文艺丛书》),天津:知识书店(初版)。

《反动派一团糟》
话剧,1949年9月28日作。
1949年10月7—13日,刊于南京《新民报》日刊第2版。
1949年10月7日《南京人报》第2版刊出故事说明和演员表,与《新民报》同日所载大致相同。

《歌颂中华人民共和国,保卫文化!》
散文,1949年9月30日作。
1949年10月3日,刊于南京《新华日报》第5版。

《朱桂花的故事》

小说,1949年10月22日作。

1949年11月18日,刊于《天津日报》文艺周刊第35期。

1950年10月,收入《朱桂花的故事》(《十月文艺丛书》),天津:知识书店(初版)。

《荣材婶的篮子》

小说,1949年10月30日作。

1950年1月20日,刊于上海《起点》1集1期。

1950年10月,收入《朱桂花的故事》(《十月文艺丛书》),天津:知识书店(初版)。

《女工赵梅英》

小说,1949年11月10日作。

1949年12月1日,刊于香港《小说月刊》3卷3期。

1950年10月,收入《朱桂花的故事》(《十月文艺丛书》),天津:知识书店(初版)。

1986年,收入路翎编《路翎小说选》,四川文艺出版社。

1995年,收入林莽编《路翎文集》,安徽文艺出版社。

《祖国号列车》

小说,1949年12月19日作。

1950年3月1日,刊于上海《起点》第1集第2期。

1950年10月,收入《朱桂花的故事》(《十月文艺丛书》),天津:知识书店(初版)。

《劳动模范朱学海》

小说,署名"林羽",1949年12月作。[①]

[①] 这是作者在再版本中的时间标记。

1950年3月1日,刊于上海《起点》第1集第2期。

1950年10月,收入《朱桂花的故事》(《十月文艺丛书》),天津:知识书店(初版)。

《锄地》

小说,1950年2月20日作。

1950年4月1日,刊于天津《文艺学习》第一卷第三期。

1950年10月,收入《朱桂花的故事》(《十月文艺丛书》),天津:知识书店(初版)。

1986年,收入路翎编《路翎小说选》,四川文艺出版社。

《林根生夫妇》

小说,1950年3月11日作。

1950年4月,刊于天津《山灵湖》十月文艺丛书第三辑。

1950年10月,收入《朱桂花的故事》(《十月文艺丛书》),天津:知识书店(初版)。

《粮食》

小说,1950年4月7日作。

1950年7月1日,刊于天津《文艺学习》第一卷第六期。

1950年10月,收入《朱桂花的故事》(《十月文艺丛书》),天津:知识书店(初版)。

1986年,收入路翎编《路翎小说选》,四川文艺出版社。

《朱桂花的故事》,天津:知识书店,1950年10月初版,收文10篇,十月文艺丛书

北京:作家出版社,1955年3月再版,收文11篇

试探

替我唱个歌

朱桂花的故事

荣材婶的篮子

女工赵梅英

祖国号列车①

劳动模范朱学海

锄地

林根生夫妇

粮食

英雄事业②

《第三连》
小说,1950年10月17日作。
1951年8月1日,刊于《天津文艺》第一卷第六期。

《迎着明天》
话剧,1949年7月初稿,1950年11月整理。③
1951年8月,北京天下出版社,大众文艺丛书。
1986年,收入《路翎剧作选》,中国戏剧出版社,改题为原题《人民万岁》。

《想着列宁——纪念十月革命三十三周年》
散文,1950年11月5日作。
1950年11月7日,刊于北京《人民日报》。

---

① 作家出版社1955年3月再版本改题为《"祖国号"列车》。
② 作家出版社1955年3月再版本增入。
③ 首见于1949年5月4日路翎致胡风信:"也想再写剧本。"23日致胡风信:"这些天写一剧本,关于工人的。关于工人的生活矛盾、负担及斗争。时间仍然取自解放前,题为《人民万岁》。"

《英雄母亲》
话剧。①
1951年9月,上海泥土社初版。
1986年,收入《路翎剧作选》,中国戏剧出版社。

《祖国在前进》
话剧,1950年12月作。②
1952年1月,上海泥土社初版。
1986年,收入《路翎剧作选》,中国戏剧出版社。

《祖国儿女》
话剧,1951年7月作。③ 原件藏于中国现代文学馆。

《〈祖国在前进〉后记》
1951年8月作。
1952年1月,收入《祖国在前进》,上海:泥土社(初版)。
1998年,收入张业松、鲁贞银编《路翎批评文集》,珠海出版社。

《英雄事业》
小说,1950年3月初稿,1951年11月整理。④
1955年3月,收入《朱桂花的故事》。

《平原》,上海:作家书屋(发行所)、联营书店(经售处),

---

① 首见于1950年1月13—15日路翎致胡风信:"我在努力搞剧本。"1951年6月26日信:"《英》剧已整理。"
② 1951年6月26日路翎致胡风信:"新剧本也重写了第一幕。"
③ 1951年7月16日路翎致胡风信:"一定要守在这里看材料'编剧本'"。27日信:"写一个青年工人父女在朝鲜铁路上斗争的剧本。"
④ 1950年3月20日路翎致胡风信:"小说一篇,梅兄寄你了么?"同日胡风日记:"亦门寄来路翎小说《英雄事业》"。

1952年1月,①收文28篇,后记1篇。

> 平原
> 易学富和他底牛
> 泥土
> 歌唱
> 送草的乡人
> 重逢
> 饥渴的兵士
> 屈辱
> 码头上
> 在一个冬天的早晨
> 学徒刘景顺
> 小兄弟
> 路边的谈话
> 凤仙花
> 预言
> 初恋
> 蠢猪
> 人性
> 高利贷
> 爱好音乐的人们
> 女孩子和男孩子
> 客人
> 张刘氏敬香记
> 闲荡的小学生
> 这个家伙
> 契约

---

① 1948年10月13日路翎致胡风信:"短集已编好"。

天堂地狱之间

爱民大会

后记(校对者①)

《春天的嫩苗》

特写,1953年3月20日作。

1953年6月2日,刊于北京《人民文学》1953年6月号。

1954年,收入《板门店前线散记》。

1981年,收入《初雪》。

《从歌声和鲜花想起的》

特写,1953年4月28日作。

1953年8月7日,刊于北京《人民文学》1953年7—8月号。

1953年12月,收入人民文学出版社编辑部编《朝鲜通讯报告选三集》,人民文学出版社。

1954年,收入《板门店前线散记》。

1981年,收入《初雪》。

《记李家福同志》

特写,1953年5月1日作。

1953年10月7日,刊于北京《人民文学》1953年10月号。

1954年,收入《板门店前线散记》。

1981年,收入《初雪》。

《记王正清同志》

特写,1953年5月4日作。

1954年,收入《板门店前线散记》。

1981年,收入《初雪》。

---

① 即胡风。

《板门店前线散记》

特写,1953年6—7月作,9月整理。

1953年11月30日、12月15日,连载于北京《文艺报》1953年第22、23号。

1954年,收入《板门店前线散记》。

1981年,收入《初雪》。

《战士的心》

小说,1953年10月4日作。

1953年12月7日,刊于北京《人民文学》1953年12月号。

1981年,收入《初雪》。

《初雪》

小说,1953年10月16日作。

1954年1月7日,刊于北京《人民文学》1954年1月号。

1954年,转载于《新华日报》第52期。

1954年,First Snow 收入 Chinese Literature,1954,No.3.

1955年,收入 A New Home And Other Stories,外文出版社。

1981年,收入《初雪》。

1986年,收入路翎编《路翎小说选》,四川文艺出版社。

1989年,收入葛洛等主编《中国新文艺大系 1949—1966 短篇小说集 上》,中国文联出版公司。

1989年,收入钱谷融主编《中国现代文学作品选 中 小说 1949—1984》,华东师范大学出版社。

1992年,收入朱珩青编《路翎小说选》,作家出版社。

1994年,收入朱珩青编《路翎》,香港三联书店。

1995年,收入林莽编《路翎文集》,安徽文艺出版社。

1996年,收入谢冕、钱理群主编《百年中国文学经典 第5卷》,北京大学出版社。

1996年,收入谢冕主编《中国百年文学经典文库 短篇小说下 1949—1995》,海天出版社。

1996年,收入张韧主编;孙郁等副主编《百年百部争议小说 落霞》,吉林摄影出版社。

1998年,收入王富仁、方兢主编《20世纪中国短篇小说精选 当代卷1》,西北大学出版社。

1999年,收入钱乃荣主编《20世纪中国短篇小说选集 第3卷 1940—1959》,上海大学出版社。

2008年,收入王富仁、方兢主编《不可不读的20世纪中国短篇小说 当代卷1》,西北大学出版社。

2009年,收入张业松编《洼地上的"战役"》,花城出版社。

2011年,收入朱珩青编《路翎作品新编》,人民文学出版社。

2019年,收入贺绍俊主编《中华人民共和国成立70周年优秀文学作品精选 短篇小说卷 上》,北京十月文艺出版社。

2019年,收入孟繁华主编《1949—2019新中国70年文学丛书 短篇小说卷 第1卷》,作家出版社。

2021年,收入林贤治主编《百年中篇小说典藏 饥饿的郭素娥》,花城出版社。

《从七月二十七日下午十时起》

特写,1953年10月作。

1954年1月15日,刊于北京《文艺报》1954年第1号。

1954年6月,收入《板门店前线散记》。

1981年,收入《初雪》。

《你的永远忠实的同志》

小说,1953年10月26日作。

1954年2月12日,刊于北京《解放军文艺》1954年2月号。

1981年,收入《初雪》。

《洼地上的"战役"》

小说，1953年11月5日作。

1954年3月7日，初刊于北京《人民文学》1954年3月号。

1981年，刊于广州《当代文学》第1期。

1981年9月，收入《初雪》。

1982年，收入《人民文学》编辑部编《1949—1979短篇小说选8》，人民文学出版社。

1983年10月，收入二十二院校编写组《中国当代文学参阅作品选》，福建人民出版社。

1986年，收入路翎编《路翎小说选》，四川文艺出版社。

1987年，收入王福湘主编《军队大学语文 上》，湖南人民出版社。

1988年，收入孙罗荪，朱寨主编《中国新文艺大系 1949—1966 中篇小说集 上》，中国文联出版公司。

1988年，收入王庆生主编《中国当代文学作品选 第1卷》，华中师范大学出版社。

1988年，收入高文升等主编《1949—1988 中国当代文学作品选评 下》，河南人民出版社。

1992年，收入朱珩青编《路翎小说选》，作家出版社。

1993年，收入李国文主编《中国当代小说珍本 1949—1992 上》，陕西人民出版社。

1994年，收入朱珩青编《路翎》，香港三联书店。

1995年，收入林莽编《路翎文集》，安徽文艺出版社。

1995年，收入谢冕、洪子诚主编《中国当代文学作品精选》，北京大学出版社。

1996年，收入谢冕、钱理群主编《百年中国文学经典 第5卷》，北京大学出版社。

1996年，收入谢冕主编《中国百年文学经典文库 短篇小说 下 1949—1995》，海天出版社。

1996年，收入张韧主编；孙郁等副主编《百年百部争议小说

324

落霞》，吉林摄影出版社。

1996年，收入张韧等选编《洼地上的战役》，时代文艺出版社。

1997年，收入王蒙主编《中国新文学大系 1949—1976 第6集 中篇小说卷》，上海文艺出版社。

1997年，收入缪俊杰主编《共和国文学作品经典丛书 中篇小说卷》，花山文艺出版社。

1997年，收入黄曼君主编《世界短篇小说精华品赏 中国当代部分》，华中师范大学出版社。

1999年，收入张韧主编《争鸣小说百年精品系2》，当代世界出版社。

2000年，收入林斤澜、曹文轩编《落日红门》，大众文艺出版社。

2000年，收入《中华今文观止 第5卷 1949—1976》，中国社会出版社。

2001年，收入季羡林主编《夕阳残照》，大众文艺出版社。

2004年，收入雷达，赵学勇主编《现代中国文学精品文库 中篇小说卷 中》，河南文艺出版社。

2004年，收入王嘉良，颜敏主编《中国现当代文学作品选读 下》，上海教育出版社。

2006年，收入孟繁华主编《青春小说精品读本 01 革命时期的爱情》，中国青年出版社。

2007年，收入刘绪源主编《百年中国小说精华》，浙江文艺出版社。

2008年，收入华南师范大学文学院当代文学教研室等编《中国当代文学作品选》，广东教育出版社。

2009年，收入张业松编《洼地上的"战役"》，花城出版社。

2009年，收入人民文学出版社编辑部编选《站起来的声音 1949—1956》，人民文学出版社。

2010年，收入雷达编《新中国文学精品文库 中篇小说卷 上》，海天出版社。

2011年，收入朱珩青编《路翎作品新编》，人民文学出版社。

2013年,收入张冬梅编《20世纪中国文学争议作品书系 在悬崖上》,二十一世纪出版社。

2013年,收入宋志明编著《汉语纵横 中国当代文学作品赏析教程》,北京语言大学出版社。

2018年,收入孟繁华总主编《百年百部中篇正典 柳堡的故事 洼地上的"战役" 铁木前传 红豆》,春风文艺出版社。

2021年,收入林贤治主编《百年中篇小说典藏 饥饿的郭素娥》,花城出版社。

2023年,收入孟繁华编《新中国文学经典丛书精选本 中篇小说卷1》,作家出版社。

《记新人们》
特写。
1953年12月15日,刊于北京《中国青年报》。
1954年,收入《板门店前线散记》。
1981年,收入《初雪》。

《板门店前线散记》,北京:作家出版社,1954年6月,收文7篇。

> 春天的嫩苗
> 从歌声和鲜花想起的
> 记李家福同志
> 记新人们
> 记王正清同志
> 板门店前线散记
> 从七月二十七日下午十时起

《战争,为了和平》
长篇小说,1954年8月30日完稿。

1981年杭州《江南》第2—4期连载《群峰顶端的雕像——〈战争,为了和平〉第一部》第三至六章(为1985年12月中国文联版的第一章至第四章)。如下:《江南》1981年第2期,第三章、第四章;1981年第3期,第五章(未完);①1981年第4期,第五章(续完)、第六章。

1982年哈尔滨《北疆》1982年第4期刊载《战争为了和平》第八章(为1985年12月中国文联版的第五章)。

1982年贵阳《创作·文学丛刊》1982年第3期刊载第九章,题为《巍峨的情感》。

1982年9月西宁《雪莲》1982年第3期刊载《战争,为了和平(长篇选载)》第十章(为1985年12月中国文联版的第七章)。

1984年贵阳《创作·文学丛刊》第1期刊载《流过血的道路——长篇小说〈战争为了和平〉第一部选载》(为1985年12月中国文联版的第九章)。

1984年11月银川《新月》1984年第4期刊载《战争为了和平》(为1985年12月中国文联版的第十章)。

1985年12月,《战争,为了和平》,北京:中国文联出版公司。

《为什么会有这样的批评?——关于对〈洼地上的"战役"〉等小说的批评》

文论,1954年11月10日作。

连载于:1955年1月30日,北京《文艺报》1955年第1、2号;1955年2月15日,《文艺报》1955年第3号;1955年2月28日,《文艺报》第4号。

1997年,收入冯牧主编《中国新文学大系 1949—1976 第2集 文学理论 卷2》,上海文艺出版社。

1998年,收入张业松、鲁贞银编《路翎批评文集》,珠海出版社。

---

① 《江南》1981年第3期连载的第五章前半部分在1985年中国文联版中付之阙如。

2000年,收入陈春生等选编《20世纪中国文学史文论精华:小说卷》,河北教育出版社。

2009年,收入张业松编《洼地上的"战役"》,花城出版社。

2011年,收入朱珩青编《路翎作品新编》,人民文学出版社。

2012年,收入郭冰茹编选《中国当代文学批评大系 1949—2009 卷1》,苏州大学出版社。

《个人工作总结》

散文,1980年6月21日左右作。

《〈初雪〉后记》

序跋,1981年3月23日作。

1981年7月20日,刊于《文汇月刊》1981年7月号。

1981年9月,收入《初雪》,宁夏人民出版社。

1993年,收入杨义等编《路翎研究资料》,北京十月文艺出版社。

1998年3月,收入《路翎晚年作品集》,东方出版中心。

1998年,收入张业松、鲁贞银编《路翎批评文集》,珠海出版社。

《德州之行》

散文,1981年5月作。

《果树林中》

诗歌,1981年7月作。

1981年10月,刊于《诗刊》1981年第10期《诗三首》。

1982年,"In the Orchard"(《果树林中》英译)刊于 *Chinese Literature*(Madison:University of Wisconsin),No.3.

1998年3月,收入《路翎晚年作品集》,东方出版中心。

《刚考取小学一年级的女学生》
诗歌,1981年7月10日作。
1981年10月,刊于《诗刊》1981年第10期《诗三首》。
1998年3月,收入《路翎晚年作品集》,东方出版中心。

《城市和乡村边缘的律动》
诗歌,1981年7月12日作。
1981年10月,刊于《诗刊》1981年第10期《诗三首》。
1984年1月,收入中国社会科学院文学研究所当代文学研究室编《新诗选》,中国社会科学出版社。
1998年3月,收入《路翎晚年作品集》,东方出版中心。

《初雪》,银川:宁夏人民出版社,1981年9月,收文11篇,后记1篇。

> 战士的心
> 初雪
> 你的永远忠实的同志
> 洼地上的"战役"
>
> 春天的嫩苗
> 从歌声和鲜花想起的
> 记李家福同志
> 记新人们
> 记王正清同志
> 板门店前线散记
> 从七月二十七日下午十时起
>
> 后记

《春来临》

诗歌,1981年9月作。

1981年11月29日,刊于《光明日报》第四版。

1998年3月,收入《路翎晚年作品集》,东方出版中心。

《诗二首》

诗歌,1981年10月作,含《阳光灿烂》《鹏程万里》。

1982年1月12日,刊于香港《新晚报》副刊《星海》。

1998年3月,收入《路翎晚年作品集》,东方出版中心。

《月芽·白昼》

诗歌。

1982年1月,刊于《青海湖》1982年第1期。

1998年3月,收入《路翎晚年作品集》,东方出版中心。

《黎明篇》

诗歌。

1982年3月10日,刊于《雪莲》1982年第1期。

1998年3月,收入《路翎晚年作品集》,东方出版中心。

《解冻(外一首)》

诗歌。

1982年7月29日,刊于《文学报》。

1998年3月,收入《路翎晚年作品集》,东方出版中心。

《桥》

诗歌。

1982年8月,刊于《星星》1982年第8期。

1998年3月,收入《路翎晚年作品集》,东方出版中心。

《〈路翎小说选〉自序》

散文，1984年3月9日作。

1986年，收入路翎编《路翎小说选》，四川文艺出版社。

1998年3月，收入《路翎晚年作品集》，东方出版中心。

1998年10月，收入张业松、鲁贞银编《路翎批评文集》，珠海出版社。

《〈战争，为了和平〉后记》

1984年3月20日作。

1984年11月，刊于银川《新月》1984年第4期。

《早晨》

诗歌，1984年6月1日作。

1984年，刊于《诗刊》1984年第11期《诗二首》。

1998年3月，收入《路翎晚年作品集》，东方出版中心。

《胡风路翎致化铁信》

书信，其中路翎致化铁信1984年6月14日作。

1984年11月，刊于南京《文教资料简报》1984年11期。

《我读鲁迅的作品》

散文。①

1985年5月1日，刊于《鲁迅研究动态》1985年第4期。

1986年12月，收入《当代作家谈鲁迅（续集）》，西北大学出版社。

1998年3月，收入《路翎晚年作品集》，东方出版中心。

1998年10月，收入张业松、鲁贞银编《路翎批评文集》，珠海出版社。

---

① 1984年6月27日路翎致鲁迅研究室信："寄上短文《我读鲁迅的作品》。"

《姊妹》

诗歌,1984 年 8 月 3 日作。

1984 年,刊于《诗刊》1984 年第 11 期《诗二首》。

1998 年 3 月,收入《路翎晚年作品集》,东方出版中心。

《池塘边上》

诗歌,1984 年 8 月 7 日作。

1998 年 3 月,收入《路翎晚年作品集》,东方出版中心。

《拔草》

诗歌,约 1984 年 8 月作,据手稿笔迹估定。

1998 年 3 月,收入《路翎晚年作品集》,东方出版中心。

《平原》

诗歌,1984 年 8 月 9 日作。

1998 年 3 月,收入《路翎晚年作品集》,东方出版中心。

《像是要飞翔起来》

诗歌,1984 年 8 月 9 日作。

1998 年 3 月,收入《路翎晚年作品集》,东方出版中心。

《月亮》

诗歌,1984 年 8 月 11 日作。

1998 年 3 月,收入《路翎晚年作品集》,东方出版中心。

《井底蛙》

诗歌,1984 年 8 月 12 日作。

1998 年 3 月,收入《路翎晚年作品集》,东方出版中心。

《乌鸦巢》
诗歌,1984年8月13日作。
1998年3月,收入《路翎晚年作品集》,东方出版中心。

《龟兔赛跑》
诗歌,1984年8月28日作。
1998年3月,收入《路翎晚年作品集》,东方出版中心。

《拌粪》
短篇小说,1982年初稿,1984年9月整理。
1985年,刊于《中国》文学双月刊1985年第2期。
1998年3月,收入《路翎晚年作品集》,东方出版中心。

《河滩》
诗歌,1982年2月初稿,1984年10月改作。
1984年11月,刊于《文汇月刊》1984年第11期。
1998年3月,收入《路翎晚年作品集》,东方出版中心。

《红梅》
诗歌,1982年初稿,1984年10月整理。
1985年1月,刊于《文汇月刊》1985年第1期。
1998年3月,收入《路翎晚年作品集》,东方出版中心。

《颂建筑工地》
诗歌,1982年2月初稿,1984年10月20日整理。
1998年3月,收入《路翎晚年作品集》,东方出版中心。

《昼与夜》
诗歌,1984年10月23日作。
1998年3月,收入《路翎晚年作品集》,东方出版中心。

《春雨》
诗歌,1982年2月18日作,1984年10月24日整理。
1985年5月,刊于《文汇月刊》1985年第5期。
1998年3月,收入《路翎晚年作品集》,东方出版中心。

《杏枝歇鸟》
诗歌,1982年初稿,1984年10月24日整理。
1998年3月,收入《路翎晚年作品集》,东方出版中心。

《烟囱》
诗歌,1984年10月25日作。
1985年6月,刊于北京《中国作家》1985年第3期。

《护士》
诗歌,1984年10月25日作。
1998年3月,收入《路翎晚年作品集》,东方出版中心。

《槐树落花》
诗歌,1982年初稿,1984年10月26日整理。
1998年3月,收入《路翎晚年作品集》,东方出版中心。

《拉车行》
诗歌,1984年11月8日作。
1998年3月,收入《路翎晚年作品集》,东方出版中心。

《杂草》
散文。
1984年12月6日,刊于天津《今晚报》第3版。
1998年3月,收入《路翎晚年作品集》,东方出版中心。

《天亮前的扫地》

散文,1984年12月7日作。

1984年12月24日,刊于《北京晚报》第3版。

1998年3月,收入《路翎晚年作品集》,东方出版中心。

1999年9月,收入冰心等著;丁聪插图《居京琐记》,山东画报出版社。

《晴朗的日子的想象》

散文,约1985年初作。

《垃圾车》

散文。

1985年1月10日,刊于天津《今晚报》第3版。

1998年3月,收入《路翎晚年作品集》,东方出版中心。

《收清洁费》

散文,1985年1月9日作。

1985年2月28日,刊于《北京晚报》。

1985年,刊于《新华文摘》1985年第4期。

1989年4月,收入姜德明、季涤尘选编《1985—1987散文选》,人民文学出版社。

1999年9月,收入冰心等著;丁聪插图《居京琐记》,山东画报出版社。

《愉快的早晨》

散文。[1]

1985年3月9日,刊于《北京晚报》第3版。

1998年3月,收入《路翎晚年作品集》,东方出版中心。

---

[1] 1985年1月10日路翎致李辉信:"寄上散文《收清洁费》、《愉快的早晨》两篇"。

《我与外国文学》

散文,1985年1月20日作。

1985年7月2日,刊于《外国文学研究》1985年第2期。

1998年3月,收入《路翎晚年作品集》,东方出版中心。

1998年10月,收入张业松、鲁贞银编《路翎批评文集》,珠海出版社。

《红鼻子》

散文,1985年2月18日作。

1997年,刊于《新文学史料》1997年第4期《路翎遗稿选》。

1998年3月,收入《路翎晚年作品集》,东方出版中心。

《江南春雨》

长篇小说,1985年1月初稿,1985年2月定稿。

《关于自己生平和创作的一些说明——路翎致本刊编者信(摘要)》

书信,1982年11月18日至1985年4月2日作。

1985年,刊于《文教资料简报》1985年第4期。

《城市一角》

散文。

1985年5月25日,刊于《北京晚报》第3版。

1998年3月,收入《路翎晚年作品集》,东方出版中心。

《湖》

诗歌。

1985年6月5日,刊于太原《诗书画》。

1998年3月,收入《路翎晚年作品集》,东方出版中心。

《看修包的少年》
散文。
1985年6月24日,刊于《北京晚报》第3版。
1998年3月,收入《路翎晚年作品集》,东方出版中心。
1999年9月,收入冰心等著;丁聪插图《居京琐记》,山东画报出版社。

《幽静的夜》
诗歌。
1985年7月,刊于重庆《红岩》1985年第4期。

《哀悼胡风同志》
散文,1985年7月30日作。
1985年9月,刊于《文汇月刊》1985年第9期。
1985年12月,刊于《新华文摘》1985年第12期。
1998年3月,收入《路翎晚年作品集》,东方出版中心。
2005年9月,收入宋应离等编《20世纪中国著名编辑出版家研究资料汇辑 第5辑》,河南大学出版社。

《胡风热爱新人物》
散文,1985年8月8日作。
1986年1月15日,刊于《北京晚报》第3版。
1998年3月,收入《路翎晚年作品集》,东方出版中心。

《胡风谈他的文学之路》
散文,1985年8月12日作。
1986年,刊于《鲁迅研究动态》1986年第6期。
1998年3月,收入《路翎晚年作品集》,东方出版中心。
1998年10月,收入张业松、鲁贞银编《路翎批评文集》,珠海出版社。

《〈七月〉的停刊——纪念胡风逝世》

散文,1985年8月14日作。

1985年,刊于《读书》1985年第10期。

1985年,刊于《中国现代、当代文学研究》1985年第21期。

1998年3月,收入《路翎晚年作品集》,东方出版中心。

《颂中国农民》

散文,1985年作。

1985年10月5日,刊于《散文世界》1985年第10期。

《老枣树》

诗歌,1985年11月28日改旧作。

1986年1月21日,刊于合肥《诗歌报》第3版《老枣树(外二首)》。

1998年3月,收入《路翎晚年作品集》,东方出版中心。

《葡萄》

诗歌,1985年11月改旧作。

1986年1月21日,刊于合肥《诗歌报》第3版《老枣树(外二首)》。

1998年3月,收入《路翎晚年作品集》,东方出版中心。

2017年10月,收入贾梦玮主编《江苏百年新诗选 上》,江苏凤凰文艺出版社。

《风在吹着》

诗歌,1985年12月8日作。

1986年1月21日,刊于合肥《诗歌报》第3版《老枣树(外二首)》。

1998年3月,收入《路翎晚年作品集》,东方出版中心。

《路翎剧作选》,北京:中国戏剧出版社,1986年2月。

    代序:我读路翎的剧本(胡风)
    云雀
    人民万岁
    英雄母亲
    祖国在前进

    一个受难者的灵魂——为《路翎剧作选》出版而作(杜高)

《路翎小说选》,成都:四川文艺出版社1986年3月,收文22篇,自序、作家小传各1篇,当代作家自选丛书。

    自序
    家
    卸煤台下
    在铁链中
    英雄的舞蹈
    棋逢敌手
    滩上
    中国胜利之夜
    英雄与美人
    程登富和线铺姑娘的恋爱
    小兄弟
    张刘氏敬香记
    平原
    人性
    凤仙花
    爱民大会
    送草的乡人

饥渴的兵士

女工赵梅英

锄地

粮食

初雪

洼地上的"战役"

作家小传

《忆望都之行》

散文。

1986年2月,刊于江苏淮阴教育学院《文科通讯》1986年第2期。①

1998年3月,收入《路翎晚年作品集》,东方出版中心。

《红果树》

诗歌,1986年4月13日作。

1986年,刊于重庆《红岩》1986年第6期《红果树(外二首)》。

1998年3月,收入《路翎晚年作品集》,东方出版中心。

1998年9月,收入顾志成选编《二十世纪中国新诗选》,大众文艺出版社。

2004年8月,收入张新颖编《中国新诗》,复旦大学出版社。

2009年3月,收入王蒙,王元化总主编《中国新文学大系1976—2000 第22集 诗卷》,上海文艺出版社。

2017年4月,收入中国作家协会诗刊社编《中国新诗百年志 作品卷 下》,中国工人出版社。

2017年10月,收入林铭祖,张华,杜鹃编著《中国现当代诗

---

① 未见出版时间,该期编后记写于1986年4月9日。

歌导读》,中国人民大学出版社。

《园林里》
散文。
1986年4月28日,刊于《北京晚报》第3版。
1998年3月,收入《路翎晚年作品集》,东方出版中心。

《听一曲歌唱起来》
诗歌。
1986年,刊于重庆《红岩》1986年第6期《红果树(外二首)》。
1998年3月,收入《路翎晚年作品集》,东方出版中心。

《残余的夜》
诗歌,1986年5月2日作。
1987年,刊于《诗刊》1987年第4期。
1998年3月,收入《路翎晚年作品集》,东方出版中心。

《风吹过屋脊时想到》
诗歌,1986年5月3日作。
1986年,刊于重庆《红岩》1986年第6期《红果树(外二首)》。
1998年3月,收入《路翎晚年作品集》,东方出版中心。

《胡风谈民间曲艺》
散文。

《忆胡风长诗〈时间开始了〉的写作并兼悼念冯雪峰同志》
散文。

《忆刘参谋》
散文,1986年6月24日作。

1998年3月,收入《路翎晚年作品集》,东方出版中心。

《遇雨》
散文,1986年6月25日作。

《悼念路曦同志》
散文,1986年7月3日作。
1998年3月,收入《路翎晚年作品集》,东方出版中心。

《钢琴学生》
短篇小说,1986年8月17日作。
1987年,刊于《人民文学》1987年第1、2期合刊。
1987年,刊于《小说选刊》1987年第4期。
1998年3月,收入《路翎晚年作品集》,东方出版中心。

《汽车站(外一首)》
诗歌。
1986年9月,刊于贵州人民出版社《新时代人》文学季刊1986年第3期。
1998年3月,收入《路翎晚年作品集》,东方出版中心。

《答问路的老人》
散文。
1986年10月31日,刊于《北京晚报》第3版。
1998年3月,收入《路翎晚年作品集》,东方出版中心。
2006年6月,收入姜德明主编《七月寒雪 随笔卷1》,大众文艺出版社。

《路翎自传》

散文。①

2009年,刊于张业松编《洼地上的"战役"》,花城出版社。

2021年,收入林贤治主编《百年中篇小说典藏 饥饿的郭素娥》,花城出版社。

《野鸭洼》

长篇小说,1985年12月初稿,1986年12月4日整理。

《胡同深处》

散文,约1987年作。

《雨伞》

短篇小说。

1987年2月11日,刊于成都《精神文明报》。

1998年3月,收入《路翎晚年作品集》,东方出版中心。

《王小兰》

诗歌。

1987年3月,刊于江苏《乐园》1987年第3期。

1998年3月,收入《路翎晚年作品集》,东方出版中心。

---

① 本文是路翎为张以英编《路翎书信集》中的《路翎年谱简编》提供的自传年表,写作日期不详。1987年2月1日,张以英在《路翎书信集·编后记》中说《路翎年谱简编》"于一九八六年春编成"。《路翎年谱简编》截止到1986年3月《路翎小说选》(四川文艺出版社)出版,而采自本文的最后一段材料是"一九八六年,一月十五日,到八宝山烈士陵园参加胡风的追悼会"。本文在这之后仅添加了"(一九八六年)十一月,参加中国作协第四届理事会第二次会议"。又,文中引用余明英写于1986年2月4日的《路翎与我》。因此可以认为,本文主体部分完成于1986年1—3月左右,11月左右或进行了最终的修改。

《袁秀英、袁秀兰姐妹》
中篇小说，1982年秋初稿，1987年5月整理。

《种葡萄》
散文，1985年10月作，1987年5月整理。
1997年，刊于《新文学史料》1997年第4期《路翎遗稿选》。
1998年3月，收入《路翎晚年作品集》，东方出版中心。

《〈燃烧的荒地〉新版自序》
散文，1987年5月26日作。①
1987年10月，收入《燃烧的荒地》，作家出版社。
1998年3月，收入《路翎晚年作品集》，东方出版中心。
1998年10月，收入张业松、鲁贞银编《路翎批评文集》，珠海出版社。

《忆杭州之行——纪念胡风逝世两周年》
散文，1987年5月27日作。
1987年，刊于南京《东方纪事》1987年第9、10期合刊。
1998年3月，收入《路翎晚年作品集》，东方出版中心。

《看一座房屋盖起来》
诗歌，1987年5月作。
1987年，刊于《诗刊》1987年第9期《看一座房屋盖起来（外一首）》。
1998年3月，收入《路翎晚年作品集》，东方出版中心。
2018年10月，收入李少君、丁鹏主编《春暖花开四十年》，时代文艺出版社。

---

① 文末标记为"一九八七年五月二十六日"。

《高层楼房》

诗歌,1987年5月作。

1987年,刊于《诗刊》1987年第9期《看一座房屋盖起来(外一首)》。

1998年3月,收入《路翎晚年作品集》,东方出版中心。

《一袋面粉》

小说,1987年7月4日作。

《海》

短篇小说。

1987年8月23日,刊于《北京晚报》第3版。

1998年3月,收入《路翎晚年作品集》,东方出版中心。

《画廊前》

短篇小说。

1987年9月,刊于《文汇月刊》1987年第9期。

1988年9月,收入作家、评论家、编辑家推荐《1987年全国短篇小说佳作集》,上海文艺出版社。

1998年3月,收入《路翎晚年作品集》,东方出版中心。

《月亮停留在屋脊上》

诗歌。

1987年10月,初刊于《北京文学》1987年第10期。

1998年3月,收入《路翎晚年作品集》,东方出版中心。

《渡口(外一首)》

诗歌。

1987年11月,刊于重庆《红岩》1987年第6期。

1998年3月,收入《路翎晚年作品集》,东方出版中心。

《地面上的云(外二首)》
诗歌,1987年11月18日作。
1990年10月,刊于重庆《银河系》1990年第4期。
1998年3月,收入《路翎晚年作品集》,东方出版中心。

《旅行者》
诗歌,1987年11月24日初稿,修改稿主体部分约完成于1988年初,但稿面仍多有改动,其中一些改动笔迹近于1992年11月底的《忆朝鲜战地》原稿。
1997年,刊于《芙蓉》1997年第3期。
1998年3月,收入《路翎晚年作品集》,东方出版中心。

《一九三七年在武汉》
散文。
连载于武汉《春秋》1988年第1—2期。

《饥饿的郭素娥 蜗牛在荆棘上》,人民文学出版社1988年2月版;2001年1月"新文学碑林"版

《横笛街粮店》
中篇小说,1988年2月9日作。
1998年3月,片段收入《路翎晚年作品集》,东方出版中心。

《米老鼠手帕》
中篇小说,1987年初稿,1988年4月整理。

《白昼·夜》
诗歌。
1988年5月,刊于重庆《红岩》1988年第3期。
1998年3月,收入《路翎晚年作品集》,东方出版中心。

《吴俊美》

长篇小说,1988年4月12日初稿,1988年9月8日整理。

《安定医院》

散文,约1988年作。

1997年,刊于《新文学史料》1997年第4期《路翎遗稿选》。

1998年3月,收入《路翎晚年作品集》,东方出版中心。

《喷水与喷烟》

散文,约1988年作。

1997年,刊于《新文学史料》1997年第4期《路翎遗稿选》。

1998年3月,收入《路翎晚年作品集》,东方出版中心。

《盼望》

诗歌。

1989年1月3日,刊于《人民日报》副刊《大地》。

1998年3月,收入《路翎晚年作品集》,东方出版中心。

《路翎书信集》,张以英编,漓江出版社,1989年2月。

  路翎的生平、小说和书信——代序(张以英)
  致聂绀弩、彭燕郊
  致聂绀弩、彭燕郊、刘德馨、陈守梅、袁伯康、逯登泰等人(11封)
    陈守梅致路翎
  致刘德馨
    舒芜致路翎
  致陈守梅、袁伯康、逯登泰等人(6封)
    陈守梅致路翎(3封)
    舒芜致路翎(3封)

致袁伯康(23封)
　　陈守梅(穆)致路翎
　　舒芜致路翎
致逯登泰、袁伯康等人(11封)
致袁伯康、逯登泰、冀汸、欧阳庄等人(8封)
　　欧阳庄致路翎
致冀汸、陈守梅、胡风等人(6封)
　　陈守梅致路翎等人
致陈守梅、绿原、方然、冀汸、刘德馨、鲁黎[藜]、卢[芦]甸等人(11封)
　　胡风致路翎(6封)
　　卢[芦]甸致路翎
致卢[芦]甸、陈守梅等人(3封)
　　梅志(屠玘华)致路翎
　　欧阳庄致余明英
　　胡风致路翎
致罗洛
　　卢[芦]甸致路翎(4封)
　　胡风致路翎(2封)
　　欧阳庄致路翎
　　陈守梅致路翎(6封)
致欧阳庄(2封)
　　欧阳庄致路翎(2封)
　　陈守梅致路翎
致陈守梅
　　欧阳庄致路翎

路翎年谱简编
编后记(张以英)

《新建区域》

诗歌,1989年3月12日作。

1989年,刊于《诗刊》1989年第7期。

1998年3月,收入《路翎晚年作品集》,东方出版中心。

《一起共患难的友人和导师——我与胡风》

散文,1989年4月23日作。

1993年1月,收入晓风主编《我与胡风:胡风事件三十七人回忆》,宁夏人民出版社。

1994年5月,收入晓风编《胡风路翎文学书简》,安徽文艺出版社,改题为《我与胡风》。

1998年3月,收入《路翎晚年作品集》,东方出版中心。

1998年10月,收入张业松、鲁贞银编《路翎批评文集》,珠海出版社。

2000年10月,收入邓九平主编《中国文化名人谈友情 上》,大众文艺出版社。

2001年1月,收入季羡林主编《枝蔓丛丛的回忆》,北京十月文艺出版社。

2003年12月,收入《我与胡风》,宁夏人民出版社。

2010年1月,收入季羡林主编《百年美文 人物卷 下》,百花文艺出版社。

《忆阿垅》

散文。

1989年,刊于北京《传记文学》1989年第5、6期合刊。

1998年3月,收入《路翎晚年作品集》,东方出版中心。

1998年10月,收入张业松、鲁贞银编《路翎批评文集》,珠海出版社。

2011年,收入朱珩青编《路翎作品新编》,人民文学出版社。

《在金达莱花盛开的国土上》

散文,1989年6月17日作。

《在阳台上》

诗歌,1—5节作于1990年3月1日,6—11节作于1990年3月2日,12、14—15节作于1990年3月3日,16—18节作于1990年3月4日,20节作于1990年3月10日。

1998年3月,收入《路翎晚年作品集》,东方出版中心。

《落雪》

诗歌,1990年3月5日作。

1996年,刊于《作品》1996年第8期,总题为《遗诗七首》(收入《路翎晚年作品集》时改题为《诗七首》),下同。

1998年3月,收入《路翎晚年作品集》,东方出版中心。

2011年11月,收入上海图书馆编《上海图书馆藏中国文化名人手稿》,上海古籍出版社。

2017年10日,收入贾梦玮主编《江苏百年新诗选 上》,江苏凤凰文艺出版社。

《雨中的街市》

诗歌,1990年3月6日作。

1996年,初刊于《作品》1996年第8期。

1997年,刊于《诗刊》1997年第5期《遗诗七首(选四)》。

1998年3月,收入《路翎晚年作品集》,东方出版中心。

2011年11月,收入上海图书馆编《上海图书馆藏中国文化名人手稿》,上海古籍出版社。

《春雨中的青蛙》

诗歌,1990年3月6日作。

1996年,刊于《作品》1996年第8期。

1997年，刊于《诗刊》1997年第5期《遗诗七首（选四）》。

1998年3月，收入《路翎晚年作品集》，东方出版中心，题为《雨中的青蛙》。

2011年11月，收入上海图书馆编《上海图书馆藏中国文化名人手稿》，上海古籍出版社。

《马》

诗歌，1990年3月6日作。

1996年，刊于《作品》1996年第8期。

1997年，刊于《诗刊》1997年第5期《遗诗七首（选四）》。

1998年3月，收入《路翎晚年作品集》，东方出版中心。

2011年11月，收入上海图书馆编《上海图书馆藏中国文化名人手稿》，上海古籍出版社。

《筑巢》

诗歌，1990年3月6日作。

1998年3月，收入《路翎晚年作品集》，东方出版中心。

《蜻蜓》

诗歌，1990年3月7日作。

1996年，刊于《作品》1996年第8期。

1997年，刊于《诗刊》1997年第5期《遗诗七首（选四）》。

1998年3月，收入《路翎晚年作品集》，东方出版中心。

2011年11月，收入上海图书馆编《上海图书馆藏中国文化名人手稿》，上海古籍出版社。

《都市的精灵》

诗歌，1990年3月7日作。

1998年3月，收入《路翎晚年作品集》，东方出版中心。

《麻雀》

诗歌,1990年3月7日作。

1998年3月,收入《路翎晚年作品集》,东方出版中心。

《蜜蜂》

诗歌,1990年3月7日作。

1998年3月,收入《路翎晚年作品集》,东方出版中心。

2004年8月,收入张新颖编《中国新诗》,复旦大学出版社。

2017年10月,收入贾梦玮主编《江苏百年新诗选 上》,江苏凤凰文艺出版社。

《高的楼房》

诗歌,1990年3月8日作。

1998年3月,收入《路翎晚年作品集》,东方出版中心。

《狐狸》

诗歌,1990年3月8日作。

1998年3月,收入《路翎晚年作品集》,东方出版中心。

《刺猬》

诗歌,1990年3月8日作。

1998年3月,收入《路翎晚年作品集》,东方出版中心。

《盗窃者》

诗歌,1990年3月9日作。

1996年,刊于《作品》1996年第8期。

1998年3月,收入《路翎晚年作品集》,东方出版中心。

2011年11月,收入上海图书馆编《上海图书馆藏中国文化名人手稿》,上海古籍出版社。

《葵花》

诗歌,1990年3月9日作。

1998年3月,收入《路翎晚年作品集》,东方出版中心。

《炊烟》

诗歌,1990年3月9日作。

1998年3月,收入《路翎晚年作品集》,东方出版中心。

《雾中车队》

诗歌,1990年3月9日作。

1998年3月,收入《路翎晚年作品集》,东方出版中心。

《失败者》

诗歌,1990年3月10日作。

1996年,刊于《作品》1996年第8期。

1998年3月,收入《路翎晚年作品集》,东方出版中心。

2011年11月,收入上海图书馆编《上海图书馆藏中国文化名人手稿》,上海古籍出版社。

《宇宙》

诗歌,1990年3月11日作。

1998年3月,收入《路翎晚年作品集》,东方出版中心。

《泥土》

诗歌,1990年3月12日作。

1998年3月,收入《路翎晚年作品集》,东方出版中心。

《胡风、路翎来往书信选》

书信,晓风辑注,路翎部分1939年4月24日至1953年1月22日作。

1991年8月至1992年5月,连载于《新文学史料》1991年第3期,1992年第1、2期。

1994年5月,收入《胡风路翎文学书简》,安徽文艺出版社。

2004年4月,路翎部分收入《致胡风书信全编》,大象出版社。

《错案二十年徒刑期满后,我当扫地工》

散文,1991年10月26日作。

1992年1月5日,刊于香港《香港文学》1992年第1期。

1998年3月,收入《路翎晚年作品集》,东方出版中心。

2011年10月,收入朱珩青编《路翎作品新编》,人民文学出版社。

《表》

中篇小说,1992年4月完成。

《乡归》

长篇小说,1992年6月28日完成。

《路翎小说选》,朱珩青编选,作家出版社1992年9月,收文21篇,序1篇。

> 序(朱珩青)
> 谷
> 青春的祝福
> 黑色子孙之一
> 王家老太婆和她的小猪
> 草鞋
> 瞎子
> 一封重要的来信
> 人权
> 英雄的舞蹈

翻译家
一个商人怎样喂饱了一群官吏

天堂地狱之间
小兄弟
平原
在铁链中
预言
蠢猪
爱民大会

初雪
洼地上的"战役"

"要塞"退出以后

《监狱琐忆》
散文,1992年9月12日作。
2011年8月22日,刊于《新文学史料》2011年第3期。
2011年10月,收入朱珩青编《路翎作品新编》,人民文学出版社。

《忆朝鲜战地》
散文,1992年11月21日作。
1998年3月,收入《路翎晚年作品集》,东方出版中心。

《胡风路翎文学书简》,晓风编,安徽文艺出版社,1994年5月。

《路翎》,朱珩青编,香港:三联书店1994年10月,作品部分收文19篇,资料部分收文5篇,序1篇。

序(绿原)
作品部分
黑色子孙之一
祖父的职业
卸煤台下
王家老太婆和她的小猪
饥饿的郭素娥(节选)
瞎子
草鞋
英雄的舞蹈
俏皮的女人
滩上
翻译家
两个流浪汉
王兴发夫妇
一个商人怎样喂饱了一群官吏
易学富和他的牛
老的和小的
求爱
初雪
洼地上的"战役"

资料部分
《财主的儿女们》序(胡风)
路翎小说的形象与美感(赵园)
路翎:在心灵史诗的探索途中(杨义)
路翎新论(朱珩青)
路翎年谱简编(朱珩青)

《路翎文集》,安徽文艺出版社1995年8月,共4卷。

第1卷　财主底儿女们(上部)
第2卷　财主底儿女们(下部)
第3卷　饥饿的郭素娥
　　饥饿的郭素娥
　　燃烧的荒地
　　云雀(四幕悲剧)
第4卷　洼地上的"战役"
　　卸煤台下
　　青春的祝福
　　棺材
　　罗大斗的一生
　　人权
　　中国胜利之夜
　　王家老太婆和她的小猪
　　在铁链中
　　小兄弟
　　平原
　　预言
　　蠢猪
　　爱民大会
　　女工赵梅英
　　初雪
　　洼地上的"战役"
附录
路翎的生活与创作道路(林莽)
为《云雀》上演写的(胡风)
什么是人生战斗——理解路翎的关键(舒芜)
路翎与他的《求爱》(唐湜)

　　　　蒋纯祖的胜利——《财主底儿女们》读后(鲁芋)
　　　　对一个熟悉的陌生人的问候——向路翎致意(野艾)
　　　　路翎著作年表

《路翎晚年作品集》,张业松、徐朗编,东方出版中心,1998年3月,20世纪文学备忘录丛书。

　　　　总序:现代人不应该遗忘什么?(陈思和)
　　　　序:灵魂在飞翔(李辉)
　　　　编集说明(张业松)
诗歌
　　诗三首
　　　　果树林中
　　　　城市和乡村边缘的律动
　　　　刚考取小学一年级的女学生
　　春来临
　　诗二首
　　　　阳光灿烂
　　　　鹏程万里
　　月芽·白昼
　　　　月芽
　　　　白昼
　　黎明篇
　　　　星
　　　　黎明
　　解冻(外一首)
　　　　解冻
　　　　村镇
　　桥
　　诗二首

早晨
　　姊妹
池塘边上
拔草
平原
像是要飞翔起来
月亮
井底蛙
乌鸦巢
龟兔赛跑
河滩
红梅
颂建筑工地
昼与夜
春雨
杏枝歇鸟
护士
槐树落花
拉车行
湖
老枣树（外二首）
　　老枣树
　　葡萄
　　风在吹着
红果树（外二首）
　　红果树
　　听一曲歌唱起来
　　风吹过屋脊时想到
残余的夜
汽车站（外一首）

汽车站
　　　秋
看一座房屋盖起来(外一首)
　　　看一座房屋盖起来
　　　高层楼房
王小兰
月亮停留在屋脊上
渡口(外一首)
　　　渡口
　　　苹果树
地面上的云(外二首)
　　　城市边缘
　　　从湖边望过去
　　　地面上的云
旅行者(长诗)
　　　△编者附记
白昼・夜
　　　白昼
　　　夜
盼望
新建区域
在阳台上(组诗)
　　　一、女排球手
　　　二、女歌唱家
　　　三、京剧女演员
　　　四、中学老教师
　　　五、图书馆女馆员
　　　六、成功的医生
　　　七、青年工程师
　　　八、陆军军官

九、空军军官
　　十、海军军官
　　十一、女记者
　　十二、经过了患难
　　十三、工厂的统计师
　　十四、农业技师
　　十五、通俗女歌唱家
　　十六、电视台的时代——电视工作人员
　　十七、年轻的女干部
　　十八、女诗人
　　十九、（原缺）
　　二十、丧失者
　　△编者附记

诗七首
　　落雪
　　雨中的街市
　　雨中的青蛙
　　马
　　蜻蜓
　　盗窃者
　　失败者
　　△编者附记
筑巢
都市的精灵
麻雀
蜜蜂
高的楼房
狐狸
刺猬
葵花

炊烟

雾中车队

宇宙

泥土

散文

杂草

天亮前的扫地

垃圾车

愉快的早晨

城市一角

看修包的少年

园林里

答问的老人

小说

拌粪

钢琴学生

雨伞

海

画廊前

横笛街粮店（片断）

　△编者附记

回忆录

《初雪》后记

《路翎小说选》自序

我与外国文学

红鼻子

哀悼胡风同志

胡风谈他的文学之路

《七月》的停刊——纪念胡风逝世

胡风热爱新人物

忆望都之行

我读鲁迅的作品

忆刘参谋

悼念路曦同志

《燃烧的荒地》版自序

忆杭州之行——纪念胡风逝世两周年

种葡萄

安定医院

喷水与喷烟

　　△编者附记

一起共患难的友人与导师——我与胡风

忆阿垅

错案20年徒刑期满后,我当扫地工

忆朝鲜战地

　　△编者附记

附录

一、致中国(长诗)(路翎)

二、路翎与我(余明英)

三、心灵解放的春天——父亲的晚年(徐朗)

四、路翎晚年未刊小说简介(徐朗)

《路翎批评文集》,张业松、鲁贞银编,珠海出版社,1998年10月,"世纪的回响"丛书批评卷。

《世纪的回响》丛书序(钱谷融)

一双明亮的充满智慧的大眼睛——为《路翎批评文集》而序(贾植芳)

第一辑　外国文学评论

《欧根·奥尼金》与《当代英雄》

《何为》与《克罗采长曲》

认识罗曼·罗兰
纪德底姿态
第二辑　当代文学批评
评《突围令》
对舒芜《论主观》的几条意见
谈"色情文学"
《淘金记》
市侩主义底路线
《王贵与李香香》
两个诗人
　　绿原
　　SM
评茅盾底《腐蚀》兼论其创作道路
第三辑　文学(文化)论争
林语堂博士在美国搞些什么？
敌与友
对于大众化的理解
论文艺创作底几个基本问题
文化斗争与文艺实践
吃人的和被吃的理论
为什么会有这样的批评？
第四辑　创作日记
危楼日记
第五辑　作品序跋
《财主底儿女们》题记
《求爱》后记
《云雀》后记
《在铁链中》后记
《祖国在前进》后记
《初雪》后记

《路翎小说选》自序
《燃烧的荒地》新版自序
第六辑　文学回忆录
我与外国文学
胡风谈他的文学之路
我读鲁迅的作品
一起共患难的友人和导师——我与胡风
忆阿垅
编后记（张业松）

《路翎代表作》，中国现代文学馆编，朱珩青编选，华夏出版社1999年1月、2008年10月，收文20篇，附录2篇。

中篇小说
谷
棺材
罗大斗的一生
两个流浪汉
嘉陵江畔的传奇
短篇小说
"要塞"退出以后——一个年轻"经纪人"的遭遇
契约
人权
可怜的父亲
王家老太婆和她的小猪
瞎子
感情教育
一封重要的来信

幸福的人

旅途
老的和小的
屈辱
泡沫
散文
从重庆到南京
危楼日记

路翎小传
路翎主要著作书目

《路翎书信(33封)》
书信,徐绍羽整理。
2004年2月28日,刊于《三联贵阳联谊通讯》第1期(总33期)。
2009年1月,收入罗紫(袁伯康)著《远去的岁月》,生活·读书·新知三联书店。

《致胡风书信全编》,徐绍羽编,大象出版社,2004年4月,大象人物书简文丛。

《路翎精选集》,雨露、杜黎明等编,远方出版社2004年10月,现代文学名家书系。

英雄的舞蹈
天亮前的扫地
小兄弟
平原
预言
初雪

人权
　　青春的祝福
　　爱民大会
　　蠢猪
　　饥饿的郭素娥
　　洼地上的"战役"

《路翎致友人书信》
书信，1939年至1989年作。
2004年11月，刊于《新文学史料》2004年第4期。

《旧时记忆——遗作二首》
诗歌。
2006年，刊于南京《扬子江诗刊》2006年第4期。

《洼地上的"战役"》，张业松编，花城出版社2009年8月，中篇小说金库丛书

　　洼地上的"战役"
　　初雪
　　读《初雪》
　　与路翎谈创作
　　为什么会有这样的批评？
　　对一个熟悉的陌生人的问候
　　路翎自传
　　路翎与我
　　路翎创作年表

《路翎作品新编》，朱珩青编，北京：人民文学出版社2011年10月，收文17篇，前言1篇，中国现代作家作品新编丛书

前言（朱珩青）
小说
"要塞"退出以后
谷
棺材
王家老太婆和她的小猪
卸煤台下
英雄的舞蹈
滩上
易学富和他的牛
蠢猪
初雪
洼地上的"战役"
散文
从重庆到南京
忆阿垅
错案二十年徒刑期满后，我当扫地工
监狱琐忆
话剧
云雀
评论
为什么会有这样的批评？

《饥饿的郭素娥》，花城出版社 2021 年 3 月，百年中篇小说典藏丛书。

饥饿的郭素娥
洼地上的"战役"
初雪
路翎自传

路翎与我(余明英)

路翎创作年表

《饥饿的郭素娥》,吴义勤主编,河南文艺出版社 2021 年 9 月,百年中篇小说名家经典丛书。

洼地上的"战役"

饥饿的郭素娥

从"原始强力"的张扬到复杂意义结构的营造——路翎小说略谈(吴义勤)

路翎研究资料索引

康凌　刘杨　廖伟杰　编

研究专著与资料集

《人民日报》编辑部：《关于胡风反革命集团的材料》，人民出版社，1955年。

中共中国人民大学委员会社会主义思想教育办公室：《高等学校右派言论选编》，内部资料，1958年。

瞿光锐、聂真、康濯、陈涌、胡绳、舒芜：《肃清胡风黑帮分子：路翎》，香港中国新文学资料室，1975年。

李辉：《胡风集团冤案始末》，人民日报出版社，1989年。

杨义、张环、魏麟等编：《路翎研究资料》，北京十月文艺出版社，1993年；知识产权出版社，2010年。

晓风主编：《我与胡风：胡风事件三十七人回忆》，宁夏人民出版社，1993年，增补版2004年。

晓风编：《胡风路翎文学书简》，安徽文艺出版社，1994年。

刘挺生：《一个神秘的文学天才：路翎》，华东师范大学出版社，1997年。

朱珩青：《路翎》，中国华侨出版社，1997年。

朱珩青：《路翎：未完成的天才》，山东文艺出版社，1997年。

张业松编：《路翎印象》，学林出版社，1997年。

梅志：《胡风传》，北京十月文艺出版社，1998年。

Kirk A. Denton, *The Problematic of Self in Modern Chinese Literature: Hu Feng and Lu Ling*, Stanford University Press, 1998.部分译文见邓腾克著、姚晓昕译：《路翎笔下的蒋纯祖与浪

漫个人主义话语》,《南京师范大学文学院学报》,2010年第4期。

万同林:《殉道者——胡风及其同仁们》,山东画报出版社,1998年。

胡风:《胡风全集》,湖北人民出版社,1999年。

刘挺生:《思索着雄大理想的旅行者:路翎传》,华东师范大学出版社,1999年。

李怡:《七月派作家评传》,重庆出版社,2000年。

Yunzhong Shu, *Buglers on the Home Front: The Wartime Practice of the Qiyue School*, State University of New York Press, 2000.（[美]舒允中:《内线号手:七月派的战时文学活动》,上海三联书店,2010年。）

何世进、黄良鉴:《悲情天才路翎》,广东人民出版社,2001年。

舒芜口述、许福芦撰写:《舒芜口述自传》,中国社会科学出版社,2002年。

周燕芬:《执守·反拨·超越:七月派史论》,中华书局,2003年。

朱珩青:《路翎传》,大象出版社,2003年。

王丽丽:《在文艺与意识形态之间:胡风研究》,中国人民大学出版社,2003年。

胡风:《致路翎书信全编》,大象出版社,2004年。

钱志富:《诗心与现实的强力结合:七月诗派研究》,作家出版社,2006年。

吴永平:《隔膜与猜忌:胡风与姚雪垠的世纪纷争》,河南大学出版社,2006年。

晓风选编:《胡风家书》,复旦大学出版社,2007年。

张业松编:《待读惊天动地诗——复旦师生论七月派作家》,安徽教育出版社,2008年。

舒芜:《舒芜致胡风书信全编》,东方出版中心,2010年。

杨根红:《论路翎文本创作的文化机缘与现代意识》,山西人民出版社,2010年。

周燕芬:《因缘际会:七月社、希望社及相关现代文学社团研究》,武汉出版社,2011年。

吴永平:《〈胡风家书〉疏证》,中国社会科学出版社,2012年。

谢慧英:《强力的"挣扎"与主体性"突围"——路翎创作研究》,中国社会科学出版社,2012年。

黄晓武:《马克思主义与主体性:抗战时期胡风"主观论"研究》,中央编译出版社,2012年。

邓姿:《又向荒崖寻火粒——七月派小说研究》,湖南人民出版社,2013年。

胡风著、晓风辑注:《胡风致舒芜书信全编》,中华书局,2014年。

阿垅著,陈沛、晓风辑:《阿垅致胡风书信全编》,中华书局,2014年。

张传敏编校:《七月派文献汇编》,高等教育出版社,2015年。

夏成绮:《胡风与舒芜:中共五〇年代文艺界的批判运动》,时报文化,2015年。

陈广根:《路翎小说与民国重庆》,东北师范大学出版社,2016年。

王丽丽:《七月派研究》,新华出版社,2017年。

魏时煜:《胡风:诗人理想与政治风暴》,香港城市大学出版社,2017年。

周荣:《超拔与悲怆——路翎小说研究》,中国社会科学出版社,2017年。

吴永平:《舒芜胡风关系史证》,花木兰文化事业有限公司,2017年。

宋玉雯:《蜗牛在荆棘上:路翎及其作品研究》,台湾阳明交通大学出版社,2020年;北京大学出版社,2024年。

贾植芳著、陈思和编:《贾植芳全集》,北岳文艺出版社,

2020年。

吴永平编著：《我和舒芜先生的网聊记录》，花木兰文化事业有限公司，2021年。

Xiaoping Wang, *Subjectivity and Realism in Modern Chinese Fiction: Hu Feng and Lu Ling*, Lexington Books, 2022.

李本东：《抗战时期重庆复旦大学作家群研究》，花木兰文化事业有限公司，2022年。

吴永平：《横看成岭侧成峰：胡风论》，花木兰文化事业有限公司，2023年。

研 究 论 文

一瞥：《一个具有新作风的青年戏剧团体——青年剧社的全貌》，重庆《中国青年》1939年第1卷第2期。

胡风："校完小记"，《七月》1941年第6卷第3期。

胡风：《死人复活的时候——给几个熟识的以及未见面的友人》，《山水文艺丛刊(1)》，1942年7月5日。

胡风：《一个女人和一个世界——路翎作中篇小说〈饥饿的郭素娥〉序》，《野草》1942年9月1日第4卷第4、5期合刊。

钱纳德(冯亦代)：《评两篇小说——丁玲的〈在医院中〉、路翎的〈谷〉》，《新华日报》1942年11月30日。

"《饥饿的郭素娥》"，桂林《大公报》1943年3月28日第一版广告。

静生：《一个有力的控诉——读〈饥饿的郭素娥〉》，重庆《新华日报》1943年6月4日。

汪淙(冯亦代)：《评〈饥饿的郭素娥〉》，《新华日报》副刊1943年7月12日。

岚：《〈饥饿的郭素娥〉》，《青年生活》1943年第4卷第3期。

王谛秋：《路翎作的〈饥饿的郭素娥〉》，《浙江日报》1943年10月12日。

冰洋：《〈棺材〉——路翎作短篇小说载文学报一期》，《华西晚报·文艺》副刊1943年11月2日。

方郁:《〈饥饿的郭素娥〉》,梅县《汕报》1943年12月7日第4版。

稺人:《介绍〈饥饿的郭素娥〉》,《收获》1944年新27期。

《徐嗣兴余明英订婚启事》,重庆《大公报》1944年5月14日。

邵荃麟:《〈饥饿的郭素娥〉》,《青年文艺》1944年第1卷第6期。

《徐嗣兴余明英结婚启事》,重庆《大公报》1944年8月15日。

《青春的祝福》,《文化散步》1945年第1期。

《饥饿的郭素娥》,《文化散步》1945年第1期。

胡风:"编后记",《希望》1945年1月第1集第1期。

"《财主底儿女们》",《希望》1945年1月第1集第1期广告。

青蓝:《〈饥饿的郭素娥〉》,《前线日报》1945年2月20日。

胡风:"编后记",《希望》1945年5月第1集第2期。

胡风:《青春底诗——〈财主底儿女们〉序》,桂林《文艺杂志》1945年新1卷第3期。

冯亦代:《闪烁和黯淡的生命——〈文坛〉中的几篇小说》,《文联》1946年第1卷第4期。

胡风:《离渝前X日记》,1946年4月3日至15日、22日至30日《新华日报》。

学言:《漫谈路翎的〈人权〉》,汕头《汕报》1946年5月6日第4版。

梅朵:《读〈希望〉》,上海《文汇报》1946年5月14日。

高樯:《赞美她——读〈青春的祝福〉》,《文艺世纪》1946年5月25日第1卷第2期。

茨冈:《民主文化在恶劣环境中生长(广州通讯)》,《文联》1946年第1卷第7期。

冯亦代:《评〈蜗牛在荆棘上〉》,《希望》1946年6月16日第

2集第2期。

H.：《从渝郊寄来》，《希望》1946年6月16日第2集第2期。

胡风："编后记"，《希望》1946年6月16日第2集第2期。

《艺苑文林》，《大公晚报》1946年6月20日。

王戎：《〈蜗牛在荆棘上〉读后》，《前线日报》1946年7月1日。

梅朵：《〈蜗牛在荆棘上〉》，上海《文汇报》1946年7月12日。

吕荧：《艺术与政治》，《萌芽》1946年7月15日第1卷第1期。

彭翱汉：《〈饥饿的郭素娥〉》，《民国日报》江西版1946年7月21日。

公刘：《也谈"色情文学"——读冰菱先生〈谈"色情文学"〉后有感》，《力行日报·人间》1946年7月26日。

刘西渭（李健吾）：《三个中篇（书评）》，《文艺复兴》1946年8月1日第2卷第1期。

史甯如：《罗曼·罗兰》，上海《大公报·文艺》1946年10月8日，后发表于重庆《大公报·文艺》1946年11月3日、天津《大公报·文艺》1946年11月22日。

舒芜：《什么是人生战斗？——理解路翎的关键》，《呼吸》1946年11月1日创刊号；《泥土》1947年7月15日第3辑。

杨威：《对于〈呼吸〉的一点意见》，《华西晚报》1946年11月11日。

吕荧、傅履冰（何其芳）：《关于"客观主义"的讨论》，《萌芽》1946年11月第1卷第4期。

洪钟：《论文艺工作的偏私倾向（下）——由〈呼吸〉创刊号所引起的二三感想》，《华西晚报》1946年12月1日。

萧梅：《评〈求爱〉》，上海《大公报·文艺》1946年12月26日。

林羽：《路翎和他的小说》，《读书与生活》1946年第2期。

G.（舒芜）：《"成都文化"》，《呼吸》1947年1月1日第2期。

以群：《岁暮文谈——一年来的中国文艺》，《中国建设》1947

年第3卷第4期。

野萤（逯登泰）：《我对〈王老太婆和她底小猪〉的理解》，上海《时事新报·青光》1947年1月8日第6版。

郭沫若：《新缪司九神礼赞》，《文汇报》1947年1月10日。

晓歌（徐光燊）：《路翎的〈求爱〉》，《文艺春秋副刊》1947年1月15日第1卷第1期。

编者（贾植芳）："编后小记"，上海《时事新报·青光》1947年1月15日。

耿庸：《真实与艺术的真实——钩棘间文评之三》，上海《时事新报·青光》1947年2月5日。

令狐玄：《为人民的文艺》，《文萃》1947年第2卷第19期。

紫禾：《略论〈蜗牛在荆棘上〉》，南京《新民报》1947年2月16日第2版。

耿庸：《在冬季——对于几位写作者的一点理解》，上海《大公报》1947年3月2日第10版。

西门铎：《路翎的〈求爱〉》，《燕京新闻》1947年3月3日第3期。

石健：《介绍路翎——文坛人物杂记》，上海《大公报》1947年3月13日第8版。

《路翎擅长讲故事》，《环球报》1947年4月18日第2版。

白兼：《路翎的短篇小说集〈求爱〉——一些灰色人生底鲜红的剖面》，北京《新生报》1947年4月28日第3版。

骆健：《我读〈王家老太婆和她底小猪〉》，上海《学生新报》1947年4月29日。

萧梅：《我读〈求爱〉》，《新疆日报》1947年5月8日第4版。

张帆：《路翎底〈求爱〉》，汉口《大刚报》1947年5月18日第4版。

姚雪垠："跋"，《差半车麦秸》，怀正文化社，1947年5月。

姚雪垠：《这部小说的写作过程及其他》，《牛全德与红萝卜》，怀正文化社，1947年5月。

杨春雨：《漫谈读小说》，《中国学生导报》1947年5月28日第2版。

田禽：《我看〈云雀〉》，上海《大公报》1947年7月10日第九版《戏剧与电影周刊》第38期。

洁泯（许觉民）：《"客观主义"私观》，上海《大公报》1947年7月27日第8版《星期文艺》第42期。

胡风：《为〈云雀〉上演写的》，《荒鸡小集·孤岛集》1947年8月，亦见《为了明天》，作家书屋，1950年。

TT：《一出新的戏剧〈云雀〉》，《妇女文化》1947年8月第2卷第5/6期。

沙虹：《评〈蜗牛在荆棘上〉》，《兰州日报》1947年8月22日第3版。

薛汕：《论战后文艺的诸种迹象》，《文艺街头》，上海春草社，1947年8月。

舒芜：《求友与寻仇》，《泥土》1947年9月17日第4辑。

编者："编后记"，《泥土》1947年9月17日第4辑。

编者："七月新丛：《饥饿的郭素娥》"，《泥土》1947年9月17日第4辑。

编者："七月新丛：《青春的祝福》"，《泥土》1947年9月17日第4辑。

编者："七月新丛：预告《财主底儿女们》"，《泥土》1947年9月17日第4辑。

《胡风对路翎的影响》，《中华日报》1947年9月20日第4版。

唐湜：《路翎与他的〈求爱〉》，《文艺复兴》1947年11月1日第4卷第2期。

胡笳：《新的主题——概括地粗论东平和路翎底作品》，《经世日报》1947年12月22日第3版。

希望社：《财主底儿女们》，汉口《大刚报》1948年1月4、18日第4版《大江》副刊。

艾明之：《新岁杂感——关于当前文艺工作的几点浅见》，上海《大公报》1948年1月18日第9版《星期文艺》第65期。

本刊同人、荃麟执笔：《对于当前文艺运动的意见》，《大众文艺丛刊》第1辑1948年3月1日。

胡绳：《评路翎的短篇小说》，《大众文艺丛刊》第1辑1948年3月1日。

黎紫：《评柯蓝的〈红旗呼啦啦飘〉》，《大众文艺丛刊》第1辑1948年3月1日。

编者："编后记"，《泥土》1948年3月15日第五期。

丁郎：《两年来南京剧运的报导》，上海《大公报》1948年3月31日第9版。

乔木（乔冠华）：《文艺创作与主观》，《大众文艺丛刊》第2辑《人民与文艺》，1948年5月1日。

胡绳：《评姚雪垠的几本小说》，《大众文艺丛刊》第2辑《人民与文艺》，1948年5月1日。

朱谷怀："编后记"，《泥土》1948年7月20日第6期。

适夷（楼适夷）：《虚伪的幻象》，香港《小说》1948年9月1日第1卷第3期。

温枫：《读后偶记》，台北《公论报》1948年9月22日第6版。

黎明：《介绍路翎的〈饥饿的郭素娥〉》，《浙瓯日报》1948年9月24日第4版。

士仁（许杰）：《文艺时评》，《文艺新辑》1948年10月第1期。

野萤（逯登泰）：《好书介绍：〈蜗牛在荆棘上〉》，上海《中学时代》1948年10月10日第23期。

《舞台上的〈云雀〉》，《剧影春秋》1948年10月16日第1卷第3期。

怀潮（阿垅）：《论艺术与政治》，"（一）论人民底自觉性""（二）论路翎底小说"，《蚂蚁小集》之四《中国的肺脏》，1948年11月；《论小资产阶级——论艺术与政治之三》，《泥土》1948年11月1日第7期。

鲁芋（绿原）：《蒋纯祖底胜利——〈财主底儿女们〉读后》，《蚂蚁小集》之四《中国的肺脏》，1948年11月。

孔翔(朱谷怀):《关于〈饥渴的兵士〉》,《泥土》1948年11月第7期。

编者:"编后记",《泥土》1948年11月第7期。

余师龙:《戏剧的血肉》,《新戏剧概论》,大东书局,1948年11月。

邵荃麟:《论主观问题》,《大众文艺丛刊》第5辑《怎样写诗》,1948年12月。

铁马:《论赞颂与批判》,上海《大公报》1948年12月21日第5版。

黄霖:《骆宾基未完成的作品(上):回忆之四》,香港《文汇报》1948年12月27日第8版。

Su Hsueh—lin, *Present Day Fiction & Drama In China*, Jos. Schyns & others, *1500 Modern Chinese Novels & Plays*, Catholic University Press, 1948. 相关译文见苏雪林著、宋尚诗译:《中国现代小说和戏剧》,陈思和、王德威主编:《史料与阐释》第7期,复旦大学出版社,2021年。

黄药眠:《论走私主义的哲学》,《海燕文艺丛刊》第二辑《关于创作》,1949年1月30日。

何波:《〈关于创作〉(海燕文丛第二辑)》,香港《大公报》1949年2月21日第5版。

"编后",《蚂蚁小集》1949年第6期。

铁:《评云雀》,汉口《大刚报》1949年4月9日第4版。

黄药眠:《论作家的主观在创作上的作用》,《论走私主义的哲学》,求实出版社,1949年5月。

穆新文:《云雀》,《文艺与生活》1949年6月第1卷第3期。

许埔:《〈歌颂中国〉:蚂蚁小集之六》,上海《大公报》1949年6月19日第7版。

萧殷:《评〈红旗歌〉及其创作方法》,《文艺报》1950年2月25日第1卷第11期。

竹可羽:《现实主义与浪漫主义结合》,《光明日报》1950年3

月12日。

方明：《为世界和平而斗争 中苏作家携起手来 全国文协昨欢迎苏联青年作家艺术家，当场签名拥护世界和平》，《光明日报》1950年5月6日。

张明东：《评〈女工赵梅英〉》，《文艺报》1950年5月25日第2卷第5期。

贾霁：《剧本〈迎着明天〉歪曲和诬蔑了中国工人阶级》，《人民戏剧》1951年第3卷第8期。

刘泳华：《反对贩卖小资产阶级货色——评〈十月文艺丛书〉中若干错误作品》，《进步日报》1952年1月15日。

校对者（胡风）："后记"，《平原》，联营书店，1952年。

石丁（石鼎）：《评路翎的〈祖国在前进〉》，《光明日报》1952年3月22日。

企霞（陈企霞）：《一部明目张胆为资本家捧场的作品——评路翎的〈祖国在前进〉》，《文艺报》1952年3月25日第6号。

陆希治：《歪曲现实的"现实主义"——评路翎的短篇小说集〈朱桂花的故事〉》，《文艺报》1952年5月10日第9号。

金名：《路翎要切实地改正错误》，《文艺报》1952年5月10日第9号。

《文化简讯》，《人民日报》1952年5月12日。

舒芜：《从头学习〈在延安文艺座谈会上的讲话〉》，《长江日报》1952年5月25日，亦见《人民日报》1952年6月8日。

吴倩（陶萍）：《评路翎的短篇小说集〈平原〉》，《人民文学》1952年9月号。

舒芜：《致路翎的公开信》，《文艺报》1952年9月25日第18号。

林默涵：《胡风的反马克思主义的文艺思想》，《文艺报》1953年1月30日第2号，亦见《人民日报》1953年1月31日。

巴人：《读〈初雪〉——读书随笔之一》，《文艺报》1954年1月30日第2号。

张家骥：《读小说〈初雪〉后的一点意见》，《文艺报》1954年4

月15日第7号。

晓立(李子云):《从〈瓦甘诺夫〉联想到〈洼地上的战役〉》,《文艺月报》1954年第5期。

侯金镜:《评路翎的三篇小说》,《文艺报》1954年6月30日第12号。

宋之的:《错在哪里?——评路翎的小说:〈洼地上的"战役"〉》,《解放军文艺》1954年8月号。

[日]相浦杲:《"一九五三年八月":现代中国文学的动向》,《现代中国》(日文刊物)1954年8月第29号。

刘金:《感情问题及其他——与一个朋友的谈话》,《文艺月报》1954年第9号。

荒草:《评路翎的两篇小说》,《文艺月报》1954年第9期。

冯雪峰:《五年来我国文学创作的发展方向》,《人民日报》1954年10月1日第6版。

朱为、林立:《英雄说"没有这回事"》,《解放军文艺》1954年10月号"读者散论"。

[日]大芝孝:《"路翎"赞——读相浦杲氏〈1953年8月现代文学的动向〉》,《现代中国》(日文刊物)1954年10月第30号。

常琳:《对〈洼地上的"战役"〉的几点意见》,《文艺报》1955年1月30日第1—2号合刊。

本刊编辑部整理:《读者和作家对〈人民文学〉的意见》,《人民文学》1955年2月号。

吴雪:《事实不容捏造》,《戏剧报》1955年2月15日第3期。

茅盾:《必须彻底地全面地展开对胡风文艺思想的批判》,《人民日报》1955年3月8日第3版。

茅盾:《关于人物描写的问题》,《电影创作通讯》1955年第16期。

毛烽、王愿坚笔录:《论生活的真实——中国人民志愿军某师关于路翎几篇作品的座谈记录》,《解放军文艺》1955年第3期。

魏巍:《纪律——阶级思想的试金石——谈路翎小说〈洼地上的"战役"〉》,《解放军文艺》1955年第3期。

谭军:《从路翎的作品看胡风的所谓"思想改造"》,《南方日报》1955年3月14日。

杨朔:《与路翎谈创作》,《文艺报》1955年3月15日第5号。

林原:《关于〈一个女报务员的日记〉的批评和讨论》,《文艺报》1955年3月30日第6号。

金丁:《不是典型的而是歪曲的形象——评路翎的〈洼地上的"战役"〉》,《文艺报》1955年3月30日第6号。

刘金:《不,这是不真实的!——评〈你的永远忠实的同志〉》,《文艺报》1955年3月30日第6号。

陈涌:《〈财主底儿女们〉的思想倾向——兼评胡风的若干观点》,《人民文学》1955年4月号。

吕一:《关于〈洼地上的"战役"〉》,《新华日报》1955年4月13日。

胡铸:《给路翎的一封公开信——谈谈关于〈洼地上的"战役"〉》,《新华日报》1955年4月13日。

张光年:《论胡风的"精神奴役的创伤"》,《文艺报》1955年第7号。

王若望:《仇视什么?鼓吹什么?——驳胡风的所谓题材论》,《文艺报》1955年第7号。

晓立(李子云):《为什么会有这样的反驳?——答路翎〈为什么会有这样的批评?〉》,《文艺月报》1955年第4期。

刘金:《我的回答——兼论路翎小说中的主要之点》,《文艺月报》1955年第4期。

罗荪:《"宗派主义"在哪里?》,《胡风文艺思想批判论文汇集三集》,作家出版社,1955年。

《驳路翎的反批评——来稿综合》,《文艺月报》1955年第5期。

陈涌:《我们从〈洼地上的"战役"〉里看到什么》,《人民文学》

1955年5月号。

蕙生：《我亲身感受到的》，《剧本》1955年5月号。

孙定国：《胡风文艺思想的反动世界观基础》，《人民日报》1955年5月4日第3版。

罗苏：《固执错误，就不能前进——评路翎的小说〈翻译家〉》，《解放日报》1955年5月8日。

航：《〈胡风文艺思想批判论文汇集〉第一集出版》，《光明日报》1955年5月15日。

石鼎：《从路翎的〈云雀〉看胡风反党集团的思想实质》，《剧本》1955年第6期。

杜高：《路翎的〈英雄母亲〉反映了什么》，《剧本》1955年第6期。

郑振铎：《人人要搜索每一个阴暗的角落》，《人民日报》1955年6月26日第3版。

力人：《路翎的小说是反动的》，《解放军战士》1955年6月26日第1期。

陈显华：《吸取教训，加强肃清反革命分子的斗争》，《光明日报》1955年7月1日。

巴人：《一本反革命的小说》，《学文化》1955年7月8日第13本。

《坚决肃清胡风集团和一切暗藏的反革命分子——读者来信来稿摘要》，《文艺学习》1955年第7期。

《路翎在中国青年艺术剧院的罪恶活动》，《戏剧报》1955年7月9日总19期。

陈文坚：《从路翎的作品中看胡风集团的反动文艺思想——评〈朱桂花的故事〉中的两个短篇》，上海《新民报·晚刊》1955年7月11日。

荒草：《肃清胡风分子反动文艺的流毒——谈路翎写志愿军的四篇小说的反动实质》，《解放军文艺》1955年7月12日。

记者：《路翎写我军的目的在于瓦解我军的斗志》，《解放军文艺》1955年第7期。

陈涌：《认清〈洼地上的"战役"〉的反革命本质》，《中国青年》1955年第14期。

瞿光锐、聂真编写：《路翎的反革命"才华"》，《胡风这个反革命黑帮》，新知识出版社，1955年8月。

尹琪：《路翎的反动小说集〈朱桂花的故事〉》，《西南文艺》1955年8月1日。

张文浙：《〈洼地上的"战役"〉的反革命实质》，《西南文艺》1955年8月1日。

本刊编辑室：《胡风反革命黑帮的丑恶面目》，《文学月刊》1955年第2期。

李诃：《路翎剧本中的"英雄人物"》，《剧本》1955年8月3日。

戴再民：《胡风伸向革命戏剧运动的毒手》，《光明日报》1955年8月6日。

巴金：《谈〈洼地上的"战役"〉的反动性》，《人民文学》1955年8月号。

李之华：《反革命的路翎》，《戏剧报》1955年8月9日。

罗荪：《从〈财主底儿女们〉看路翎的反革命立场》，《文艺月报》1955年第8期。

万弓：《"转了点弯"和"滑过去"》，《光明日报》1955年8月23日。

王若望：《路翎的"悲剧"》，《胡风黑帮的灭亡及其他》，新文艺出版社，1955年8月。

天一：《路翎在"洼地上"跟我们打仗》，《长江文艺》1955年第9期。

晓立（李子云）：《路翎侮辱劳动人民的阴险手法》，《文艺月报》1955年第9期。

韦君宜：《介绍一本给孩子读的好书——〈火热的心〉》，《人民日报》1955年10月31日。

马戎：《反革命反现实主义的〈饥饿的郭素娥〉》，《西南文艺》

1955年11月总47期。

刘金：《革命的外衣，反革命的本质——评路翎的写志愿军的四篇小说》，《西南文艺》1955年12月1日。

樊骏：《从〈求爱〉〈在铁链中〉和〈平原〉看路翎怎样通过作品进行反革命勾当》，《文学研究集刊》1956年1月第2册。

李蕤：《路翎小说中的糖衣毒药》，《文艺问题短论集》，长江文艺出版社，1956年3月。

齐立东：《巴人的人道主义必须彻底批判》，《光明日报》1960年6月21日。

陈亚丁：《斥伪装的社会主义文学》，《光明日报》1960年8月6日。

竹内実（竹内实）：《胡風と路翎》，『中国：同時代の知識人』，合同出版，1967年。

施淑：《历史与现实——论路翎及其小说》，《抖擞》（香港）第15期，1976年5月，见《两岸：现当代文学论集》，清华大学出版社，2014年。

李立明：《中国现代六百作家小传·路翎》，香港波文书局，1977年。

林曼叔、海枫、程海：《路翎的短篇小说》，《中国当代文学史稿》，巴黎第七大学东亚出版中心，1978年。

邱胜威：《重评〈洼地上的"战役"〉》，《武汉师院汉口分部校刊》1980年第1期。

狄思浏（邹霆）：《二十四年重相见 恍若隔世泪沾裳——记"胡风分子"著名作家路翎的遭遇》，香港《镜报月刊》1980年第2期。

吴祖光：《欧陆风情（连载）》，《人民日报》1980年9月9日第8版。

牛汉：《你打开了自己的书——给路翎》，《长安》1981年第1期。

野艾：《对一个熟悉的陌生人的问候——向路翎致意》，《读书》1981年第2期。

《重评路翎的〈洼地上的"战役"〉》,《文教资料简报》1981年第2期。

《〈洼地上的"战役"〉是一篇好作品》,《文艺理论研究》1981年第1期。

编者:《〈战争,为了和平〉作家简介》,《江南》1981年第2期。

周鉴铭:《评路翎解放后的短篇小说》,《南宁师院学报》1981年第4期。

钱理群:《探索者的得与失——路翎小说创作漫谈》,《中国现代文学研究丛刊》1981年第3期。

邹霆:《路翎和他的家人》,香港《新晚报》1982年1月12日。

黄南翔:《路翎——不幸的天才作家(文艺界之二十二)》,香港《南北极》第143期,1982年4月16日。

曾卓:《读路翎的几首诗》,《青海湖》1982年6月号。

闻言:《中国现代文学研究会举行第二届学术讨论会》,《中国现代文学研究丛刊》1982年第3期。

Lyell, William A. Jr. "Lu Ling's Wartime Novel: *Hungry Guo Su-e*", *La littérature chinoise au temps de la guerre de résistance contre le Japon* (*de 1937 à 1945*). Paris. Editions de la fondation Singer-Polignac, 1982.

吴向北:《谈路翎〈青春的祝福〉》,《重庆师院学报》1983年第1期。

罗惠:《我写绿原》,《新文学史料》1983年第2期。

柏文猛:《一条虽然曲折但却是向前的路——评路翎解放后的短篇小说创作》,《大连师专学报》1983年第4期。

钱理群:《展示知识分子心灵历程的史诗——路翎〈财主底儿女们〉简论》,《抗战文艺研究》1983年第4期。

天戈:《给路翎》,《诗刊》1983年第8期。

吴向北:《简论路翎〈饥饿的郭素娥〉》,《重庆师院学报》1983年第3期。

杨义:《路翎——灵魂奥秘的探索者》,《文学评论》1983年第 5 期。

钟瑄：《三访路翎》，《创作》1984 年第 1 期。

绍梦：《辉煌壮丽的人生历程——评〈洼地上的"战役"〉》，《唐山师专学校》1984 年第 4 期。

万平近：《路翎》，《当代文学研究参考资料》1984 年第 11 期。

"胡风路翎致化铁信"，《文教资料简报》1984 年第 11 期。

化铁：《自说自话》，《文教资料简报》1984 年第 11 期。

洪桥：《〈蚂蚁小集〉略记》，《文教资料简报》1984 年第 11 期。

绿原：《路翎这个名字》，《读书》1985 年第 2 期。

高远东：《现代中国的精神微光——路翎小说个性主义主题纵论》，北京大学研究生会《北大研究生论文集（文科版第三集）》，1985 年 3 月 25 日。

化铁：《我所知道的路翎》，《新文学史料》1985 年第 2 期。

夏锦乾：《一部应该重新评价的小说》，《读书》1985 年第 10 期。

沙作洪等编写：《路翎、钱钟书、黄谷柳的小说》，《中国现代文学史（上）》，福建教育出版社，1985 年。

夏锦乾：《历尽寒冬的老树——访路翎》，《文学报》1985 年 6 月 27 日第 27 期。

石父：《复旦学生刊物〈文艺信〉的一些情况》，《文教资料简报》1985 年第 4 期。

沈永宝、乔长森：《路翎传略及其创作》，《文教资料简报》1985 年第 4 期。

《路翎的笔名》，《文教资料简报》1985 年第 4 期。

沈永宝、乔长森：《路翎生平及其创作的若干考订》，《文教资料简报》1985 年第 4 期。

沈永宝、乔长森：《路翎作品系年目录》，《文教资料简报》1985 年第 4 期。

赵园：《路翎：未完成的探索》，曾小逸主编：《走向世界文学——中国现代作家与外国文学》，湖南人民出版社，1985 年。

李辉:《路翎和外国文学——与路翎对话》,《外国文学》1985年第8期。

邹荻帆:《"蜗牛在荆棘上"——悼念胡风同志》,《中国作家》1985年第4期。

夏锦乾:《〈财主底儿女们〉重印出版》,《光明日报》1985年9月19日。

赵园:《路翎小说的形象与美感》,《抗战文艺研究》1985年第4期。

胡风:《我读路翎的剧本》,《文汇月刊》1986年第1期。

胡征:《怀念不已之情——和胡风同志第一次见面的忆念》,《工人日报》1986年1月27日。

杜高:《一个受难者的灵魂——为〈路翎剧作选〉出版而作》,《剧本》1986年第2期。

文天行:《路翎小说的主观色彩》,《抗战文艺研究》1986年第1期。

化铁:《无弦琴》,安徽《诗歌报》1986年5月27日41期。

化铁:《重逢路翎》,《雨花》1986年第8期。

胡漫:《沈从文、赵树理和路翎的作品在国外》,《文科月刊》1986年第8期12。

赵园:《蒋纯祖论》,《艰难的选择》,上海文艺出版社,1986年9月。

Kirk A. Denton, *Lu Ling's Literary Art: Myth and Symbol in "Hungry Guo Su'e"*, *Modern Chinese Literature*, Fall 1986. 译文见[美]邓腾克著、张达译:《路翎的文学技巧:〈饥饿的郭素娥〉中的神话和象征》,《中国现代文学研究丛刊》1993年第3期。

钱诚一:《灵魂奥秘的执着探寻——略谈路翎的小说》,《电大教学(语文版)》1986年第11期。

万平近:《民族苦难时代的生活和情绪的历史——对〈四世同堂〉〈财主底儿女们〉的比较分析》,《抗战文艺研究》1986年第4期。

沈永葆:《关于路翎的笔名》,《盐城师专学报》1986年第4期。

金筌:《这是一篇证词——读化铁的〈重逢路翎〉》,《雨花》1987年第1期。

杨义:《路翎传略》,《新文学史料》1987年第1期。

汪曾祺:《贺路翎重写小说》,《人民日报》1987年1月24日。

刘逢敏:《且说蒋纯祖——对〈财主底儿女们〉有关评论管见》,《张家口师专学报》1987年第1期。

叶永烈:《"斯文扫地"——访作家路翎》,《人才天地》1987年第2期。

牛汉:《重逢第一篇:路翎》,《随笔》1987年第6期。

阳缨、周颖学:《一支轻轻弹奏的钢琴曲——读路翎新作〈钢琴学生〉》,《语文学刊》1987年第4期。

牛汉:《路翎和阳光》,《当代诗歌》1987年第11期。

罗飞:《从东平的"自杀"说到路翎的"发疯"》,《文艺报》1987年11月14日。

万同林、赵凌燕:《中国现代知识分子的出路和困惑——巴金〈激流三部曲〉和路翎〈财主底儿女们〉比较论》,《抗战文艺研究》1987年第4期。

邵燕祥:《〈路翎小说选〉评点》,《文艺评论》1988年第1期。

李辉:《与路翎谈〈洼地上的"战役"〉》,《人·地·书》,人民日报出版社,1988年5月。

高远东:《论七月派小说的群体风格》,《文学评论》1988年第3期。

杨鸥:《白发里的青春——访作家路翎》,《人民日报海外版》1988年8月5日。

郝亦民:《胡风的主观战斗精神和路翎的小说创作》,《中国现代文学研究丛刊》1988年第3期。

Denton, Kirk A, "Chaos and Madness in Lu Ling's Fiction: The Role of Mind in Social Transformation", A Dissertation of the

University of Toronto, 1988.

Kirk A. Denton, "Lu Ling's Children of the Rich: The Role of Mind in Social Transformation," *Modern Chinese Literature* 5, 2(1989): 269-92.

何满子:《关于东平、路翎小说的"痉挛性"之类》,《文艺报》1988年10月29日。

夏锦乾:《〈财主底儿女们〉与现代知识者的精神流浪》,《抗战文艺研究》1988年第3期。

黄科安:《灵魂深处的世界——评路翎小说〈王兴发夫妇〉》,《中文自学指导》1988年第11期。

白永吉:《路翎〈부호의 자식들〉의主觀性——中國抗戰期小說의 展開樣相》,韩国《中國語文論叢》第1卷,1988年。

张以英:《路翎的生平、小说和书信》《路翎年谱简编》,《路翎书信集》,漓江出版社,1989年。

赵福生:《艰难的历程:认识你自己——〈倪焕之〉〈财主底儿女们〉〈金牧场〉贯通论》,《海南师范学院学报》1989年第1期。

严家炎:《还是承认现实主义有多种形态为好——答何满子先生》,《文艺报》1989年4月15日。

高效军:《深刻的理解,热忱的讴歌——评路翎的小说散文集〈初雪〉》,《佳木斯师专学报》1989年第1期。

Liu, Kang, "Individualism and Realism: Lu Ling and Modern European Fiction", A Dissertation of The University of Wisconsin-Madison, 1989.

何满子:《关于路翎小说的"痉挛性"答难——答严家炎先生》,《文艺报》1989年第24期6月24日。

王建:《人性世界的艺术审视与再现——路翎小说艺术新探》,《青海师范大学学报》1989年第2期。

林默涵述、黄华英整理:《胡风事件的前前后后(林默涵问答录之一)》,《新文学史料》1989年第3期。

陈奔:《路翎长篇小说人物的主观精神世界》,《福建师范大学学报(哲学社会科学版)》1989年第3期。

严家炎:《论七月派小说的风貌和特征》,《北京大学学报(哲学社会科学版)》1989年第5期。

晓山:《片断的回忆——纪念父亲胡风逝世五周年》,《新文学史料》1990年第4期。

王建:《试论路翎小说的思想内涵》,《山东师大学报(社会科学版)》1989年第6期。

刘莹:《现实主义的路——从胡风的理论和路翎的创作看七月派对现实主义的发展》,中山大学中国现当代文学硕士论文,1989年。

昌切:《路翎的小说世界》,《文学评论》1990年第1期。

谢伟民:《路翎小说二题》,《中国现代文学研究丛刊》1990年第1期。

梦遥(谢伟民):《心理分析——路翎小说的魔力》,《吉首大学学报(社会科学版)》1990年第4期。

刘俊:《"毁灭意识"和"力的文学"——论路翎〈财主底儿女们〉》,《许昌学院学报》1991年第1期。

冀汸:《诗人,也是战士》,《新文学史料》1991年第2期。

叶凡:《路翎小说楔入人物心灵的审美特色》,《大连大学学报》1991年第2期。

晓风辑注:《胡风、路翎来往书信选》,《新文学史料》1991年第3期,1992年第1、2期。

王巧凤:《时代的交响曲——读路翎〈财主底儿女们〉》,《太原师专学报》1991年第1期。

朱珩青:《归来吧,路翎》,《香港文学》第83期,1991年11月5日;《文学自由谈》1994年第3期。

柴振兴:《作家的审美选择与艺术追求——论路翎四十年代的小说创作》,中山大学中国现当代文学硕士论文,1991年。

贾植芳:《在这个复杂的世界里——生活回忆录》,《新文学史料》,1992年第1、3、4期,1994年第2、3期,1995年第2、3、4期。

University of Toronto, 1988.

Kirk A. Denton, "Lu Ling's Children of the Rich: The Role of Mind in Social Transformation," *Modern Chinese Literature* 5, 2(1989): 269-92.

何满子:《关于东平、路翎小说的"痉挛性"之类》,《文艺报》1988年10月29日。

夏锦乾:《〈财主底儿女们〉与现代知识者的精神流浪》,《抗战文艺研究》1988年第3期。

黄科安:《灵魂深处的世界——评路翎小说〈王兴发夫妇〉》,《中文自学指导》1988年第11期。

白永吉:《路翎〈부호의 자식들〉의主觀性——中國抗戰期小說의 展開樣相》,韩国《中國語文論叢》第1卷,1988年。

张以英:《路翎的生平、小说和书信》《路翎年谱简编》,《路翎书信集》,漓江出版社,1989年。

赵福生:《艰难的历程:认识你自己——〈倪焕之〉〈财主底儿女们〉〈金牧场〉贯通论》,《海南师范学院学报》1989年第1期。

严家炎:《还是承认现实主义有多种形态为好——答何满子先生》,《文艺报》1989年4月15日。

高效军:《深刻的理解,热忱的讴歌——评路翎的小说散文集〈初雪〉》,《佳木斯师专学报》1989年第1期。

Liu, Kang, "Individualism and Realism: Lu Ling and Modern European Fiction", A Dissertation of The University of Wisconsin-Madison, 1989.

何满子:《关于路翎小说的"痉挛性"答难——答严家炎先生》,《文艺报》1989年第24期6月24日。

王建:《人性世界的艺术审视与再现——路翎小说艺术新探》,《青海师范大学学报》1989年第2期。

林默涵述、黄华英整理:《胡风事件的前前后后(林默涵问答录之一)》,《新文学史料》1989年第3期。

陈奔:《路翎长篇小说人物的主观精神世界》,《福建师范大金秀妍:《抗战时期路翎现实主义小说研究》,高丽大学硕士论文,1993年。

郝亦民:《在观念与感受之间——路翎小说创作心理分析》,《走出混沌》,山西高校联合出版社,1994年1月。

何满子:《永别路翎》,《光明日报》1994年2月28日。

毕振兴:《豪门家族的末路与知识分子的出路——试论路翎〈财主底儿女们〉的文化价值》,吴宏聪主编:《中国现代文学与民族文化》,首都师范大学出版社,1994年。

罗洛:《遥祭》,《羊城晚报》1994年3月6日。

绿原:《路翎走了》,《南方周末》1994年3月11日。

杜高:《路翎的死》,《光明日报》1994年3月19日。

《路翎同志逝世》,《鲁迅研究月刊》1994年第3期。

刘挺生:《一个天才神话的解析——路翎研究》,华东师范大学中国现当代文学博士论文,1994年。

夏阳:《青年交响曲——〈财主底儿女们〉简论》,华东师范大学中国现当代文学硕士论文,1994年。

陈国华(陈徒手):《送别路翎》,《北京青年报》1994年4月17日。

鲁煤:《送别路翎》,《中国戏剧》1994年第4期。

罗飞:《悼路翎》,《黄河文学》1994年第3期。

朱彤:《路翎小说的主观色彩》,《辽宁大学学报》1994年第3期。

刘挺生:《谈路翎的报告文学》,《中文自学指导》1994年第5期。

《路翎同志生平》,《新文学史料》1994年第2期。

岳刚:《撞人心扉的力的美——路翎四十年代小说美感特征审视》,《黄河学刊》1994年第2期。

曹铁娟:《前车之鉴——路翎的〈洼地上的"战役"〉及其他》,《贵州政协报》1994年8月4日。

张耀杰:《〈云雀〉:独标一帜——关于现代戏剧的一种考

察》,《中国现代文学研究丛刊》1994年第3期。

曾卓:《重读路翎》《路翎纪念》,《曾卓文集(第二卷·散文)》,长江文艺出版社,1994年。

黎之:《回忆与思考——关于"胡风事件"》,《新文学史料》1994年第3期。

黄伟经:《路翎辞世之后》,《作品》1994年第9期。

朱珩青:《路翎小说的精神世界和"七月派"现实主义》,《学术月刊》1994年第9期。

杨迎平:《路翎与七月派的小说创作》,《中国现代小说流派》,三峡出版社,1994年。

朱珩青:《路翎年谱简编》,《中国现代作家选集·路翎》,三联书店(香港)有限公司,1994年。

白峡:《巴金的忏悔,沙汀的内疚》,《同舟共进》1994年第10期。

朱健:《清水素馨奠路翎》,邵燕祥、林贤治编:《散文与人(4集)》,花城出版社,1994年。

邹霆:《路翎:盛年"夭折"的作家》,《东方文化》1994年11月冬卷期。

温艳华:《〈卡拉玛佐夫兄弟〉与〈财主底儿女们〉中人物病态性格的比较》,《锦州师院学报(哲学社会科学版)》1995年第1期。

刘挺生:《沟通两个世界的理性主义者——路翎文学观的哲学基础》,《社会科学》1995年第2期。

钱理群、吴晓东:《战争年代——〈二十世纪中国现代文学史略〉之二》,《海南师院学报(社会科学版)》1995年第1期。

冀汸:《哀路翎》,《新文学史料》1995年第1期。

朱珩青:《路翎早期的文学活动》,《新文学史料》1995年第1期。

阿红:《忆路翎师——一九八九年一月十一日日记》,《黄河文学》1995年第1期。

李辉:《胡风识路翎》,《人生扫描》,上海远东出版社,1995年。

刘挺生:《路翎小说的深层意识与本体特征》,《文学评论》1995年第2期。

刘挺生:《自然中自觉的人生选择——路翎的文学道路》,《平顶山师专学报》1995年第1期。

卢慎勇:《人类灵魂世界的艺术审视与探寻——路翎小说创作散论》,《开封师专学报》1995年第1期。

朱珩青:《一段难忘的恋情:兼谈作家"路翎"笔名的由来》,《人物》1995年第5期。

晓风:《胡风和路翎》,《传记文学》1995年第6期。

涂光群:《路翎〈初雪〉、〈洼地上的"战役"〉》,《中国三代作家纪实》,中国文联出版公司,1995年。

臧恩钰、李春林:《未来文学巨匠的试笔——路翎〈"要塞"退出以后〉论析》,《锦州师范学院学报(哲学社会科学版)》1995年第3期。

绿原:《〈路翎文集〉序》,《黄河文学》1995年第4期。

倪墨炎:《现代文学丛书散记[续三]》,《新文学史料》1995年第3期。

高天星、高黛英、陈阜东:《赵清阁文艺生涯年谱》,《新文学史料》1995年第3期。

阎奇男主编:《萧也牧 路翎》,《中国当代文学(上册)》,中国文学出版社,1995年。

李蓝天:《悼路翎》,永川区诗词学会编印:《永川诗词》,1995年9月。

贺苏:《悼路翎》,阳江中华诗词学会、阳江楹联学会合编:《阳江诗联》,1995年。

刘挺生:《孤寂中的邂逅与最得赏识的挚爱——路翎与胡风》,《华东师范大学学报(哲学社会科学版)》1995年第5期。

李春林、臧恩钰:《论路翎的〈谷〉——兼及鲁迅与陀思妥耶夫斯基在〈谷〉中的印痕》,《河北学刊》1996年第1期。

王兵:《论"精神奴役的创伤"》,《湖北大学学报(哲学社会科学版)》1996年第1期。

朱珩青:《路翎的爱与冤》,《小说》1996年第1期。

王志祯:《论路翎小说主人公的"疯狂"》,《中国现代文学研究丛刊》1996年第1期。

晓谷:《没有忘却的记忆——回忆我的父亲胡风》,《新文学史料》1996年第1期。

刘佳林:《仿构与自觉——从〈平原〉对〈草原〉的接受估价路翎》,《南京大学学报(哲学社会科学版)》1996年第2期。

王富仁:《中国现代主义文学论》,《天津社会科学》1996年第4、5期。

王富仁:《当前中国现代文学研究中的若干问题》,《中国现代文学研究丛刊》1996年第2期。

钱理群:《"流亡者文学"的心理指归——抗战时期知识分子精神史的一个侧面》,陈平原、陈国球主编:《文学史(第3辑)》,北京大学出版社,1996年。

高远东:《路翎与七月派小说》,朱德发,邢富钧主编《中国新文学六十年》,春风文艺出版社,1996年。

贾植芳:《应该写在前面的几句话》,《作品》1996年第8期,亦见《雕虫杂技》,山西教育出版社,1998年。

钱理群:《精神界战士的大悲剧——说〈路翎——未完成的天才〉》,《读书》1996年第8期。

孟建煌:《在爱的妊娠中痛苦痉挛的原始强力——评路翎的〈求爱〉》,《宁德师专学报(哲学社会科学版)》1996年第3期。

贾植芳:《路翎,我的苦命的兄弟!》,《书城》1996年第5期,亦见《新文学史料》1997年第4期。

李辉:《像是要飞翔起来》,《新民晚报》1996年9月18日,亦见张业松、徐朗编:《路翎晚年作品集》,东方出版中心,1998年。

刘开明:《"精神奴役的创伤"——论七月派小说的主题意蕴》,《东岳论丛》1996年第5期。

李春林:《鲁迅与中国当代文学中的路翎》,中国作协、中国鲁迅研究会、上海市文联、上海市作协、上海鲁迅纪念馆编:《浩气千秋民族魂——纪念鲁迅逝世六十周年论文集》,百家出版社,1996年10月20日。

黄成勇:《书祭路翎》,《中国图书评论》1996年第10期。

郭志刚:《路翎的〈饥饿的郭素娥〉》,《中国现代文学史论》,高等教育出版社,1996年。

钱理群:《路翎:走向地狱之门》,《精神的炼狱:中国现代文学从"五四"到抗战的历程》,广西教育出版社,1996年。

杨雪萍:《从沉重到超越》,《人在澳门》,百花文艺出版社,1996年。

杨义:《一部坚实精粹的"人之史"——谈朱珩青〈路翎〉漫论传记写作》,《博览群书》1997年第1期。

木子臧:《中国民族资产阶级历史蜕变的艺术再现——论路翎的剧本〈祖国在前进〉》,《辽宁教育学院学报》1997年第1期。

张业松:《为什么会有这样的批评》,《文艺理论研究》1997年第1期。

谢冕:《重读〈洼地上的"战役"〉》,《艺术广角》1997年第1期。

林祁:《走不出"洼地"的人性和文学》,《艺术广角》1997年第1期。

朴贞姬:《〈洼地上的"战役"〉的寓言读解》,《艺术广角》1997年第1期。

周亚琴:《〈洼地上的"战役"〉中的几个创作问题》,《艺术广角》1997年第1期。

杨鼎川:《重读路翎》,《艺术广角》1997年第1期。

马基迪:《我读〈洼地上的"战役"〉》,《艺术广角》1997年第1期。

朱珩青:《路翎身世的重新叙述——隐痛、歉疚下的改写》,《新文学史料》1997年第1期。

伍立杨:《想起了路翎》,《雨花》1997年第2期。

张耀杰：《灵魂之试炼 人性之辉煌——解读路翎》，《许昌师专学报》1997年第2期。

郑仁佳：《路翎(1923—1994)》，《传记文学》1997年第4期。

杨义、中井政喜、张中良：《〈饥饿的郭素娥〉的生命强力》，《中国新文学图志》，人民文学出版社，1997年。

钱理群：《文体与风格的多种实验——四十年代小说研读札记》，《文学评论》1997年第3期。

挺生：《夜里飘流而踌躇的魂魄》，《海南师院学报》1997年第2期。

舒芜：《〈回归五四〉后序》，《新文学史料》1997年第2期。

张业松：《"一生两世"与强制遗忘——关于"路翎叙述"的叙述》，《当代作家评论》1997年第4期。

松下子：《"七月"中人——诗人庄涌的人生之旅》，程荣华编：《庄涌和他的诗》，中国文联出版公司，1997年。

丹晨：《一个陈旧的故事——〈路翎：未完成的天才〉》，《博览群书》1997年第10期。

贾植芳：《〈庄涌和他的诗〉序》，《书屋》1997年第5期。

纪桂平：《略论路翎的工业题材创作》，《郑州大学学报》1997年第5期。

朱珩青：《文学峰峦上的跋涉：路翎与胡风的早期交往》，《文艺报》1997年10月25日。

张耀杰：《读〈路翎：未完成的天才〉》，《书城》1997年第6期。

唐湜：《路翎晚年的悲剧》，《新文学史料》1997年第4期。

余明英：《路翎与我》，《新文学史料》1997年第4期。

徐朗：《心灵解放的春天——父亲的晚年》，《新文学史料》1997年第4期。

张业松：《〈路翎晚年作品集〉编辑说明》，《新文学史料》1997年第4期，亦见《书屋》1997年第4期。

张业松：《路翎晚年创作年表》，《新文学史料》1997年第4期。

张业松选注：《路翎遗稿选》，《新文学史料》1997年第4期。

张耀杰:《批评家笔下的路翎:路翎研究综述》,《新文学史料》1997年第4期。

李春林:《人民成长历程的艰难与战斗精神的恒久——论路翎剧本〈人民万岁〉》,《山东师大学报》1997年第6期。

何满子:《朱珩青的两本书》,《出版广角》1997年第6期。

張東天:《舒蕪와 路翎의 개성해방론》,韩国《中國語文論叢》第13卷,1997年。

高雪峰:《论路翎四十年代小说创作》,辽宁师范大学中国现当代文学硕士论文,1997年。

木金:《中国工人阶级的心路历程——论路翎的剧本〈英雄母亲〉》,《辽宁教育学院学报》1998年第1期。

汪应果:《路翎与外国文学》,《艰巨的啮合》,学苑出版社,1998年。

臧恩钰、李春林:《早慧与早夭的文学天才——路翎》,香港《大公报》1998年2月15日。

鲁煤:《从石家庄出发,"打着红旗进北平"!——回忆〈红旗歌〉创作的前前后后》,《新文学史料》1998年第1—2期。

晓风、晓谷、晓山整理辑注:《胡风致舒芜书信选》,《新文学史料》1998年第1期。

谭桂林:《论中国现代文学的漂泊母题》,《中国社会科学》1998年第2期。

李槟:《创伤下的灵魂辩证法——路翎小说论之一》,《贵州师范大学学报(社会科学版)》1998年第2期。

张业松:《来信》,《新文学史料》1998年第2期。

曾卓:《路翎的悲剧》,《文学自由谈》1998年第3期。

朱珩青:《胡风的现实主义文艺思想和路翎的小说》,《外部的和内部的世界》,作家出版社,1998年。

王德威:《三个饥饿的女人》,《如何现代,怎样文学?》,台北城邦(麦田)出版社,1998年。

孙萍萍:《论七月派小说"流浪意识"的文化内涵》,《求索》

1998年第5期。

晓风辑注:《胡风日记(上)(1948年12月9日—1949年12月31日)》,《新文学史料》1998年第4期。

丁宁:《驳黄秋耘》,《新文学史料》1998年第4期。

《路翎及其冤案》,胡平,晓山编:《名人与冤案:中国文坛档案实录1》,群众出版社,1998年。

何满子:《读朱珩青写路翎所感——纪念路翎七十五岁冥寿》,《鸠栖集》,华东师范大学出版社,1998年。

冀汸:《从我的吸烟、戒烟说到"世界无烟日"》,《望山居偶语》,华东师范大学出版社,1998年12月。

白永吉:《路翎小說의宗教性——救援意識의變形의具現樣相》,韩国《中國語文論叢》第15卷,1998。

阿垅:《是黑暗王国,还是"光明王国"?》,路莘编:《风雨楼文辑》,时代文艺出版社,1999年。

李槟:《路翎的精神结构及与文学的关系》,《社会科学》1999年第1期。

邓姿:《论路翎小说中的流浪者形象》,《娄底师专学报》1999年第1期。

丁帆、王世城:《反"规范":"人"的打捞》,《十七年文学:"人"与"自我"的失落》,河南大学出版社,1999年。

张新颖:《路翎晚年的"心脏"》,《南方文坛》1999年第1期。

马燕:《路翎小说中的流浪者形象解读》,《淮北煤师院学报(哲学社会科学版)》1999年第1期。

李春林:《历史巨变前夕知识分子的形形色色——论路翎的〈云雀〉》,《东方论坛》1999年第1期。

绿原:《磨杵琐忆》,《诗探索》1999第3期。

刘成友:《现实主义思潮中的胡风和路翎》,武汉大学中国现当代文学博士学位论文,1999年。

孙萍萍:《继承与超越:四十年代小说和五四小说》,武汉大学中国现当代文学博士学位论文,1999年。

熊志琴：《路翎〈财主底儿女们〉研究》，香港中文大学硕士论文，1999年。

梁隽：《燃烧的荆棘路：论路翎创作中的人生探索》，中国人民大学中国现当代文学硕士论文，1999年。

李英莉：《火海里的炼狱：路翎小说的生命意识》，东北师范大学中国现当代文学硕士论文，1999年。

贾植芳：《历史的悲剧，悲剧的历史：为刘挺生的〈分裂的美人：路翎传〉而序》，《随笔》1999年第3期。

鲁煤：《徐放其人其诗的悲壮历程（下）》，《新文学史料》1999年第2期。

朱文华：《路翎的〈财主底儿女们〉》，王文英主编：《上海现代文学史》，上海人民出版社，1999年。

肖木、谢茂权：《路翎：被毁灭的天才》，《名人传记》1999年第7期。

蒋继三：《路翎和他的作品》《路翎和〈财主底儿女们〉的轶事》，顾国华编：《文坛杂忆（续编）》，上海书店出版社，1999年。

路莘：《红梅——路翎与余明英》《唯有痛心——再记路翎》，《爱与执着》，武汉出版社，1999年。

唐安：《路翎〈财主底儿女们〉：文化转型期知识分子的精神追求》，邵子华主编：《中国长篇小说研究》，中国文联出版社，1999年。

柯泽：《论路翎小说的现代主义特色》，《江汉论坛》1999年第10期。

黎之：《回忆与思考——关于"胡风事件"的补充》，《新文学史料》1999年第4期。

鲁贞银：《关于"胡风编辑活动和编辑思想"访谈录——访谈牛汉、绿原、耿庸、罗洛、舒芜》，《新文学史料》1999年第4期。

祝勇：《路翎》，《改写记忆》，中国文联出版公司，1999年。

化铁：《路翎在红庙的时光》，《黄河文学》1999年第6期。

刘炎生：《现实主义与"主观"论论争（二）——港、沪两地的批判与反批判》，《中国现代文学论争史》，广东人民出版社，

1999年。

姜德明编著:《〈饥饿的郭素娥〉(1943)》,《书衣百影:中国现代书籍装帧选 1906—1949》,生活·读书·新知三联书店,1999年。

"路翎",周家珍编著:《20世纪中华人物名字号辞典》,法律出版社,2000年。

李槟:《路翎的文论轨迹》,《南京师专学报》2000年第1期。

邓姿:《狂躁和痛苦:论路翎小说的整体情感特征》,《娄底师专学报》2000年第1期。

左克诚:《认识路翎》,《志苑》2000年第2期。

王玉树,吕金山编:《鲁藜的诗歌道路》,《鲁藜的泥土诗歌》,百花文艺出版社,2000年。

甘敏:《论路翎四十年代小说的"原始强力"》,浙江大学中国现当代文学硕士论文,2000年。

陈宇红:《路翎小说的异类形态》,中国社会科学院研究生院中国现当代文学硕士论文,2000年。

王小环:《论路翎对人物深层心理的透视》,福建师范大学中国现当代文学硕士论文,2000年。

王志祯:《路翎:"疯狂"的叙述》,《文学评论》2000年第3期。

董建辉:《旷野的呼唤——论路翎小说的荒原意识》,《胜利油田师范专科学校学报》2000年第2期。

蔡登山:《一生两世诚可哀——路翎的悲惨人生》,《国文天地》2000年7月第182期。

柯泽:《论路翎小说的生命意识》,《华中师范大学学报(人文社会科学版)》2000年第4期。

臧恩钰、李春林:《试论路翎的心理现实主义》,《辽宁大学学报(哲学社会科学版)》2000年第5期。

柯泽:《论路翎小说的现实主义成就》,《江汉论坛》2000年第9期。

贾植芳:《1979年进京记》,《贵州文史天地》2000年第5期。

左克诚:《试论路翎悲剧命运的时代性》,《安徽教育学院学报(哲学社会科学版)》2000年第5期。

秦弓(张中良):《论40年代中后期路翎的小说创作》,《淮阴师范学院学报(哲学社会科学版)》2000年第5期。

李春林、臧恩钰:《〈阿Q正传〉与〈罗大斗底一生〉之比较分析》,上海鲁迅纪念馆编:《上海鲁迅研究(11)》,百家出版社,2000年。

张业松:《关于舒芜先生的是非》,《书屋》2000年第11期。

白桦:《我和胡风短暂而又长久的因缘》,《新文学史料》2000年第4期。

朱珩青:《路翎晚期的创作和胡风派文学的悲剧命运》,韩国《中国现代文学》第19号,2000年12月。

王敏:《试论〈财主底儿女们〉的社会文化价值与叙事策略》,北京师范大学中国现当代文学硕士论文,2001年。

王学英:《路翎小说论》,天津师范大学中国现当代文学硕士论文,2001年。

李本东:《重庆复旦大学作家群的文学活动考略》,西南师范大学中国现当代文学硕士论文,2001年。

肖朴:《路翎的绝唱》,《书与人》2001年第1期。

双文(朱双一):《略论光复初期台中〈和平日报〉副刊——兼及〈新知识〉月刊和〈文化交流〉辑刊》,《新文学史料》2001年第1期。

叶德浴:《七月派的流派风格特色》,《七月派:新文学的骄傲》,中国文联出版社,2001年。

秦弓(张中良):《〈财主底儿女们〉:苦吟知识分子的心灵史诗》,《中国现代文学研究丛刊》2001年第2期。

许志英、邹恬主编:《"精神奴役的创伤"》,《中国现代文学主潮(上)》,福建教育出版社,2001年。

武新军:《反抗异化的执著探索——路翎与罗曼·罗兰人本价值理想之比较》,河南大学中国现当代文学硕士论文,2001年。

毛瑞江:《路翎:抗争绝望之魂——论路翎40年代的小说创作》,陕西师范大学中国现当代文学硕士论文,2001年。

李中(李慎之):《回归"五四"学习民主——给舒芜谈鲁迅、

胡适和启蒙的信》,《书屋》2001年第5期。

于丽萍:《路翎小说的生命意识》,辽宁大学中国现当代文学硕士论文,2001年。

郭建华、王许良:《灵魂受难与历史拯救》,《江西省团校学报》2001年第4期。

潘磊:《赵树理与路翎之比较》,《许昌师专学报》2001年第3期。

武新军:《国统区两种现实主义理论形态之比较——对胡风、茅盾文艺观差异的历时考察》,《周口师范高等专科学校学报》2001年第3期。

李春林:《鲁迅与中国当代文学中的路翎》,王吉鹏、李春林等:《鲁迅及中国现代文学散论》,吉林人民出版社,2001年。

张新颖:《没有凭借的现代搏斗经验——与胡风理论紧密关联的路翎创作》,《当代作家评论》2001年第5期,亦见《20世纪上半期中国文学的现代意识》,生活·读书·新知三联书店,2001年。

刘绍信、张颂华:《梦境的幸福与痛苦——路翎〈洼地上的战役〉重读》,《北方论丛》2001年第6期。

金彦河:《〈饥饿的郭素娥〉:疯狂与艺术的张力》,《中国文学研究》2001年第4期。

高旭东:《现代性:胡风、路翎与鲁迅传统正脉》,《鲁迅研究月刊》2001年第12期。

蒋益:《路翎与"七月派"的创作》,《中国现代文学概观》,中国文联出版社,2001年。

张彩红、胡景战:《非理性世界中的疯癫图景——路翎小说中的疯癫人物透视》,《河南社会科学》2001年第6期。

桂向明:《重读〈财主底儿女们〉》,《黄河文学》2001年第6期。

曹书文:《路翎:魂系"苏州故园"——论路翎的〈财主底儿女们〉》,《家族文化与中国现代文学》,中国社会科学出版社,2002年。

涂光群:《路翎写抗美援朝战争的小说为何挨批评?》,《人生的滋味》,中国工人出版社,2002年。

傅学敏:《鸽子与云雀:飞向不一样的天——〈北京人〉〈云雀〉之主体意象比较》,《四川师范学院学报》2002年第1期。

杜瑾焕:《精神探索者的孤独掘进——〈财主底儿女们〉人文解读之一》,《焦作教育学院学报》2002年第1期。

黎白:《总政治部创作室始末》,《新文学史料》2002年第1期。

郑春:《试论四十年代小说创作的精神探寻》,《山东大学学报》2002年第1期。

孙萍萍:《路翎乡土小说的复调特色》,《继承与超越:四十年代小说与五四小说》,武汉出版社,2002年。

闫永霞:《路翎创作心理研究》,河北师范大学中国现当代文学硕士论文,2002年。

曾令存:《1948—1949:〈大众文艺丛刊〉》,《中国现代文学研究丛刊》2002年第2期。

贾延祥:《〈洼地上的"战役"〉批判现象解读》,苏州大学文艺学硕士论文,2002年。

李烨恒:《苦难灵魂的悲歌——透视路翎笔下人物的精神世界》,东北师范大学中国现当代文学硕士论文,2002年。

杜瑾焕:《心灵的英雄交响史诗——〈财主底儿女们〉人文解读之二》,《焦作教育学院学报》2002年第2期。

李国平:《七月派小说家研究》,刘增杰主编:《中国现当代作家作品专题研究》,南开大学出版社,2002年。

许志英、丁帆主编:《抗美援朝战争小说》,《中国新时期小说主潮》,人民文学出版社,2002年。

张业松:《胡风问题研究》,复旦大学中国现当代文学博士后论文,2002年。

张业松、刘志荣、鲁贞银:《胡风:批评的"现实主义的路"》,《开放时代》2002年第3期,亦见张业松:《手迹与心迹》,广东教育出版社,2004年。

贾智娴：《生命原始强力的孤独呼喊——简论路翎小说》，《廊坊师范学院学报》2002年第2期。

刘勇主编：《七月派小说和后期浪漫派小说》，《插图本百年中国文学史（中卷）》，四川人民出版社，2002年。

金彦河：《路翎的文学世界与疯狂主题》，《中国现代文学研究丛刊》2002年第3期。

张新颖：《现代困境中的语言经验》，《上海文学》2002年第8期。

肖向明：《一曲硝烟里的恋歌——重读路翎〈洼地上的"战役"〉》，《惠州学院学报（社会科学版）》2002年第4期。

高建群：《读朱珩青的〈路翎传〉》，《西地平线》，上海人民出版社，2002年。

杜瑾焕：《窥视心灵景观的探险——〈财主底儿女们〉人文解读之三》，《焦作教育学院学报》2002年第4期。

彭燕郊：《回忆胡风先生》，《新文学史料》2002年第4期。

鲁煤：《我和胡风：恩怨实录》，《新文学史料》2002年第4期。

石天河：《回首何堪说逝川——从反胡风到〈星星〉诗祸》，《新文学史料》2002年第4期。

文天行：《麻木、愚昧与奴性》，《历史在这里闪光：抗战文学与中国传统文化》，四川教育出版社，2002年。

宋辉：《五十年代的路翎》，北京大学中国现当代文学硕士论文，2002年。

杨山：《窗》，《听雨楼随笔》，中国三峡出版社，2003年。

林希：《路翎被困》，《白色花劫：胡风反革命集团冤案大纪实》，长江文艺出版社，2003年。

桂向明：《读〈路翎晚年作品集〉》，《黄河文学》2003年第1期。

吴永平：《胡风清算姚雪垠始末》，《炎黄春秋》2003年第1期。

陈阳春：《理解路翎》，温儒敏主编：《中文学科论文写作训练》，北京大学出版社，2003年。

王晓渔：《知识分子的精神症候：读〈财主底儿女们〉》，《二十一世纪》2003年2月号。

白永达：《左右不逢源的"现实文学会"》，《新文学史料》2003年第1期。

杨峰：《路翎的意义：超越平庸》，《浙江师范大学学报》2003年第1期。

邓姿：《借丹心做诗情 燃生命成韵律——路翎晚年诗歌浅析》，《云梦学刊》2003年第2期。

孔喆：《困兽的嚎叫——浅析路翎小说的人物塑造》，《济宁师范专科学校学报》2003年第2期。

高阿蕊、张武军：《在绝境中突进——〈财主底儿女们〉与〈白痴〉人物比较》，《涪陵师范学院学报》2003年第2期。

王海燕：《启蒙立场中的生命关怀——路翎小说（1939—1948年）论》，华中师范大学中国现当代文学硕士论文，2003年。

杨峰：《灵魂的纠结与挣扎——论实践胡风现实主义理论的路翎创作》，浙江师范大学中国现当代文学硕士论文，2003年。

金声娥：《抗战时期路翎小说的人物心理研究》，高丽大学硕士论文，2003年。

闫秋红：《草原与后花园——两大家族类型的比较》，《民族文学研究》2003年第2期。

王海燕：《合法性论证与叙事选择——兼论路翎的两部小说》，《湖北大学学报（哲学社会科学版）》2003年第3期。

乔春雷：《怀念路翎——一位文学的殉道者——论40年代政治文化语境下路翎的现实主义文学创作》，《新乡师范高等专科学校学报》2003年第3期。

魏建主编，刘聪、张梅副主编：《土地的歌者》，《中国文学（第6册）》，齐鲁书社，2003年。

张东天：《自后花园的"出走"与"回归"——路翎〈财主底儿女们〉里所见的四十年代中国家庭》，《中国现代文学》第25号，2003年6月。

刘炳辰：《路翎〈财主底儿女们〉文本解读》，《商丘师范学院学报》2003年第3期。

乔春雷：《新时期路翎小说研究述评》，《柳州师专学报》2003年第2期。

贺仲明：《论20世纪40年代文学英雄形象的嬗变》，《江海学刊》2003年第3期。

刘保昌：《在瞻望黄金世界中迷失现在——读解〈洼地上的"战役"〉兼及17年文学的"现代性"问题》，《求是学刊》2003年第4期。

王海燕：《试论路翎建国前后创作心态的复杂性》，《襄樊学院学报》2003年第4期。

邓姿：《论路翎小说中的疯子形象》，《喀什师范学院学报》2003年第4期。

邓姿：《内倾型现实主义：路翎小说创作主导倾向》，《常德师范学院学报（社会科学版）》2003年第4期。

朱德发等：《打造民族英雄形象》，《20世纪中国文学理性精神》，上海人民出版社，2003年。

黄悦等编著：《路翎和他的〈财主底儿女们〉》，《20世纪中国文学史纲》，北京语言大学出版社，2003年。

李辉：《路翎》，《和老人聊天》，大象出版社，2003年。

潘峰：《战争中的爱情悲歌——〈岸〉与〈洼地上的战役〉之比较》，《丹东师专学报》2003年第3期。

孙亚卿：《"人的灵魂的伟大审问者"——我看鲁迅与路翎》，《廊坊师范学院学报》2003年第3期。

谢筠主编：《路翎与七月小说》，《中国现代文学史教程》，北京广播学院出版社，2003年。

曹书文：《家的解体与人的失落——〈财主底儿女们〉新论》，《中国现代文学研究丛刊》2003年第4期。

邓姿：《"火辣辣的心灵"：路翎小说人物心理剖析》，《雁北师范学院学报》2003年第4期。

袁伯康整理：《阿垅书信（22封）》，《新文学史料》2003年第

4期。

吴晖湘：《20世纪家族小说叙述方式的转换——以〈狂人日记〉〈激流〉〈财主底儿女们〉〈白鹿原〉为个案》，《湖南大学学报（社会科学版）》2003年第6期。

伊立新：《物不平则鸣——谈现代文学小说流派创作的现实精神》，《沈阳大学师范学院论文集 2003年》，沈阳大学师范学院内部资料。

桂向明：《路翎——一部读不完的大书》，《文史天地》2004年第1期。

梅志：《被损害与被摧残的——怀念路翎》，《文汇读书周报》2004年2月13日，亦见《新文学史料》2004年第4期。

桂向明：《读不完的路翎》，《文汇读书周报》2004年2月13日。

绿原：《我记得的路翎——为他逝世十周年而写》，《新文学史料》2004年第1期。

罗紫（袁伯康）：《路翎在我心中》，2004年2月28日《三联贵阳联谊通讯》第33期，《新文学史料》2004年第4期。

吕新：《论路翎小说中的"原始强力"精神》，《长春大学学报》2004年第1期。

胡辉杰、黄晓华：《癫狂："生"的拷问——论蒋蔚祖疯狂形象的哲学意蕴》，《湘潭大学学报（哲学社会科学版）》2004年第2期。

刘景荣：《〈洼地上的"战役"〉给我们什么启示》，《海南师范学院学报（社会科学版）》2004年第2期。

翟永明：《极端内倾与情感迸泻——路翎小说心理描写初探》，《海南师范学院学报（社会科学版）》2004年第2期。

杜高：《路翎：一个受难者的灵魂》，《又见昨天》，北京十月文艺出版社，2004年。

倪海燕：《路翎与北碚》，西南师范大学中国现当代文学硕士论文，2004年。

汪树东：《中国现代文学中的自然精神取向——中国现代文学精神立场初探之一》，武汉大学中国现当代文学博士论文，2004年。

高阿蕊：《狂飙与撕裂——论40年代路翎小说中的知识分子形象》，西南师范大学中国现当代文学硕士论文，2004年。

杜云南：《疯狂与悲壮的精神历程——论路翎小说的复调》，湖南师范大学中国现当代文学硕士论文，2004年。

傅异星：《超越独白——论鲁迅、胡风、路翎与复调小说》，广西师范大学中国现当代文学硕士论文，2004年。

刘炳辰：《试论路翎笔下蒋纯祖的英雄悲剧形象》，《理论月刊》2004年第4期。

姜振昌、姜异新：《历史不了情：阿Q精神话题的"当代性"》，《东岳论丛》2004年第2期。

陆少华：《蒋蔚祖之死：父子关系中"精神奴役底创伤"》，《中国现代文学研究丛刊》2004年第2期。

杨根红：《论路翎小说的现代意识》，江西师范大学中国现当代文学硕士论文，2004年。

孙亚卿：《鲁迅的启蒙传统与路翎的小说创作》，河北大学中国现当代文学硕士论文。

石湾：《想起路翎的一部书稿》，《团结报》2004年5月25日。

王海燕：《试论路翎小说中的生命强力》，《襄樊学院学报》2004年第3期。

卜召林主编：《路翎的小说》，《中国现代文学史》，武汉大学出版社，2004年。

邓姿：《孤独：路翎小说挥之不去的情结》，《船山学刊》2004年第2期。

时国炎：《俄苏文学视野下的路翎研究论纲》，南京师范大学中国现当代文学硕士论文，2004年。

邓全明：《中国的自由主义的终结——〈财主的儿女们〉解读》，《萍乡高等专科学校学报》2004年第2期。

周睿:《存在的缺失与抗争的无据:蒋蔚祖论》,《湖南工业职业技术学院学报》2004年第2期。

胡春:《路翎小说的心理现实主义》,内蒙古师范大学中国现当代文学硕士论文,2004年。

宋冬梅:《遗落的声音——论路翎现实主义创作的继承与发扬》,《辽宁教育行政学院学报》2004年第8期。

孙晓文:《施虐·围观·挣扎——路翎短篇的一种视角》,《皖西学院学报》2004年第4期。

周正章:《胡风追悼会的前前后后》,冯克力执行主编:《老照片(第36辑)》,山东画报出版社,2004年。

吴永平:《胡风为什么要写"三十万言书"》,《文史精华》2004年第9期。

刘宏芳:《悲剧命运轨迹上的两脉流向——祥林嫂与郭素娥形象之比较》,《昭乌达蒙族师专学报(汉文哲学社会科学版)》2004年第5期。

吴永平:《细读胡风"给党中央的信"》,《书屋》2004年第11期。

《路翎致友人书信》,《新文学史料》2004年第4期。

贾植芳:《关于路翎给胡风的信》,《新文学史料》2004年第4期。

曹明:《路翎逝世十周年祭》,《新文学史料》2004年第4期。

方珩:《苦涩的回忆》,《新文学史料》2004年第4期。

徐朗:《云雀》,《新文学史料》2004年第4期。

余杰:《哀思录——美丽的灵魂,死于不美的时代》,《争鸣》(香港)总第325期,2004年11月号。

杨根红:《人本主义与政治叙事——重读路翎的几部当代短篇小说》,《晋东南师范专科学校学报》2004年第6期。

刘大任:《路翎的悲剧》,《冬之物语》,INK印刻出版公司,2004年。

戴嘉树:《东方吉卜赛:论鲁迅、路翎的精神特质》,《文艺理论与批评》2005年第1期。

钱理群:《关于20世纪40年代大文学史研究的断想》,《中国现代文学研究丛刊》2005年第1期。

王富仁:《重视对中国现当代作家晚年的研究》,《中国现代文学研究丛刊》2005年第1期。

桂向明:《斯人独憔悴——记"苏州一同志"》,《野草》2005年第1期。

龙永干:《存在缺失引发的生命悲歌》,《湖南科技学院学报》2005年第2期。

汪树东:《启蒙理性叙事中的酒神精神取向》,《学术探索》2005年第1期。

戴嘉树:《理性匮乏下的祭品——路翎小说创作观念的悲剧性命运》,《福建论坛》2005年第2期。

丁燕燕:《"独立"与"合群"的文化选择困境——简论路翎〈财主底儿女们〉》,《名作欣赏》2005年第4期。

黄科安:《路翎小说:一个扰动了的精神世界》,《商丘师范学院学报》2005年第1期。

翟永明、高小弘:《试论鲁迅精神对路翎小说创作的影响》,《安康师专学报》2005年第1期。

金永平:《略论现代心理小说的流变——从郁达夫到施蛰存再到路翎》,《语文学刊》2005年第5期。

刘贤平:《绝望的反抗——论路翎的悲剧意识》,《盐城工学院学报(社会科学版)》2005年第1期。

刘贤平:《被误读的作品——论〈财主底儿女们〉的文化反思意识》,《长春工程学院学报(社会科学版)》2005年第1期。

Mingwei Song, "Long Live Youth: National Rejuvenation and Bildungsroman in 20th—Century China," A Dissertation of Columbia University, 2005

陈刚:《北碚文化圈与1940年代文学》,吉林大学中国现当代文学博士论文,2005年。

刘勇：《论中国现代文学史诗意识的建构》，武汉大学中国现当代文学博士论文，2005年。

崔文华：《论路翎四十年代小说的悲剧意识》，厦门大学中国现当代文学硕士论文，2005年。

谢雪花：《路翎创作心理论》，福建师范大学中国现当代文学硕士论文，2005年。

仲天宝：《路翎小说与存在主义哲学》，《牡丹江师范学院学报》2005年第2期。

霍巧莲：《"狂"与"悲"的生命歌哭——试论路翎四十年代的小说创作》，山东师范大学中国现当代文学硕士论文，2005年。

谭旭虎：《生命的舞蹈——试论路翎四十年代小说中的英雄形象》，华东师范大学中国现当代文学硕士论文，2005年。

刘书勤：《路翎：异质的叙述》，《理论学刊》2005年第5期。

路莘整理：《张中晓致胡风书信》，《新文学史料》2005年第2期。

杨文忠：《漂流的魂魄——1948—1955：路翎困境中的两难选择》，河南师范大学中国现当代文学硕士论文，2005年。

刘宏芳：《论路翎小说的现代意识》，内蒙古师范大学中国现当代文学硕士论文，2005年。

徐俊凯：《论路翎小说的心理分析特色》，《哈尔滨学院学报》2005年第6期。

金明姬：《이단과 비주류 소설을 둘러싼 논쟁: 蕭也牧, 路翎, 王蒙의소설을 중심으로》，《中國人文科學》第30期，2005年。

郑坚：《"五四"后文学中的小资产阶级知识青年形象》，《吊诡的新人——新文学中的小资产阶级形象研究》，百花洲文艺出版社，2005年。

王海燕：《试论蒋纯祖的生命超越之路》，《襄樊学院学报》2005年第4期。

陈少华：《蒋蔚祖之死："孝顺"还是"不孝顺"》，《阉割、篡弑与理想化：论中国现代文学中的父子关系》，广东人民出版社，

2005年。

王海燕:《另一种乡村想象——论路翎的〈嘉陵江畔的传奇〉》,《宝鸡文理学院学报(社会科学版)》2005年第4期。

卢洪涛:《路翎及七月派的小说创作》,《中国现代文学思潮史论》,中国社会科学出版社,2005年。

黄科安:《现代知识者的精神"炼狱"——解读路翎小说中的现代知识者题材》,《辽宁师范大学学报》2005年第5期。

李玉香:《〈饥饿的郭素娥〉之症候式分析》,《盐城师范学院学报(人文社会科学版)》2005年第3期。

刘贤平:《〈财主底儿女们〉中的死亡意识》,《海南大学学报(人文社会科学版)》2005年第3期。

黄科安:《人民原始的强力与流浪者的漂泊情怀——论路翎小说中人物的灵魂世界》,《昆明理工大学学报(社会科学版)》2005年第3期。

晓风编著:《梅志年表简编》,《新文学史料》2005年第4期。

吴永平:《细读胡风之〈关于舒芜问题〉——兼及"将私人通信用于公共事务"问题》,《江汉论坛》2005年第11期。

倪海燕:《四川"荒地"与〈饥饿的郭素娥〉》,《现代中国文化与文学》2005年第2期。

陈宇:《路翎和〈财主底儿女们〉》,《现代语文》2005年第12期。

马晖:《对生命主体意识的独特体验——从悲剧角度看萧红、路翎对鲁迅的继承》,《宝鸡文理学院学报(社会科学版)》2005年第6期。

朱健:《信而有征〈路翎传〉——兼及王丽丽的"胡风研究"》《书外的话——关于路翎》,《往事知多少》,湖北人民出版社,2006年。

宋学智:《〈约翰·克利斯朵夫〉与路翎》,《翻译文学经典的影响与接受:傅译〈约翰·克利斯朵夫〉研究》,上海译文出版社,2006年。

杜云南、熊沛军:《疯狂与悲壮的交错盘结——路翎笔下人物浅析》,《湖南文理学院学报(社会科学版)》2006年第1期。

杨文忠:《路翎心灵冲突下的叙述原则》,《郑州轻工业学院学报(社会科学版)》2006年第1期。

邱单丹:《以〈家〉和〈财主底儿女们〉为例略论三十年代与四十年代家族小说的差异》,《闽西职业技术学院学报》2006年第1期。

林韵然:《"七月丛书"对"大众"主体性的探索与贡献》,清华大学比较文学与世界文学硕士论文,2006年。

李燕:《在乌托邦与现实之间——路翎〈财主底儿女们〉新探》,武汉大学中国现当代文学硕士论文,2006年。

陈广根:《路翎小说与抗战时期的重庆文学》,重庆师范大学中国现当代文学硕士论文,2006年。

阚功安:《传承与接受——从抗战时期路翎小说看民族文学的传承和苏俄文学的影响》,重庆师范大学中国现当代文学硕士论文,2006年

刘贤平:《绝望的反抗——论路翎小说的生命哲学》,安徽师范大学中国现当代文学硕士论文,2006年。

李瑞龙:《胡风理论的忠诚实践者——路翎》,《现代语文》2006年第4期。

王海燕:《论张爱玲和路翎小说的时间观》,《文学教育》2006年4月(上)。

郑振华:《从梅花溪到乱石沟——一个女人的生存困惑——谈〈燃烧的荒地〉中的何秀英形象》,《乐山师范学院学报》2006年第4期。

王文胜:《英雄神话的颠覆》,《在与思:"十七年文学"现实主义思潮新论》,南京师范大学出版社,2006年。

刘云:《从"思想式写作"到"马克思主义式写作"——路翎前后期长篇小说美学面貌差异分析》,《上海文化》2006年第5期。

潘嘉:《"恶""疯"以及精神旷野的流浪——论"原始强力"在

〈财主底儿女们〉中的展现》,复旦大学中国现当代文学硕士论文,2006年。

吴永平:《舒芜撰〈论主观〉始末考》,《粤海风》2006年第3期。

谢慧英:《主体的强力"挣扎"与艰难"突围"——路翎创作研究》,北京师范大学中国现当代文学博士论文,2006年。

杨峰:《路翎面对苦难的精神向度》,《河北学刊》2006年第3期。

巩玉强:《论路翎小说叙事的疯狂性及其成因》,北京师范大学中国现当代文学硕士论文,2006年。

魏霜霜:《历史悖论中的悲剧生命抗争——论路翎〈财主底儿女们〉》,山东大学中国现当代文学硕士论文,2006年。

阎浩岗:《路翎与七月派:生命力的呼唤》,《中国现代小说史论》,人民文学出版社,2006年。

金明姬:《전쟁터에 핀 예술의 꽃——路翎의 抗美援朝 소설을 중심으로》,《中國人文科學》第32期,2006年。

易惠霞:《疯癫与颠覆——路翎小说创作中的"疯癫"透视》,《文史博览》2006年第14期。

桂向明:《两个路翎》,《炎黄春秋》2006年第8期。

时国炎:《话语冲突中的悲剧个体——浅探路翎创作的演变轨迹及其成因》,《天水师范学院学报》2006年第4期。

涂光群:《严文井——一个真正的人》,《新文学史料》2006年第3期。

黄济华:《萧也牧的〈我们夫妇之间〉和路翎的〈洼地上的"战役"〉》,《当代文学审鉴卮言》,华中师范大学出版社,2006年。

谭旭虎:《生命的畸变与异化——路翎〈燃烧的荒地〉之郭子龙形象解读》,《名作欣赏》2006年第18期。

杨文忠:《路翎对启蒙思想的文学继承》,《河南师范大学学报(哲学社会科学版)》2006年第5期。

张祖立:《〈财主底儿女们〉的反"左"主题》,《山西大学学报(哲学社会科学版)》2006年第5期。

乐黛云：《四十年代的叛逆知识分子：路翎的〈财主底儿女们〉》，《中国知识分子的形与神》，昆仑出版社，2006年。

王小环：《试论〈燃烧的荒地〉的人物心理刻画》，《福建工程学院学报》2006年第5期。

时国炎：《论路翎小说创作中"父亲"形象的民族性特征——以陀思妥耶夫斯基、肖洛霍夫为考察中心》，《滁州学院学报》2006年第5期。

解志熙：《沙汀与路翎：左翼小说向社会分析或心理分析的拓展》，《摩登与现代：中国现代文学的实存分析》，清华大学出版社，2006年。

时国炎：《传统与现代：病态女性的两极表征——路翎与俄苏文学创作中的女性形象比较论》，《大理学院学报（社会科学版）》2006年第11期。

易成俊：《坚守真实：理想抑或偏执——胡风影响下路翎的批评伦理》，《河南机电高等专科学校学报》2006年第6期。

苏敏逸：《个人、家族与集体的纠葛和矛盾：论路翎〈财主底儿女们〉》，《淡江中文学报》2006年第15期。

刘锦翠、时国炎：《路翎与俄苏文学创作中的女性形象比较论》，《连云港师范高等专科学校学报》2006年第4期。

张新颖：《路翎和胡风的差异》，《春酒园蔬集》，山东友谊出版社，2007年。

许钧、宋学智：《〈财主底儿女们〉与〈约翰·克利斯朵夫〉的不解之缘》，《20世纪法国文学在中国的译介与接受》，湖北教育出版社，2007年。

唐倩：《不同的人物，共同的命运——蒋纯祖和于连形象类比》，《中文自学指导》2007年第1期。

刘艳琳：《走向毁灭的路——金素痕论》，《中国文学研究》2007年第1期。

汪振军：《路翎：书写生命的激情》，《独立精神的坚守与失落：四五十年代知识者题材小说研究》，河南人民出版社2007年。

唐霞：《现代社会的文化寓言——论析中国现代文学中"铁屋子"和"家"的意象》，四川大学中国现代文学硕士论文，2007年。

李阳：《价值崩颓时代的主体建构——路翎和他的〈财主底儿女们〉》，上海师范大学中国现当代文学硕士论文，2007年。

邓霭雯：《三代人 三兄弟——论〈激流三部曲〉〈四世同堂〉〈财主底儿女们〉的共通之处》，《科技信息》2007年第10期。

张艳：《举起整个生命呼唤——路翎小说的生命意识》，吉林大学中国现当代文学硕士论文，2007年。

时国炎、邱维平：《路翎与俄苏文学创作风格比较论》，《赣南师范学院学报》2007年第2期。

周杰：《形象创造与作家的心路历程——简论路翎小说的人物创造》，北京师范大学文艺学硕士论文，2007年。

王晶晶：《现代人及其精神困境——对〈红楼梦〉、鲁迅和〈财主底儿女们〉的探讨》，苏州大学中国现当代文学硕士论文，2007年。

姜涛、张洁宇、张桃洲、段从学、孙晓娅：《困境、语境及其他——关于诗歌精神的讨论》，《中国诗歌研究动态》第3辑，2007年。

舒芜：《参加胡风文艺思想讨论座谈会日记抄（1952年9月7日—12月16日）》，《新文学史料》2007年第2期。

黄美冰：《路翎与我——余明英口述历史》，复旦大学中国现当代文学硕士论文，2007年。

宗原：《论建国前后路翎创作的"变"与"常"》，复旦大学中国现当代文学硕士论文，2007年。

袁伟平：《疯狂之爱：论蘩漪、金子与郭素娥的反叛之路》，《阜阳师范学院学报（社会科学版）》2007年第5期。

江倩：《故国家园是归途——论路翎〈财主底儿女们〉中的蒋少祖形象》，《名作欣赏》2007年第12期。

王琳：《论〈财主的儿女们〉创作手法的双重特征》，《四川理工学院学报（社会科学版）》2007年第3期。

胡勇：《路翎对鲁迅"心灵写实"现实主义作精神的继承与探

索》,《江西社会科学》2007年第6期。

胡勇:《从鲁迅小说创作范式看路翎小说创作特征》,《盐城师范学院学报(人文社会科学版)》2007年第3期。

陈悦:《论〈财主底儿女们〉的现代主义特质》,《贵州社会科学》2007年第7期。

邓姿:《无心插柳柳成荫:论路翎小说的现代色彩》,《船山学刊》2007年第3期。

倪海燕:《四川乡场文化的反思与创化——论路翎重庆时期的小说》,《宿州学院学报》2007年第4期。

吴永平:《聂绀弩与〈七月〉杂志的终刊》,《新文学史料》2007年第3期。

王瑛:《原始强力的化身》,《理论纵横》2007年第8期。

王涧:《扭曲的魂灵与歇斯底里话语》,《家族叙事与文化转型:中国现代家族小说研究》,中国文联出版社,2007年。

伍蕊:《书写的差异——对路翎〈谷〉的解构批评》,《湖北经济学院学报(人文社会科学版)》2007年第10期。

袁伟平:《正当而自由的人性——论路翎小说的内在诉求》,《云南师范大学学报(哲学社会科学版)》2007年第6期。

常宇:《谈路翎小说的"退"与"守"》,《华中师范大学研究生学报》2007年第3期。

罗紫:《想着阿垅……》,《新文学史料》2007年第4期。

曾庆瑞、赵遐秋:《路翎:不以探索者的成败论英雄》,《曾庆瑞赵遐秋文集(第7卷)》,中国传媒大学出版社,2007年。

吴永平:《胡风书信隐语考》,《中国现代文学研究丛刊》2007年第6期。

张江元:《现代知识分子的精神反思特征——论路翎的〈财主的儿女们〉》,《山东文学》2007年第12期。

化铁:《化铁致胡风的二十封信》,臧杰、薛原主编:《闲话之1 玫瑰与蝴蝶》,青岛出版社,2008年。

商金林:《"因忠实和勇敢而致悲惨"——评路翎的"志愿军

题材"小说》,《江苏行政学院学报》2008年第1期。

阎浩岗主编:《路翎小说研究》,《中国现代小说研究概览》,河北大学出版社2008年。

刘卫东:《当年对路翎的批评及路翎的反批评》,《粤海风》2008年第1期。

杜云南:《复调:路翎小说叙述之特色》,《湖南城市学院学报》2008年第1期。

谢雪花:《路翎小说语言得与失的悖论——纸面具下的表演:语言等同于思维》,《新西部》2008年第1期。

崔丽君:《路翎在重庆》,《红岩》2008年第1期。

霍巧莲:《时代与个人夹缝中的"双面刃"——路翎20世纪40—年代小说价值意义初探》,《英才高职论坛》2008年第1期。

雷晓:《革命化的爱情小说还是爱情化的革命历史小说——读〈我们夫妇之间〉、〈洼地里的战役〉、〈红豆〉想到的》,《科教文汇》2008年第2期。

王中坤:《"炼狱"——路翎小说人物在非日常生活世界中的剧变》,《安徽文学》2008年第2期。

韦泱:《沪上旧刊三题》,《新文学史料》2008年第1期。

杨根红:《论路翎小说中的生命原型》,《乐山师范学院学报》2008年第3期。

朱淑娟:《浅谈路翎短篇小说中的女性意象》,《长春工业大学学报》2008年第2期。

谢雪花:《路翎小说语言得与失的悖论——一道不会唱歌的长墙:诗化的路翎文本》,《新西部》2008年第3期。

罗铮:《路翎在朝鲜战争题材文学中的地位探究》,复旦大学中国现当代文学硕士论文,2008年。

倪佳:《二十世纪四十年代中国小说中的基督徒形象——以巴金、路翎和张爱玲为中心》,复旦大学中国现当代文学硕士论文,2008年。

邢彩霞:《路翎小说的"异质性"(1940—1949)》,中国人民大学中国现当代文学硕士论文,2008年。

贠淑红:《"个人主义"与路翎的文学创作》,南京大学中国现当代文学硕士论文,2008年。

赵肖杏:《中国新文学接受中的陀思妥耶夫斯基》,武汉大学中国现当代文学硕士论文,2008年。

冯梅英:《路翎小说与五四文学》,河北大学中国现当代文学硕士论文,2008年。

马爱平:《空间设计与史诗意义追寻:论路翎的〈财主底儿女们〉》,河北大学中国现当代文学硕士论文,2008年。

张业松:《胡风理论的错位与遭际》,《中国现代文学研究丛刊》2008年第3期。

张业松、黄美冰、刘云采写:《鲁煤谈路翎》,《新文学史料》2008年第2期。

王晓渔:《二十世纪四十年代知识分子的精神症候——路翎〈财主底儿女们〉及其他》,陈思和、张业松编:《思想的尊严:胡风百年诞辰学术讨论会文集》,宁夏人民出版社,2008年。

霍巧莲:《多重语境孕育出的"宁馨儿"——路翎20世纪40年代小说审美风格成因初探》,《英才高职论坛》2008年第2期。

徐绍羽口述,夏榆整理:《路翎:血痕与旧迹》,臧杰、薛原主编:《闲话(之四)异性仇敌》,青岛出版社,2008年。

于静:《师友的见证抑或反革命的罪证——胡风致路翎》,《旧物记》,中华书局,2008年。

霍巧莲:《疯狂躁动:路翎四十年代小说的外在审美特征》,《十堰职业技术学院学报》2008年第3期。

牛汉:《路翎:文学史上应该留名的人》,牛汉口述,何启治、李晋西编撰:《我仍在苦苦跋涉》,生活·读书·新知三联书店,2008年。

谢慧英:《显示灵魂的"深"——论路翎的艺术视觉》,《重庆教育学院学报》2008年第4期。

奥野行伸:《路翎の初期作品——主として『飢餓の郭素娥』

より〉》,《中国言語文化研究》2008年。

杨根红:《论路翎小说中的复调性因素》,《长治学院学报》2008年第4期。

刘勇:《从〈财主底儿女们〉看路翎与尼采的精神联系》,《韩山师范学院学报》2008年第4期。

文汇:《人性不能被抹杀——解读〈洼地上的"战役"〉》,《安徽文学》2008年第8期。

王海艳:《一样的激情,异样的表达——巴金、路翎小说创作整体风貌之比较》,《作家》2008年第8期。

乔雪竹:《流失的记忆——比较〈红豆〉、〈我们夫妇之间〉和〈洼地上的"战役"〉》,《安徽文学》2008年第9期。

王国华:《路翎:作为战士的悲剧》,《湘声报》2008年9月27日。

姚振函:《一九八七年:谋面路翎》,《海燕》2008年第9期。

韩旭:《肩扛黑暗闸门的不同选择——路翎〈财主底儿女们〉蒋少祖形象塑造中的鲁迅"孤独者"因子》,《绍兴鲁迅研究》,上海文艺出版社2008年。

李建东:《"精神奴役创伤"论》,《中国现代文学(1917—1999)思潮导论》,中国言实出版社,2008年。

杨明、阎瑜主编:《现代小说》,《中外文学鉴赏》,中国海洋大学出版社,2008年。

姚辉:《变易中的承续——论路翎小说中的批判国民性主题》,《作家》2008年第10期。

朱珩青编:《路翎小传》,《路翎代表作》,华夏出版社,2008年。

马振:《生命存在的探寻——存在主义视阈下路翎小说(1940年代)研究》,宁波大学中国现当代文学硕士论文,2008年。

谢慧英:《多样化心理图景的纷繁呈现:论路翎小说的心理描绘艺术》,《井冈山大学学报》2008年第6期。

易成俊:《民粹时代对启蒙理想的轧合——四五十年代路翎的创作路向》,《河南机电高等专科学校学报》2008年第6期。

张业松:《胡风问题的三个论域》,《新文学史料》2008年第4期。

罗惜春:《浅析路翎小说中人物形象的塑造》,《文教资料》2008年第33期。

谢雪花:《路翎创作中的英雄情结》,《新西部》2008年11月。

陈广根:《论路翎小说中的重庆下江人形象》,《重庆城市管理职业学院学报》2008年第4期。

尹莹:《抗战时期文学中的重庆书写——以巴金、张恨水、路翎的小说为例》,《福建论坛》2008年第12期。

王娟:《灵魂的写实——论路翎主观体验现实主义的小说创作》,《语文学刊》2008年第24期。

范晓梅:《荒凉艺术世界的建构——论路翎早期创作的美学风格》,南京大学中国现当代文学硕士论文,2008年。

刘剑梅著,郭冰茹译:《"有始无终"的情爱尴尬》,《革命与情爱——二十世纪中国小说史中的女性身体与主题重述》,上海三联书店,2009年。

刘若琴:《生命的极致——纪念罗洛叔叔》,《黄河文学》2009年第1期。

黄开发、李今:《新文学初版本寻访记》,《中国图书评论》2009年第1期。

解志熙:《"反传奇的传奇"及其他——论张爱玲叙事艺术的成就与限度》,《中国现代文学研究丛刊》2009年第1期。

谢慧英:《"心灵危机情境":路翎小说的情节结构模式——以〈王炳全的道路〉为例》,《龙岩学院学报》2009年第1期。

李彩:《从家族"逆子"形象试析巴金、老舍、路翎的创作思想》,《才智》2009年第6期。

刘云:《为生命而战——路翎前期(1937—1949)小说中的生命意识浅析》,复旦大学中国现当代文学硕士论文,2009年。

沈仲亮:《小说熔炉里的"工人":时代转折与路翎的工人形象的"塑造"》,中国人民大学中国现当代文学硕士论文,2009年。

张娴：《在重重铁幕之下——批判与规训下的路翎创作》，北京师范大学中国现当代文学硕士论文，2009年。

舒小红：《绝望的呼喊——论路翎小说的悲剧性》，湖南师范大学中国现当代文学硕士论文，2009年。

丁海燕：《论路翎小说的意象——以1949年以前的小说为例》，宁夏大学中国现当代文学硕士论文，2009年。

张晶晶：《奴役与反抗——论路翎前期小说中的启蒙意识》，四川师范大学中国现当代文学硕士论文，2009年。

程志军：《郭素娥、王菊豆悲剧形象内涵比较谈》，《语文学刊》2009年第5期。

谢刚：《〈洼地上的"战役"〉：精神分析与文化视野中的文本重解》，《小说评论》2009年第2期。

周淑：《浅析〈财主底儿女们〉中蒋蔚祖的苦闷》，《三门峡职业技术学院学报》2009年第1期。

闫永霞：《浅析路翎小说"原始的强力"的心理内涵》，《作家》2009年第6期。

吴永平：《试析胡风对路翎短篇小说〈泡沫〉的不满》，《盐城师范学院学报（人文社会科学版）》2009年第4期。

吕东亮：《为什么会有这样的批评——论1954年批评界对路翎的批评》，《汕头大学学报（人文社会科学版）》2009年第2期。

许诺：《四十年代新生代作家与"五四"文学的复杂关系——以路翎、赵树理、张爱玲、钱钟书为样本的考察》，北京大学中国现当代文学硕士论文，2009年。

王中坤：《路翎及其作品中的英雄情结》，山东师范大学中国现当代文学硕士论文，2009年。

闫永霞：《路翎小说创作中病态心理描写探源》，《作家》2009年第4期。

姬玉：《在苦难中寻求生命的价值——论路翎小说的悲剧意识》，《大众文艺》2009年第9期。

李永东:《故事情节的仿效与中俄家族叙事的分野——〈财主底儿女们〉与〈战争与和平〉的比较》,《湘潭大学学报(哲学社会科学版)》2009年第6期。

刘勇:《胡风、路翎与西方生命哲学》,《武汉工程大学学报》2009年第6期。

丰绍棠:《憨人路翎》,丰绍棠著《傻也风雅(上)》,广西师范大学出版社,2009年。

王小环:《浅谈路翎小说对人物灵魂的挖掘》,《作家》2009年第14期。

赵肖杏:《对苦难的美学观照:陀思妥耶夫斯基与路翎》,陈国恩、庄桂成、雍青等:《俄苏文学在中国的传播与接受》,中国社会科学出版社,2009年。

杜高:《失败的"剧本创作室"》,《炎黄春秋》2009年第8期。

吴永平:《胡风与〈蚂蚁小集〉的复刊及终刊》,《阅江学刊》2009年第4期。

陈琴:《荒原感与原始生命强力——简析〈财主底儿女们〉中的"旷野"意象》,《广西教育学院学报》2009年第4期。

吴永平:《胡风对老舍的阶段性评价》,《新文学史料》2009年第3期。

王俊莎、乔军豫:《永不凋谢的常青树——访诗翁穆仁先生》,吕进、熊辉主编:《诗学(第一辑)》,巴蜀书社,2009年。

文海林:《〈财主底儿女们〉与城市空间关系的重构》,《长江师范学院学报》2009年第5期。

文贵良:《路翎的欧化:语言创伤与生命开放》,《中国现代文学研究丛刊》2009年第5期。

陈广根:《路翎小说中重庆底层民众形象浅论》,《重庆城市管理职业学院学报》2009年第3期。

贾延祥、姜洪伟:《路翎批判中的组织化批判模式与语体特征》,《苏州教育学院学报》2009年第3期。

马爱平:《分裂的叙述聚合的效应:论〈财主底儿女们〉的家

族叙事》,《河北理工大学学报(社会科学版)》2009年第5期。

王小环:《路翎小说中的"原始强力"解析》,《作家》2009年第18期。

江倩:《在民族主义主流话语中对个人主义的执著——论〈财主底儿女们〉中蒋纯祖形象的意义》,《名作欣赏》2009年第23期。

谢刚:《政治话语·启蒙意识·古典结构——〈洼地上的"战役"〉文本的复杂性》,《中国石油大学学报》2009年第5期;《汕头大学学报》2009年第5期。

杨岚、龙媛媛:《外国文学与路翎撞击的火花——外国文学对路翎创作的影响》,《安徽文学》2009年第10期。

倪海燕:《〈大声日报〉副刊上路翎与作品及价值》,中国现代文学新史料的发掘与研究国际学术研讨会,2009年。

吴永平:《几近被忘却的"荒鸡文艺丛书之一:天堂的地板"》,《中国现代文学研究丛刊》2009年第6期。

黄伟经:《二十世纪中国的薇拉——梅志书简》,《新文学史料》2009年第4期。

冒建华:《路翎、孙犁小说实践》,《中国现代小说观念的当代审视》,南京大学出版社,2009年。

张柠:《路翎的"战地爱与恨"》,《再造文学巴别塔》,广东教育出版社,2009年。

俎宾:《迷失:战争背景下知识分子精神动向的一个侧面——以〈财主底儿女们〉所塑造的知识分子为例》,《现代语文》2009年第12期。

陈婵:《路翎小说的身体叙述》,《长沙铁道学院学报》2009年第4期。

张静:《论路翎小说中的"原始强力"》,《淮北职业技术学院学报》2009年第6期。

王虎:《挣扎与超越——论《财主底儿女们》的文本断裂》,《青年作家》2009年第1期。

周燕芬:《中国现代知识分子的精神侧影——路翎和〈财主

的儿女们〉》,《现代中国文化与文学》2009年第2期。

刘珍:《奥涅金与蒋纯祖形象之比较》,《安徽文学》2010年第1期。

赵伟:《路翎四十年代小说中下层劳动女性形象简论》,《齐齐哈尔师范高等专科学校学报》2010年第1期。

韩军:《激情、爱情、温情与悲情——路翎〈洼地上的"战役"〉之情感话语的后革命语境解读》,《名作欣赏》2010年第6期。

刘成才:《困顿中的退守与坚持——论"十七年"文学中的路翎小说》,《萍乡高等专科学校学报》2010年第1期;《泰山学院学报》2010年第2期。

吴永平:《舒芜胡风交往简表》,《新文学史料》2010年第1期。

刘增杰:《新发现的一批七月派史料——〈中国时报〉文学副刊一瞥》,《平顶山学院学报》2010年第1期。

俎宾:《从路翎的小说看五四精神在四十年代的困境》,《大众文艺》2010年第4期。

冀汸:《读〈路翎传〉》,《冀汸文集》,作家出版社,2010年。

化铁:《寂寞小巷》《一双明亮的大眼睛》,范用等:《"三联"忆旧》,贵州人民出版社,2010年。

戴夏燕:《路翎〈财主底儿女们〉的现代性》,《时代文学》2010年第3期。

刘小容:《论七月派小说的死亡叙事》,西南大学中国现当代文学硕士论文,2010年。

卜善芬:《家族题材小说〈财主底儿女们〉与〈卡拉马佐夫兄弟〉比较研究》,湖南师范大学中国现当代文学硕士论文,2010年。

韩枫:《家族的解体与知识分子的漂泊:路翎和他的〈财主底儿女们〉》,西南交通大学中国现当代文学硕士论文,2010年。

吴海琴:《论路翎小说的悲剧意识》,2010年扬州大学中国现当代文学硕士论文。

崔军:《多重视野下的路翎前期小说人物研究》,山东师范大学文艺学硕士论文,2010年。

张静:《生命意志的追询——论路翎四十年代小说创作》,安徽师范大学中国现当代文学硕士论文,2010年。

汤赟赟:《胡风编辑的同人杂志研究》,上海师范大学中国现当代文学硕士论文,2010年。

周洁:《命运之契:现代传媒与路翎40年代的文学写作》,广西师范学院中国现当代文学硕士论文,2010年。

王秋月:《路翎及当代作家笔下的饥饿主题》,《文学教育》2010年第4期。

吴永平:《胡风为何要批评路翎的小说》,《博览群书》2010年第5期。

张华:《本体性探寻中的生命悲歌——从〈云雀〉到〈风雪夜归人〉》,《戏剧文学》2010年第6期。

李晓伟、刘琳:《"独立"与"合群"——简论〈财主底儿女们〉中蒋纯祖的超越之路》,《鸡西大学学报》2010年第3期。

胡莎:《浅析中国现代家族背景小说中的叛逆者形象——以〈财主底儿女们〉、〈家〉和〈科尔沁旗草原〉为例》,《湖南工程学院学报(社会科学版)》2010年第2期。

杨葵:《丧失了歌唱能力的路翎》,《新商报》2010年6月26日。

吴永平:《1950年,胡风为何要寻找"张明东"》,《博览群书》2010年第7期。

赵伟:《郭素娥论》,《牡丹江教育学院学报》2010年第4期。

张业松:《路翎与合川》,《红岩》2010年S1期。

徐绍羽:《他从合川,从重庆走出来》,《红岩》2010年S1期。

晓风:《胡风和路翎》,《红岩》2010年S1期。

朱珩青:《殉道者的苦难》,《红岩》2010年S1期。

李怡:《在"合川"讨论路翎的意义》,《红岩》2010年S1期。

梁敏儿:《原始强力再议:以〈饥饿的郭素娥〉为中心》,《红岩》2010年S1期。

郝明工:《陪都重庆与路翎的小说书写》,《红岩》2010年

S1 期。

倪海燕：《"原始强力"与川东地域文化的关系——从一个角度解读路翎早期的创作》，《红岩》2010 年 S1 期。

高阿蕊、张武军：《原始强力与高贵心灵的完美融合——略论路翎抗战时期作品中的人物》，《红岩》2010 年 S1 期。

周维东：《重庆"场域"与〈饥饿的郭素娥〉》，《红岩》2010 年 S1 期。

唐三骄：《"路翎与合川"学术研讨会综述》，《红岩》2010 年 S1 期。

李洁非：《路翎底气质》《胡风案中人与事》，《典型文案》，人民文学出版社，2010 年。

张玲丽：《透视〈七月〉〈希望〉的"同人"定位》，《赣南师范学院学报》2010 年第 4 期。

郝利利：《在抗争中走向毁灭：路翎小说〈财主底儿女们〉中金素痕形象分析》，《文艺生活》2010 年第 9 期。

罗文珍：《从〈饥饿的郭素娥〉中的浮雕式语言谈路翎小说的风格》，《青年作家》2010 年第 10 期。

高阿蕊：《高贵的心和原始的力——论路翎解放前的中短篇小说创作》，《信阳师范学院学报（哲学社会科学版）》2010 年第 6 期。

黄菊：《重返路翎——"路翎与合川"学术研讨会综述》，《社会科学辑刊》2010 年第 6 期。

叶德浴：《彭燕郊与舒芜》，《新文学史料》2010 年第 4 期。

罗维斯：《"路翎与合川"学术研讨会召开》，《新文学史料》2010 年第 4 期。

尹莹：《路翎笔下的重庆"边缘世界"》，《安徽文学》2010 年第 11 期。

孙晓燕：《论路翎 20 世纪 50 年代的战争小说》，《中国现代文学论丛》2010 年第 3 期。

王晓初：《路翎〈饥饿的郭素娥〉与鲁迅文学精神的联系》，

《南京师范大学文学院学报》2010年第4期。

杨耀健：《"七月派"小说家路翎》，《重庆渝中区文史资料（第19辑）》，2010年。

李永求：《路翎与韩国战争文学》，《中国研究》第50卷，2010年。

金春莲：《路翎〈财主底儿女儿们〉、金学铁〈激情时代〉语言风格比较》，《中国城市经济》2011年第1期。

杨根红：《灵魂的飞翔：路翎晚年诗歌评述》，《乐山师范学院学报》2011年第1期。

邹雪梅：《道不尽的悲凉：路翎小说意境探析》，《文学与艺术》2011年第1期。

郭德亮：《浅析路翎笔下的"精神奴役创伤"》，《文艺生活》2011年第1期。

王学松、万美芬：《论路翎小说艺术世界的构建要素》，《江西教育学院学报》2011年第1期。

朱珩青：《寻找路翎在四川的遗迹》，《新文学史料》2011年第1期。

赵双花：《可能与限度：抗战时期国统区小说中的抒情问题研究》，华东师范大学中国现当代文学博士，2011年。

郭子娟：《七月派文学批评研究》，北京大学中国现当代文学硕士论文，2011年。

张弛：《父亲形象和父子关系研究——以〈财主底儿女们〉为例》，华东师范大学中国现当代文学硕士，2011年。

王虎：《路翎小说的现代意蕴研究》，陕西师范大学中国现当代文学硕士论文，2011年。

苏存娣：《奴役与反抗：论路翎40年代的小说创作》，2011年西北大学中国现当代文学硕士论文。

王晓乐：《巴金与路翎的家族小说比较》，2011年西北大学中国现当代文学硕士论文。

郭德亮：《苦难中的生命抗争：论路翎小说的生命意识》，

2011年山东师范大学中国现当代文学硕士论文。

赵伟：《趋同与分歧：四五十年代文化转型中的路翎》，西北师范大学中国现当代文学硕士论文，2011年。

王丽丽：《路翎与重庆》，《文学评论》2011年第2期。

岑小双：《人性的游走与复归——〈洼地上的"战役"〉重读》，《文学界》2011年第3期。

李晓伟、刘琳、薛学财：《〈财主底儿女们〉与〈罪与罚〉中的疯狂主旋律》，《四川职业技术学院学报》2011年第2期。

贡晓霞：《封建思想的卫道士——〈英雄的舞蹈〉重读》，《语文天地》2011年第9期。

许定铭：《路翎和〈财主底儿女们〉》，《大公报》2011年5月22日。

晓风：《书信和日记见证了楼适夷和胡风夫妇的深厚友谊》，《新文学史料》2011年第2期。

晓风：《编读往来》，《新文学史料》2011年第2期。

吴永平：《胡风与〈起点〉文学月刊》，《盐城师范学院学报（人文社会科学版）》2011年第3期。

吴中杰：《胡风：九死而未悔的艺术殉道者》，《鲁迅的抬棺人》，复旦大学出版社，2011年。

孙晓燕：《论路翎50年代的浪漫悲情战争小说》，《当代文坛》2011年第4期。

王凤仙：《"每一个人都是为了自己"——从存在哲学视域看〈财主底儿女们〉中的"冲突"》，《中国社会科学院研究生院学报》2011年第4期。

张传敏：《胡风的"沉重"与七月派的裂痕——由胡风的一封信谈起》，《粤海风》2011年第4期。

张丛皞：《形神兼备的家族悲剧：谈〈财主底儿女们〉的"红楼神韵"》，《名作欣赏》2011年第8期。

吴永平：《史料在手，也得细读，还须考证》，《新文学史料》2011年第3期。

"编后记",《新文学史料》2011年第3期。

张中良:《路翎:苦吟知识分子的心灵史诗》,《张中良讲现代小说》,湖南教育出版社,2011年。

赵双花:《现实斗争中的激进与回旋:路翎抗战小说新论》,《河南师范大学学报(哲学社会科学版)》2011年第6期。

秦兆阳口述,秦晴、陈恭怀记录整理:《我写〈现实主义——广阔的道路〉的由来》,《新文学史料》2011年第4期。

谢泳:《胡风事件的另类史料——新华社〈内部参考〉中关于胡风事件的报道》,《新文学史料》2011年第4期。

李汉:《催生新中国的红色诗人、剧作家——纪念建党90周年专访老作家鲁煤》,《新文学史料》2011年第4期。

吴永平:《〈泥土〉全目及其他》,《新文学史料》2011年第4期。

王晓初:《路翎的小说》,《中国现代文学名家名著选讲》,安徽师范大学出版社,2011年。

魏宁:《两个相似的背影——探析梵高绘画与路翎文学创作的关系》,《绵阳师范学院学报》2011年第12期。

蒲慧宁:《〈战争,为了和平〉对于路翎其人及对于文学史的意义》,《北方文学》2011年第12期。

张传敏:《谁为"七月派"》,《半蠹集》,巴蜀书社,2011年。

白明宽:《"十七年"中路翎的小说创作》,《文学教育》2012年第1期。

刘卫东:《胡风案与"群体心理学"》,《文学自由谈》2012年第1期。

任冬梅:《论路翎小说中的幻想成分》,《长江师范学院学报》2012年第1期。

吴永平:《张业松编〈路翎批评文集〉之误植》,《博览群书》2012年第2期。

石志浩:《路翎〈财主底儿女们〉的研究评述》,《西南科技大学学报(哲学社会科学版)》2012年第1期。

王丽华:《谈路翎对个体生命力量的张扬》,《辽宁师专学报

(社会科学版)》2012年第1期。

周荣:《超拔精神与凄美命运——路翎小说研究》,吉林大学中国现当代文学博士论文,2012年。

史佳林:《二十世纪四十年代小说语言研究》,复旦大学中国现当代文学博士论文,2012年。

凌燕:《七月派冀汸与外国文学接受》,华东师范大学比较文学与世界文学博士论文,2012年。

许艳:《中国现代家族小说中的"叛逆者"形象论——以高觉慧、祁瑞全、蒋纯祖为例》,陕西师范大学中国现当代文学硕士论文,2012年。

饶虹:《路翎小说复调叙事研究》,南昌大学中国现当代文学硕士论文,2012年。

樊丽:《论路翎重庆时期的小说创作》,2012年重庆师范大学中国现当代文学硕士论文。

袁昊:《旷野中的主体构建——路翎前期(1937—1949)小说主题探究》,四川师范大学中国现当代文学硕士论文,2012年。

刘宇:《论路翎抗美援朝文学作品中的朝鲜形象》,延边大学中国现当代文学硕士论文,2012年。

秦凤梨:《旷野中的生命——〈财主底儿女们〉的叙事伦理研究》,杭州师范大学中国现当代文学硕士论文,2012年。

邹雪梅:《论路翎小说中的悲剧精神》,四川外语学院中国现当代文学硕士论文,2012年。

蒲慧宁:《"独祷"抑或"合唱"——路翎晚期创作研究》,西北师范大学中国现当代文学硕士,2012年。

王微:《四十年代路翎小说的悲剧文化结构研究》,哈尔滨师范大学中国现当代文学硕士,2012年。

张传敏:《〈起点〉与建国初期七月派的立场调适》,《粤海风》2012年第3期。

孔庆东:《路翎》,《国文国史三十年2》,中华书局,2012年。

郭玉玲:《非理性表述——论路翎小说的审美特异性》,《兰州学刊》2012年第4期。

邢娜:《现实主义视角下的〈罪与罚〉与〈财主的儿女们〉》,《青年文学家》2012年第8期。

黄彦、郭静静:《〈洼地上的"战役"〉之症候分析》,《文学界》2012年第4期。

邹霆:《纪念路翎:一位夭折的天才小说家——为路翎九十岁冥寿而写》,褚钰泉主编:《悦读MOOK(第二十七卷)》,二十一世纪出版社,2012年。

若琴:《幸存者的灵魂——纪念曾卓前辈逝世十周年》,《新文学史料》2012年第2期。

若琴整理:《曾卓书简——致绿原》,《新文学史料》2012年第2期。

薛如茵、曾蘅整理:《曾卓年表》,《新文学史料》2012年第2期。

王丽华:《路翎"个体对群体"生命存在意义的探索》,《辽宁科技学院学报》2012年第2期。

陈传芝:《〈财主底儿女们〉:舞蹈着的心灵》,《重庆师范大学学报(哲学社会科学版)》2012年第3期。

邓姿:《新世纪以来的七月派小说研究述评》,《求索》2012年第7期。

白明宽:《路翎〈财主底儿女们〉中的父与子》,《文学教育》2012年第8期。

王景山:《关于〈泥土〉杂志的一些回忆》,《新文学史料》2012年第3期。

王德威:《南京的文学现代史:11个关键时刻》,《扬子江评论》2012年第4期。

李传新:《燃烧的荒地——路翎建国后的第一部长篇小说》,《初版本:建国初期畅销书初版本记录解说》,金城出版社,2012年。

杨洪军:《对命运既定性的抗拒——路翎与俄苏文学创作中

的英雄形象比较论》,《名作欣赏》2012年第26期。

崔琳:《从赵树理、路翎的文学创作看40年代现实主义文学的发展》,《东方企业文化》2012年第17期。

唐明明:《论"路翎式"个人主义文学观念的生成》,《开封教育学院学报》2012年第3期。

唐明明:《路翎小说美学风格刍议》,《开封大学学报》2012年第3期。

邢彩霞:《路翎小说的"异质性"——无法规避的传统》,《保定学院学报》2012年第5期。

周芊泛:《论〈红楼梦〉与〈财主底儿女们〉中"花园意象"的承继关系》,《安徽文学》2012年第9期。

梁如如、王晶:《人生转变并非创作转型——辨析路翎创作转型视野中的"一生两世"》,《北方文学》2012年第9期。

杨茂义:《路翎小说:生命原始强力的极端释放》,《北京青年政治学院学报》2012年第4期。

杨文忠:《政治-社会批评体系下的价值取向——胡绳与路翎的批评比较》,《商丘师范学院学报》2012年第10期。

倪海燕:《地域文化视角与作家的"体验空间"——以路翎北碚时期的创作为例》,《名作欣赏》2012年第33期。

杨根红:《知识分子爱的悲剧:路翎剧本〈云雀〉细读》,《中国现代文学研究丛刊》2012年第11期。

陈广根:《路翎小说中重庆民歌风貌略论》,《芒种》2012年第22期。

解志熙:《胡风问题及左翼文学的分歧之反思——兼论胡风与鲁迅的精神传统问题》,《华中师范大学学报(人文社会科学版)》2012年第6期。

翟永明:《路翎小说心理描写技巧初探》《试论外国文学对路翎小说心理描写的影响》,《文学的还原》,辽宁师范大学出版社,2012年。

陈广根:《路翎小说中重庆风土习俗》,《短篇小说》2012年第 12 期。

周显波：《暧昧文本的"缝合"——重读〈洼地上的"战役"〉》，《长春理工大学学报（社会科学版）》2012 年第 12 期。

冀汸、楼奕林：《诗。写诗。诗人》，《江南》2013 年第 1 期。

成湘丽、姜晓雪：《"潜在移情"的安排和"煞费苦心"的结局——〈洼地上的"战役"〉与〈百合花〉的参照比较》，《名作欣赏》2013 年第 3 期。

邓姿：《在启蒙与救亡之间：抗战时期小说的叙事生态——以七月派小说为例》，《湖南社会科学》2013 年第 1 期。

胡金莎：《从革命语境中透析"人性"——读路翎〈洼地上的"战役"〉》，《青年文学家》2013 年第 5 期。

徐绍羽：《保存在舒芜信中的路翎情书》，《新文学史料》2013 年第 1 期。

《编后记》，《新文学史料》2013 年第 1 期。

孙斐娟：《50 年代路翎小说创作的转型》，《黄冈职业技术学院学报》2013 年第 1 期。

邓姿：《胡风实践性姿态与七月派小说的生成》，《鲁迅研究月刊》2013 年第 2 期。

鲁博林：《原始欲力与政治话语的"雪融"——由〈初雪〉透析50 年代路翎的精神世界》，《青年文学家》2013 年第 9 期。

金鐘聲：《노령(路翎)소설속의영웅-〈첫눈(初雪)〉과〈저지대에서의"전투"(窪地上的"戰役")〉를중심으로-에대한토론문》，한국문학과예술，第 11 期，2013 年。

姚晓昕：《鲁迅传统下的路翎写作（1938—1955）》，复旦大学中国现当代文学硕士论文，2013 年。

刘洋：《疾病书写与疾病隐喻——以路翎、张爱玲、丁玲笔下的"病妇"为中心》，华东师范大学中国现当代文学硕士论文，2013 年。

白明宽：《爱的悲歌——论路翎四十年代小说中的女性书写》，华中师范大学中国现当代文学硕士论文，2013 年。

宗秋月:《从〈财主底儿女们〉看罗曼·罗兰对路翎创作的影响》,上海师范大学中国现当代文学硕士论文,2013年。

梁如如:《路翎创作转型原因探究》,海南师范大学中国现当代文学硕士论文,2013年。

刘小娟:《试论路翎20世纪40年代中长篇小说叙事》,闽南师范大学文艺学硕士论文,2013年。

吴中杰:《文艺与政治的撞击》,《上海大学学报(社会科学版)》2013年第3、4期。

王德威:《香港另类的奇迹——董启章的书写/行动和〈学习年代〉》,《当代作家评论》2013年第3期。

谢小玲辑校注:《方然给谢韬的信(1949—1955)》,陈思和、王德威主编《史料与阐释(2011卷合刊本)》,复旦大学出版社,2013年。

谢小玲辑校:《谢韬日记摘录(1949—1955)》,陈思和、王德威主编:《史料与阐释(2011卷合刊本)》,复旦大学出版社,2013年。

陈方竞:《胡风左翼文学批评论》,陈思和、王德威主编:《史料与阐释(2011卷合刊本)》,复旦大学出版社,2013年。

赵双花:《冀汸年谱》,陈思和、王德威主编:《史料与阐释(2011卷合刊本)》,复旦大学出版社,2013年。

杨静:《路翎笔下的重庆书写》,《安徽文学》2013年第6期。

王攸欣:《路翎、张爱玲小说审美内蕴比较论》,《浙江学刊》2013年第4期。

周燕芬:《走近胡风及其"七月派"》,《文艺报》2013年7月29日。

冯仰操:《战争与情感的两样叙述——比较帕乌斯托夫斯基〈雪〉与路翎〈初雪〉》,《名作欣赏》2013第22期。

赵双花:《抗战时期国统区小说抒情内涵新探——兼及新时期以来的研究综述》,《北京工业大学学报(社会科学版)》2013年第4期。

束沛德：《忆50年代的创委会》，《新文学史料》2013年第3期。

雷岩岭、黄蕾：《温柔的光影：抗美援朝文学中的女性形象解析——以魏巍、路翎的创作为例》，《名作欣赏》2013年第26期。

刘云：《抗美援朝文学的历史功绩》，《军事历史研究》2013年第3期。

曹万生、袁昊：《路翎生命原始强力向度的可能性及其限度》，《学术月刊》2013年第9期。

黄玲：《论1940年代知识分子题材小说的救亡主题》，《江苏教育学院学报（社会科学版）》2013年第5期。

伍世昭：《强烈的主观色彩》，《民族灵魂的建构——中国现当代文学批评》，人民出版社，2013年。

司新丽：《流浪：路翎小说的主题意蕴》，《名作欣赏》2013年第32期。

郭龙俊：《人性深处的探索——重读路翎的〈洼地上的"战役"〉》，《周口师范学院学报》2013年第6期。

刘心武：《三个美男》，《南方都市报》2013年11月29日。

赵小舟：《从文学接受角度浅论七月派小说创作》，《神州》2013年第33期。

赵焕亭：《朱珩青著〈路翎传〉原型考证的价值》，《广播电视大学学报》2013年第4期。

杜婷：《愤怒的蝴蝶——论金素痕》，《吉林广播电视大学学报》2014年第1期。

鲁守广、马维：《无处安放的情欲——对〈饥饿的郭素娥〉的一种解读》，《齐齐哈尔师范高等专科学校学报》2014年第1期。

张坚：《五六十年代革命战争小说的"同性社会性"——兼再解读〈洼地上的"战役"〉》，《华文文学》2014年第1期。

段崇轩：《革命战争小说的两种写作形态》，《南方文坛》2014年第2期。

杜婷：《路翎的"红楼梦"——从〈财主底儿女们〉看〈红楼梦〉

对路翎的影响》,《赤峰学院学报(汉文哲学社会科学版)》2014年第3期。

刘笛:《1945—1949年四川抗战小说家研究》,四川大学中国现当代文学硕士,2014年。

王亮:《家族叙事下的文化反思——论路翎小说〈财主底儿女们〉》,暨南大学中国现当代文学硕士,2014年。

蔡海明:《从"恶之花"到"善之果"——论路翎的战争书写》,暨南大学中国现当代文学硕士学位论文,2014年。

龚佳林:《七月派小说家与尼采》,湖南师范大学比较文学与世界文学硕士论文,2014年。

张茂红:《路翎文学观及其前期小说创作》,中国矿业大学文艺学硕士论文,2014年。

郭龙俊:《抗美援朝小说研究》,贵州师范大学中国现当代文学硕士论文,2014年。

苑蕾:《现代文学中的叛逆者形象分析——以〈伤逝〉、〈家〉、〈财主底儿女们〉为例》,《西南石油大学学报(社会科学版)》2014年第3期。

仝婧楠:《背负饥饿的女人——郭素娥与六六形象分析》,《参花》2014年第6期。

张慧敏:《是"反领导权"还是被叙事者出卖?——读路翎〈洼地上"战役"〉》,《海南师范大学学报(社会科学版)》2014年第6期。

王文胜:《建国后"十七年"文学中感伤的革命英雄叙事》,《南京师范大学文学院学报》2014年第2期。

朱珩青:《在阳台上——谈路翎晚年的创作》,《中华读书报》,2014年7月9日。

孙海龙:《域外战争中的"她者"——50年代中国抗美援朝文学中的朝鲜半岛女性叙事》,《东疆学刊》2014年第3期。

吴永平:《被遗忘了的交锋》,《新文学史料》2014年第3期。

张传敏、李闽燕:《七月派稀见刊物四种》,《新文学史料》

2014年第3期。

谢慧英：《"悖时"与"趋时"的变奏与共鸣——从路翎小说的心理展现看其创作的时代特质》，《华侨大学学报（哲学社会科学版）》2014年第3期。

张中良：《路翎小说的抗战叙事》，《抗战文化研究（第八辑）》，2014年。

邢彩霞：《路翎小说文本显现的"异质性"》，《保定学院学报》2014年第5期。

赵静：《一曲生命的哀歌——浅析路翎〈财主底儿女们〉中的悲剧意蕴》，《名作欣赏》2014年第30期。

李亚奇：《〈饥饿的郭素娥〉：存在主义视域中的重释》，《楚雄师范学院学报》2014年第10期。

许建辉：《〈七月文丛〉之著作初版本数种及其他》，《翰墨书香中的追寻》，文化艺术出版社，2014年。

黄莉：《论七月派小说生命哲学》，《文教资料》2014年第31期。

方非、方朋、方竹整理：《舒芜北行日记》，《新文学史料》2014年第4期。

李星辰：《论中国现代小说中的"三兄弟"叙事模式——从〈激流三部曲〉〈财主底儿女们〉〈四世同堂〉谈起》，《海南师范大学学报（社会科学版）》2014年第11期。

石立燕：《现实的战役与人性的"战役"：〈洼地上的"战役"〉的艺术魅力》，《鸭绿江》（下半月版）2014年第11期。

陈雪娜整理、刘杨校改：《左翼文学的诗学研究：问题和可能——左翼文学研究论坛》，《学术月刊》2014年第12期。

刘东玲：《论七月派与审美现代性》，《学术月刊》2014年第12期。

司新丽：《流浪：中国现代小说的别样情结》，《文艺争鸣》2014年第12期。

周述波：《革命与人性的双重变奏——评路翎的〈洼地上的"战役"〉》，邝邦洪主编：《中国当代中篇小说探索录》，广东高等教育出版社,2014年。

路杨:《借镜威廉斯:现代性叙事与中国城乡问题》,《中国图书评论》2015年第2期。

赵俊贤:《天才作家路翎的苦难历程》,《当代作家的背影与文学潮汐》,西北大学出版社,2015年。

王晓平:《"主体性"、个人主义与失败的"成长小说":现代中国知识分子的政治困境与路翎的"新左翼小说"》,《追寻中国的"现代":"多元变革时代"中国小说研究1937—1949》,中国社会科学出版社,2015年。

张梦瑶:《路翎小说"欧化"问题研究》,中央民族大学中国现当代文学硕士论文,2015年。

潘长虹:《在现实与非现实之间:路翎40年代小说创作方法研究》,华中师范大学中国现当代文学硕士论文,2015年。

黄莉:《论路翎小说人物的心灵搏斗》,南京师范大学中国现当代文学硕士论文,2015年。

梅静静:《疯狂的叙事——路翎小说研究》,苏州大学中国现当代文学硕士论文,2015年。

佘秋蓉:《路翎与莫言小说的"饥饿"书写》,湖南师范大学中国现当代文学硕士论文,2015年。

张晓芳:《路翎与中国抗战文学关系研究》,重庆师范大学中国现当代文学硕士论文,2015年。

赵金燕:《路翎和陀思妥耶夫斯基小说中知识分子比较研究》,辽宁大学比较文学与世界文学硕士论文,2015年。

冉思源:《小说中的"揭丑"与"怀旧"——对陪都重庆城市想象的两种方式》,贵州师范大学文艺学硕士论文,2015年。

李亚奇:《论路翎小说(1940年代)的生存哲学意蕴》,西藏民族学院中国现当代文学硕士论文,2015年。

郑树敏:《国统区文学方向的争议:姚雪垠的战时写作及评价研究(1937—1949)》,北京大学中国现当代文学硕士论文,2015年。

雷才娟：《人性的饥饿》，《艺术品鉴》2015年第4期。

赵蕾：《〈财主底儿女们〉中人物与时代的互动》，《濮阳职业技术学院学报》2015年第2期。

王蕾、杨玲玲：《谈路翎小说个体对群体生命的批叛》，《青年文学家》2015年第11期。

吕进主编：《七月派的形成及诗歌理论主张》，《大后方抗战诗歌研究》，重庆出版社，2015年。

吴昊：《离土之后——论路翎乡土题材小说中的人物序列》，《新文学评论》2015年第2期。

奥野行伸：《路翎『雲雀』試論：書信から見た話劇創作》，《近畿大学教養・外国語教育センター紀要.外国語編》，2015年第6卷第1号。

吴娱玉：《将否定进行到底：1949—1959年文学中英雄形象建构的方法》，《文化研究》2015年第1期。

刘宁：《抗战烽火中的中国文艺（之一）》，《中国文化报》2015年8月5日。

彭凯：《灰烬的余温——路翎晚年诗歌与创作心理研究》，《广州广播电视大学学报》2015年第4期。

翟业军：《想象共和国的方法——以〈初雪〉〈洼地上的"战役"〉为中心的讨论》，《文艺争鸣》2015年第9期。

彭凯：《故事的暧昧性与文本生产的困境——〈洼地上的"战役"〉的再解读》，《广州广播电视大学学报》2015年第5期。

夏彬彬：《路翎："未完成的天才"》，陈子平主编：《中国现代文学经典解读》，苏州大学出版社，2015年。

李昕霓：《伟大战争的独特表现——重读路翎〈洼地上的"战役"〉》，《名作欣赏》2015年第33期。

陈思广、刘笛：《论路翎抗战小说的英雄书写》，《西南民族大学学报（人文社科版）》2015年第11期。

叶美艳：《20世纪40年代家族小说中的悲剧女性形象分析》，《青年文学家》2015年第32期。

田德芳、马帅：《论路翎小说人物境遇的原始生命力书写》，《红河学院学报》2015年第6期。

赵双花：《战争语境中的激情内耗与异变：路翎小说新探（1939—1949）》，《中南大学学报（社会科学版）》2015年第6期。

邵燕祥：《面对〈路翎全集〉的杂感》，陈思和、王德威主编：《史料与阐释（总第三期）》，复旦大学出版社，2015年。

罗飞：《被〈路翎全集〉唤醒的沉重记忆》，陈思和、王德威主编：《史料与阐释（总第三期）》，复旦大学出版社，2015年。

杜高：《难得的纪念》，陈思和、王德威主编：《史料与阐释（总第三期）》，复旦大学出版社，2015年。

张晓风：《关于胡风问题研究近况的介绍》，陈思和、王德威主编：《史料与阐释（总第三期）》，复旦大学出版社，2015年。

刘杨、陈雪娜整理、张业松审定：《"〈路翎全集〉发布暨中国现代文学文献史料整理与研究座谈会"实录》，陈思和、王德威主编：《史料与阐释（总第三期）》，复旦大学出版社，2015年。

陈平原：《"三四十年代中国现代文学"导言》，《华夏文化论坛》2015年第2期。

候登登、谢纳：《"现实"两种——路翎和阎连科小说的比较》，《邢台学院学报》2016年第1期。

江倩：《"出走"与"回归"的文化冲突——蒋少祖现象的内涵》《个人主义与民族主义——老舍、路翎、靳以的多元思考》，《家国春秋：论中国现代家族小说》，中国金融出版社，2016年。

杜谷：《劫波再度》，《杜谷诗文选》，四川人民出版社，2016年3月。

张欣：《从鲁迅思想和路翎小说看胡风文艺理论》，《名作欣赏》2016年第11期。

王梓睿：《路翎的"退"与"守"——从意识形态与审美性角度分析路翎〈初雪〉》，《鸭绿江（下半月版）》2016年第4期。

宋玉雯：《蜗牛在荆棘上——路翎及其作品研究》，新竹清华大学中国文学系博士论文，2016年。

桂春雷:《知识分子的使命——路翎对"主观战斗精神"的实践》,北京大学中国现当代文学硕士论文,2016年。

颜快丹:《坚守与完成——1949年后路翎的转型与定型研究》,浙江大学中国现当代文学硕士论文,2016年。

向玲霜:《重庆码头文化视野下的战时文学探析——以外来作家路翎、张恨水、老舍为例》,西南大学中国现当代文学硕士论文,2016年。

罗俊:《路翎小说中的流浪与复仇的关系研究》,西南交通大学中国现当代文学硕士论文,2016年。

程亚楠:《诗情跃动的生命之歌——路翎1949年前小说的抒情性研究》,北京语言大学中国现当代文学硕士论文,2016年。

祝强:《荒野中的呐喊与挣扎——四十年代路翎小说研究》,山西师范大学中国语言文学硕士论文,2016年。

陶凤:《竹内实的中国现代文学研究论》,四川大学中国现当代文学博士论文,2016年。

胡珈萌:《何为"新中国"——抗美援朝文学中的中国故事》,北京大学中国现当代文学硕士论文,2016年。

韩璐:《从历史和审美的双重视角分析〈初雪〉》,《安徽文学(下半月)》2016年第6期。

陈彦:《现代世界的"晚生子"与"碎裂时代"的写作——再论路翎与〈财主底儿女们〉》,《文学评论》2016年第4期。

路杨:《从"我乡我土"到"异地异路"——1940年代文学与"地方性"的再问题化》,《文艺理论与批评》2016年第5期。

赵学勇、王虎:《论路翎小说的现代意蕴》,《文艺争鸣》2016年第8期。

张清华、李扬:《当代文学中的"潜结构"与"潜叙事"研究》,《当代作家评论》2016年第5期。

関根謙:《路翎戯曲『雲雀』の登場人物をめくって——内戦時期知識人の表象》,《近代中国その表象と現実/女性・戦争・民俗文化(慶應義塾大学東アジア研究所叢書)》,平凡社,2016年。

王洪生：《〈财主底儿女们〉中的精神样态解读》，《佳木斯职业学院学报》2016 年第 12 期。

姚康康、蒲慧宁：《说与不说，走进路翎晚期创作的困境深处》，《钟山风雨》2017 年第 1 期。

王凤仙：《论路翎创作中的存在关怀——以〈财主底儿女们〉为例》，《中国石油大学学报（社会科学版）》2017 年第 1 期。

程冬霞：《〈洼地上的战役〉双重悲剧性》，《青年文学家》2017 年第 6 期。

陈子善：《〈路翎全集〉》，《不日记三集》，山东画报出版社，2017 年。

万彧：《〈财主底儿女们〉中的南京与家族命运》，《边疆经济与文化》2017 年第 3 期。

杨红军：《〈财主底儿女们〉：礼教的罪与罚》，《现代中国文化与文学》2017 年第 1 期。

周荣：《长子形象的文化隐喻和家国寓言——兼论蒋蔚祖》，《文艺争鸣》2017 年第 4 期。

李明彦：《〈饥饿的郭素娥〉的经典化历程》，《中国文学研究》2017 年第 2 期。

李昕：《一场出版风波的追思》，《长江文艺》2017 年第 4 期。

刘杨：《路翎与姚雪垠的"跨代"》，《"跨代作家"小说创作的艺术流变及问题研究》，复旦大学中国现当代文学博士论文，2017 年。

Kirk Denton, "1955, May: Lu Ling, Hu Feng, and Literary Persecution", *A New Literary History of Modern China*, ed. David Der-wei Wang, Belknap Press, 2017.

钱理群：《从开端到结局：胡风事件背后的左翼知识分子的历史命运》，《1949－1976：岁月沧桑》，香港城市大学出版社，2017 年。

马天娇：《"蛮性的遗留"与"原始的强力"——曹禺、路翎原始情结比较谈》，《广西教育学院学报》2017 年第 3 期。

张梦瑶：《在历史与欲望中生长——路翎小说的非理性因素研究》，《安阳师范学院学报》2017年第3期。

龚明德：《洪钟文揭四笔名——旧日书刊之四十一》，《今晚报》2017年9月19日。

朱箫郡：《"饥饿"困境下女性独立意识的觉醒与失落——〈杀父〉与〈饥饿的郭素娥〉的对比阅读》，《北方文学》2017年第24期。

周荣：《语言的"政治"：对20世纪40年代文学发展路向的一种考察——以路翎和赵树理为例》，《沈阳师范大学学报（社会科学版）》2017年第5期。

张大明：《文学所现代室搞的集体项目》，《新文学史料》2017年第4期。

陈明焱：《路翎小说心理描写手法分析》，《散文百家》2018年第1期。

禹磊、张业松：《男性话语与权力结构——以〈洼地上的"战役"〉为中心的讨论》，《暨南学报（哲学社会科学版）》2017年第11期。

杨联芬：《路翎与知识分子的"忏悔"问题》，《边缘与前沿：杨联芬学术论集》，新星出版社，2018年。

张吉山：《外显与潜隐间的犹疑与冲突——论〈洼地上的"战役"〉〈红豆〉的创作心理》，《齐鲁学刊》2018年第2期。

铃木将久：《路翎的朝鲜战争》，贺照田、高士明主编：《人间思想第九辑：作为人间事件的社会主义改造》，人间出版社2018年3月；《新文学评论》2022年第1期。

张梦瑶：《永不止息地战斗——路翎及其作品研究》，中央民族大学中国现当代文学博士论文，2018年。

许帼英：《路翎四十年代小说论》，江苏师范大学中国现当代文学硕士论文，2018年。

韩潭：《路翎小说中的个人认同》，《新中国的自我认知与世界想象——以1950—1970年代抗美援朝文艺为中心》，北京大学中国现当代文学博士论文，2018年。

吴宝林：《胡风诗学的历史生存与发展》，北京大学中国现当代文学博士论文，2018年。

王晓平：《"承认的政治"与风格的政治学——路翎〈财主的儿女们〉的"精神现象学"再解读》，《中国比较文学》2018年第2期。

吴昊：《新旧之间：解放初期工人思想的转变——以路翎短篇小说集〈朱桂花的故事〉为个案》，《中国石油大学学报（社会科学版）》2018年第2期。

宋玉雯：《狐狸的叫声——左派"进步"话语政治中的路翎创作》，《台湾社会研究季刊》第109期，2018年。

王晓平：《"主体性"问题与未完成的"成长小说"——路翎〈财主的儿女们〉再解读》，《中国现代文学研究丛刊》2018年第5期。

陈涌：《漫谈周扬》，陈越编：《陈涌纪念文集》，文化艺术出版社，2018年。

张泽贤：《"七月文丛""七月新丛"》，《三十作家与现代文学丛书（上集）》，上海远东出版社，2018年。

段从学辑注：《梅林的抗战文坛日记（下）》，《新文学史料》2018年第3期。

王德威：《还我少年，再造中华——百年来中华文学中的"少年中国叙事"鸟瞰》，《吉林大学社会科学学报》2018年第5期。

孙伟、宋剑华：《家庭伦理崩溃后的自我反省——重识路翎〈财主底儿女们〉的文学史意义》，《文艺研究》2018年第11期。

费嘉豪：《试论时代的饥饿性——以〈杀夫〉与〈饥饿的郭素娥〉为例》，《中国民族博览》2018年第11期。

解浩：《〈财主底儿女们〉中父爱的卑微与执着》，《参花》2018年第22期。

谢慧英：《探寻现代性与民族性的"合成"之路——论路翎抗战小说的多维度书写》，《徐州工程学院学报（社会科学版）》2019年第1期。

路杨：《玄黄时代的"大文学史"视野——钱理群20世纪40年代文学研究的方法与启示》，《汉语言文学研究》2019年第1期。

晓风辑校：《胡风日记(1938.9.29—1941.4.27)》，陈思和、王德威主编：《史料与阐释(总第六期)》，复旦大学出版社，2019年。

孔育新：《家园与旅程——后花园与蒋氏三兄弟》，《施洗约翰的激情：胡风文艺思想探究》，河南大学出版社，2019年。

王晓平：《论路翎1940年代的创作与左翼文学新发展》，《北京教育学院学报》2019年第2期。

何浩：《从杜鹏程〈战争日记〉看中国当代文学生成的"社会"维度》，《文艺理论与批评》2019年第3期。

李娜：《论路翎1940年代小说中的癫狂者形象》，河北师范大学中国现当代文学硕士论文，2019年。

谢慧英：《中国现代性悖论的改造与调适——路翎抗战小说再审视》，《文化与诗学》2018年第2期。

李佳桐：《论路翎四十年代小说中的悲剧意识》，辽宁师范大学中国现当代文学硕士论文，2019年。

许丽宁：《"民族寓言"视野下的路翎1940年代创作》，河北大学中国现当代文学硕士论文，2019年。

法雨奇：《〈财主底儿女们〉：知识分子的罪感意识》，《广播电视大学学报(哲学社会科学版)》2019年第2期。

许丽宁：《论路翎作品〈谷〉中人物心理的双向运动》，《东莞理工学院学报》2019年第4期。

金理："胡风"，《文学史视野中的现代名教批判：以章太炎、鲁迅与胡风为中心》，广西师范大学出版社，2019年。

宋玉雯：《"影响说"的辨疑与再商榷：〈财主底儿女们〉和〈约翰·克里斯朵夫〉》，《现代中文学刊》2019年第5期。

路杨：《"非典型"的革命主体——战时工业视域下的路翎小说》，《西南民族大学学报(人文社会科学版)》2019年第11期。

吴重阳：《路翎〈洼地上的"战役"〉手帕意象解读》，《名作欣赏》2019年第36期。

孙佳媛：《论十七年文学战争题材的身体书写——以〈洼地

上的战役〉〈百合花〉为例》,《今古文创》2020年第4期。

黄子平:《宋玉雯〈蜗牛在荆棘上——路翎及其作品研究〉序》,《现代中文学刊》2020年第2期。

李超宇:《从"个性解放"到"个人主义"——试论〈财主底儿女们〉与"七月派"的理论走向》,《现代中文学刊》2020年第2期。

张斐然:《〈财主底儿女们〉的写作、出版与传播(1940—1955)》,中国人民大学中国现当代文学硕士论文,2020年。

贾瑶:《路翎小说的空间叙事研究》,江西师范大学中国现当代文学硕士论文,2020年。

陈佩娟:《路翎小说的空间形式》,陕西理工大学中国现当代文学硕士论文,2020年。

刘博:《路翎〈洼地上的"战役"〉批评研究》,河北师范大学中国现当代文学硕士论文,2020年。

郑瑶:《〈洼地上的"战役"〉批评史考察》,西北大学中国现当代文学硕士论文,2020年。

许仟:《论路翎四十年代小说的漂泊者形象》,暨南大学中国现当代文学硕士论文,2020年。

姜涛:《作为"社区研究"的战时现实主义——沙汀"睢水十年"的生活与写作》,《文艺理论与批评》2020年第4期。

郜元宝:《举起全部的生命呼唤》《人们应当肯定,并且宝贵的是什么》,陈思和、郜元宝、张新颖等:《中国文学课》,四川人民出版社,2020年。

李德慧:《论〈饥饿的郭素娥〉中的色彩描写》,《美与时代》2020年第8期。

倪伟:《社会史视野与文学研究的历史化》,《文学评论》2020年第5期。

姜涛:《20世纪40年代国统区文学研究中"社会史视野"的适用性问题》,《文学评论》2020年第5期。

董笑:《战争叙事模式与文化意味分析——肖洛霍夫〈一个人的遭遇〉与路翎〈初雪〉的比较阅读》,《发明与创新》2020年第8期。

许诺:《路翎对"五四"文学的坚持与深化》,《中国现代文学研究丛刊》2020年第9期。

唐明明:《个人主义视野中的路翎小说创作研究》,《开封文化艺术职业学院学报》2020年第9期。

王宏图:《家国叙事与个体精神叙事的叠合与断裂——从〈财主底儿女们〉为出发点看中国小说的叙述特质》,《学术月刊》2020年第10期。

熊文:《路翎前期文学创作与基督教文化》,《安康学院学报》2020年第5期。

宋玉雯:《青春的祝福:与路翎相遇》,《文艺争鸣》2020年第12期。

董卉川:《心灵探秘的两种路向——路翎、无名氏1940年代创作比较论》,哈尔滨师范大学社会科学学报2021年第1期。

奥野行伸:《路翎「窪地上的『戦役』」と朝鮮戦争従軍》,中国モダニズム研究会編《夜の華:中国モダニズム研究会論集》,东京中国文库,2021年。

祝星纯:《路翎前期小说语言的"欧化"问题研究》,复旦大学中国现当代文学博士论文,2021年。

马晓萱:《路翎〈财主底儿女们〉与现代知识分子的自我启蒙问题》,上海师范大学中国现当代文学硕士论文,2021年。

王雷:《潜意识中的反抗——论路翎小说的变态心理描绘艺术》,东北师范大学创意写作硕士论文,2021年。

范佳铖:《欧化的外衣:论路翎小说的风格及其文学观》,北京外国语大学比较文学与世界文学硕士论文,2021年。

胡学丽:《中国现代家族小说逆子文化人格研究——以高觉慧、祁瑞全、蒋纯祖为中心》,河北大学中国现当代文学硕士论文,2021年。

王可心:《论路翎四十年代小说的死亡书写》,西安外国语大学中国现当代文学硕士论文,2021年。

唐小林:《敞开的"文本"与开放的成长主体》,《战争年代的自我成长与主体重造(1937—1949)》,北京大学中国现当代文学博士论文,2021年。

徐黎佳:《中国"一·二八"淞沪抗战题材文学创作研究》,复旦大学中国现当代文学硕士论文,2021年。

唐明明:《路翎创作对"人格"塑造的突破》,《开封大学学报》2021年第2期。

祝星纯:《路翎语言欧化现象的再探讨——以其早期短篇小说为例》,《华中学术》2021年第2期。

唐明明:《"路翎式"个性主义文学观产生因子溯源》,《开封文化艺术职业学院学报》2021年第7期。

周荣:《想象"农民/人民":对二十世纪革命文学的一种考察——以路翎与赵树理为中心》,《百家评论》2021年第4期。

王晓平:《"五四"精神的回声在1940年代的境遇:路翎小说与胡风理论的"对话"》,《中国现代文学研究丛刊》2021年第8期。

晓风整理:《不是一帆风顺——梅志自传》,《新文学史料》2021年第3期。

唐明明:《"个性主义"文学观的坚守——论路翎创作的批判与反批判》,《开封文化艺术职业学院学报》2021年第8期。

吴晓煜:《路翎的小说〈卸煤台下〉值得一读》,《阳光》2021年第9期。

许子东:《现代文学篇幅最长的小说——路翎〈财主底儿女们〉》,《名作欣赏》2021年第25期。

周荣:《"另一幅笔墨"——路翎短篇小说论》,《长春师范大学学报》2021年第9期。

阮娟:《镜像化创伤下的忠仆冯家贵》,《今古文创》2021年第42期。

廖伟杰:《"满肚子的不合时宜":评〈蜗牛在荆棘上:路翎及其作品研究〉》,《文学(2020春夏卷)》,复旦大学出版社,2021年。

周荣:《不彻底的蜕变——"十七年文学"中的路翎及其工业

题材小说》,《文艺论坛》2021年第6期。

路杨:《"改造劳动":路翎在1950年代的工厂经验与劳动叙事》,《东方学刊》2021年第4期。

周紫薇:《在左翼的右边:论抗日战争时期青年文学主体性建构的一个面向》,复旦大学中国现当代文学博士论文,2021年。

刘祎家:《爱欲与革命:路翎1940年代小说中的主体问题》,北京大学中国现当代文学博士论文,2022年。

武文琪:《现代文学中的生命强力书写——从鲁迅的"摩罗诗力"到路翎的"原始的强力"》,上海师范大学中国现当代文学硕士论文,2022年。

付宜佳:《难以完成的转变:1949年前后路翎工业题材创作研究》,重庆大学中国语言文学硕士学位论文,2022年。

向靖:《五十年代路翎小说创作转型与批评研究》,西南交通大学中国语言文学硕士论文,2022年。

秦梓青:《论路翎四十年代小说的精神困境书写》,辽宁师范大学中国现当代文学硕士论文,2022年。

张晓彤:《论中国现代长篇家族小说中的"三兄弟"母题——以〈激流三部曲〉〈财主底儿女们〉〈四世同堂〉为例》,青岛大学中国现当代文学硕士论文,2022年。

王苈:《抗战时期国统区家族小说文化心理研究——以〈四世同堂〉〈寒夜〉〈财主底儿女们〉为中心》,贵州师范大学中国现当代文学博士论文,2022年。

花丽娜:《论路翎四十年代小说的流浪书写》,济南大学中国语言文学硕士论文,2022年。

米佳:《论路翎四十年代小说的生命意识》,中国矿业大学中国语言文学硕士论文,2022年。

倪伟:《走向人民的艰难旅程——路翎解放初(1949—1950)的创作转变》,《中国现代文学研究丛刊》2022年第4期。

程光炜:《三人行——对舒芜和绿原、牛汉关系的探讨》,《中国当代文学研究》2022年第3期。

晓风辑校:《胡风日记(1941.4.30—1948.11.29)》,陈思和、王德威主编:《史料与阐释:邵洵美·黄逸梵·郁达夫》,复旦大学出版社,2022年。

吴晓东、姜涛、李国华:《在"世界"与"地方"的错综中建构诗学视野——关于20世纪40年代中国现代文学的对话》,《文艺研究》2022年第7期。

刘祎家:《主体的辨识——路翎〈求爱〉再解读》,《文艺争鸣》2022年第7期。

吴晓东:《小说经典重释的方法——〈北大小说课堂讲录——四十年代十家新读〉导读》,《文艺争鸣》2022年第7期。

姜涛:《〈还乡记〉与沙汀1940年代中期的文学调整——兼及国统区现实主义文学可能的路径》,《中国现代文学研究丛刊》2022年第8期。

宋玉雯:《路翎著作年表(简)》,王双龙主编:《中国当代文学史料 第1卷》,吉林人民出版社,2022年。

齐晓鸽:《"原始强力":生命战斗的方式——重读路翎〈财主底儿女们〉》,《东方论坛》2022年第5期。

刘安琪:《路翎在重庆》,《漩涡里外:战时重庆的文人与文事(1937—1946)》,复旦大学中国现当代文学博士论文,2022年。

廖伟杰:《路翎笔名"未明"考》,《现代中文学刊》2022年第5期。

赵文琪:《再议路翎笔下的"原始强力"——以〈饥饿的郭素娥〉为例》,《名家名作》2022年第21期。

晓风辑注:《梅志家书——致胡风》,《新文学史料》2022年第4期,2023年第1、2、3期。

朱振武:《拔群慧眼斑窥豹,论世元机史证文——美国汉学家邓腾克译鲁迅和路翎》,《他山之石——汉学家与中国现当代文学的英语传》,上海交通大学出版社,2022年。

周良沛:《"七月"的路翎》,《永远的背影》,作家出版社,2023年。

宫震、金宏宇：《何以称"派"：论新时期之初"七月派"的共建》，《山东师范大学学报（社会科学版）》2023年第2期。

马泰祥：《矿区体验与胡风路线——重探路翎创作成长期》，《现代中国文化与文学》2023年第1期。

钱理群编著：《路翎：永远的"流亡者"》，《中国现代文学新讲》，九州出版社，2023年。

祝星纯：《为"沉默的大多数"赋形——论路翎前期小说的文学语言价值》，《中国现代文学论丛》2023年第1期。

孔育新：《考证的掘进与阐释的突围——重读〈饥饿的郭素娥〉》，《中国现代文学论丛》2023年第1期。

李夏茹：《创伤记忆与文学想象——论路翎小说的创伤叙事》，《常州工学院学报（社会科学版）》2023年第2期。

姜涛：《"错位"与"同步"：1948年"香港批判"的"国际左翼"资源》，《文艺理论与批评》2023年第3期。

傅亦多：《转折时代路翎文学实践研究（1946—1954）》，中央民族大学中国现当代文学硕士论文，2023年。

肖家宝：《从"发扬主观"到"皈依集体"——论建国前舒芜的思想转换（1943—1949）》，北京大学中国现当代文学硕士论文，2023年。

张业松：《作为底层写作者的路翎》，《大家》2023年第3期。

宋宇、苏珊：《沦为符号之路：论〈财主底儿女们〉中家族的倒塌与陷落》，《燕赵中文学刊》2023年第1期。

路杨：《"劳动"的辩证法：路翎战时写作中的矿区经验与工业视域》，《中国现代文学研究丛刊》2023年第8期。

郭冰鑫：《抵牾之人的重负——路翎小说中的"弱草"施暴问题》，《中国现代文学研究丛刊》2023年第8期。

刘馨遥：《友爱·越境·共同体——论路翎〈洼地上的"战役"〉及其文学调整》，《中国现代文学研究丛刊》2023年第8期。

子张整理：《朱健、牛汉、白莎关于〈骆驼和星〉的通信》，《新文学史料》2023年第3期。

晓风辑校:《胡风日记(1976.12—1985.6.8)》,陈思和、王德威主编:《史料与阐释:王鲁彦》,复旦大学出版社,2023年。

吴晓东:《20世纪40年代长篇小说的观念视野与艺术探索》,《天津社会科学》2023年第5期。

宋剑华:《"成长性"与中国现代长篇小说》,《天津社会科学》2023年第5期。

朱羽:《"批评"视域中的〈洼地上的"战役"〉》,《中国当代文学研究》2023年第6期。

高怡:《探析路翎对五四文学传统的继承与发展》,《今古文创》2023年第41期。

陈浩天:《平凡中的伟大:路翎〈洼地上的"战役"〉中崇高的建构》,《三角洲》2023年第21期。

李琨:《路翎笔下的"流亡史诗"——"中国现代文学中的流浪书写"之四》,《博览群书》2023年第12期。

郭剑敏:《路翎复出后创作考:〈诗三首〉〈拌粪〉及其未刊作》,《当代作家复出作研究》,光明日报出版社,2024年。

宋遂良、宋健:《重回现场:生命因文学而常青——宋遂良教授访谈录》,《当代文坛》2024年第1期。

刘祎家:《胡风、路翎与"民族形式"——兼及一种别样的"中国作风和中国气派"的文学和理论形态》,《文学评论》2024年第1期。

翟崇光、郭雅娴:《〈初雪〉中的人性、悲悯与诗意——兼论路翎"朝鲜战争"书写的美学意涵》,《汕头大学学报(人文社会科学版)》2024年第1期。

林洁雨:《十七年文艺批判运动中的群众读者——以路翎〈洼地上的"战役"〉为例的阅读主体性分析》,上海大学中国现当代文学硕士论文,2024年。

张昌叶:《论路翎小说创作与胡风理论的关系(1939—1949)》,云南大学中国现当代文学硕士论文,2024年。

金星:《新发现的路翎〈蜗牛在荆棘上——英译本序〉》,《新文学史料》2024年第2期。

高音：《杜高访谈：昨日的文艺、戏剧、生活》，《新文学史料》2024年第2期。

陈圆：《现实主义的共鸣与变奏——1940年代路翎短篇小说研究》，黑龙江大学中国现当代文学硕士论文，2024年。

刘祎家：《革命与冗余——试论路翎短篇小说集〈求爱〉〈平原〉及其文学调整》，《现代中文学刊》2024年第3期。

汪一辰、刘康：《西方理论在中国："译介"导向还是"问题"导向——对话刘康》，《文艺争鸣》2024年第5期。

高旭东：《论路翎的文学史及其作品支撑》，《东岳论丛》2024年第9期。

刘青萍：《论路翎抗美援朝创作对五四文学传统的继承与调适》，南昌大学中国语言文学硕士论文，2024年。

王琪：《路翎文学观念研究（1940—1949）》，中国人民大学中国现当代文学硕士论文，2024年。

邓姿：《五四文学命题的延展与重审：从〈财主底儿女们〉谈起》，《衡阳师范学院学报》2024年第5期。

王晓平：《世界文学史语境下的中国现代反成长小说——路翎〈财主底儿女们〉之解读》，《今日世界文学（第九辑）》，中国社会科学出版社，2024年。

司新丽：《自我启蒙的开启、焦虑及终结——路翎笔下的流浪书写》，《中国现代文学研究丛刊》2025年第1期。

其他相关著作、论文、史料

《敬告读者》《〈今日之南京——南京通讯〉编者按》《编者的鸽》，合川《大声日报》1938年11月28日《哨兵》第49期。

《哨兵征文》，合川《大声日报》1938年12月4日《哨兵》第50期。

《哨兵征文》，合川《大声日报》1938年12月25日《哨兵》第54期。

《哨兵社明信片》,合川《大声日报》1938 年 12 月 25 日《哨兵》第 56 期。

《征文揭晓》,合川《大声日报》1939 年 2 月 12 日《哨兵》第 61 期。

《广播》,合川《大声日报》1939 年 3 月 5 日《哨兵》第 62 期。

《哨兵小启》,合川《大声日报》1939 年 3 月 12 日《哨兵》第 63 期。

《广播》,合川《大声日报》1939 年 3 月 19 日《哨兵》第 64 期。

《紧要启事》《启事》,合川《大声日报》1939 年 4 月 2 日《哨兵》第 66 期。

《弹花》编者(赵清阁):《弹花》第二卷第二期"编后",《弹花》1938 年第 2 卷第 2 期。

鹇溪:《〈淘金记〉读后》,《抗战文艺》1944 年第 9 卷第 1、2 期合刊。

《文化界发表对时局进言》,《新华日报》1945 年 2 月 22 日。

《市闻一束》,《新华日报》1945 年 3 月 7 日。

钳耳:《从一本书温一段历史——读〈东平短篇小说集〉》,《新华日报》1945 年 6 月 13 日。

徐迟:《略论木刻——观文联社漫画木刻联展零感》,《新华日报》1945 年 11 月 9 日。

杜重:《略谈文艺与政治之关系及其形式问题》,许杰编:《蚁垤集:文艺评介选集》,上饶战地图书出版社,1945 年。

《文化圈》,《大公晚报》1946 年 11 月 25 日。

静远:《访李广田教授》,《华西晚报》1946 年 12 月 3 日。

《文艺往来》,天津《大公报·文艺》1946 年 12 月 7 日。

修辑:《文坛新闻》,《新生报》1946 年 12 月 12 日。

《出版消息》,上海《大公报》1946 年 12 月 17 日。

《社会服务·征求书籍》,上海《大公报·文艺》1947 年 4 月 29 日第 10 版。

《职员、教员、工友、学生——中学补习学校生活杂记》,北京大学院系联合会编《北大一年》,1947年10月12日。

《文化圈》,《大公晚报》1947年10月16日第1版。

《路翎长篇即出版》,上海《大公报》1948年2月3日第8版。

《路翎长篇今日问世》,上海《大公报》1948年2月8日第8版。

《文化短波》,北平《新生报》1948年2月12日。

《文化街头》,上海《大公报》1948年2月28日第8版。

《〈新文丛〉三月中创刊》,上海《大公报》1948年2月29日第8版。

"七月社",《新知识辞典》,北新书局,1948年4月。

《期刊简介·〈中国作家〉》,天津《大公报》1948年5月17日第4版。

林曾:《关于胡风》,香港《大公报》1948年6月3日第8版。

《〈暴风骤雨〉座谈会记录摘要》,沈阳《东北日报》1948年6月22日第4版。

《书刊介绍》,迪化《新疆日报》1948年6月23日第4版。

本刊记者:《复旦通讯——文艺团体介绍之一》,《文艺信》1948年第2期。

文庄:《〈泥土〉——文艺刊物介绍之二》,《文艺信》1948年第2期。

《文化街头》,上海《大公报》1949年1月10日第4版"本市新闻",亦见《大公晚报》1949年1月14日第1版。

郑马:《新书市·〈泥土〉第七期》,上海《大公报》1949年1月28日第8版。

《南京文协会员宣言庆祝人民大军解放南京愿谨守岗位为人民效忠》,香港《大公报》1949年5月6日第2版。

《全国文艺会京沪代表筹委会核定九十七人》,上海《大公报》1949年6月20日第3版。

《全国文学艺术工作者代表大会各地代表陆续来平京沪二代表团今月北上》,《光明日报》《人民日报》1949年6月21日。

《简讯》,上海《解放日报》1949年6月23日第3版。

柏生：《出席全国文代大会南方第二代表团抵平周扬同志等赴站欢迎》，《人民日报》1949年6月27日。

谷、川：《沪杭宁代表七十七人昨晚到达》，《光明日报》1949年6月27日。

李卉编：《胡风和田间》，《中国革命作家小传》，上海大地出版社，1949年7月。

《文化大会南方代表路翎等返宁》，《南京人报》1949年8月5日。

胡济涛、陶萍天编："路翎"，《新名词辞典》，春明书店，1949年。

《中央舞台职工决议减价四天示庆祝》，《南京日报》1949年9月30日。

曹明：《宁市剧艺界举行游湖会》，《剧影日报》1949年10月5日。

《宁市艺人总动员参加庆祝游湖会》，《剧影日报》1949年10月12日第1版。

郑造：《宁地文讯》，上海《文汇报》1949年10月14日第5版。

《编后记》，《十月文艺丛刊第一辑·朝着毛泽东鲁迅指示的方向前进》，1949年11月。

明：《文工团拟演话剧〈人民万岁〉》，《剧影日报》1949年12月12日。

明：《各工厂竞排新戏南京工人演剧热！》，《剧影日报》1949年12月18日。

茅盾：《在反动派压迫下斗争和发展的革命文艺》，中华全国文学艺术工作者代表大会宣传处编：《中华全国文学艺术工作者代表大会纪念文集》，北京新华书店1950年。

唐湜：《虔诚的纳蕤思——谈汪曾祺的小说》，《意度集》，平原社，1950年3月。

《在京文学工作者宣言一致拥护各民主党派联合宣言；响应全国文联号召，普遍展开抗美援朝宣传工作》，《光明日报》1950

年11月18日。

俞佳奇:《大地播音剧团举行广播宣传月青年艺术剧院正排演两个新戏》,《光明日报》1951年4月1日。

阿垅:《绿原片论》,《诗与现实》,五十年代出版社,1951年。

《北京文艺界整风学习中的思想情况》,《宣传通讯》1952年第1期。

《北京文艺界展开对贪污浪费分子的斗争》,《人民日报》1952年2月21日。

《〈文艺报〉一九五二年第六号内容介绍》,《光明日报》1952年3月27日。

《〈文艺报〉第九期》,《光明日报》1952年5月9日。

《文化简讯》,《人民日报》1952年5月12日。

《〈人民文学〉九月号》,《光明日报》1952年9月11日。

文艺组:《积极参加文艺界对胡风的文艺思想的批判》,《人民日报通讯》1952年10月1日第28期。

记者:《全国文协组织第二批作家深入生活》,《文艺报》1952年12月25日第24号。

王瑶:《中国新文学史稿》,新文艺出版社,1953年。

陈淼整理:《几个创作思想问题的讨论——记全国文协组织第二批深入生活作家的学习》,《人民文学》1953年1月号。

周和:《集中北京学习的作家已分赴各地参加工作》,《人民文学》1953年2月1日第2期。

《书刊简介》,《光明日报》1953年8月16日。

《中国作家协会理事会理事名单》,《人民日报》《光明日报》1953年10月8日。

张又君:《深入生活,创作更多的优秀的文学作品——记下部队、下厂、下乡的作家们》,《光明日报》1953年12月2日。

《〈文艺报〉一九五三年第二十二号》,《光明日报》1953年12月10日。

丁玲:《给陈登科的信》,《文艺报》1954年3月15日第

5号。

康濯:《评〈《不能走那一条路》及其批评〉》,《文艺报》1954年4月15日第7号。

《北京大学学生展开了多样性的文艺活动》,《光明日报》1954年5月20日。

《新书介绍》,《光明日报》1954年7月29日。

《康濯的发言》,《文艺报》1954年11月30日第22号。

《文联主席团和作家协会主席团连续召开联席会议批判〈红楼梦〉研究中的资产阶级唯心论并指出必须进一步展开对胡适反动思想的全面批判》,《人民日报》《光明日报》1954年12月9日。

周扬:《我们必须战斗——一九五四年十二月八日在中国文学艺术界联合会主席团、中国作家协会主席团扩大联席会议上的发言》,《人民日报》1954年12月10日,亦见《文艺报》1954年12月30日第23—24号。

《对胡风在文联和作协主席团扩大联席会议上的发言的意见》,《人民日报》1955年1月14日第3版。

《文艺动态》,《光明日报》1955年1月15日。

鲍昌:《我们必须和胡风的文艺思想划清界限》,《人民日报》1955年1月21日第3版。

《中共中央批发中央宣传部〈关于开展批判胡风思想的报告〉的指示》,1955年1月26日。

姚文元:《马克思主义还是反马克思主义?——评胡风给党中央报告中关于文艺问题的几个主要论点》,《解放日报》1955年3月15日。

杨耳:《胡风是马克思主义的"实践者"呢,还是马克思主义的反对者?》,《人民日报》1955年3月17日第3版。

姚文元:《胡风文艺思想的反动本质》,《文汇报》1955年3月28日。

邦立:《必须把反党的事实坦白交代》,《人民日报》1955年5

月 18 日第 3 版。

北京师范大学中文系学生梁仲华、许其远、罗宗义、魏锡林、李丽莹：《我们的意见》，《光明日报》1955 年 5 月 20 日。

王震之：《胡风干些什么组织活动？》，《光明日报》1955 年 5 月 21 日。

易金：《路翎拿得出胡风的信吗》，《香港时报》1955 年 5 月 23 日。

吴雪：《杜绝敌人可以利用的任何空隙》，《中国青年报》1955 年 5 月 26 日。

姚文元：《认清敌人，把胡风反党反革命的毒巢彻底捣毁》，《文汇报》1955 年 5 月 29 日。

《文艺报》编辑部整理：《我们接触到的胡风反党集团的材料》，《文艺报》1955 年第 9、10 号。

北京俄文专修学校学生郭锷权、胡家华、林慕荆：《保持高度的革命警觉性》，《光明日报》1955 年 5 月 25 日。

巴金：《必须彻底打垮胡风反党集团》，《人民日报》1955 年 5 月 26 日第 3 版。

《揭露和谴责胡风反革命集团的罪行——在中国文学艺术界联合会主席团、中国作家协会主席团联席扩大会议上的一部分发言》，《人民日报》1955 年 5 月 27 日第三版。

《把反革命分子胡风从革命阵营中清除出去——五月二十五日在中国文联、中国作家协会主席团扩大会议上的部分发言》，《光明日报》1955 年 5 月 27 日。

靳以：《坚决挖出胡风反革命集团的老根》，1955 年 5 月 27 日《解放日报》第 3 版

《上海南京安徽文艺界拥护清除胡风的决议》，《人民日报》1955 年 5 月 30 日第 1 版。

《各地各界人士继续声讨胡风反动集团》，《光明日报》1955 年 5 月 31 日。

桂向明：《清算胡风反革命集团分子对我的毒害》，《长江日

报》1955年5月31日。

李柯：《控诉反党分子曾卓对我的毒害》，《长江日报》1955年6月3日。

《胡风分子必须向党和人民坦白交代》，《人民日报》1955年6月4日第3版。

《全国总工会举行大会声讨胡风集团罪行》，《人民日报》1955年6月6日第1版，亦见同日《光明日报》。

《解放军、志愿军集会要求严惩胡风》，《光明日报》1955年6月8日，亦见《人民日报》1955年6月9日。

傅钟：《全军警惕起来，彻底肃清胡风反革命集团》，《人民日报》1955年6月12日第3版。

吴晗：《一定要彻底粉碎胡风反革命集团》，《人民日报》《光明日报》1955年6月14日。

王若望：《我们应该清醒了！》，《文汇报》1955年6月14日。

陈沂：《清除反革命分子是每一个爱国者的责任》，《人民日报》1955年6月15日第3版。

姚泓、朱荣丹、李德靖、程玠若、吴培炘：《揭露胡风分子罗飞（杭行）的罪行》，《解放日报》1955年6月15日。

王若望：《胡风分子在"小译丛"里的贩私勾当》，《文艺月报》1955年6月号。

于寄愚、刘溪、陈海仪：《揭露胡风在党内的代理人刘雪苇的罪恶行为》，《文艺月报》1955年6月号。

《文艺月报》编辑部：《揭露胡风反革命集团对〈文艺月报〉的进攻》，《文艺月报》1955年6月号，《人民日报》1955年6月16日第3版。

陈沂：《同老虎睡在一起是不行的》，《中国青年》1955年12期。

黎素芥：《四川人民艺术剧院和重庆市文工团被揭露的胡风分子多方设法为自己的罪行辩护》，新华通讯社编《内部参考》1955年6月16日。

方光焘:《坚决肃清胡风集团和一切暗藏的反革命分子　时时刻刻提高革命警惕性》,《人民日报》1955年6月18日第3版。

贾霁:《不要让他们"滑过去了"》,《光明日报》1955年6月18日。

吴雪:《再不能同老虎一起睡觉了》,《光明日报》1955年6月18日。

新华通讯社编:《甘肃省发现与胡风反革命集团有联系的和嫌疑分子二十多名》,《内部参考》1955年6月18日。

季音:《坚决肃清胡风集团和一切暗藏的反革命分子胡风集团在新文艺出版社的反革命活动》,《人民日报》1955年6月19日第3版。

李天济:《撕掉王戎的假面,揭露王戎的罪行》,《文汇报》1955年6月19日。

虞泽甫等:《揭发在广州的胡风反革命集团骨干分子朱谷怀的罪恶活动》,《南方日报》1955年6月19日。

山东大学中文系助教邢福崇、袁世硕:《揭露胡风分子——吕荧》,《光明日报》1955年6月21日。

《宣传通讯》编辑部:《加强对党员和群众的政治教育进一步推动反对胡风集团的斗争》,《宣传通讯》1955年第17期。

《天津市扩大职工纷纷集会揭发胡风分子路翎阿垅等的罪行》,《解放日报》1955年6月22日。

《广州各界代表举行大会揭发胡风分子朱谷怀罪行》,《光明日报》1955年6月23日。

《提高警惕,粉碎一切反革命阴谋活动》,《人民日报》1955年6月24日第6版。

李家兴:《路翎在中国青年艺术剧院的反革命活动》,《光明日报》1955年6月25日。

《不许胡风集团分子的有毒书籍再流传——读者来信综述》,《光明日报》1955年6月28日。

宋之的:《我所看见的胡风的嘴脸》,《人民日报》1955年6

月29日第3版。

樊宇：《近一年来路翎紧密配合胡风进攻和退却的几点事实》，《文艺报》1955年第12号。

康濯：《路翎的反革命的小说创作》，《文艺报》1955年第12号。

罗荪：《一篇为帝国主义张目的反动作品—评路翎的反动小说〈翻译家〉》，《文艺报》1955年第12号。

陈显华：《吸取教训，加强肃清反革命分子的斗争》，《光明日报》1955年7月1日。

黎宁：《我的怅惘从何而来?!》，《中国青年》1955年第13期。

张天、江涵采访：《路翎在中国青年艺术剧院干了些什么?》，《中国青年》1955年第13期。

张佳邻：《反革命分子路翎在中国青年艺术剧院的阴谋活动》，《新观察》1955年13期。

洁圣：《反革命分子牛汉在人民文学出版社的阴谋活动》，《新观察》1955年13期。

吴雪：《反革命分子路翎的两面手法》，《北京日报》1955年7月1日。

张芸芳：《路翎在天津下厂时进行的罪恶活动》，《工人日报》1955年7月2日。

林汉标：《路翎是工人阶级的敌人》，《工人日报》1955年7月2日。

张修竹：《揭穿魔鬼的手法，粉碎魔鬼的"剑"——评胡风反革命集团分子所写的关于工人的作品》，《工人日报》1955年7月5日。

张友：《再不要让他们"滑过去"》，《光明日报》1955年7月7日。

臧克家：《胡风反革命集团是怎样向党领导的文艺阵线进攻的》，《北京日报》1955年7月7日。

巴人：《一本反革命的小说》，《学文化》1955年7月8日。

《坚决肃清胡风集团和一切暗藏的反革命分子——读者来信来稿摘要》，《文艺学习》1955年第7期。

《路翎在中国青年艺术剧院的罪恶活动》，《戏剧报》1955年7月9日总19期。

陈文坚：《从路翎的作品中看胡风集团的反动文艺思想——评〈朱桂花的故事〉中的两个短篇》，《上海新民报晚刊》1955年7月11日。

吴天：《个人主义和麻痹帮助了反革命坚决肃清胡风集团和一切暗藏的反革命分子》，《人民日报》1955年7月11日第6版。

荒草：《肃清胡风分子反动文艺的流毒——谈路翎写志愿军的四篇小说的反动实质》，《解放军文艺》1955年7月12日。

记者：《路翎写我军的目的在于瓦解我军的斗志》，《解放军文艺》1955年7月12日。

本报资料室：《路翎的丑恶面孔》，《南方日报》1955年7月14日。

《广大读者纷纷写信给本报检举胡风集团分子和其他反革命分子》，《人民日报》1955年7月14日第3版。

吴天：《个人主义和麻痹帮助了反革命坚决肃清胡风集团和一切暗藏的反革命分子》，《人民日报》1955年7月11日第6版。

方纪：《阿垅的嘴脸》，《文艺报》1955年第13号。

张学新：《揭破鲁藜的假面具》，《文艺报》1955年第13号。

本刊编辑部辑：《胡风反革命集团分子罪行辑录：路翎、绿原、贾植芳、吕荧、芦甸、曾卓、冀汸、费明君、王戎、欧阳庄、朱谷怀、顾征南》，《文艺月报》1955年7月15日。

《胡风反革命集团分子罪行辑录（一）》，《南方日报》1955年7月15日。

《总政治部转发〈克服麻痹右倾思想坚决肃清一切暗藏的反革命分子〉一文》，1955年7月16日。

陈沂：《拿枪的人要学会识别和对付不拿枪的敌人》，《人民日报》1955年7月17日第3版。

《中央宣传部关于印发"肃清胡风反革命集团和一切暗藏的反革命分子"的通知》，1955年7月23日。

本刊记者：《胡风反革命集团是怎样散布他们的思想毒素的?》，《读书月报》1955年第1期。

中国纺织工会上海申新九厂委员会：《路翎在上海申新九厂干了些什么?》，《中国纺织工人》1955年第102期。

《中央宣传部关于胡风及胡风集团骨干分子的著作和翻译书籍的处理办法的通知》，1955年7月28日。

本刊编辑部整理：《坚决肃清胡风集团和一切暗藏的反革命分子》，《人民文学》1955年8月号。

王震之：《胡风分子黄若海的反革命罪恶》，《戏剧报》1955年8月9日总20期。

贾霁：《胡风分子黄若海和他上演〈云雀〉的罪行》，《戏剧报》1955年8月9日总20期。

岳野：《胡风分子黄若海在北京电影剧本创作所的破坏活动》，《光明日报》1955年8月13日。

王道乾：《阿垅向〈文艺月报〉的一次反扑》，中国作家协会上海分会编辑《揭露胡风黑帮的罪行》，新文艺出版社，1955年。

《学会同暗藏的反革命分子作斗争》，《人民文学》1955年9月8日。

志愿军某部：《我们控告路翎的反革命罪行》，《解放军文艺》1955年9月12日。

辅：《上海工人文化宫向工人推荐防奸反特书籍》，《光明日报》1955年9月12日。

本刊编辑室：《胡风反革命集团分子的罪恶面目（续一）（路翎、刘雪苇）》，《教育通讯》1955年9月总83期。

本刊资料组：《胡风反革命集团分子在某些高等学校的反革命罪行》，《高等教育通讯》1955年9月20日第12期。

渥丹：《揭穿胡风分子何剑薰的丑恶面目》，《西南文艺》1955

年9月号。

《路翎》,仲文编著,李滨声、丁午绘图《胡风反革命集团的丑恶嘴脸》,大众出版社,1956年1月。

民:《中国戏剧家协会召开第四次常务理事会(扩大)会议》,《戏剧报》1956年3月16日。

周扬:《建设社会主义文学的任务——1956年2月27日在中国作家协会第二次理事会会议(扩大)上的报告(摘要)》,《人民日报》《光明日报》1956年3月25日。

何直(秦兆阳):《现实主义——广阔的道路:对于现实主义的再认识》,《人民文学》1956年9月号。

《灵魂丑恶的人不配作人类灵魂的工程师读者纷纷斥责丁陈反党集团》,《人民日报》1957年8月17日第3版。

何其芳:《冯雪峰的反党反马克思主义的文艺思想和社会思想》,《人民日报》1957年8月18日第3版。

《丁陈集团参加者胡风思想同路人冯雪峰是文艺界反党分子》,《人民日报》1957年8月27日第1版。

《"小家族"干着大阴谋吴祖光反动小集团彻底败露》,《人民日报》1957年9月16日第2版。

孙世恺:《吴祖光的"小家族"是怎样腐蚀青年的?》,《人民日报》1957年9月23日第3版。

张光年:《百倍地提高警惕》,《戏剧的现实主义问题戏剧论文集》,中国戏剧出版社,1957年。

邵荃麟:《扫清道路,奋勇前进——〈文艺战线上的一场大辩论〉读后》,《人民日报》1958年3月24日第7版。

王士沄:《驳白艾的错误看法》,《读书》1958年第12期。

北京大学中文系二年级鲁迅文学社集体写作:《批判王瑶的资产阶级文艺思想——兼论王瑶与胡风、冯雪峰文艺思想的一致》,《光明日报》1958年8月31日。

C. T. Hsia, *A History of Modern Chinese Fiction*, Yale University Press, 1961.

司马长风：《中国新文学史（下卷）》，香港昭明出版社，1978年。

《沙汀、艾芜同志在十一院校〈中国现代文学史〉教材编写会上的发言》，华中师范学院中文系现代文学教研室等编：《有关三十年代文艺和鲁迅问题参考资料》，华中师范学院中文系现代文学教研室等编印，1978年4月。

唐弢、严家炎主编：《中国现代文学史》，人民文学出版社，1980年。

剧创：《剧作家赴德州参观访问》，《光明日报》1981年5月15日。

凤子：《起步——德州学习访问记》，《人民日报》1981年7月25日第5版。

华中师范大学《中国当代文学》编写组：《萧也牧的〈我们夫妇之间〉、路翎的〈洼地上的"战役"〉》，《中国当代文学（第1册）》，上海文艺出版社，1983年。

黄修己："路翎的小说"，《中国现代文学简史》，中国青年出版社，1984年。

于文泉、郑观年：《沙汀、艾芜、路翎的小说》，二十三省市教育学院协编《中国现代文学史》，内部资料，1984年。

赵家璧：《话说〈中国新文学大系〉》，《新文学史料》1984年第1期。

李根红：《抗战胜利后的开封文艺界》，中国人民政治协商会议河南省委员会文史资料研究委员会编《河南文史资料选辑第9辑》，河南人民出版社，1984年。

华田：《关于化铁复活的报告》，《文教资料简报》1984年第11期。

《中国作家协会第四届理事会名单》，《人民日报》1985年1月6日第3版。

钱理群：《路翎〈财主底儿女们〉简析（讲课提纲）》，西北民族学院汉语系现代文学教研究室编印：《中国现代文学第三期讲习班讲稿汇编》,内部资料,1985年。

丹石:《路翎小说的广告三则》,《文教资料简报》1985年第4期。

刘中树、金训敏主编:《中国现代文学简明教程》,吉林大学出版社,1985年。

戴晴:《现代革命文艺战士、著名文艺理论家、诗人胡风同志追悼会在京举行》,《光明日报》1986年1月16日,亦见同日《文汇报》(陈可雄《胡风追悼会在京举行》)。

溪边:《〈路翎剧作选〉出版》,《光明日报》1986年1月19日,亦见《人民日报》1986年2月1日第8版。

巴金:《怀念胡风》,香港《大公报·大公园》1986年9月21—28日。

钱理群:"路翎"、严家炎、陈美兰:"现代小说",中国大百科全书总编辑委员会《中国文学》编辑委员会:《中国大百科全书·中国文学》,中国大百科全书出版社1986年。

赵园:《骆宾基在四十年代小说坛》,《中国现代文学研究丛刊》1986年第4期。

张立国:《〈饥饿的郭素娥〉(路翎)》,刘中树等主编:《中国现代百部中长篇小说论析(下)》,吉林大学出版社,1986年。

黄修己编著:《国统区的小说》,《中国现代文学史讲授纲要》,辽宁教育出版社,1986年。

杨义:《路翎:在心灵史诗的探索途中》,见《中国现代小说史》,人民文学出版社,1986年。

曾宪东主编;甄可君、夏潜编写:《半世沧桑情愈深——路翎及其严师胡风》,《名人与老师》,中国展望出版社,1986年。

解志熙:《〈饥饿的郭素娥〉》,河南大学中文系编《中外文学名作提要·中国现代文学分册》,河南人民出版社,1987年。

李泽厚:《中国现代思想史论》,东方出版社,1987年。

唐沅、李平编著:《路翎的〈财主底儿女们〉》,《中国文学(现代部分)》,北京大学出版社,1986年冯光廉编写:"路翎",《中国现代文学简明词典》,山东教育出版社,1987年。

石羽:《路漫漫》,政协全国委员会文史资料研究委员会《文史资料选辑》编辑部编:《文史资料选辑》第11辑,中国文史出版社,1987年。

刘献彪主编:《路翎》,《中国现代文学手册(上)》,中国文联出版公司,1987年。

朱谷怀:《回忆和胡风的交往》,《新文学史料》1987年第4期。冀汸:《初见和永诀》,《新文学史料》1987年第4期。

王锦泉等主编:"蒋纯祖",《简明中国现代文学辞典》,黄河文艺出版社,1987年。

严家炎:《论辩必须忠于事实——答罗飞先生》,《文艺报》1988年1月9日。

"路翎",申殿和、张捷、秦大中、徐贵森等编:《简明中国当代文学辞典》,河北人民出版社,1988年。

牛汉:《重逢第二篇:胡风》,《随笔》1988年第2期。

《路翎的〈洼地上的"战役"〉》,徐纪明、黄济华、张永健、陈家齐:《中国当代文学采英》,湖北教育出版社,1988年。

武汉大学中文系当代文学教研室编:"路翎",《中国当代文学手册》,湖北教育出版社,1988年。

《简明中国新文学辞典》编写组编:"路翎",《简明中国新文学辞典》,江西人民出版社,1988年。

颜雄等主编:《钱钟书路翎》,《简明中国现代文学史》,湖南大学出版社,1988年。

徐迺翔、钦鸿编:"路翎",见《中国现代文学作者笔名录》,湖南文艺出版社,1988年。另见该书增订版,钦鸿、徐迺翔、闻彬编:《中国现代文学作者笔名大辞典》,南开大学出版社,2022年。

程凯华、龚曼群、朱祖纯编著:"七月小说派""蒋少祖",《中国现代文学辞典》,华岳文艺出版社,1988年。

叶凡主编:《抗战后期和解放战争时期的新文学》,《中国现代文学》,辽宁大学出版社,1988年。

陈恭怀:《父亲陈企霞其人其诗》,《新文学史料》1989年第1期。

严家炎:《走出百慕大三角区——谈二十世纪文艺批评的一点教训》,《文学自由谈》1989年第3期。

伍世昭:《"七月"小说派评介》,刘焕林主编:《中国现代各流派小说赏评》,广西师范大学出版社,1989年。

王嘉良:"路翎及'七月派'小说",朱德发、蒋心焕、陈振国主编:《新编中国现代文学史》,明天出版社,1989年。

朱微明注释:《彭柏山书简》,《新文学史料》1989年第2期。

"路翎",曲钦岳主编:《当代百科知识大词典》,南京大学出版社,1989年。

严家炎:《七月派小说》,见《中国现代小说流派史》,人民文学出版社,1989年。

李标晶编著:《路翎小说创作的特点》,《中国现代文学史问题新解》,上海社会科学院出版社,1989年。

欧阳光磊:《〈洼地上的"战役"〉分析》,李友益等主编:《中国当代文学教程1949—1986》,长江文艺出版社,1989年。

徐迺翔主编:"路翎",《中国现代文学词典第一卷小说卷》,广西人民出版社,1989年。

贾植芳主编:《中国现代文学社团流派》,江苏教育出版社,1989年。

於可训等主编:《〈洼地上的"战役"〉》,《文学风雨四十年:中国当代文学作品争鸣述评》,武汉大学出版社,1989年。

周振甫等主编:"饥饿的郭素娥""财主底儿女们",《中外小说大辞典》,现代出版社,1990年。

魏洪丘等主编:"七月派小说",《中国现代文学流派概观》,成都出版社,1990年。

"路翎的《财主底儿女们》",蒋锡金主编《文史哲学习辞典》,吉林文史出版社,1990年。

"路翎",蒋风主编《新编文史地辞典》,浙江人民出版社,1990年。

唐立:《〈洼地上的"战役"〉分析》,辽宁大学现当代文学教研室编:《中国当代文学名作讲析》,辽宁大学出版社,1990年。

冀汸:《活着的方然》,《新文学史料》1991年第1期。

倪子明:《方然和〈呼吸〉》,《新文学史料》1991年第1期。

"路翎",帅本华主编:《中外文艺家及名作辞典》,甘肃人民出版社,1991年。

晓风辑注:《胡风、阿垅来往书信选》,《新文学史料》1991年第1期。

李离:《忆阿垅》,《新文学史料》1991年第2期。

杨义:《〈中国现代小说史〉书简录》,《新文学史料》1991年第2期。

汪时进等主编:《路翎:〈洼地上的"战役"〉》,《中国现当代文学作品导读当代部分下》,团结出版社,1991年。

艾晓明:《中外两种社会主义现实主义理论辨析——以胡风和卢卡契为代表》,《中国左翼文学思潮探源》,湖南文艺出版社,1991年。

"路翎",王先霈主编:《小说大辞典》,长江文艺出版社,1991年。

合川县文化局编:《合川县文化艺术志》,1991年。

彭定安:《创作心态"十佳":"顶峰经验"》,《创作心理学》,中外文化出版公司,1991年。

王万森:《路翎:战士心灵的赞歌》,《新中国中篇小说史稿》,山东文艺出版社,1992年。

"路翎",丁守和等主编:《世界当代文化名人辞典》,北京燕山出版社,1992年。

穆仁:《北碚九年岁月稠——抗战期间兼中、复旦忆断》,何建廷主编:《北碚文史资料第4辑抗日战争时期的北碚》,政协重庆市北碚区委员会文史资料委员会,1992年。

刘开明："路翎",雷锐编:《桂林文化城大全文学卷·小说分卷第4册》,广西师范大学出版社,1992年。

刘北汜:《最后三年的〈大公报·文艺〉》,《新文学史料》1993年第1期。

蒋继三:《我所知道的路翎》,中国人民政治协商会议上海市虹口委员会文史资料委员会编:《文史苑(十)》,1993年。

凌宇、颜雄、罗成琰主编:《"七月"派小说》,《中国现代文学史》,湖南师范大学出版社,1993年。

"路翎",异天、戈德主编:《中国当代艺术界名人录》,社会科学文献出版社,1993年。

问彬:《杜鹏程的生活与创作》,《新文学史料》1993年第3期。

王德威:《莲漪表妹——兼论三〇到五〇年代的政治小说》,《小说中国:晚清到当代的中文小说》,麦田出版社,1993年。

范伯群、朱栋霖主编:《托尔斯泰、陀思妥耶夫斯基、罗曼·罗兰与路翎〈财主的儿女们〉》,《中外文学比较史1898—1949》,江苏教育出版社,1993年。

自牧:《荒畦篇》,《人生品录百味斋日记》,山东文艺出版社,1993年。

吴野,文天行主编:《沙汀·路翎》,《大后方文学史》,四川教育出版社,1993年。

《著名作家路翎同志逝世》,《光明日报》1994年2月19日。

郭志刚主编,刘勇、彭斌柏编著:《〈饥饿的郭素娥〉》,《中国现代文学书目汇要小说卷》,书目文献出版社,1994年。

刘明馨等主编:《开拓与发展期的小说创作》,《二十世纪中国文学论纲上》,河南人民出版社,1995年。

程金城:《客观再现综论》,《20世纪中国文学价值系统1900—1949》,敦煌文艺出版社,1996年。

彭燕郊:《荃麟——共产主义圣徒》,《新文学史料》1997年第2期。

徐曙蕾:"路翎",唐金海、陈子善、张晓云主编:《新文学里程碑小说卷下》,文汇出版社,1997年。

"路翎",刘建业主编:《中国抗日战争大辞典》,北京燕山出版社,1997年。

陈恭怀:《关于父亲的〈陈述书〉》,《新文学史料》1998年第1期。

黄伟经:《文学路上六十年——老作家黄秋耘访谈录(上)》,《新文学史料》1998年第1期。

1947年5月17日朱自清日记,《朱自清全集第九卷》"日记上",江苏教育出版社,1998年。

"路翎",王广西、周观武编撰:《中国近现代文学艺术辞典》,中州古籍出版社,1998年。

雷锐:《中国小说现代化的重汇》,《中国小说现代化五十年》,广西师范大学出版社,1998年。

"体验与追忆""正面描写知识分子的创作潮流",钱理群、温儒敏、吴福辉:《中国现代文学三十年(修订本)》,北京大学出版社,1998年。

舒芜:《〈〈回归"五四"〉后序〉的附记又附记》,《新文学史料》1998年第3期。

朱梁卿、蔡少薇编:《抗日战争时期与解放战争时期文学》,《中国现代文学读本》,对外经济贸易大学出版社,1998年。

尹康庄:《语言象征》,《象征主义与中国现代文学》,暨南大学出版社,1998年。

费振刚主编:《现代小说》,《中国文学史纲》,吉林人民出版社,1998年。

杨义:《路翎、钱钟书作品的文化品格》,《中国现代文学流派》,人民出版社,1998年。

钱理群:《1948:天地玄黄》,山东教育出版社,1999年。

钱理群主讲:《对话与漫游:四十年代小说研读》,上海文艺出版社,1999年。

蒋虹丁：《解放初南京文艺工作散忆》，南京市政协文史和学习委员会编：《红日照钟山南京解放初期史料专辑》，南京出版社，1999年。

洪子诚：《最初的"异端"》，《中国当代文学史》，北京大学出版社，1999年。

"路翎"，王伯恭主编：《中国百科大辞典5》，中国大百科全书出版社，1999年。

"'干预生活'的小说"，肖向东、刘钊等主编：《中国文学历程 当代卷》，国际文化出版公司1999年。

范智红："强烈地表达'深沉的感情'（路翎）""'内心的戏剧'（路翎）"，见《世变缘常：四十年代小说论》，人民文学出版社，2001年。

舒芜：《舒芜集》，河北人民出版社，2001年。

严家炎、范智红：《小说艺术的多样开拓与探索——1937—1949年中短篇小说阅读琐记》，《文学评论》2001年第1期。

许祖华主编：《路翎与七月小说派》，《中国现代文学史简明教程》，华中师范大学出版社，2001年。

丁晓萍：《中国现代小说概述》，《中国现代小说名著鉴赏》，上海交通大学出版社，2001年。

"路翎蜗牛在荆棘上"，陈思和、李平主编：《现代文学100篇》，学林出版社，2002年。

洪子诚：《问题与方法：中国当代文学史研究讲稿》，生活·读书·新知三联书店，2002年。

姜德明：《"创刊号"杂拾》，《猎书偶记》，大象出版社，2002年。

鄢烈山：《由〈小芳〉想到美国大兵》，《一个人的经典》，长江文艺出版社，2003年。

刘保昌：《道家文化与中国现代文学》，武汉大学中国现当代文学博士论文，2003年。

叶德浴：《吕荧的特殊优遇》，《新文学史料》2003年第3期。

董明娥:《诗坛精英——记著名诗人、原〈诗刊〉主编邹荻帆》,陈昌平主编,武汉经济协作区政协文史工作协作会、湖北省天门市政协文史资料委员会编:《长江中游文化名人》,武汉出版社,2003年。

李怡:《历史的"散佚"与当代的"新考据研究"——史料建设之于中国现代文学研究的意义》,《学习与探索》2004年第1期。

冀汸:《大学生活》,《血色流年》,复旦大学出版社,2004年。

王德威:《原乡想像,浪子文学——李永平论》,《江苏社会科学》2004年第4期。

钱理群:《重视史料的"独立准备"》,《中国现代文学研究丛刊》2004年第3期。

黄家婕:《生活波澜亦壮观——李蓝天先生侧记》,《棠城旧事》,内部资料,2004年。

李辉编著:《一纸苍凉:〈杜高档案〉原始文本》,中国文联出版社,2004年。

张光芒:《战争风云与时代悲剧》,《中国文学史(5)现代文学史》,太白文艺出版社,2004年。

钱理群:《"人类史前时期的风俗画"——读〈贾植芳小说选〉》,《复旦学报》2005年第3期。

肖振宇编著:《国统区小说创作》,《中国现代文学史》,东北师范大学出版社,2005年。

夏征农主编,章培恒等编著:"路翎""《财主的儿女们》",《大辞海·中国文学卷》,上海辞书出版社,2005年。

魏朝勇:《绝望于未来的抵抗》,《民国时期文学的政治想像》,华夏出版社,2005年。

贾玉民:《关于现代乡土小说主题的思考》,《中国新文学主题现象论》,远方出版社,2005年。

涂光群:《五十年文坛亲历记》,辽宁教育出版社,2005年。

吴永平:《阿垅"引文"公案的历史风貌——罗飞〈为阿垅辩诬〉一文读后》,《粤海风》2006年第6期。

周羽:《路翎〈财主底儿女们〉导读》,袁进主编:《中国现当代文学精品导读第 2 卷》,上海大学出版社,2006 年。

郜元宝:《1942 年的汉语》,《学术月刊》2006 年第 11 期,见《汉语别史》,山东教育出版社,2010 年;复旦大学出版社,2018 年。

陈徒手:《严文井口述中的中宣部作协琐事》,《炎黄春秋》2006 年 11 期。

傅礼军:《国统区》,《中国小说的谱系与历史重构》,东方出版社,2006 年。

赵凌河主编:《从感性走向理性的艺术诗思》,《新文学现代主义思想史论》,辽宁人民出版社,2006 年。

罗飞:《桂向明〈灵魂在高唱〉札记》,《文途沧桑》,宁夏人民出版社,2007 年。

王培元:《秦兆阳:何直文章惊海内》,《在朝内 166 号与前辈魂灵相遇》,人民文学出版社,2007 年。

肖向明:《"鬼"的意象:"老屋""月亮""森林"等》,《"幻魅"的现象——鬼文化与中国现代作家研究》,光明日报出版社,2007 年。

"路翎钱钟书",丁帆、朱晓进主编:《中国现当代文学》,南京大学出版社,2007 年。

江锡铨等主编:《沙汀等的小说创作》,《中国现代文学实用教程》,南京师范大学出版社,2007 年。

柳传堆:《路翎等的七月派小说》,《中国现代小说论略》,海峡文艺出版社,2007 年。

文贵良:《话语主体:言用者胡风》,《话语与生存:解读战争年代文学(1937—1948)》,上海书店出版社,2007 年。

《路翎与自然主义》,张冠华等编著:《西方自然主义与中国 20 世纪文学》,中央编译出版社,2007 年。

余小杰:《自由主义文学的世纪残阳》,汪应果、吕周聚主编:《现代中国文学史》,南京大学出版社,2007 年。

张济东:《财产损失报告单》,姜良芹等主编:《南京大屠杀史料集41:中央机构财产损失调查》,江苏人民出版社,2007年。

张蕾:《明清至20世纪四十年代长篇白话小说中人物心理描写的演进轨迹初探》,复旦大学中国文学古今演变硕士论文,2008年。

邓加荣:《中国经济学杰出贡献奖获得者刘国光传》,中国金融出版社,2008年。

张艳君主编:《"七月派"小说与东北作家群的回忆小说》,《中国文学教程》,黄河出版社,2009年。

罗紫(袁伯康):《远去的岁月》,生活·读书·新知三联书店,2009年。

罗紫:《一个"地方胡风分子"的经历》,《新文学史料》2009年第2期。

贺桂梅:《从"春华"到"秋实"——严家炎教授访谈录》,《文艺研究》2009年第6期。

黄忠顺:《叩问心灵的战争叙事》,王泽龙、李遇春主编《中国当代文学经典作品选讲(上)》,华中师范大学出版社,2009年。

刘莉主编:《路翎与国统区的文学创作》,《简明中国现代文学史》,首都经济贸易大学出版社,2009年。

《陈忠实与巴金老舍路翎家族文学之比较研究》,冯望岳等:《陈忠实小说:在东西方文学坐标上》,中国社会科学出版社,2009年。

张永:《江南作家群乡土小说的民俗构成》,《民俗学与中国现代乡土小说》,上海三联书店,2010年。

吴永平:《1948年,胡风拒纳舒芜诤言》,《博览群书》2010年第2期。

方徨:《痛悼三哥》,《新文学史料》2010年第1期。

姚锡佩:《往事问天都冥漠——悼舒芜先生》,《新文学史料》2010年第1期。

罗惠:《几多风雨,几度春秋》,《新文学史料》2010年第2期。

吴永平：《更正》，《新文学史料》2010年第2期。

孟繁华：《〈洼地上的"战役"〉等小说》，严家炎主编：《二十世纪中国文学史》，高等教育出版社，2010年。

李世涛采访：《我接触过的周扬、林默涵和胡乔木——黎之先生访谈录》，《新文学史料》2011年第1期。

何怀宏：《世纪中的反省》《精神的后园》《折断的翅膀》《旷野》《新女性》《老一代》，《渐行渐远渐无书》，生活·读书·新知三联书店，2011年。

张志忠：《李劼人、路翎、钱锺书、沙汀的小说》，《中国现代文学专题研究》，中央广播电视大学出版社，2011年。

吴永平：《许广平为巴金打抱不平》，《天津政协》2012年第4期。

黄济华：《一篇小说佳作和作家的命运——重读〈洼地上的"战役"〉》，林志浩、王庆生主编：《中国现当代文学作品选读》（第2版下册），高等教育出版社，2012年。

吴永平：《聂绀弩的〈论申公豹〉和〈再论申公豹〉及其他》，《重庆师范大学学报（哲学社会科学版）》2012年第3期。

王端阳编录：《王林日记·文艺十七年（之三）》，《新文学史料》2013年第4期。

王小环：《中国现代小说中的死亡意象及其文化隐喻》，《齐鲁学刊》2013年第6期。

《〈财主底儿女们〉的创作与出版》，陈子善主编：《中国现代文学编年史——以文学广告为中心（1937—1949）》，北京大学出版社，2013年。

马双主编：《国统区其他小说》，《中国现代文学》，武汉大学出版社，2014年。

张中良：《抗战文学与正面战场》，社会科学文献出版社，2014年。

若琴：《欧阳庄：从童工到"胡风骨干分子"》，《新文学史料》2014年第2期。

金宏宇等:《题辞类别》,《文本周边中国现代文学副文本研究》,武汉大学出版社,2014年。

张福贵:《政治的分合与文化的复兴(1937—1949)》,《民国文学:概念解读与个案分析》,花城出版社,2014年。

吴晓东:《不可抗拒的命运之旅——郑超麟译〈冈果旅行〉研究》,《比较文学与世界文学》2014年第2期。

陕西教育学院编:《路翎〈洼地上的"战役"〉》,《中国当代文学》,武汉大学出版社,2014年。

赵凌河:《"主观的精神要求":新现实主义的心理突进》,《历史转型与中国现代文学思想理论的建构》,辽宁大学出版社,2015年。

陆耀东:《田间、绿原和〈七月〉派的诗》,《中国新诗史(第3卷)》,长江文艺出版社,2015年。

辛金顺:《中国现代小说的国族书写:以身体隐喻为观察核心》,台北秀威资讯有限公司,2015年。

Mingwei Song, *Young China: National Rejuvenation and the Bildungsroman, 1900-1959*, Harvard University Asia Center, 2016.

洪子诚:《张光年谈周扬》,《材料与注释》,北京大学出版社,2016年。

常彬:《硝烟中的鲜花:抗美援朝文学叙事及史料整理》,人民出版社,2018年。

方成:《点传师》,《方成全集》第2册,广东人民出版社,2019年。

刘超:《1943年文坛掠影》,《回眸千山》,百花洲文艺出版社,2019年。

章培恒讲授、曾庆雨整理:《明代文学与哲学(二之下)》,薪火学刊编辑部编:《薪火学刊(第6卷)》,复旦大学出版社,2019年。

王本朝:《文学制度与中国当代文学发展》,《浙江社会科学》2020年第1期。

吴敏：" '主观'与'客观'的肉搏：论路翎等七月派作家""'斥反动文艺'：批判沈从文、朱光潜、路翎、姚雪垠等""学院派的美学标准和形式主义批评""各式各类的文学批评和研究成果"，《中国现代文学研究通史·第三卷(1937—1949)：分流与整合》，广东人民出版社，2020年。

周小进、马祖毅：《"做别人、前人没做过的事情"——马祖毅先生访谈》，王光林、陈弘主编：《澳大利亚文化研究》，上海外语教育出版社，2020年。

金理：《当"非虚构"变成饕餮，"文学"还能提供什么》，《南方文坛》2021年第4期。

洪子诚：《关于见证文学与文学见证的对话》，《广州大学学报(社会科学版)》2021年第5期。

李春青等：《民主和现实主义的文学》，《中国文论史下》，山西教育出版社，2021年。

周继超、潘洵主编："路翎"，《北碚抗战史》，重庆出版社，2021年。

康长福：《古老乡土的理性审视》，《中国现代乡土写实小说与现代乡土抒情小说比较研究》，九州出版社，2021年。

张光芒等：《路翎的〈云雀〉》，《南京百年文学史》，江苏凤凰文艺出版社，2021年。

陈思广：《中国现代长篇小说编年史(1922—1949)》，武汉出版社，2021年。

砂丁：《"现实主义"与"当代诗"的再出发》，《诗刊》2022年1月号下半月刊。

余俊光：《路翎与"七月派小说"》，《中国现当代文学概论》，西南交通大学出版社，2021年。

黄瀚编："饥饿的郭素娥"，《百年文学主流小说大系·暴风雨的一天》，济南出版社，2022年。

廖海杰：《恶性通胀的文学显形与民族国家的必要性——重读沙汀长篇小说〈淘金记〉》，《中国现代文学研究丛刊》2022年第 8 期。

张炯:《路翎的小说与〈战争,为了和平〉》,《中国现当代小说史上》,山西教育出版社,2022 年。

张光芒主编:《战争叙事与社会现代性的再发动》,《晚清以来中国"社会启蒙"文学思潮史上》,安徽教育出版社,2022 年。

宋庄主持:《王德威谈枕边书》,《中华读书报》2022 年 10 月 26 日。

常楠:《胡今虚与鲁迅、胡风》,《新文学史料》2022 年第 4 期。

吴晓东、孙慈姗:《文学史范式的开拓——关于钱理群 1940 年代中国文学研究的讨论》,《长江学术》2023 年第 1 期。

郝雨(郝亦民):《王富仁先生给我的 16 封信》,《新文学史料》2023 年第 3 期。

姜涛等:《"〈新解读——重思 1942—1965 年的文学、思想、历史〉讨论会"参会发言》,《汉语言文学研究》2023 年第 3 期。

王德威:《胡风与"胡适的风":文学,自由,背叛》,《危机时刻的知识分子》,台北政大出版社,2023 年。

李惠敏、田丰、陈国元:"路翎""路翎的戏剧",《中国工人文学史》,河北人民出版社,2023 年。

陈墨主编:《沧海萍踪:李露玲访谈录》,中国电影出版社,2023 年。

图书在版编目(CIP)数据

路翎全集.附卷/黄美冰等著;张业松主编.
上海：复旦大学出版社,2025.2. -- ISBN 978-7-309-17722-0

Ⅰ. I217.2;K825.6
中国国家版本馆 CIP 数据核字第 2024FL3202 号

路翎全集.附卷
黄美冰 等 著
张业松 主编
责任编辑/方尚芹

复旦大学出版社有限公司出版发行
上海市国权路 579 号　邮编：200433
网址：fupnet@fudanpress.com　http://www.fudanpress.com
门市零售：86-21-65102580　团体订购：86-21-65104505
出版部电话：86-21-65642845
上海盛通时代印刷有限公司

开本 890 毫米×1240 毫米　1/32　印张 15.25　字数 395 千字
2025 年 2 月第 1 版
2025 年 2 月第 1 版第 1 次印刷

ISBN 978-7-309-17722-0/I·1424
定价：85.00 元

如有印装质量问题，请向复旦大学出版社有限公司出版部调换。
版权所有　侵权必究